艺文半知录

云 德 ◎ 著

中国文史出版社

图书在版编目（CIP）数据

艺文半知录/云德著．—北京：中国文史出版社，
2022.10

ISBN 978-7-5205-3748-3

Ⅰ．①艺… Ⅱ．①云… Ⅲ．①文艺评论—文集 Ⅳ.
①I06-53

中国版本图书馆 CIP 数据核字（2022）第 179242 号

责任编辑：张春霞

出版发行：中国文史出版社

社　　址：北京市海淀区西八里庄路 69 号院　邮编：100142

电　　话：010-81136606　81136602　81136603（发行部）

传　　真：010-81136655

印　　装：北京新华印刷有限公司

经　　销：全国新华书店

开　　本：787mm×1092mm　1/16

印　　张：25.5

字　　数：326 千字

版　　次：2023 年 3 月第 1 版

印　　次：2023 年 3 月第 1 次印刷

定　　价：68.00 元

卷首赘言

以"半知"这个略显生僻的字眼为这本小书命名，似乎需要作点解释。而解释则须从自我的认知过程说起。

我曾不止一次地用"先天不足、后天失调"八个字，来描绘我们这代人的生命际遇。绝对是纯客观陈述，不夹带任何褒贬成分。

想想看，20 世纪 50 年代末 60 年代初出生的一代人，童稚时遭遇三年自然灾害，基本靠稀粥和粗粮菜团子之类果腹，人们当然无暇考虑孩子的营养问题；青春期经年累月荤腥稀少，干啃窝头和酱油拌饭之类皆生活常态；再后来下乡劳动，粗茶淡饭加上强体力的劳作更易让人饥肠辘辘，无论摆在你面前的是生熟、粗细，还是荤素、咸淡的任何食物，你都会狼吞虎咽，以美味视之。那时节，哪有现在到处张扬的所谓膳食结构、营养均衡之说？当年街上既没有小胖墩，也不见大胖子，能解决温饱不饿肚子就算是阿弥陀佛了。

物质生活这样，精神生活亦如此。小学之初，课本还是"金木水火土"，不久便开始了"文化大革命"，语文变成了人手一册的"红宝书"，数理化也必须与"三大革命运动"的口号扯上关系……

对于成长中的一代人而言，知识的欠缺和精神的饥渴，有时甚至比肌体对营养的需求来得更为迫切与强烈。那时候，绝大部分图书馆的库房都被贴封，偶尔能偷偷搞到一本像《青春之歌》《烈火金刚》《红日》《红岩》《苦菜花》之类的小说，则如获至宝，必须焚膏继晷地连夜读完，不然后面排队借阅的人会直接上门抢走。记得家里有本译自苏联名不见经传的科幻加侦探小说集叫作《黑龙号失踪》，估计自己读过不下二三十遍，再经过几十个同学反复借阅，最后烂得连装订线都没了，只能用报纸包着传来传去。作为批判材料限量出版的《水浒传》，成了人们争相传阅的红火读物，时至今日，书中的人物、故事和情节仍然可以如数家珍、滚瓜烂熟。

当然，如果换一个角度看问题，这代人又是幸运的。因为亲身经历了整个历史大动荡、大变革的过程，生活赐予我们许多刻骨铭心的生命体验，是当下年轻人无论如何也难以想象、难以领略到的。艰难的岁月，教会了我们坚强、感恩和知足，并且内化为终生受用的宝贵财富。贫困生活和成长的挫折磨炼了我们的意志，锻铸了一代人坚韧的抗跌打毅力；穷苦日子需要相互扶持、守望相助，长辈的关爱与呵护给脆弱的生命营造了浓郁的情感氛围，这让亲情、友情在我们心目中变得异样珍贵；经历过苦难生活最知道幸福的来之不易，不期而遇的习惯性对比，会让人在敬畏和满足中更加懂得珍惜。

其实，这代人最大的幸运还是遇到了改革开放的大时代。40年虽然一晃而过，但只要记忆的思绪闪回到狂飙突起的思想解放运动，想起为改变贫困落后面貌而骤然爆发的万众一心、激扬奋发的举国热情，任何时候，都会让人激动不已、热血沸腾。尤其是在远离校园多年后，我们有幸如梦境般地再次跨入大学校门。知识的召唤，犹如久旱突降的甘霖，让一代青年学子如醉如痴、一往无前地投进知识的海洋。没人督促，也无须提醒，教授讲座的过道被挤得水泄不通，图书馆借书的队伍排成长龙，晚自习教室占座抢座成为一道风景，深夜路灯下晃动着一个个背单词的身影……所有这一切，目的无非就一个：把丢失的时光找回来。

然而，热情固然美好，现实却格外骨感，丢失的岁月想如数找回委实艰难，有时只能是一种虚幻的梦想。尽管我们日夜兼程、如饥似渴地高强度读书训练，但大脑的记忆库存却与我们赋予的进货量和期待值相去甚远。或许由于缺少童年时期的发蒙基础，我们大脑皮层的肤浅褶皱已经很难容纳如此迅猛的填充。当时竭尽心力阅览的典籍和背诵的单词，大部分很快就还给了书本和老师，倒是早年课堂上朗读的语录记忆犹新，清晰如昨。大学毕业时，辅导员在征求是否愿意留校的意见时，我不加犹豫地表态，宁可分配到边远山区也不选择留校，因为深知自己无论如何殚精竭虑地发奋用功，我们那点可怜的学问，比照那些学贯中西的大师，永远只能望尘莫及。

自知功力不逮，故而常以卑微之心激励自己，以期赖于勤奋去弥补拙笨。即便功效甚微，却也甘之如饴，渐渐地读书成为人生最大的嗜好。迄今最为遗憾的结果就是：知识结构的单薄始终是我们这代人治学之道的软肋，一辈子也没逃开蜻蜓点水、囫囵吞枣的阴影，反倒时常为自己没写过几篇满意的文章、没有过语惊四座的学术创见而苦恼万分。过去尚可以找到诸如工作繁忙和家庭负担重之类的借口，直到退居二线，有了大把时间可以集中读书思考，依然感觉学术的门槛高不可攀。千里之程，需要跬步衔接；浩渺江海，源自细流累积，知识的积淀由不得所谓的"跨越"式浪漫。从退出工作岗位的第一天起，就兴高采烈地把书架最上端的典籍清理出来，搬上《辞海》《辞源》之类的工具书，开始了崭新的全职读书生活。连续三年坚持不懈地啃下来，突然惊讶地发现：疯狂的恶补不仅成效不佳，而且读书越多越清楚没读过的更多，越读越感觉自身的浅薄无知、越读越没了青葱岁月的自信心。尤其是曾自以为得意的某些人生感悟，其实先贤早在一两千年前就已经有过精辟阐发，每逢其时，总会面红心跳，恐慌不已。当年孔老夫子所谓"学而知不足"的谆谆教诲，吾辈竟然花费了大半生时间方得其妙，岂不悲哉！

天资愚钝，开悟甚迟，但晚悟总比不悟好，有时只能如此这般以阿Q精神来自我解嘲。至此方才明白，王守仁先生所谓："我辈致知，只是各随分限所及……与人论学，亦须随人分限所及"的道理。人贵有自知之明，天分和学识没有丝毫造假空间；学问因素朴而威严，故弄玄虚无非是自欺欺人的小把戏。正如严羽《沧浪诗话》中所说：人，"有分限之悟，有透彻之悟，有但得一知半解之悟"。既然天分有限，不自量力、智少谋大的奢求又有何益？！所以，对于才疏学浅的吾辈，唯一可做的就是将人事尽到、把努力付足，然后不妨顺其自然，鸿飞无痕、不计东西，倘若"但得一知半解之悟"，理当大喜过望，由衷感恩天道酬勤、垂顾后学的机缘。

人生有限，学海无涯。人类文明经过了几千年的传承赓续，汗牛充栋的文化典籍，我们阅览的只是九牛一毛；浩如烟海的文明积累，我们掌握的仅有沧海一粟。面对这博大精深、巍峨壮观的神圣文化圣殿，渺小如我者，或许仅是历史某个瞬间虔诚礼拜的一个匆匆香客。对于深不可测的学术奥妙，敢言一知半解已有自誉之嫌。若能坚守书生本色、独立思考，少点人云亦云、鹦鹉学舌，即便是半知半解的诚实耕获，亦算不负苦读寸心，可以暗自庆幸了。因而，给这本小书取名"半知录"，或许能让忐忑的心理稍稍平复一些。

本书辑录的是近年陆续见诸各类报刊的有关文化艺术类评论文章的结集。其中，有文化热门话题的理论思考，有文艺现象和思潮的脉络辨析，有具体人物和作品的鉴赏评点，有阅读浏览偶发的一得之见，有与职责关联的现场演讲，有参加政协调研的即时随感，有学术报告的课件提要，也有参与政协网上读书活动的讨论札记等等，所论皆有感而发，形式长短不拘。之所以敢于不揣浅陋集中示人，一是重新整理这些直陈己见、不遮不掩的文字，可视为自己近年学习思考心路历程的一次回顾总结；二是尽管存在诸多历史局限，但依然可作为特定时代曾经略带锋芒的思絮见证；三是公开式呈报可以集约求教，如若有缘同道能从这些浅章谬见中，找到某些同声相应的感触，抑或撷取少许避免学术弯路的参照，则不枉此露怯之举，吾愿足矣。

感谢全国政协文史委晓冰主任的关心，让拙作得以忝列政协委员读书笔记丛书系列；感谢文史出版社段敏副总编和编辑部同仁的精心安排，给这个小册子得以全新面世的机会。此外，鉴于书中文章多系读书随记且成文后刊于报纸，发表时有些引文报纸又不便标注，尽管当时肯定对有关数据和引文进行过认真核校，但时间一长，由于大多读书笔记和文章底稿早已销毁，以致不少引文和数据目下一时难以找到详细出处，因而书中无法每条详尽注释，有些只好仅提人名和书名，有些只能去掉引号，有些读书笔记出处全无，为避侵权之嫌只有采用"有人提出"之类话语予以标识，因此要特别说明，以示尊重。继而在表达由衷的谢忱的同时，也致以诚挚的歉意。本人所能答谢的最好方式，或许就是虚心接受来自专家和读者的批评指教。

云德

2022 年 11 月 29 日

目录

第三辑　文化传统与当代创新　　　　　　　　233

第四辑　文艺佳作鉴赏品评 301

第五辑　文化使命与艺术人生　　　　　　　　　　345

第六辑　艺文创造与文化交流　　　　　　　　　　371

第一辑

新时代的
文化思考

民族复兴与文化繁荣

实现中华民族伟大复兴是近代以来中华民族最伟大的梦想。党的十九大报告中明确提出：一个民族的复兴需要强大的物质力量，也需要强大的精神力量。没有先进文化的积极引领，没有人民精神世界的极大丰富，没有民族精神力量的不断增强，一个国家、一个民族不可能屹立于世界民族之林。并且还特别强调：一个国家、一个民族的强盛，总是以文化兴盛为支撑的，中华民族伟大复兴需要以中华文化发展繁荣为条件，"没有高度的文化自信，没有文化的繁荣兴盛，就没有中华民族的伟大复兴"。这里，仅就文化繁荣兴盛与民族伟大复兴的关系谈几点感想。

一、中华民族伟大复兴的历史回顾与现实展望

首先，实现民族伟大复兴，是几代人魂牵梦萦的理想渴求。

近代以来，东方文明古国面临着日益严重的内忧外患。伴随着西方列强一次次的入侵，一项项不平等条约的签订，"天朝上国"的美梦在西方坚船利炮下彻底破灭。自那时起，寻求民族独立与人民解放，实现国家富强和人民富裕，成为中华民族面临的两大历史性课题，成为一代代中华儿女始终不渝的梦想。

"中华民族"的称谓和"民族复兴"观念的形成，有一个十分复杂的历

史过程。尽管中华与华夏的概念古已有之，但总体上可归为国土或汉人的范畴。《南齐书》虽有"民族弗革"之说，但不是社会学的"民族"概念。现代意义上的"民族"概念由西方传入中国，最早见诸 1837 年西洋传教士编纂的《东西洋考每月统计传》中。1899 年，梁启超在《东籍月旦》首次采用"民族"的概念，两年后又在《中国史叙论》中首先提出"中国民族"的说法，隔年再次于《论中国学术思想变迁之大势》中，正式使用"中华民族"的概念。只不过，梁启超"中华民族"概念的内涵较杂，有时专指汉民族，有时又指中国境内的所有民族。1907 年，杨度在《金铁主义说》中多次使用"中华民族"，并且较为清晰地说明了"中华"作为民族名称的由来和特征："中国向来虽无民族二字之名词，实有何等民族之称号。今人必目中国最旧之民族曰汉民族，其实汉为刘家天子时代之朝号，而非其民族之名也。中国自古有一文化较高、人数较多之民族在其国中，自命其国曰中国，自命其民族曰中华。"应该说，中华民族概念的真正定型与确立，当归功于辛亥革命的发动与成功。

与此相关联，"中华民族复兴"的观念就最初源自孙中山先生。1894 年10 月，孙中山在上书李鸿章失败后，"知和平方法，无可复施。然望治之心愈坚，要求之念愈切，积渐而知和平之手段不得不稍易以强迫"。于是隔月就在檀香山成立了"兴中会"，并在《章程》中首次提出了"振兴中华"这一具有民族复兴思想的口号。此后，章炳麟认为"中华云者，以华类别文化之高下也"；严复借鉴"物竞天择"的达尔文进化思想，最早喊出了"救亡"的口号。延伸到李大钊提出"中华民族之复活"的思想，"中华民族复兴"的观念算是基本成形。1916 年，27 岁的李大钊参与《晨钟报》的筹办并在创刊号上发表《〈晨钟〉之使命》，认为中国正处于一个"方死方生、方毁方成、方破坏方建设、方废落方开敷"的新旧交替的重要变革时期。他以"青春中华"来寓意中华民族的美好未来，以"中华之再生""民族之复活"等宏大理想，鼓舞激励青年一代为民族复兴而奋斗。

"九一八"事变后，民族的生死存亡的绝境抉择，最终把"中华民族复兴"的理念演化为具有广泛影响的社会思潮。根源在于日益严峻的民族危机极大地刺激了民族的自尊，救亡图存的意志大大激化了人们的民族认同感和责任心，进而为中华民族的励志复兴提供了一个契机。1935年《风云儿女》主题曲里那句"中华民族到了最危险的时候"，让"中华民族"的概念传遍大江南北，获得国人普遍认同。张君劢等人曾这样大声疾呼：日本的残暴侵略使中华民族陷入了生死存亡的危机之中，但危机也意味着转机。"这个转机不是别的：就是中华民族或则从此陷入永劫不复的深渊，或则从此抬头而能渐渐卓然自立于世界各国之林"。当年的《复兴月刊》发刊词这样写道："中国今日，内忧外患，困难重重，物质精神，俱形枯槁，实离总崩溃之时期已在不远。试问吾四万万人同立在此'不沦亡即复兴'之分水岭上，究竟将何以自处？吾敢断言，无男无女，无老无幼，全中国无一人甘沦为亡国之民。"所以，中华民族的唯一出路就是："复兴"！

在那个积贫积弱、任人宰割的时期，为实现民族复兴，各种主义和思潮先后尝试，改良主义、自由主义、资本主义、社会达尔文主义、无政府主义、实用主义、民粹主义等，都没有改变中国的前途与命运。在一系列尝试失败之后，民族复兴的重任历史地落在中国共产党人身上。自中国共产党建立以来，就一直把建设一个民主富强、国家繁荣、人民幸福的强大中国作为奋斗目标。诚如建党95周年纪念大会报告中所说："中国共产党一经成立，就把实现共产主义作为党的最高理想和最终目标，义无反顾肩负起实现中华民族伟大复兴的历史使命，团结带领人民进行了艰苦卓绝的斗争，谱写了气吞山河的壮丽史诗"。中国共产党人深知，深受帝国主义列强侵略和压迫的中华民族，只有独立自主，团结奋斗，用自己勤劳的双手建设美好的国家，方能获得民族的解放和国家的进步。早在民主革命时期，他们就提出了"消除内乱，打倒军阀，建设国内和平"，"推翻国际帝国主义的压迫，达到中华民族完全独立"的主张。新中国的成立，毛泽东同志庄严宣告：中华民族从此站起来了！这就从根本上改变了旧中国一盘散沙、贫穷落后的状态，塑造了焕然一新的国家形象。

当然，在建设社会主义强国的过程中，由于帝国主义的封锁、国家经济社会基础以及主观失误、缺乏经验等各种原因，在推动民族复兴的道路上，曾一度照搬过本本、模仿过别人、犯过幼稚盲动的错误，甚至走过弯路、吃过苦头、付出过沉重代价。但是，错误和挫折的教训，或许更能让人懂得应当和怎样独立自主地探索中国的前进道路与发展模式。改革开放以来，几代党和国家领导人都认真总结历史的经验教训，坚持把马克思主义的普遍真理同我国的具体实际相结合，坚定不移地走中国特色社会主义的建设道路。明确把"团结带领全党全国各族人民，接过历史的接力棒，继续为实现中华民族伟大复兴而努力奋斗，使中华民族更加坚强有力地自立于世界民族之林"作为自己的责任，特别强调：实现中华民族伟大复兴，就是中华民族近代以来最伟大的梦想。这个梦想，凝聚了几代中国人的夙愿，体现了中华民族和中国人民的整体利益，是每一个中华儿女的共同期盼，更是历史交付给当代共产党人的光荣使命。

中华民族的伟大复兴，深深扎根于中国传统文化的肥壤沃土之中，它浓缩了五千年中华文明的优秀文化基因，承载着中华民族古老而常青的光荣与梦想。所以，与"民族复兴"几乎同时出现的，是"文艺复兴"。孙中山在绘制大同社会蓝图时，把"心性文明"建设作为民族复兴的重要内容。1904 年《江苏》杂志发表《民族精神论》首次提到"民族精神"，认为"民族之僔而盛僔而衰，回环反复兴废靡常者，皆其精神之强弱为之"，把民族的兴衰直接与民族精神的提振相提并论。连蒋中正先生也承认，一个国家如果在文化领域消失了，那这个国家必无以生存于世界，终要被人灭亡。于是乎，梁启超、傅斯年等人以振兴清代学术比附欧洲文艺复兴；胡适、蔡元培等人把新文化运动倡导科学与民主视为中国文化的启蒙；陈独秀提出若有 40 年工夫，中兴的中国文化必可与欧洲文化齐等；梁漱溟、钱穆等人以重振儒学视为中国的古学复兴；顾毓秀干脆提出：民族复兴运动包括三大要素，政治革命、社会改造和文艺复兴。新中国成立之初，毛泽东曾这样阐述中国文化的复兴与发展："自从中国人学会了马克思列宁主义以后，中国人在精神上就由被动转入主动。从这时起，近代世界历史上那种看不起中国人，看不起中国文化的时代应当完结了。伟大的胜利的中国人民解放战争和人民大革命，已经复兴了并正在复兴着伟大的中国人民的文化。这种中国人民的文化，就其精神方面来说，已经超过了整个资本主义的世界。"

其次，当代中国比历史上任何时期都更接近中华民族伟大复兴的目标。

何谓复兴？我赞成这样的断言：唯有自身曾经强盛过的民族，才有资格提出复兴的目标；唯有饱尝屈辱磨难而始终不放弃梦想的民族，才有力量提出复兴的目标；唯有真正伟大的民族，才不会在苦难中自甘沉沦，反而会从苦难中奋起。这三个前提，昭示出中华民族伟大复兴是传统文化与时代主题交汇互融的结晶：过去长达数千年的中华文明是民族复兴的深厚文化底蕴和实现复兴的重要思想资源；近代以来救亡图存的时代主题，是伟大复兴启动的引擎与动力。

目前，我们正日益向既定目标逼近。新中国成立前 30 年我们建立一整套政治经济社会制度，打下了良好的发展基础；改革开放 30 多年，我国经济社会突飞猛进、科教文化跨越式发展、国家实力和综合国力逐渐增强、国际地位和国际影响力日益提高，一个负责任的大国形象正在崛起。据统计，"十二五"期间，国内生产总值从 48.4 万亿元增至 67.78 万亿元，年均增长超过 8%，目前已超过 80 万亿元，占世界经济比重达到 15%，稳居世界第二位，跻身"10万亿美元俱乐部"。人均国内生产总值由36018元提高到46629元，年均增长超过7.5%。经济结构明显改善，第三产业增加值占国内生产总值比重超过第二产业，基础设施水平全面跃升，农业连续增产，常住人口城镇化率达到55%，一批重大科技成果达到世界先进水平，经济发展成就斐然。其间，国家财政的"钱袋子"更多向民生倾斜，公共服务体系基本建立、覆盖面持续扩大，城乡居民人均可支配收入以年均9.5%的增速跑赢国内生产总值增幅，人民生活水平和生活质量加快提高。"十三五"时期，如果我们能够认识、适应、引领经济发展新常态，加快转变经济发展方式，使主要经济指标平衡协调，发展空间格局得到优化，投资效率和企业效率明显上升，工业化和信息化融合发展水平进一步提高，产业迈向中高端水平，先进制造业加快发展，新产业新业态不断成长，服务业比重进一步上升，消费对经济增长贡献明显加大，确保国内生产总值每年平均增长速度保持在6.5%以上，我们就能实现到2020年国内生产总值和城乡居民人均收入比2010年翻一番的目标，全面建成小康社会，实现中华民族伟大复兴。

再次，实现中华民族伟大复兴需要戒骄戒躁，久久为功。

为了民族复兴，从鸦片战争以来我们为此奋斗了170多年，从中国共产党成立以来我们为此奋斗了90多年，从新中国成立以来我们为此奋斗了60多年，从改革开放以来我们为此奋斗了近40年。一方面，现在我们比历史上任何时期都更接近中华民族伟大复兴的目标，比历史上任何时候都更有信心、有能力实现这个目标；另一方面，接近与实现是两个不同的概念，接近到实现不可能一蹴而就，中国仍处于并将长期处于社会主义初级阶段，实现真正的民族复兴，还是一项极为艰巨而长期的历史任务。正如中央领导同志所说："中华民族伟大复兴，绝不是轻轻松松、敲锣打鼓就能实现的。全党必须准备付出更为艰巨、更为艰苦的努力。"

一是中国力量的崛起正在并将最终改变世界的格局，但国际格局的变化是渐进性的，发展的进程或许十分缓慢。一百多年来，让世界格局大变的只有极少几个国家。中国要在经济总量上、科学发展水平和文化影响力上超越世界强国，还有很长的路要走。在全球激烈竞争的新时代，处于相对弱势的中国要想弯道超车，必须有极大的耐心与列强周旋，才可能在大国竞争的马拉松中最终胜出。

二是经济总量不是唯一的指标，我们必须时刻保持清醒头脑。目前中国的城市化比率、二三产业占比、人均收入、社会公平度、婴儿死亡率、高等教育普及率、技术创新能力、社会保障能力等，实际上只相当于发达国家20世纪六七十年代的水平。国人尚普遍缺乏对民族复兴进程中来自外部挑战和压力的认识，还没有完全做好作为世界第二经济体的心理准备，更遑论用娴熟的战略思维去有效地应对挑战、化解危机。如果习惯于盲目听信他人的奉承，自以为得意，自以为受用，那么就会染上"软乎乎的幸福主义"，让人顾盼自雄，忘乎所以，变得脆弱不堪。一方面，西方的鼓吹中国威胁论，可能是虚张声势，目的要我们担负更多的经济责任；另一方面，所谓中国崩溃论，用意是为动摇我们发展的信心。对我们而言，唯一必做的就是保持足够的清醒和战略定力，时刻把持住自己，既不为他人的吹捧所陶醉，也不被人家的恐吓所吓倒。

三是当代世界局势变化很快，变量很多，多变的局势对不变的长期和平发展战略形成巨大的冲击。近五百年以来，世界上还没有一个大国能在风平浪静中走向兴盛。大国崛起总是意味着重新塑造国际秩序和国际体系，通常都会引起原有国际体系中既得利益国家的抵制。随着中国的进一步发展，掣肘与摩擦的因素将逐渐增多，国际上一些势力会不时刺激和挑衅我们。此时此刻，理性和韧劲对崛起的中国而言极为重要。特别是在具备了初步抗衡力量之时，更要排除干扰，妥善应对，坚持既定目标不动摇，防止快意恩仇的情绪滋长。

面对各种盘根错节的国际关系和经济发展伴生的复杂问题，我们既要以每临大事有静气的沉稳、以咬定青山不放松的执着、以风物长宜放眼量的气度、以行百里者半九十的清醒，坚持不懈地攻坚克难，以争取时间，积蓄力量，壮大自己。同时也要特别强调，一个多世纪的屈辱与磨难，让民族深切体会到自强与正义的可贵，也决定了我们的复兴之路必须采取全新的文明与和平的方式，绝不能以掠夺与干涉相伴；中国合作共赢的模式理应成为世界经济发展的重要机遇，为国际和地区伙伴提供更广阔的市场、更充足的资本、更丰富的产品和更宝贵的合作契机；我们必须秉持人类命运共同体的理念，最大限度地减少与国际社会的摩擦，真正成为世界不断生长壮大的和平力量，切实发挥负责任大国的作用，在力所能及的范围内努力承担必要的国际责任和义务，为人类的和平与发展做出更大贡献。

二、文化在中华民族伟大复兴中的地位与作用

首先，文化作为人类精神的结晶与历史文明的积淀，在满足人们精神需求、引领社会发展方向等方面有着不可替代的重要作用。

文化是最直接通达人类心灵的钥匙。党的十九大报告强调：文化是民族生存和发展的重要力量。人类社会的每一次跃进，人类文明每一次升华，无不伴随着文化的历史性进步。事实上，横平竖直的方块汉字承载着中华民族悠久的历史文化积淀，宫商角徵羽的千古佳音述说着炎黄子孙的剑胆琴心。一首李太白《静夜思》不知引来多少华夏游子回望乡关，报效祖国。一阕《广陵散》琴曲，一片《离骚》忧思，一腔《正气歌》豪情，一段《梁祝》倾诉……诗词歌赋，丝竹管弦，所有这些意味深长的文化符码，传递着一个东方民族的侠骨柔情和勇敢担当。正是那铁骨铮铮的方块汉字，筑起了雄奇天下的精神长城；正是这"巍巍乎高山，荡荡兮流水"的鼓声

琴音，在无数江河子嗣的内心引起了巨大的回响和波澜……

文化作为人类实践活动的精神凝结，是人们在社会生活中所获得的一切能力以及精神创造物，更是人类文明得以存续、传播和绵延的动力。从语言萌芽到部落初建，从土地之制到礼乐之兴，从刀耕火种到信息革命，人类告别蒙昧落后、走向开化文明的每一个环节，都清晰地镌刻着文化进步的烙印。翻开林林总总的世界历史，不难发现，人类社会由蒙昧进而至于开明，不仅是一部生命繁衍、岁月推移的历史，不仅是自然改造、财富积累的历史，更是一部文化进步、文明传承的历史。无论是以实物形式存在的长城、兵马俑、特洛伊古城、耶利哥遗址、克诺索斯宫殿，还是口口相传、手手相授最终形诸文字和形象的英雄史诗、戏剧、小说等各种文学艺术表现形式，都在某个特定的角度上揭示了人类文明进步的一个个积淀层。文化以各种形式被载入文明史册，成为记录时代进步和社会发展的重要标志。正是源于对人类文化孜孜不倦的考察，马克思在《神圣家族》中发出无限感慨："古往今来每个民族都在某些方面优越于其他民族。"

其次，文化不仅是综合国力的重要标志，而且还是民族的灵魂与血脉，是民族凝聚力和创造力的重要源泉。

布热津斯基在《大棋局》中提出大国的四个标志，即经济发达、军事强大、科技雄厚、文化富有吸引力。中华民族复兴当有多项标准，如经济繁荣、军力强大、政治修明、人才辈出等都是"复兴"的应有之义，同时，文化实力和竞争力无疑也是国家富强、民族振兴的重要标志。一个国家、一个民族若只有经济的发展而没有文化的发展，是不全面的。马克思主义认为，任何一个社会都是由政治、经济、文化形成的一个系统。一个社会系统里，既要有经济发展，又要有政治发展，也要有文化发展。中华文化的繁荣发展既是政治、经济社会发展到一定阶段的必然要求，也是政治、经济社会进一步发展的动力和支撑，更是增强中国综合国力和国家竞争力的必然要求。联合国教科文组织认为：人类未来发展的一切最终可以用文化来表达。

文化在潜移默化中释放着巨大而无穷的能力。从柏拉图、亚里士多德的古希腊哲学到达·芬奇、米开朗琪罗的文艺复兴，从先秦诸子的文化典籍到马克思主义指导下中国人民新的革命和建设实践，文化以其对社会历史的巨大作用力，贯穿、渗透在社会实践的每一个具体而细微的环节。文化的力量不仅在政治、经济、科技、教育等重大社会实践之中，而且还在更为宏观的历史层面上，以其无微不至的渗透力和雄强宏阔的整合力，构成人类物质与精神创造的巨大张力。一部《神曲》敲响了中世纪封建主义的丧钟，开启了启蒙运动的先河；一篇《共产党宣言》把"全世界无产者联合起来"，深刻揭示出社会历史发展的规律，人类历史从此进入了一个崭新的纪元；一本薄薄的《新青年》凝聚起一群热血青年，开创了中华民族走向民主与科学的新天地；一曲《义勇军进行曲》的雄壮激扬的旋律，鼓舞了亿万个不愿做亡国奴的中国人忘我地投入反侵略的战争……无数的事实充分证明，积极健康的文化能够拓宽视野、开阔心胸、启迪灵魂，是人类文明生生不息、赓续绵延的强大精神动力。

再次，文化作为国家的价值理念和人民的精神家园，民族的伟大复兴离不开文化的复兴作支撑。

党中央在繁荣发展社会主义文艺的意见中提出："实现'两个一百年'奋斗目标、实现中华民族伟大复兴的中国梦是长期而艰巨的伟大事业。伟大事业需要伟大精神。实现这个伟大事业，文艺的作用不可替代，文艺工作者大有可为。"必须看到，民族的复兴与强盛是以人的全面发展为基础和前提的。渗透思想与审美的文化，是连通价值尺度与社会大众的桥梁，是把知识转化为观念的有效手段，文化也只有文化才能让人们在享受精神愉悦的同时，在心灵深处引起情感、人生态度和价值观念的深刻变化。因为文化能够影响到每个普通人，促进"人"的发现与觉醒，唤醒人的价值与尊严，进而带动全民族的觉醒与进步。托马斯曼认为：精神之贵是人类历史上唯一的净化力量，一旦这种理想消亡，精神也就随之消失。所以，没有中华文化的繁荣兴盛，就没有中华民族的伟大复兴。

具体而言，文化对民族复兴的支撑作用有三：一是文化能够成风化人。文化春风化雨，润物无声，温润心灵，涵养人生。人们通过文化艺术启蒙心智、认识社会、获得思想上的教益，从丰富多彩的优秀文艺作品和文化体验中，潜移默化地树立理想信念，培育民族精神和时代精神。没有人民精神世界的极大丰富，没有民族精神力量的充分发挥，没有整体素质和观念的巨大提升，一个民族不可能屹立于世界民族之林。

二是文化可以改善民生。除了GDP、GNP之外，文化是衡量人类社会发展水平的重要指数（HDI）。生活环境、受教育程度、幸福感、预期寿命等都是其中的重要指标。增强人民群众的获得感，保障人民平等享受文化改革发展成果，让其享有健康丰富的精神文化生活，是全面建成小康社会的重要内容，也是改善文化民生、增进人民福祉、提高全民精神文化素质的重要前提。

三是文化还能促进发展。文化不仅有助于社会的均衡发展，而且越来越成为经济发展的重要支撑。一方面，历史、传统、民俗等文化资源日益成为经济发展的基础性资源，文化以其强大的渗透力影响并提升经济发展的质量；另一方面，创意、设计等文化创新日益成为价值创造的重要支点，在直接贡献于经济增长的同时，品牌、形象、信誉等文化形态的无形资产也日益成为市场竞争的关键因素。

文化实力作为国家富强、民族振兴的重要标志，只有在新的历史起点上，让中华文化在继承中发展、在创新中提高，才能为民族伟大复兴高扬精神旗帜、点燃理想火炬、增强发展持久动力。所以党中央才殷切希望：

当高楼大厦遍地林立时,中华民族的精神大厦也应该巍然屹立。这既是对文化的期待,更是嘱托。

三、如何推动中华文化的伟大复兴

第一,大力弘扬传统文化,是中华文化复兴的基础。"世世代代的中华儿女培育和发展了独具特色、博大精深的中华文化,为中华民族克服困难、生生不息提供了强大精神支撑。"在中央召开的文艺工作座谈会上特别指出:"中华文化既坚守本根又不断与时俱进,使中华民族保持了坚定的民族自信和强大的修复能力,培育了共同的情感和价值、共同的理想和精神。"这充分说明学习掌握并继承发扬传统文化的精华,是在全社会培育民族精神,树立正确的世界观、人生观、价值观的基础性工程。

中华民族有五千年发展史,无论是文明开化之早、声名文物之盛,还是文脉承传之久、文德惠泽之远,皆世所罕见,其博大精深的传统文化,成为中华民族的精神命脉。人们通常把政治上的大一统、共同的民族意志和精神、"家国共同体"的政治社会制度,视为中华文明的三大根底。并将之概括为十个基本点:多民族大一统的国家观;以和合为基础的社会观;以中庸为核心的处世观;以忠孝为特征的人生观;以儒学为主体的修身观;以科举制为代表的竞争观;以开放融合为标志的周边关系观;强调天人合一的自然观;敬畏如水的治政观;从小康到大同的发展观。在数千年的历史长河中,华夏儿女以自己的勤劳和智慧,创造出灿烂辉煌的中国文化:从冶铁铸剑到火药发明,从造纸技术到活字印刷,从罗盘运用到陶瓷纺织,一项项发明记录着中华民族的科学与理性睿智;先秦散文、汉代大赋、六朝骈文、唐宋诗词、元代散曲、明清小说,相续不断的文脉滋养着生生不息的文艺传统;老聃、庄周、孔丘、孟轲、孙武、管仲、荀况、墨翟、韩非诸子争鸣生辉,儒释道和谐共生,修身齐家治国平天下浑然一体;孝悌忠信、礼义廉耻、内圣外王、天人合一、仁者爱人、与人为善等思想观念，成为中华民族的道德规范与人格准则；还有那种"位卑未敢忘忧国"的爱国精神，"先天下之忧而忧，后天下之乐而乐"的忧患意识，"民为邦本，本固邦宁"的民本思想，"与时俱进、自强不息"的进取精神，"德惟善政""为政以德"的德政文化，"协和万邦""兼爱非攻"的和平共赢诉求，"不患寡而患不均，不患贫而患不安"的公平正义的价值取向，"富贵不能淫、贫贱不能移、威武不能屈"和"出污泥而不染"的高尚品格等皆系传统文化的精髓，不仅是中华民族的精神命脉，是涵养社会主义核心价值观的重要源泉，也是我们在世界文化激荡中站稳脚跟的坚实根基。

中西方文化有本质性区别。中华文化植根于农耕文明，重视血缘、亲情与礼仪，强调自省；西方文化始于契约文明，注重以逻辑演绎的方式达到自由人性的追求，强调他律。自中世纪、启蒙运动和文艺复兴的铺垫，历500余年至今，西方精神价值、器物科技、制度文明一度勃兴，成为世界文化的风向标。近代开始的东西方文明的大规模冲撞交融，直接宣告了全球化时代的到来。此时，西方文化主流工具形式逻辑与方法论局部有效的自性危机已经清晰暴露在世界面前。思维失衡、价值失衡、交易失衡导致经济周期性危机、政治周期性恶斗、社会周期性分化、艺术周期性互否，自由与他律不可调和的矛盾已经无法再建政治经济文化和心灵道德和谐共生的世界秩序。而中华文明虽然也有在形式上关注整体而忽略局部，导致各个领域周期活力不足的危机，但其注重整体的均衡，追求心灵自治、灵魂觉醒与道德自律的价值秩序，这有利于弥补西方文化分类有余而综合不足、分裂失衡有余而整合均衡不足的弊症，为全人类找到公正均衡的福祉。

1982年8月，美国前总统里根在致美国旧金山祭孔大典筹备委员会的信函里这样写道："孔子高贵的行谊与伟大的伦理道德思想不仅影响他的国人，也影响了全人类。孔子学说世代相传，提示全世界人类丰富的做人处世原则。"1988 年 1 月，全世界诺贝尔奖获得者在巴黎会议的《宣言》里特别强调："如果人类要在 21 世纪生存下去，必须回头 2540 年，去吸取孔子的智慧。"应该说，这是 20 世纪末的人类最高智慧群所达成的共识，这一共识非常富有前瞻性，至少可以成为探索人类 21 世纪文化发展方向的有益尝试。

国人在实现"文化复兴"的路径上，不同文化流派也有不同的选择。一是文化保守主义者（以梁漱溟的新儒学为代表），把"中国文化复兴"定位为传统文化复兴尤其是儒学的复兴；二是自由主义者（以胡适和蔡元培为代表），向往西方文明，希望在中国实现类似于欧洲文艺复兴的中国文化复兴；三是变革论者（以孙中山、李大钊和毛泽东为代表），对传统文化、西方文化均持既有批判又有认同的态度，主张在兼采中西的基础上实现"综合创新"。我们赞成第三种观点。定位中华文化复兴的时代内涵时，既不简单理解为儒家文化的复兴，更不是西方文明的中国式复制，而是中华文化的创造性转化和创新性发展。著名学者周有光甚至不承认"国学"，但他也不反对研究古代的东西，认为复兴华夏文化重要的不是文化复古，而是文化更新；不是以传统替代现代文化，而是以传统辅助现代文化。台湾作家白先勇大声疾呼：21 世纪中华民族要来一次文艺复兴，这既是民族自我救赎的方式，也是救赎民族的文化力量！

而所谓中华文化的创造性转化和创新性发展，就是要站在全球化的高度，用现代中国的概念重新诠释中国传统文化。一要从传统文化的思想史中撷取精华，加以比较、分析和综合，在传统文化向现代文化的创造性转化过程中，焕发出新的生命。而文化现代化不是文化追求的唯一目的，而是文化传统创造性转化的一种手段和方法。二要重拾传统文化，从中找到中华民族之所以成为中华民族的心理基石和文化根基。防止以西方概念来诠释中国传统文化，把自己束缚在西方的概念架构中，变成西方文明的一个部分。重新理解中国传统文化的现代价值，从传统文化的自身逻辑中寻求更高明的人生境界和政治理想。正如德国思想家马克斯·韦伯所说，一个国家特别是它的精英阶层，必须有意愿和能力，在最高价值的层面上为自己文明的存在辩护，说明它的正当性，保持和增强它的理想色彩，在种种并存的、相互竞争的价值世界中，阐明自己的"存在必然性"，在关键时刻，有勇气肯定自己的价值体系，并担当起捍卫自己文明的责任。三要正确认识国学在中华民族复兴中的作用。一方面，实现民族复兴，文化不能缺位，中华古老文明也将重新焕发生机，文化复兴中必然会在其中发挥重要作用；另一方面，实现民族复兴，文化不能越位，"文化强国"不能唱独角戏。不能以儒学复兴等同于民族文化复兴，也不能夸大文化复兴在实现民族复兴中的作用。最后要具有开放性思维。文化复兴不是要复古，不是要回归儒学，不是要全盘恢复旧文化，而是让使国学不断从现代性、从时代精神中获得新的思想资源，在实现现代化的征程中既保持民族文化的延续性，又创造新时代人类文明的新高度，再造文明古国文化的辉煌。文化复兴也不是排外，不是要再摆出"天朝大国"的虚骄，而是要在中华文化的发掘光大中融入国际社会，在构建多元文化生态中赢得自身的话语权，推动中国文化走向世界。

第二，吸收借鉴人类一切文化精华，大力推动文艺创新发展，为民族复兴提供强有力的智力支持。中华文化虽自成一体，但也不是在封闭中发展的，而是以中原文化为主体，对不同民族、不同地域的思想文化不断兼收并蓄、吸收整合的结果；社会主义文化更不能在封闭中发展。列宁认为，社会主义文化要批判继承人类一切的文化遗产。他强调光靠摧毁资本主义不能填饱肚子，我们必须汲取他们留下的全部科学技术、文化艺术成果，才能建设社会主义。

随着全球化深入推进，各国经济社会发展相互支撑，高度依存，民族之间文化交流日益增强，任何一个国家的文化都不可能在闭关锁国、独善其身的情况下得到孤立发展。在当今世界多宗教、多民族、多文化并存的大环境中，中华文化只有广泛参与世界多种文明对话，以善学替代独善、以交流替代推销，才能不断丰富中华文化内涵，提高中华文化的传播能力，扩大影响范围。尽管东西方文化，在政治制度、价值理念、发展模式等方面存在着巨大差异（这里既有发展环境的因素，又有自主选择的因素，更有文化承袭的因素），但二者之间却有很强的互补性。我们要用平等、尊重、理性和设身处地的心态，协调文化逻辑，减少文明冲突，按照以我为主、为我所用的原则，增强对世界多民族文化的了解与欣赏，学习和吸收一切有利于我国文化发展的理念、机制、经验和成果，并与中华传统文化中的精粹合理成分形成有益互补，以开放的精神、扬弃的方式、包容的胸怀，不断进行文化的自我更新。

文化的交流互鉴，要坚持古为今用、洋为中用，求同存异、和而不同的原则，有鉴别地加以对待，有扬弃地予以继承。为此，必须旗帜鲜明地反对两种倾向：一是民族文化虚无主义的倾向。他们从整体上根本否定中国文化的现代价值，主张抛弃民族文化传统而全盘照搬西方现代文化。这种数典忘祖、蔑视传统、一味丑化民族文化的做法，是十分有害的。抛弃传统、丢掉根本，等于割断了自己的精神命脉，就会丧失文化的特质。二是民粹主义的文化优越论倾向。持论者不加分析地盲目肯定且全盘承袭传统文化，妄自尊大、故步自封，以偏狭的心态反对学习世界现代文化之优长，结果只能是断绝养分、走向枯萎，失去生命力。正确的态度应是在马克思主义的指导下，在弘扬民族文化主体精神的基础上，立足于中国特色社会主义的实践，根据民族复兴的现实需要，进行科学梳理、精心萃取，去其糟粕、取其精华，深入挖掘和提炼其有益的思想价值，使之发扬光大；并以面向现代化、面向世界、面向未来的胸怀与气度，互学互鉴、大胆拿来、有机利用，通过不断地"综合创造"与"创造综合"，铸造中华文化新的辉煌。

"综合创造"与"创造综合"就是创新，创新是继承借鉴的必然发展结果。一是吸收借鉴古今中外一切优秀文化的过程既有扬弃，更要超越，建立科学进步的新态文化；二是创新要立足现实，从当下社会实践中挖掘新文化内容与形式的生成依据；三是适应信息时代和媒体变化需求，引入高新技术和一切可能的技术手段，敢于突破常规，大胆在观念、内容、风格、样式上创新，不断提高原创能力，真正实现中华文化的创新性发展。

无论是回望传统，还是面向世界，目的都是激发文艺创造的科学认识和理性自觉。有审美理想参与的文化自觉，既要符合艺术自身的发展规律，也不能损害人类社会基本的道德准则和审美鉴赏心理。那些追求稀奇古怪、违背常理和美感的东西，以血腥、残忍、恐怖、色情、暴力来表现骇人听闻的假恶丑的病态的"新"是要不得的。著名作家刘绍棠曾以新出现的可怕的艾滋病为例，说明新的不一定都是好的，是有道理的。刘勰倡导的"酌奇而不失其真，玩华而不坠其实"的观点，理应成为我们追求的最高境界。当代人要把创造新时代的标志性文化品牌，当作自身的历史使命与社会担当。把人类优秀文化成果与时代精神相结合，把传统文化与高科技、新媒体、数字化，包括某些时尚相结合，着力打造当代中国的文化奇观。

第三，大力弘扬中国精神，让社会主义核心价值观内化于心、外化于形，形成凝聚全社会的精神力量。中国精神就是中华民族之魂，是五千年华夏文明穿越血与火的洗礼、流淌在中国人心中的生生不息的民族大爱，是中华民族实现伟大复兴的力量之源。中国精神核心元素是民族精神和时代精神，这是凝心聚力的兴国之魂，强国之魄，也是社会主义文化的灵魂。我们要把弘扬伟大爱国主义精神和以改革创新为核心的时代精神，作为文艺创作的主旋律，引导人民树立和坚持正确的历史观、民族观、国家观、文化观，增强做中国人的骨气和底气。

爱国主义是中华民族精神的核心，既是支撑中华民族生生不息的精神支柱，也是实现民族复兴的强大精神动力。当代文艺只有从源远流长、博大精深的传统文化中，从改革开放和现代化建设的伟大实践中，追寻积淀其中爱国主义最深层的精神蕴涵，捕捉其中最根本的精神基因，以鲜活的艺术形象或意象塑造中华民族独特的精神气质和思想品格，才能增强做中国人的骨气和底气，增强全民族的认同感和归属感，增强国家的凝聚力和吸引力。时代精神是一个时代体现出来的精神风貌和优良品格，是激励一个民族奋发图强、振兴祖国的强大精神动力。当代文艺只有体现时代精神，才能"为历史存正气，为世人弘美德"，才能"像蓝天上的阳光、春季里的清风一样，能够启迪思想、温润心灵、陶冶人生，能够扫除颓废萎靡之风"，才能彰显时代的特征，鼓舞人民的斗志，在全社会形成健康向上的精神力量。

积极健康的社会风气，昂扬向上的时代风貌，其乐融融的人际关系，需要良好的文化氛围来营造。我们要让中国精神成为族群的共识，成为社会的遵循，成为凝聚全民族的强大精神力量，就必须使之内化为当代中国文化最深厚的创造力。文化创造力与价值观紧密相连。文化是一个民族／国家在长期的自然环境和历史发展中形成的民族性格，是一个民族／国家存在的对外表征，并最终形成族群共同的价值观念和价值判断。价值观是文化的核心，是更深层次的驱动器，集中体现了一个国家／民族的价值追求，是文化创造力中最核心的竞争力，把控着文化创造的前进方向。

与之紧密相关的社会主义核心价值体系建设是一个长期的过程，特别需要文化艺术的滋养。中央要求："广大文艺工作者要高扬社会主义核心价值观的旗帜，充分认识肩上的责任，把社会主义核心价值观生动活泼、活灵活现地体现在文艺创作之中，用栩栩如生的作品形象告诉人们什么是应该肯定和赞扬的，什么是必须反对和否定的，做到春风化雨、润物无声。"
文艺只有做好润物细无声的工作，才能在坚持以情动人、以美塑人的基础
上，培育人们的理想情操和价值观念，鼓舞他们生活的希望，让理想的力
量成为人们精神脊梁的支撑。首先，要把社会主义核心价值观水乳交融地
融入社会日常生活，化为文艺家自己的血肉，渗入自己的灵魂，形成思想
上的自觉，才能真正悄无声息地把核心价值观融入创作之中。其次，要将
社会主义核心价值观与自己的感情融为一体，与自己笔下的形象融为一体。
价值观说到底是思想层面的，相对比较普泛和抽象，要通过鲜活、生动、
具体的人物形象和生活场景，真切地、感性地体现出来，才能获得更广大
人民群众的体认和接受。如果把自己的创作当作"思想的传声筒"，就算是
再深刻的思想、再精辟的见地，也难以走进广大人民群众的心里去。再次，
要通过优秀文艺作品的传播、展示，充分发挥文艺的熏陶和滋养作用，在
文艺的潜移默化中让蕴藏其中的社会主义核心价值观入心入脑，变成人民
群众的精神滋养和行为规范。

第四，重塑文化软实力，全面提升中华文化的整体实力和国际竞争力，
这是国家富强、民族振兴的重要标志。"软实力"是美国哈佛大学教授约瑟
夫·奈于1990年首先提出的概念。他认为，软实力是通过非强制性因素，
而被对方主动接受的文化力量。作为国家综合国力的重要组成部分，软实
力特指一个国家依靠政治制度的吸引力、文化价值的感召力和国民形象的
亲和力等释放出来的无形影响力。

国家文化软实力基于该国的文化资源，但并不意味着一切文化都能成
为软实力；只有当该国文化产品在对外传播中能够被其他国家/民族主动
接受时，这种文化才能转化为该国的文化软实力。现阶段，全球文化市场
容量达12000亿美元，主要集中于电影、音乐唱片、动画和电脑游戏等大
众娱乐项目。21世纪初，美国文化产品出口达700多亿美元，它的一个大

型国际传媒公司产值就超过我国全部文化产业总产值，相当于一个中等国家的 GDP。据统计，在世界生产的 4000 多部故事片中，好莱坞影片占总数不到 1/10，但却占有全球票房的 70%。美国电影每年在国内票房达到 76.6 亿美元的同时，还从海外电影市场得到超过 60 亿美元的票房收入，美国电影几乎已经成为世界电影，好莱坞无处不在。欧洲对美国影视贸易赤字到 1998 年已达到 60 亿美元，发展中国家在文化商品贸易中所占的份额更是少得可怜。整个非洲大陆平均每年生产 42 部电影，其余 95% 以上靠进口，且主要是好莱坞影片。在我们的邻国，文化立国战略对日韩的发展起到了非常明显的作用。目前，全球播放的动画片中有 65% 出自日本，这一比例在欧洲高达 80%。而在全球电子游戏市场份额中，90% 以上的硬件、50% 以上的软件均被日本厂商掌握。2009 年，韩国的网络游戏出口额是中国的 10 倍，电影的出口额是中国的 7 倍，新闻出版、电子音像、艺术品产业的对外输出也走在中国前面。以图书为例，2007 年我国图书期刊进口 2 亿美元，但是我国的出口只 3700 万美元；2008 年我国引进了图书版权 15776 种，而同期的输送图书版权只有 2440 种；2010 年，我国的版权进出口比为 2.9∶1，发展到 2014 年上升为 1.66∶1。演艺产品的进出口收入比约为 10∶1。差距显而易见。中国虽然拥有雄厚的文化资源，但中国文化在国际文化竞争中却并不占据优势。世界对中国的了解远远不及中国对世界的了解。文化领域的贸易逆差不仅与中国巨大的经济贸易顺差形成巨大的反差，而且与中国世界贸易大国的地位也极不相符。

英国前首相玛格丽特·撒切尔在《治国方略——应对变化中的世界》谈到所谓"中国威胁"时说，中国不会构成冷战时期苏联那样的挑战。理由是中国现在还不是一个军事大国，今后也不太可能成为军事大国；因为中国没有那种用来推进自己的力量，从而削弱西方国家的具有国际传播影响的学说；中国出口的是电视机而不是思想观念。后来，随着中国的日益强大，西方学者改变说辞，认为尽管中国在经济实力、技术及至制度上都在赶超西方，但发展依然不可持续，因为中国在道义上无法企及西方，中国缺少西方那样的普世价值体系。其语言虽不乏尖刻，但其直击要害之处还是足以令人警醒。这种现状不改变，中国就无法在国际上赢得真正的话语权。

提升国家软实力，重要的是加强国家的文化形象建设。国家的文化形象作为国家文化传统、文化创造、文化实力的集中体现，反映出一个国家的国民素质和精神风貌，反映出一个国家的文化创造力和消化力，也是一个国家国际影响力的重要标志。良好的文化形象不仅是国家经济形象和政治形象的门面支撑，是国家宝贵的无形资产；而且还是展示自己的窗口，是加强国际交流与对话、提升国家形象的平台。处在全球经济、政治、军事和文化激烈竞争的历史时期，一个国家不能靠贴牌生产、加工贸易走进世界强国之列。作为一个有着五千年历史的文明古国，我们不能满足于做人家的"硬件加工厂"的角色，要彻底改变对外文化传播的严重赤字和文化入超局面，在开拓国际经济市场的同时，积极开拓国际文化市场，提升国家软实力，努力对外展示中华文化独特魅力，使中华民族最基本的文化基因与当代文化相适应、与现代社会相协调，以人们喜闻乐见、具有广泛参与性的方式推广开来，把跨越时空、超越国度、富有永恒魅力、具有当代价值的文化精神弘扬起来，把继承传统优秀文化又弘扬时代精神、立足本国又面向世界的当代中国文化创新成果传播出去，塑造与国家经济实力、国际地位相适应的文化形象。

提升文化软实力，要实施"走出去"战略。首先，有必要系统且高标准地制订对外文化产品输出计划，努力拓展国际文化贸易，加快拓展国际文化市场和文化产品和服务出口，推进优秀民族文化产品在海外的影响力。要学会"中国元素的国际表达"，以其特有的柔性力量、细雨润物的方式，增强同世界各国人民的情感交流和心灵沟通；要以文化为载体，充分利用现代传媒方式，向世界说明中国，增进理解，扩大共识。除了继续扩大政府之间的文化交流外，还要推动民间文化外交，利用外方的技术和市场推动中华优秀的文化同世界各国进行交流；充分利用我国丰富的文化资源，采取从创作源头与外方合作的方式，并运用现代科学技术增强文化的表现力，使之以更具吸引力、感染力的新的文化样式展现在当代世人面前。

其次，要向世界凝练中国特色的核心价值理念。对于一个谋求发展与复兴的文化来说，竞争是文化变革和文化创新的动力。当代文化的兴衰则取决于能否应对文化间的挑战，而赢得这种挑战的关键在于，处于文化核心层面的价值观是否更具普遍性或更具吸引力、凝聚力和感召力。工业革命以来，西方文化一直引导世界文化的潮流，在竞争中占据着主导地位。但随着国际金融危机的爆发以及近些年以美国为代表的西方国家对内、对外政策失误，充分暴露了西方文明的核心价值观即个人主义的危害，也逐渐耗尽了资本主义的制度和文化的能量。2008 年春，约瑟夫·奈在《中国软实力的上升及其对美国的影响》中说："近年来，尤其是入侵伊拉克以来，美国软实力大大下降。根据许多观察家的估计，在美国吸引力或软实力下降的同时，中国的软实力却在提升。"其实，早在 20 世纪 70 年代，面对人类的生存危机，英国历史学家阿·汤在对世界各民族的文化进行比较以后指出：中国人的"融合与协调的智慧"最适于人类未来的发展，为解决当代世界面临的新老问题提供了新理念新智慧，为各国探索发展道路提供了新思路新启迪。维护世界和谐、保障人类可持续生存和发展，需要具有中国特色的核心价值理念走向世界。

再次，要努力提高国际话语权。国际话语权，是国家文化软实力的重要组成部分。话语权不只是说话的权利，还包括说话的内容、方式和效果，涉及说话者与受众的关系。要知道，文化交流从来都是双向的，只有学会运用别人能够接受的方式进行文化交流，以文服人、以理服人、以德服人，才能让人乐于接受。当下，国际舆论格局总体是西强我弱，我们往往有理说不出，或者说了传不开；存在着信息流进流出的"逆差"、中国真实形象和西方主观印象的"反差"、软实力和硬实力的"落差"。2017年底，美国国家民主基金会发表《锐实力：崛起的"威权势力"》，公然指责中国提升的软实力，是针对特定国家发动颠覆、渗透，是以利刃般的外交手段达到境外压制言论、扩张势力乃至操控意识形态等目的，甚至诬蔑我们是通过破坏、胁迫和施压的综合作用发挥影响。对此，我们必须高度重视。一定要按照党中央的要求：认真讲好中国故事，展现真实、立体、全面的中国，以良好的对外传播能力提升国家的国际形象。要精心构建对外话语体系，创新对外传播的方式方法，积极探索对外传播的新思路新举措。要运用各种高新技术和新兴媒体展示中华文化的独特魅力，增强对外话语的创造力、感召力、公信力，讲好中国故事，传播好中国声音，阐释好中国特色，真诚、真实地向世人展现一个具有悠久历史文化、充满活力、开放自信的中国，让全世界都能听到并听清中国的文化声音。

第五，文艺工作者要力戒浮躁平庸，以高度的历史责任感，承担对中华文化伟大复兴的使命担当。浮躁、平庸是当下文艺的通病，这在中央文艺工作座谈会上受到严肃批评。目前，一些文艺从业者抱着浮躁的心态，或效颦于时髦风尚，或听命于赵公元帅，或揣摩着地摊需求，或沾沾自喜于高产，匆忙创作，匆忙出版、展演、拍摄与发行，由此生产出许多没有多大艺术价值的急就章。可以说，赶潮流、追时髦、急功近利、跑马占荒，是当下文艺创作有高原而缺高峰、平庸之作居多的一个十分重要的原因。

十九大报告提出："经过长期努力，中国特色社会主义进入了新时代，这是我国发展新的历史方位。"面对一个伟大的、日新月异的历史变革时代，面对从站起来、富起来到强起来的伟大历史飞跃，面对一个千载难逢的历史机遇，当代文艺工作者要切实"认识自己所担负的历史使命和责任，坚持以人民为中心的创作导向，努力创作更多无愧于时代的优秀作品，弘扬中国精神、凝聚中国力量，鼓舞全国各族人民朝气蓬勃迈向未来"。要"倡导讲品位、讲格调、讲责任，抵制低俗、庸俗、媚俗"，坚守"为天地立心，为生民立命，为往圣继绝学，为万世开太平"的文化担当，时刻把创造思想精深、艺术精湛、制作精良，讴歌党、讴歌祖国、讴歌人民、讴歌英雄的精品力作，作为历史交付给我们的神圣使命，进行无愧于时代的艺术创造。

任何一个负责任的文艺工作者都要严肃对待自己所肩负的职责，时刻把生活的积累、素质的养成和创作水平的提升放在重要位置。凭借特殊的生活阅历和特有的文艺禀赋，或许也可能创作出不错的作品，但真正成为文艺巨擘，归根结底，需要深厚的文化积淀。无论是写作，还是书画、表演，艺术拼到最后拼的是文化，这是屡试不爽的真理。艺术家一定要加强文化学习、知识储备和业务修养，不断提高自己思想素养和把握生活、提炼主题、驾驭艺术时空的创作能力。

面对这个伟大的时代，作家艺术家如果不积极地投身其中，把自己关进象牙塔，不从尘封的历史、从一己的悲欢离合、从朋友或家人的闲言碎语中去汲取创作灵感，而使自己成为试管里的蚯蚓，那是注定没有出息的。大家一定要克服对深入生活的心理障碍，带着真心与感情，热情投身改革开放和社会主义现代化建设的第一线，感受时代脉搏、激发创作灵感，自觉地从社会生活中汲取题材、主题、情节、语言、诗情和画意，用人民创造历史的奋发精神来哺育自己。只有吃透生活本质、体悟人生底蕴、丰厚创作积累，才能蓄势而进、厚积薄发，为多出精品力作找到用之不竭的创作源泉。

感悟生活、感悟人生，把生活的积累变成艺术的创造与形象，把生命的感悟化作艺术的灵魂与血肉，需要有悲天悯人的文化情怀。雨果、托尔斯泰、陀思妥耶夫斯基、曹雪芹、鲁迅等文化大师，以艺术家的良知与胆识揭橥历史苦难的进程，把艺术的触角伸展到人类的灵魂深处，他们用博大的胸怀和悲悯的精神照亮世界，为后世留下宝贵的财富和美善的火种。如果不能拆除心的围墙，在身入的同时做到"心入"，不能体验普通百姓的喜怒哀乐和酸甜苦辣，不了解人民对美好幸福生活的追求与渴望，不了解普通劳动大众内心的痛苦和情感的挣扎，不能从中得到感同身受的情感体验，那就写不出有筋骨、有道德、有温度的作品。如果我们把笔下的"人民"变成孤立的自我，斩断艺术与社会、人生的复杂关联，我们就不能收获感动。自己不感动的作品，永远不会感动别人。

要牢固树立精品意识，努力把精品意识贯穿于文艺创作生产的各个环节。"凡作传世之文者，必先有传世之心"。文艺是个寂寞的事业，需要作家艺术家立意高远、志向宏大，以强烈的历史使命感和责任心对待自己所从事的神圣职业。要耐得寂寞、守得清苦，不为名惑、不为利诱，时刻保持一颗平常心，拿出一种惨淡经营的从容和气度，把每一次创作，都当作一次生命自我实现的重要旅程，正如刘海粟先生所言，艺术必先有自我创造精神，然后才能表现自己的生命。要尊重艺术规律，尊重创作个性，以十年磨一剑的精神，力求在力所能及的范围内，达到至善至美的艺术境界。如果我们的每一个艺术家都能把眼光放得远一点，拿出一点对自己未来负责的态度，就不难发现，那些匆忙且速朽的东西不会在文艺史上留下任何痕迹，甚至可能在不远的将来连作者自己都会羞于提及。

要大力倡导文艺的原创性。原创是指创作主体对于文化客体原发性、本源性与突破性的创造，它是文化的生命之本、生机所系，涵盖了从构思到文化产品完成的全过程。只有原创的东西才能显示创作者的深切社会体验和独到人生感悟，张扬作者的主体精神和人文情怀，展现作者的天赋才情与真知灼见，才能给文化受众带来全新的艺术感受和石破天惊的审美惊喜，为人类文明图谱留下一份不可替代的创造物。一个创作个体，若没有独立于他人的原创艺术，就不会有自己的艺术个性，一个国家或民族，若没有十分丰富的原创性文化，则不足以在世界上称谓文化大国。只有那些"龙文百斛鼎，笔力可独扛"的精品力作，才是文艺工作者奋斗的目标，才能为艺术的创造者提供更多可能的传世机会。

当代人既不能躺在祖先的功劳簿上，像阿Q那样以"祖宗很阔"来自慰；也不能拿来西方的东西照抄照搬，成为人家的附庸。我们必须努力筑就中华民族伟大复兴时代的文艺高峰，拿出具有丰厚历史文化底蕴、展示当代中国风貌、体现人类共同命运和审美价值、且又能在世界文化园地占有重要位置的标志性产品，才算是无愧于悠久的传统、无愧于伟大的时代。只有既见高原更见高峰，文艺的精品力作层出不穷，独领风骚、彪炳千秋文艺经典横空出世，才是真正的文化繁荣，才是对实现中华民族的伟大复兴理应承担的文化贡献。

以清醒自信建文化强国

"文化自信"是近年流行度很高的一个热词。从党的十八大到十九大，党中央反复强调文化自信，指出："增强文化自觉和文化自信，是坚定道路自信、理论自信、制度自信的题中应有之义。"而"文化自信，是更基础、更广泛、更深厚的自信"，"文化自信是更基本、更深沉、更持久的力量"，"坚定文化自信，是事关国运兴衰、事关文化安全、事关民族精神独立性的大问题"。这六个"更"和三个"事关"简洁而深刻阐明了文化自信的地位和意义，传递出中国共产党人坚定的文化理念。这里仅就文化自信与文化强国建设问题，谈三点看法。

一、倡导文化自信是历史发展的必然选择

所谓文化自信，就是一个民族、一个政党、一个国家对自身文化的认同、赞赏与坚守，是对自身文化理念、成就、价值的充分肯定以及对其生长活力和发展前景的坚定信心。倡导文化自信，有着极其深刻的历史根源和现实需求。

第一，倡导文化自信是中国社会进步的大势所趋。近代以来，面对西方列强的侵略压迫，中国从一个东方大国演变成积贫积弱的东亚病夫，内忧外患接踵而来，民族命运风雨飘摇，可谓"忍见铜驼卧荆棘，神州遍地

劫灰飞"。曾几何时，大清遗老遗少们眼中的天朝上国，转瞬变成任人宰割的无辜羔羊，从爆棚的狂妄自大一下跌入卑躬屈膝、仰人鼻息的悲惨境地。民族自信心受到空前重创，文化自卑迅速蔓延开来，从技不如人、道不如人，发展到一切皆不如人。从洋务运动开始到新文化运动，彻底否定传统渐次成为社会时尚。历史地看，我们当然必须充分肯定睁开眼睛看世界的进步意义，肯定维新变法、革故鼎新的历史必然，但全盘否定、视传统如敝屣的方式，势必走进另一个极端。尽管 20 世纪五六十年代有所觉悟，倡导"古为今用、洋为中用"，传统文化的保护与利用取得了一定成绩。但迅速而来的"文化大革命"，在一片砸烂旧世界的鼓噪中，再次给传统文化造成巨大毁灭性破坏。支撑民族血脉延续的精神气似乎变得委顿起来。

进入新时期以来，拨乱反正的春风吹拂，正本清源的进程渐次展开，传统文化开始受到重视。然而，由于开放势头的强劲拉动，西方各种文化思潮喷发式涌入，传统文化应有的地位未能得到确立。许多学术术语、思想架构理论体系甚至照搬西方的问题十分突出，数典忘祖的事情屡见不鲜，文化殖民主义侵蚀十分严峻。经过改革开放 40 年的艰辛探索，中国的经济迅猛发展，国际地位日益提高。此时此刻，人们回溯走过的坎坷历程，突然发现：传统文化和特有社会制度正是中国崛起背后最重要的价值支撑，传统文化所蕴含的现代性因素得到重新认识。有人提出，中国是世界上唯一一个把数千年文明传统与现代国家形态融为一体的国家，中国文化崇尚纲常礼仪、天人合一和整体主义。儒、道、释互补，儒、法、墨共存，表现出多元一体的思想格局；形成了具有超悠久的历史传统、超丰富的文化积淀、超大型的人口规模、超广阔的国土疆域和具有独特语言、独特政治、独特社会、独特经济的独特国度。中华文明延续五千年之久的优秀传统正在成为当下中国快速发展的巨大优势。尤其是当中国一跃而成为世界第二大经济体时，人们还发现，中国的国际影响力远远跟不上国家经济实力的增长速度，软实力与硬实力极不匹配，因而，坚守民族文化根基，提炼民族核心价值理念，已成为我们提高国际地位，提升民族影响力的重要环节。于是，文化自信的意识也就应时而生。

可以说，提倡文化自信，既源自五千年文化根脉，也源自传统与现实的有机交融以及长期的社会探索和精神积淀，这是经历过近代中国社会变迁、新中国成立特别是改革开放以来经济社会成败得失的科学总结，是保持坚定的战略定力，实现新时代新作为、新气象的必然要求。只有增强文化自信，才能为中国特色社会主义事业持续健康发展提供强大的精神动力。

第二，倡导文化自信是强化国家价值理念养成的客观要求。决定一个国家能否强大，天赋潜能可否有效发挥的制约条件很多，但决定性因素还是国家的文化禀赋。文化包含价值观和理想信念，代表一个民族的精神品格，也是民族精神的根本支撑。文化的灵魂是价值观。价值观的养成，是国家凝魂聚气、强基固本的基础工程。价值观一旦形成，就会内化为特定社会个人和族群的精神气质，深深镌刻在民族意识里，潜移默化地影响着国人的思维方式和行为方式，尽管在社会构成要素中生产方式和政治制度占主导地位，但在生产力和生产关系甚至是政治制度发生变化后，族群的价值理念则可能积淀下来，持续地发挥着固有作用。因而，一个民族价值观的培育，无论是国家层面的价值目标、社会层面的价值取向，还是公民个人层面的价值准则，如果离开了文化的自信，几乎是不可能完成的目标任务。

在当前多样、多变、多层次的价值观念交汇中，必定有某些价值观念承载着一个国家/民族最集中、最本质的精神追求，体现着一个社会评判大是大非的根本标准。缺乏这样一种居于核心和统摄位置的价值观念，社会就无法凝聚为一个文明有机体。而增强文化自信，就是要熔铸时代精神，确立社会价值体系，诚如党的十九大报告中所强调的那样，它寄托着近代以来中国人民上下求索、历经千辛万苦确立的理想和信念，凝结着全体人民共同的价值追求，反映了全国各族人民共同认同的价值最大公约数。

而寻求"价值最大公约数"作为文化对于这个时代的使命担当，又从一个特定侧面把理论、道路和制度有机地融在一起，共同组成了国家的主体价值理念。因而，强调文化自信既是增强理论、道路、制度自信的客观要求和逻辑必然，又是支撑和形成理论、道路和制度自信的文化要素的整体呈现。强调文化自信，可以为道路自信提供扎根生长的土壤，为理论自信提供与时俱进的思想资源，为制度自信注入创新创造的活力；同时为其他三个自信提供内在的精神支撑和稳定的信念支持，增加其厚重的精神力量和独特的凝聚力、影响力。从这个意义上可以肯定地说："坚定中国特色社会主义道路自信、理论自信、制度自信，说到底是要坚持文化自信"，而道路自信、理论自信、制度自信的本质，就是建立在五千多年文明传承基础上的文化自信。只有文化自信，方可找到凝聚"全国各族人民共同认同的价值最大公约数"。

第三，倡导文化自信符合文化传承的内在规律。文化自信，说到底是对民族精气神和生命力的自信，这是由文化发展的规律决定的。

文化是民族认同的精神黏合剂，没有文化认同，就不可能有民族认同，国家共同体的建构也就没有了安身立命的根基；文化软实力是国家综合国力的重要组成部分，没有文化话语权，就不可能自立于世界民族之林；文化是民族精神的载体，没有优秀文化作后盾，就不可能凝聚起强大的民族精神；文化是以文化人、以德育人的最重要的途径，没有文化的与时俱进，民族就会走向没落。而民族文化精神的养成作为一个漫长的浸润与进化的历史过程，本身就是一个文化持续地坚守与继承、且又不断创新创造的合规律发展的存续过程。没有清醒的自我认知，这个进程就无法自主进行。

　　钱穆先生认为：文化是国家民族的生命，如果一个国家民族没有了文化，那就等于没有了生命。法国哲学家阿尔贝特·施韦泽巴强调：如果没有人为我们的精神生活开出清单，没有人以高贵的信念和真正进步的动能为基础去检验我们的精神生活，那就表明"我们正处于文化衰落的征兆之中"。而阻止文化衰落的唯一途径，就是培育民族的文化自觉，增强文化自信：让特定族群的人们对自身传统有充分认识，对文化的来龙去脉有自知之明；同时又能清醒认识自身的弱项与短板，广取博纳，融合发展，以不断壮大民族文化。这种源自生命深处的自我反思、觉醒、传承和创造的自觉，既有一个民族勇于坚守真理、校正偏差，根除沉疴、吐故纳新的强大自信，也是赓续民族文化血脉、提振民族自信心自豪感的必然选择。

　　按照费孝通先生的话说："文化自觉是一个艰巨的过程，只有在认识自己的文化，理解并接触到多种文化的基础上，才有条件在这个正在形成的多元文化的世界里确立自己的位置，然后经过自主的适应，和其他文化一起，取长补短，共同建立一个有共同认可的基本秩序和一套多种文化都能和平共处、各抒所长、联手发展的共处原则。"因而，涵养文化自信，应是当今世界国力竞争大势下提出的时代课题，也是民族文化从自为、自觉走向自信的合规律发展的必然结果。只有借助文化润物细无声的方式，并将之有机融入经济、政治、社会和生态文明建设之中，使之成为经济发展的助推器、政治文明的基因库、社会和谐的黏合剂、生态文明的导向仪，才能赢得世界竞争的优势，增强民族自信的精神底气。

二、践行文化自信亟须把握的几个问题

　　"文化自信"不是一句口号，而是一个宏伟远大的治国理念。我们必须秉持工具理性，特别是秉持清醒的价值理性，科学规划、有序践行，才能肩负起历史赋予的文化使命。

第一，要把文化自信当作战略性课题予以规划。在全球化时代语境下，各种信息纷至沓来，文化的加速度、全覆盖、多样性传播，既给人带来使用的便利，也为之造成辨识的困惑；既给民族文化发展带来良好机遇，也带来严峻挑战。所以，我们必须加强国家宏观的文化发展战略研究，以宏阔的国际视野、清醒的自审意识和前瞻性的发展目光，制定和完善国家文化发展的战略体系。

既然是战略谋划，文化自信就不仅仅是文化领域的事，而是全社会的共同责任。它关系到国运民魂，关系到国家的长治久安，关系到中华民族的前途命运，所以必须从国家发展整体战略的高度去规划文化的发展，以凸显特色、触及灵魂。对内要以建立和培育社会主义核心价值观和国家文化软实力为基点，挖掘民族文化的优势与潜能，激发创新活力、突出民族特色、壮大本土文化，不断提高全社会对中华文化的认同度。目的就是赖文化蓄力、从文化借力、以文化发力，把文化的进步作为维护社会稳定、促进经济发展的压舱石。对外既要以博大的开放的胸襟接纳外来文化，取长补短，为我所用；又要对不断涌入的各种思潮保持警觉，分析鉴别、明辨是非，维护国家文化安全；同时要积极传播当代中国价值理念，展示中华文化独特魅力，用强有力的民族文化自豪感和自信心来赢得国际文化竞争的主动权。

文化建设一定要坚持顶层设计，以全局眼光擘画新时代文化发展蓝图，充分发挥其在举精神旗帜、立精神支柱、建精神家园，弘扬中国精神、传播中国价值、凝聚中国力量方面的重要作用。党的十九大报告中强调，没有高度的文化自信，没有文化的繁荣兴盛，就没有中华民族伟大复兴。深刻揭橥了文化自信在强国之路上不可替代的重要价值，展现出崭新的时代特色和恢宏的文化气度。只有坚定不移地落实文化强国战略，坚忍不拔地从文化大国向着文化强国的目标迈进，切实把既有优秀传统文化底蕴，又有在中国革命、建设、改革的伟大实践过程中孕育的革命文化和先进文化，变成具有广泛社会共识和时代意义的人类精神财富，我们的文化自信才不是抽象的理念，而是确能付诸实际的实现民族伟大复兴、屹立于世界民族之林的坚定信念。

第二，实践过程中需要强有力的操作性举措。文化自信作为国家战略，既需要制定宏观决策，从理论深度、时代视野、实践基础上加以规划，又不能停留于一般性动员和号召，而是必须进行战术性的具体措施落实，把宏观与微观、定性与定量结合起来，在基础性、战略性上下功夫，在关键处、要害处下功夫，在工作质量和水平上下功夫，使之成为常抓不懈的国家行为。

比如说，我们要把坚持党对文化的领导与严格遵循文化规律有机结合起来，既把意识形态工作的领导权牢牢掌握在手中，又能促进文化合纪律、合逻辑的自由发展，专心让艺术家心悦诚服地凝聚在党的周围。这需要拿出具体措施，需要宣传文化领域多管齐下、协同推进，任何时候都要审慎把握，不能畸轻畸重。

比如说，我们如何对涉及文化自信的领域和行当细化分解，在继承优秀传统文化的同时，瞄准人类文明发展的前沿，在重要文化领域、重大学术课题、重点文化项目上群体攻关，取得重大突破性成果，真正展示一个具有悠久历史的古老民族的文化功力、潜力和实力，找回引领文化发展潮流的民族自信。

比如说，我们如何在具体的文化传承、创造项目中，见人见物见生活。文化无论是实体的还是精神的，都需要物质的载体和生活的支撑，都离不开人的创造与享用。因此必须坚持以人和人的现实生活为中心，注重文化的活态传承，保留文化遗产的生活形态，保护文化生存发展的空间形式和物象仪式，确保传统文化在与社会族群的交流、分享中获得新的生机活力。

比如说，如何在从事新的文化创造时，牢固树立马克思主义文艺观，坚持以人民为中心的创作导向，围绕中心、服务大局，精心组织策划重大选题，精心组织精锐创作力量加强重点作品的创作生产，用更多无愧于伟大民族、伟大时代的优秀作品，来提振民族自信心。

比如说，我们如何适应新时代的客观要求，把中华文化的核心价值理念以更加准确、科学，更加系统、更加有说服力的方式予以归纳总结，要善于提炼标识性概念，打造易于为国际社会所理解和接受的新概念、新范畴、新表述，引导国际学术界展开研究和讨论，使之具有更强的普适性，更容易被别人理解与接受，变成人类共同的精神财富，为人类文明的发展进步作出新贡献。

第三，坚定文化自信要防止三种倾向。国人讲中庸，但办事却易极端。传统文化深厚，回转的内驱力很大，如果来回折腾、从一个极端走向另一个极端，不仅于事无补，甚至可能适得其反。

首先，不妄自菲薄，更不能盲目自大。数典忘祖、妄自菲薄是荒唐的，民族虚无主义危害甚烈。但尊重传统绝不是说一切旧的东西都是好的，一说新事物就言祖宗曾经有过，中国的月亮比外国圆；一说中国历史文明悠久，就藐视一切不把别人放在眼里。自我迷恋、自我封闭，妄自尊大、目空一切，既无益于传统，更有害于现实。

知己知彼是保持头脑清醒的前提。文化如此，经济也如是。尽管目前中国经济总量占到世界经济总量的 1/6，对世界经济增长贡献率超过 30%，在世界经济剧烈动荡中创造了持续较快增长的中国奇迹。但与世界强国美国相比：一方面是发展形势喜人。1979 年中美建交时，中国 GDP 是美国的 7%，仅占世界经济的 4.1%，2016 年是美国的 60%，占世界经济的 15.6%，到 2020 年，美国 GDP 为 20.93 万亿美元，我国 GDP 为 14.73 万亿美元，占比突破 70%；另一方面是差距依然很大。据统计，美国人均 GDP 仍是中国的 6.8 倍，人均收入和消费都是中国的 15 倍，劳动效率是中国的 12 倍。就算我国以 6% 的增速持续增长，经济总量在 12 年左右才能赶上美国，但美国不可能静止地等待我们超越。乐观地说要追平美国，至少还得再奋斗几十年。目前网络上经常出现美国被"吓尿了裤子""坐着都比日本高"之类的自我膨胀，好像第三世界和周边国家都是需要我们罩着的小兄弟。这些忘乎所以的阿 Q 精神和打了鸡血式的自吹自擂，都是狂妄无益且十分有害的。

蒙田认为：自以为是乃人类天生的弊病。一切生物中最可怜最脆弱的生物是人，因为人最容易骄傲自大。世上还有什么东西会比人更像蠢驴那样如此自信、坚定、倔傲、沉思、严肃和持重的吗？有如一切罪孽来源于自负，固执己见与争辩中的慷慨激昂是愚蠢的标志。骄傲毁灭与败坏了人类，是骄傲使他们偏离熟识途径，迷失方向，漫游于通往地狱的道路上，成为谬误之师，而非真理之子。所以，能让我们发笑的不是人类的愚蠢，而是他们自以为是的聪慧。事实上，无知比知识更易于令人盲目自信，妄自尊大不思进取早晚会被历史淘汰。

其次，厘清精华与糟粕，防止走文化复古的老路。传统文化的衰落，有其内在的必然。过度依赖主观感悟、鄙薄抽象思维、轻视自然科学，严重滞缓了社会的发展进步。在漫长落后的封建制度发展起来的旧文化，带着鲜明的封建胎记与烙印。故步自封、因循守旧、上尊下卑、愚民政治、等级制度、宗法观念、圆滑世故等都是有害的糟粕，稍不留神，这些东西就可能在我们社会生活中死灰复燃。如果视糟粕为宝贝，走复古老路，那么文化传承就偏离了正确方向。比如，在国学"热晕"的背景下，一些民办教育机构举着弘扬国学的招牌，挂羊头卖狗肉，穿古人服饰、行跪拜古礼，摇头晃脑诵诗书；有的拿出二十四孝，作为今天的道德遵循；还有人办"女德班"，教育女子如何遵从三从四德、遵从妇道，这都缺乏对传统文化内在的真诚与敬畏，与现代生活严重脱节，有违现代伦理和行为价值理念，不可能深入人心，取得良好效果。这种封建糟粕的沉滓泛滥，祸害了孩子，误导了家长，是对传统文化的错误理解和误导性传播。自信不是对传统一味地夜郎自大式骄纵和非理性的自负，而是在坚信过往的同时，更面向未来，让传统在新的时代找到生存发展的土壤，让古典性精华在与现代性文明的杂糅中，激活富有生命活力的文化因子，获取在新时代长足发展的动力。

再者，不崇洋媚外，更不能盲目排外。西方文明的巨大进步，让否定传统全盘西化成为一种世界潮流，导致全球范围内的民族危机，教训不可谓不深。但也必须清醒看到，任何一种文化，如果没有外来文化的冲击、影响与补充，就难以发生革命性的变化。16世纪之前，中国科学进步程度强于欧洲，到了文艺复兴时期，冲破宗教神学的精神禁锢，启蒙运动让拉丁文化与希腊文化、阿拉伯文化、希伯来文化激烈冲突、碰撞与融合的结果，极大改变了欧洲文化的格局，世界文明从此掀开了崭新的一页。五四运动之后，马克思主义和西方科学民主的引进与传播，瓦解了封建统治的基础，唤醒了国人的沉睡的灵魂，推动了社会进步，科技教育、民主法治理念的深入人心，成果惠及众生。因而，我们在反对崇洋媚外的同时，要保持高度警觉，绝不可盲目排外，防止狭隘民族主义思潮的蔓延和骄傲自大情绪的滋生。必须清醒看到，中国当下还缺乏掌控世界产业命脉的真正核心技术，最尖端的高精尖制造不多，缺乏真正能引领世界的品牌产品，对外依存度很高，靠治气斗狠不能解决现实问题，我们亟须虚心学习迎头追赶，绝不能人为重回意识形态对抗的旧路，陷入"光荣"孤立是危险的。

当前文化建设的一个重要任务就是，时刻保持清醒的头脑和理性的判断力，时刻保持坚忍的意志和强大的定力，立足现实，把握趋势，知己知彼，着眼未来，因应时代发展的大势与洪流，将自身源远流长的文明禀赋与社会理想、政治制度和现实生活进行深度融合，加以涅槃重生，创造一种既个性鲜明而又能融入人类命运共同体的中华文化理念，化解其他文明的误解与敌视，这是一个全新的挑战。面对世界文化极其复杂的相融相斥的交织状态，中华文化只有最终找到驱动发展的不竭动力，充分显示自身既有丰厚历史底蕴又有鲜活时代亮色的特有魅力与神韵，赢得包括本国人民与外部的基督教、穆斯林文明等发自内心的理解、接受与崇尚，才能获取真正意义的文化自信。

三、用坚实的业绩彰显文化自信

第一，诚心敬意地礼敬文化传统。中华民族是世界上最早认识到人类自身创造力的民族。在西方人把崇拜的头颅叩向天庭的时候，中国人则对人类自身的力量投注了关注的目光。当其他民族对各路神灵、绝对权威顶礼膜拜时，中华先民却把人间的圣贤当作崇敬效仿的对象；当其他民族把人生最高目标设定为天国以求永生时，中华民族先民则以立德立功立言等生前建树来实现生命的不朽；当其他民族从宗教情感中寻求灵魂的净化或愉悦时，中华民族的先民则从日常人伦中追求仁爱心和幸福感，这是我们的骄傲。坚守文化自信，必须建立在熟悉了解这份历史文化财富的基础之上，校正和深化国人对传统文化的理性认知，建构起当下迫切需要的精神支撑与信仰。

首先，倡导文化自信必须弄通弄懂传统文化，这是文化自信的前提条件。两院院士吴良镛说过："每一个民族的文化复兴，都是从总结自己的文化遗产开始的。"中国传统文化源远流长、博大精深，但近百年反传统的观念也根深蒂固，文化的断层严重存在。魏征《谏太宗十思疏》中有："欲流之远者，必浚其泉源。"重拾文化自信，必须从源头开始，做好辨章学术、考镜源流的工作，汲取历代先贤的科研成果，对传统文化进行新的归纳、概括、发现与总结。这需要扎扎实实的基础性研究，而不是搞低水平重复、规模浩大的古籍编纂，其目的是在浩瀚的文化遗产中萃取精华，把那些具有代表性、富有当代价值的文化内容梳理出来，让文化传承与自信找到最基本的依托。

其次，做好传统文化的融入与普及，激发新生活力。要把优秀传统文化教育贯穿国民教育始终，贯穿启蒙教育、基础教育、职业教育、高等教育、继续教育各领域，进入课堂教学和教材体系，提升青少年的传统文化涵养。把知识教育和文化熏陶结合起来，推动戏曲、书法、武术等进校园，让青少年在中华优秀传统文化的沐浴中成长。要深入挖掘中华优秀传统文化中的道德教化资源，进行合乎时代精神的阐发运用，使之成为涵养主流价值、涵育美德善行的重要源泉。大力弘扬中华传统美德，将其纳入思想道德建设和精神文明创建全过程，深入实施公民道德建设工程，广泛开展爱国主义教育，不断深化孝老爱亲教育、诚信教育、勤劳节俭教育，培养传承优良家风校训、企业精神、新乡贤文化，培育积极健康的社会风尚。要融入文化创造，善于从传统文化中提炼题材、激发灵感、汲取养分，创作更多体现中华文化精髓、反映中国人审美追求、传播当代中国价值观念的优秀作品，使当代文艺创作具有更加鲜明的中国风格。要强化实践养成，注重把传承中华优秀传统文化贯穿融入人们生产生活各个方面，与法律法规、节日庆典、礼仪规范、民风民俗相衔接，与文艺体育、旅游休闲、饮食医药、服装服饰相结合，让传统文化内涵更好地融入生活场景，让人们望得见山、看得见水、记得住乡愁，有效解决传统文化同当下生活和劳动大众脱节的问题。

第二，在交流互鉴中坚定文化自信。文化自信必须建立在虚心、包容和兼收并蓄的基础之上。处在信息一体化时代，文化的开放、吸纳和交融本身，就是一种自信的表现。

首先，开放的时代，文化孤立没有出路。不能把弘扬中国优秀文化，视为拒斥西方文化的一种防御性策略。我们拒绝和反对的是西方的文化霸权，而不是西方文化有价值的精华。开放不能先入为主、自视甚高，必须以谦卑的胸怀和谦逊的态度，虚心学习别人的优长，善于从外来的优势中发现自身的不足，善于从一切优秀的文化遗产，特别是经济科技高度发达条件下新兴的文化现象和业态中汲取创新灵感，才能让自身文化充满生机活力。

其次，坚守本土，也要包容多样。坚守本土是个立场问题，包容多样是个态度问题，两者绝不冲突。尊重文化个性、尊重文化多样性是人类文明进步的前提，丰富多彩的人类文明是不同国家、不同民族共同创造的精神结晶。坚守个性的文化自信，不可排斥他人的个性，不能用自己的好恶来判定文化的优劣。包容就是要努力寻求个性中的共性，追求最大限度的"公约数"，以争取人类文化的共鸣点。

文明因交流而多彩，文明因互鉴而丰富。每种文化都有自己的本色与长项，都有值得学习借鉴的地方。佛教产生于古代印度，传入中国后，同儒家文化和道家文化逐步融合发展，最终形成了具有中国特色的佛教文化，给中国人的宗教信仰、哲学观念、文学艺术、礼仪习俗等留下深刻影响。近现代以来，中华文化和世界其他民族文化的交流互鉴更加广泛。从文艺领域看，中国近现代的文学、绘画、音乐、电影、话剧等，既借鉴了国外的有益元素，又进行了民族化的创新，形成了独具特色的艺术风格。鲁迅的小说深受俄罗斯文学影响，徐悲鸿也是借鉴了西方油画的技法，讲求光线、造型和对人体解剖结构、骨骼的准确把握，开辟了中国画新的艺术境界。当今世界是开放的世界，当今中国是开放的中国，中外文化交流以前所未有的广度和深度展开。我们只有敞开胸襟、放眼世界，广泛借鉴吸收各国各民族思想文化中的有益成分，使其长处和精华为我所用，才能为中华文化创新发展注入新的活力。自信的文化创造，就是要做出鲜明个性基础上更具人类审美共性的表达。只有如此，才能符合共同的人性尺度，顺应人类不断进步的审美取向和文化潮流，为构建人类命运共同体尽一份中华文化的力量。

再次，在交流互鉴中提升国家文化软实力，促进中华文化的有效传播。文化软实力是文化自信的基础。只有提高国家文化软实力，才能对内增强民族凝聚力和向心力，对外增强国家亲和力和影响力。

中国是个文化大国，但还不是一个文化强国。随着综合国力的不断增强，中国在世界舞台上扮演着越来越重要的角色，但在国际影响力方面却出现了两种截然不同的声音。一种像美国民主基金会以崛起的"威权势力"作把子，认定中国利用颠覆、渗透手段，以利刃般的外交手段达到在境外压制言论、扩张势力乃至操控意识形态的锐实力和不对称战略冲击全球民主，"通过破坏、胁迫和施压的联合作用发挥影响"；另一种延续西方傲慢眼光，认为中国尽管在经济实力、技术乃至制度上都在赶超西方，但发展依然不可持续，因为中国在道义上无法企及西方，中国缺少西方那样的普世价值体系。这些观点虽然错误，却从一个侧面表明中华文化的传播力与我国经济实力和大国地位确实还很不相称，总体上国际舆论西强我弱的格局尚未得到改变。提升文化软实力，重要的是加强国家的文化形象塑造。作为一个有着五千年历史的文明古国，我们要彻底改变对外文化传播的严重赤字和文化入超局面，在开拓国际经济市场的同时，积极拓展国际文化交流，努力把中华民族传统基因与当代现代社会相协调的独特文化以人们喜闻乐见的方式推广开来，把跨越时空、超越国度、富有永恒魅力、具有当代价值的文化精神弘扬起来，把继承传统优秀文化又弘扬时代精神、立足本国又面向世界的当代中国文化创新成果有效传播出去，塑造与国家经济实力、国际地位相适应的文化形象，让世界乐于欣赏、由衷赞叹并欣然接受，方能体现真正有底气的文化自信。

第三，推动传统文化的创造性转化与创新性发展。在继承中创新、在创新中发展，是文化进步的必然路径。中华文化博大精深，其中蕴藏的溯本求源的辩证精神、天人合一的和谐精神、人格养成的道德精神、博采众长的文化会通精神、以天下为己任的经世致用精神、奋发图强自强不息的奋斗精神，以及伦理本位的家国情怀、阴阳和合的辩证旨趣、协和万邦的和谐观念、天下为公的无私胸襟、"以道莅天下"的治理理念等，既是中华文化的宝贵财富，也是文化衍续更新的内在动力。我们讲继承创新，就是要坚持实践标准，结合新的社会实践进行新的创造，在横向融合与纵向融通的基础上固本开新，让中华文化传统化为内在的灵魂与血脉，化为文艺创造中增强底气、接住地气、灌注生气的精神意蕴，让优良传统在新时代发扬光大，焕发新的生命活力，实现传统文化的创造性转化和创新性发展，不断夯实文化建设和文化自信的强大根基。

首先，所谓创造性转化，就是以现实实践为中心来传承传统文化。一要扬弃继承。即站在时代的新高度，尊重文化自身规律，坚持有区别地取舍、有鉴别地对待，精华定要取、糟粕必须舍。以扬弃性继承，来萃取文化精华，传承优秀基因，激发生命活力，守住中华文化的本根。二要转化创新。坚持服务当代、面向未来，用新用活传统文化资源，或在传统文化宝库中汲取题材、人物和主题用以讲述中国故事，或深入开掘传统文化中的潜能进行新的开发性创造，让传统文化在现实的转化中出新。三要重新创造。结合社会实践和时代需要，从当下社会生活中寻找新文化的内容和形式的生成依据，展开原发性的文化创造，不断对传统文化内涵加以补充、拓展和完善，赋予新的时代内涵和现代化的表现形式，使传统文化的当代价值得以充分展现。

其次，善于运用最新科技文化成果，实现传统文化创新性发展。创新是内容与形式的双突破。形式突破主要是伴随着科技进步出现的新的文化技巧、手段和新型文化业态，内容创新也不只是题材占先和主题讨巧，更是文化产品内涵与质量的提升。高新科技、互联网、人工智能等等，无限地延伸了人类的肢体与能力，也为文化创新带来了前所未有的历史机遇。我们要努力适应信息时代和媒体变化需求，发扬中华民族"取法乎上"的进取精神、穷理尽性的生命智慧、学以致用的知行品质和其命维新的创新意识，积极引入高新技术和一切可能的技术手段，主动融合人类一切创新成果，敢于突破常规，大胆在观念、内容、风格、样式上创新，不断提高创新创造能力，不断推动中华文化的现代性创新。我们要努力让诸如仁者无敌的理念成为世界和平的福音，让融合与协调的智慧成为处理复杂国际关系的最佳范式，让"大一统"的观念成为当下国家和地区稳定的镜鉴，让修、齐、治、平的理念成为市场经济条件下重塑国人的理想人格和风骨气节、成为维系个人与社会关系的社会伦理，在天人合一的理念与绿水青山就是金山银山之间、在和而不同与合作共赢之间、在世界大同与人类命运共同体之间找到文化平衡的空间。

再次，要建立包容创新的良好试错机制。创新就是不断寻找、开发和展现人类文化的无限可能，不断寻找、开发和展现生活中真善美的无比丰富的潜质和底蕴。实现文化的重大突破创新，不仅需要敏锐的触角，开阔的视野和刻苦的精神；而且更需要丰厚的生活素材储备和丰赡的思想文化底蕴，有对社会生活的透彻理解和对时代精神的深刻感悟，有充沛的创造活力和对艺术精髓的深切把握；同时还需要有严肃的态度、严谨的作风和立志为人类文化进步献身的创造品格。然而，在前无古人的探索、发现和创造过程中，错误和失误在所难免，社会要有强大的包容氛围，建立科学的容错机制，宽容探索，允许失误，为挫折性探索留有更多修正失误的余地，鼓励创新的步伐永不停歇。

创新无禁区。只要不违反宪法和法律，不违反人类基本的伦理道德，任何文化创新的失误都应给予包容，不抓辫子、不扣帽子、不打棍子，不轻易做政治上的否定性结论。努力建构以创作主体为本，审美提升为内核、人才培养为基础、政策管理为保障、市场优化为驱动的原创力联动的创新机制，给文化创造者以精骛八极、心游万仞的思维空间，以崭新的艺术创造实现真正的文化自信。

第四，用真正体现伟大时代的原创精品提升文化自信。原创是指创作主体对于文化客体原发性、本源性与突破性的创造，它是文化的生命之本、生机所系。只有原创的东西才能显示创作者的深切社会体验和独到人生感悟，张扬作者的主体精神和人文情怀，展现作者的天赋才情与真知灼见，才能给文化受众带来全新的艺术感受和石破天惊的审美惊喜，为人类文明图谱留下一份不可替代的创造物。任何一个创作个体，若没有独立于他人的原创艺术，就不会有自己的艺术个性；任何一个国家或民族，若没有十分丰富的原创性文化，则不足以在世界上称为文化大国。

中华优秀文化遗产都是原创性产物。原创的文化遗产代表古人的伟大，不能天然地表明今人的造就。躺在祖宗的功劳簿上、重复历史是没出息的子孙。我们只有真诚承继古人的智慧，传承优良传统，创造出既能展现优良文化传统、又能体现时代精神和社会风貌、能为人类发展进步提供思想资源和价值引领的文化精品，才能真正配得上"文化大国"的称号。

应该说，几千年的文明发展累积，可用于当代人开拓的处女地微乎其微；处在一个多元文化交汇挤压的断层之间，导致文化发展模式前所未有的丰富与复杂，加大了文化把握生活的难度，这既为新时代的文化创新提出了新的要求，也为之提供了广阔天地和深厚土壤。当代文化工作者必须站在新的历史起点上，用高度的文化自觉参与这个时代的文化创造。要挺立时代潮头，就不能满足于平面地、简单地描述表层的生活形态，更不能驻足生活背后遥望着远去的时光发出哀叹。而是要立足现实、把握本质、洞察趋势，准确认识、深刻把握中国所处的历史方位，洞悉时代足音、感应历史进步，展现世道人心、表达民众企盼，揭示未来前景、开启社会新风，用更多优秀的原创之作，发挥文化在表现时代、引领潮流、唤醒民众中的重要作用。

提升原创能力，推出标杆式精品力作，需要每个有历史责任感、使命感的文化工作者有信仰、有情怀、有担当，把提高作品的精神高度、文化内涵、艺术价值作为毕生追求。让目光再广大一些、再深远一些，向着人类最先进的方面注目，向着人类精神世界的最深处探寻，同时直面当下中国人民的生存现实，创造出丰富多样的中国故事、中国形象、中国旋律，为世界贡献特殊的声响和色彩、展现特殊的诗情和意境。要克服急功近利的浮躁心态，潜心创造，奋力耕耘，精心打造属于这个时代的文化精品，努力在创作中蕴含着自己对中国历史与现实的深入思考和人类实践经验的深刻表达，展现着蕴藏在普通民众中巨大的创造潜力和对美好生活的热切期盼，切实推出具有丰厚历史文化底蕴、展示当代中国风貌、体现人类共同命运和审美价值、且又能在世界文化园地占有重要位置的标志性产品，用独领风骚、彪炳千秋文艺经典的横空出世，来重塑文化强国的形象，创造中华文化新辉煌，提升底气充盈的文化自信。只有如此，我们才能用既有历史厚重感又有现实创造力、既体现中华民族优秀文化传统又具有鲜明时代精神的标志性文化精品，来塑造中华魂魄、增强文化认同、鼓舞国民精神、凝聚社会力量；只有如此，我们才能认真打造新时代中华文化品牌，统筹做好对外文化的交流和传播，把中华优秀传统文化中具有当代价值、世界意义的思想资源挖掘出来、传播出去，让世界了解一个多彩而博大的文化中国，为破解人类社会共同难题、推进文明发展进步、开创世界美好未来，做出当下中国人的一份文化贡献。

倡导文化自信是个长期的国家战略。我们必须用坚定不移的韧性和定力，不乱于心、不困于情，不念过往、不畏将来，扎扎实实、一步一个脚印地将之落到实处，最终实现建设文化强国的宏伟目标。正如中央领导所言："站立在960万平方公里的广袤土地上，吸吮着中华民族漫长奋斗积累的文化养分，拥有13亿中国人民聚合的磅礴之力，我们走自己的路，具有无比广阔的舞台，具有无比深厚的历史底蕴，具有无比强大的前进定力。中国人民应该有这个信心，每一个中国人都应该有这个信心。"

文化多样的可能与必然

　　人类摆脱野蛮走向文明的最重要的标志是文化。文化不仅单指人类的精神创造物，人类创造物质财富的社会生产包括种族的繁衍，在其终极意义上也可用文化来表达。可以说，文化是衡量人类社会发展进步的最重要的尺度。人类生存和发展的自然环境和社会条件千差万别，导致不同民族国家走过了迥异的历史沿革进程，形成了不同族群特有的社会风俗习惯、生活方式、伦理规范、道德观念和心理结构，因而也就产生了各自不相同的民族／地域文化，造就了世界文化的多姿多彩。人类存续、朝代更迭、历史变迁，令许多兴盛一时的客观物体灰飞烟灭，或成为历史陈迹，唯有文化以其渗入人类心灵深处的特殊的精神传承方式，维系着历史的延续性，成为人类社会"极其长久的现实"和"所有史话中最长的史话"。

　　然而，伴随着经济的快速发展和科技的突飞猛进，人类社会正进入一个全球化时代。资讯的发达、知识的爆炸、互联网的兴起、信息传递的快捷，让文化的交流与融合日益频繁，文化同质化的危险愈益加剧，特别是强势国家利用其强大经济实力和传播优势，肆意加速对外文化倾销的步伐，世界文化的生态正经受着前所未有的严峻考验。在"全球一体"成为时髦的此刻，强调文化多样性是否已经过时？文化多样还有无存在必要与价值？似乎仍然是个亟须深究的问题。

（一）

　　人类文明是一个复杂的系统。通常，物质文明、精神文明都是按照特定的文明构成形态来划分的，它们以自己特殊的文明构成来表述文明的多样性。其中，物质文明是基础，决定且制约着精神文明的发展，同时精神文明又具有相对独立性，不仅能为物质文明发展和社会进步提供理论依据、思想保证和智力支持，而且还在不同民族、国家和地区的文明交往中催生了世界文明的形成。不同地域和族群文明的交流与互鉴使原有文明获得了新质，不仅让自身文明具有了世界意义，而且推动着人类文明的共同进步。

　　斯宾格勒认为：文化是主体的创造过程，文明是文化的即成状态。也就是说，文化偏重于主体有机创造，而文明更偏重于创造结果。因而，文化的多样性不仅是指作为一定有机整体的文明存在的多样形式，而且还指由不同文化传统形成的民族、国家或地区相对独立的文明体的多种多样。文化多样性是人类历史长此以往的合理存在。早在人类社会形成的初始期，族群与国家基本处于极为封闭的状态下独立运行，最初的文化创造受到客观条件的严格制约，毫无例外地带着族群特有的区域性特征，由此造成人类文明史的纷繁复杂，也开创了人类文化多样性的先河。在文化一体的威胁来临，多样性作为一个概念被人们以巨大热情开始讨论或争辩之前，其实它早就以多样的形态、多种的方式相伴于人类的生存活动之中。或许最初的文化多样性只是些简单的形式，可以追溯到最原始的星散状态，且在族群发展过程中不自觉的状态下形成，然而，随着人类社会的发展进步，文化的多样性才被逐渐固定并壮大起来，进而成为族群独具特色的文明符号。如同德国哲学家亚斯贝斯所认定，早在公元前 400 — 500 年间，人类就进入了"轴心文明"时期，而那个时期印度的印度教和佛教，中国的儒家和道家，波斯的索罗亚斯特教，古代巴勒斯坦地区的犹太教及其演化出来的基督教和伊斯兰教，古代希腊的哲学等，都以各自的特色形成了传之久远的文明，成为文化多样性最显著的标志。

　　有关文化生成与发展的研究可以说是浩如烟海，汗牛充栋。在相关文化多样性研究中，大多数理论研究者都把落脚点放置于文化与社会族群相生相伴多样呈现的关系之上，研究族群历史与文化的生成，研究社会发展对文化的影响，研究族群文化的整体风貌和特征，研究族群间文化的相互交流和影响等。多样文化最著名的研究成果大多是从社会和历史时空中来区分人类文明的，比如，斯宾格勒把人类文明归结为8种，汤因比将之细划为20种（后扩大为23种），梅尔科、亨廷顿等人归纳成12种。汤因比在《历史研究》中，按照文明起源与发展的历史脉络，又将人类不同的文明划分为发展充分的文明和没落的文明，发展充分的文明又分为独立的文明、从属于其他文明的文明、卫星文明。他把中美洲文明和安第斯文明视为独立的文明；把苏美尔—阿卡德文明、埃及文明、爱琴文明、印度河文明、中国文明视为不从属于其他文明的文明；把叙利亚文明（从属于苏美尔—阿卡德文明、埃及文明、爱琴文明和赫梯文明）、希腊文明（从属于爱琴文明）、印度文明（从属于印度河文明）、非洲文明（起初从属于埃及文明，之后从属于伊斯兰文明，再后从属于西方文明）、东正教文明、西方文明、伊斯兰文明（从属于叙利亚文明和希腊文明）称之为从属于其他文明的文明；把密西西比文明（中美洲文明的卫星文明），北安第斯文明、南安第斯文明（安第斯文明的卫星文明）、埃拉米文明、赫梯文明、乌拉尔图文明（苏美尔—阿卡德文明的卫星文明），伊朗文明（先是苏美尔—阿卡德文明，后是叙利亚文明的卫星文明），麦罗埃文明（埃及文明的卫星文明），朝鲜文明、日本文明、越南文明（中国文明的卫星文明），东南亚文明（先是印度文明的卫星文明，后在印度尼西亚和马来西亚出现伊斯兰文明的卫星文明）、俄罗斯文明（先是东正教文明，后为西方文明的卫星文明）、邻近欧亚与亚非大草原地带的各土著游牧文明等通称为卫星文明；把为埃及文明所取代的最初的叙利亚文明，为伊斯兰文明所取代的基督教聂斯脱利的景教文明，为伊斯兰文明所取代的基督教一性论文明，为西方文明所取代的远西基督教文明和为西方文明所取代的斯堪的纳维亚文明统称为失落的文明。亨廷顿等人在此基础上进一步简化，认为人类早期的文明像美索不达米亚文明、古埃及文明、苏美尔文明、古罗马文明、古希腊文明、拜占庭文明、印加文明、玛雅文明、安第斯文明已不复存在，只有中国文明、印度文明、日本文明、伊斯兰文明、西方文明、东正教文明、拉丁美洲文明和"可能存在的非洲文明"仍然得以延续着。

这些文明分类方式基本上是按照地域或族群来划分的，线条较为粗疏，对于人们从宏观上把握人类文明产生和发展趋向具有重要的参考价值。尽管人们对文化种类的多少以及发展演变的方式存有不同结论，但是大家对于文化多样性的看法却大致相同，这为我们探讨文化多样性提供了理论基础。按照这样的思路深入分析下去，不难发现，在地域或族群内部，除了文化整体上有许多相同或相似的特征外，在文化的若干细部构成上，迥然不同的个性特征同样明显存在。各地域或族群文化创造形成的"差异资源"，方才让世界文化呈现出五彩缤纷的万千气象。当这些集中体现某一地域或族群统一性心理结构、思维方式和审美理想的文化最终形成某种文化规范的时候，就会渐次演变成这个地域或族群的精神链接纽带，形成特有的文化传统。这种传统既是古老文化存在的历史根基，又是从事文化新创造不容忽略的现实前提。活跃在这块土地上新一代文化创造者，往往需要在这特定的传统、特定的文化血脉上建立其个人价值，从而延续并强化着这个传统。正如台湾学者龙应台在《对"国际化"的思索》中所表达的那样："传统不是怀旧的情绪，传统是生存的必要"（见《南方周末》2003 年 8 月 14 日）。

由于历史的沿革与社会的变迁，原有文化形成与发展的宏观环境和微观条件都发生了巨大变化，只把视角集中在文化发展的客观条件、生活方式、心理结构、文化认同等方面显然已经不够，因为形成文化多样性的过程中，人的因素须臾不可或缺，尤其是创造主体与接受群体的合谋共频，同样是文化多样生成的极其重要的诱因。

（二）

仅从文化与族群的关系，或者具体到文化创造与受众之间广泛而深刻的内在联系而言，就是一个崭新的包括社会学、心理学、传播学特别是阐释学和接受美学等学科在内的交叉研究领域，有许多关键环节需要深入探究。如果我们以阐释和接受的角度介入文化多样性研究，把民族或族群对于地域文化的制约扩展至广大的文化受众群体，探讨受众视野中的文化多样生成的可能与必然，以期在文化的多样发展中直接建立起创造主体与接受主体之间的有机媾联，无疑是文化多样性研究的一个独特视角。

受众研究起源于20世纪60年代前后，主要体现在阐释学和接受美学理论之中。作为一门新兴学科，通常只在具体的文化现象、形态，特别是具体的文本研究中才被广泛应用。阐释学的起源与人们要求发掘本文的正确意义相关，主张用特殊的技巧揭示出人文主义文学和《圣经》文本的原始意义。德国神学家施莱尔马赫使古老的阐释学发展成一门具有普遍意义的学问，其"哪里有误解，哪里就有阐释学"的名言在学界广为流传。后经康德、黑格尔和狄尔泰的学术介入，阐释学才逐渐兴盛起来，尤其是狄尔泰突破了把阐释学仅作为原文阐释的理论框架，把它上升到哲学认识论，从一般文献学上升到历史哲学。真正使阐释学获得关键性转变的人物是海德格尔，他把阐释学纳入本体存在哲学中进行新的解说，从而建立起本体论阐释学，而加达默尔则是把阐释学推上历史舞台并取得重大成果的杰出代表。

　　阐释学注重文化的精神价值，认为文化作为精神产品，可以促进人与人之间的交流。其中，前理解（DasVerstandnis）作为阐释学的一个重要概念，确立了阐释者与文本内在联系的中介因素。一旦读者与作品发生交流，对作品的人物、事件、语言描写等则开始同自己的前理解发生联系，或吸引、或抵触、或补充、或拓展，前理解指导、制约、限定阐释者对具体作品的理解。一片空白的头脑是不可能接受乃至阐释文学作品的，没有前理解，读者很难直接与作品发生关系。布尔特曼认为：没有前理解，任何人都不能领会文学中的爱和友谊、生与死……一句话，根本无法领会。唯一的差别在于，要么一个人是天真和非批判地牢牢紧握自己的前理解和自己的特殊表达——在这种情况下，解释成了纯粹的主观性；要么公开或隐蔽地怀疑自己的前理解——在这种情况下，无论他是出于本能还是出于清晰的认识，人对自己的理解都绝不会封闭，反而会使新的东西不断地展示出来。而且也只有在这种情况下，解释才会获得客观性。前理解是阐释者的一种认知结构，潜藏于具体理解文本之前，与精神分析学讲的无意识和集体无意识一样，是人自身的一种素质和资源；与人的眼睛和大脑一样，它帮助人们认识外部世界和文学艺术，提高人们对自己的历史性认识和把握。"它把人理解为历史社会领域的一个环节，把人纳入历史过程的生成关系和作用关系之中。通过对人的过去的可能性的设身处地地事后体会，人就能够把自己从他当下的狭隘视野中解放出来，并学会在自己的历史性中理解自己。"（见施太格缪勒《当代哲学主流》上卷，第184页，商务印书馆1986年版）。海德格尔在《存在与时间》中进一步强调："我们之所以将某事解释为某事，其解释基点建立在先有（Vorhabe）、先见（Vorsicht）与先概念（Vorgiff）之上，解释绝不是一种显现于我们面前事物的、没有先决因素的领悟。"也就是说，"意义是事物可认作事物的投射'所在'（Woraufhin）的东西，它从一个先有、先见和先概念中获得的结构"（海德格尔《存在与时间》第 181 页，生活·读书·新知三联书店 1987 年版）。前理解结构包括先有、先见和先行掌握，即阐释者在阐释之前已具有特定的历史和文化，有了比较确立的观点、观念和方法，或者说它们已经事先占有了阐释者。

与海德格尔相一致，加达默尔提出"成见"概念，表明阐释者已经形成基本见解。"成见"源于视野，源自从一个特殊的有利角度把一切尽收眼底的视觉范围，一个人的"成见"或先在概念构成了每一诠释条件的基本组成部分。前理解和成见具有历史论和本体论地位，二者都是人的历史性的敞开，都是解除语言对事实存在的隐蔽。一是历史向人的敞开，使人生活在一个历史开放的时空中；二是人向历史的敞开，让历史变成一个开放的时空结构。这两个层次的相互交流、对话便产生阐释学，也就产生了对具体存在的阐释的前理解。理解是阐释学的核心，理解的基础是阐释学的"对话"。对话作为一种主客体的交流，要求双方了解对象，从中得到共同语言，互相介入，并从交流中获得一种新的创造，组成新的阐释世界。理解是人与文本的交流中介。理解是使阐释者和文本进行双向或逆反交流的中介，既让阐释者回答文本提出的问题，也让文本向阐释者提出问题，形成一种"答—问"或者是"问—答"式的理解模式。而理解的关键在于"视界融合"。加达默尔把特殊的历史情景作为视界，认为不同的历史情景具有不同的视界，不同的解释具有不同的视界。视界是开放的，理解者总是不断地在对话和交流中扩充自己的视界。视界融合就是文本的视界与读者视界的融合，或文本的视界与解释者的视界融合。理解就是把这两种视界融合在一起、产生两者都超越了自身的新视界，组成一个共同的新的视界。理解活动是个人视野与历史视野的融合，单个的视野与蕴含在历史意识中的每一因素融而为一。其幻觉、其历史视野的投射，是理解过程中的必然阶段，接踵而来的便是历史意识与"依照秩序而与众不同的……再次获得独立的自身的东西"进行重新组合。他认为，视野的融合确实在发生，只不过"作为投射的历史视野，同时它也被不断地改变"。理解是历史意识对自身的意识，理解在这里带有几分黑格尔的思辨色彩。

如何达到理解与解释的有效性呢？加达默尔不赞成结构主义关于文学即语法构成而非历史产物的观点，认为任何文学总离不开具体的历史条件，与历史事实的精神保持着密切联系。支配我们对一本文理解的那种意义预觉，来自我们与传统结合在一起的公共性。这被包含在我们与传统的联系中，包含在不断的教育过程中。传统并不只是我们继承得来的一种先决条件，而是我们自己把它生产出来的，因为我们理解传统的进展并参与到传统的创造之中，从而也就靠我们自己进一步规定了传统。列奥·洛文达尔则提倡在一种社会结构内，对文本展开更为彻底、也更具心理社会学特征的发掘。认为一部作品的作用不能与其发生着影响的历史分割开来，或者说与决定我们评价和受评价影响的社会条件分割开来；而且我们对于过去代理人的判断，有赖于其现象学形式，有赖于他们出现在我们面前的方式，而并非他们现在或过去的本质。因而，任何文化都是阐释的结果，阐释是文化传统存在与传承的基本方式，人也在阐释中实现自己的主体性。阐释的本质是一种对话，是两个主体之间的交流互渗的结果，真实有效的阐释永远不能脱离阐释对象和阐释者自身所处的历史语境。

接受美学诞生于德国。由伊塞尔、福尔曼、姚斯、普莱森丹茨和施特利德等"康士坦茨学派"创立，20世纪六七十年代风靡世界。接受美学强调读者的重要性、客观性和科学性，认为不研究读者的文学理论是不健全的学科，不注重读者的作家不是优秀作家，不关注读者的文学史家不是全面研究文学史的专家。读者是作品的直接承受者，作品意象与表现形式有赖于读者完成，读者是文学的一个重要组成部分。接受美学所说的读者不同于戏剧理论中的观众学，后者过多地进行演出效果、卖座率、观众文化层次与欣赏趣味研究，接受美学始终把读者作为文学的一个部分来研究，是与作者、作品并行的"三驾马车"，作为艺术思维的又一环节来研究。接受美学始终从艺术的角度来研究读者，实现了从作者和作品到文本与读者的转移。

接受美学分别从不同文本、不同读者的区别、文本结构、文本意义等方面，确立读者的本体地位。按照接受美学的观点，艺术家从事艺术创作时并没有与读者发生关系，是自在的存在，为第一文本；与读者发生关系成为审美对象的作品才是第二文本，读者感悟、阐释、融化、再生的审美对象，很难说得清哪一部分是作品本身，哪一部分属于读者再造，两者水乳交融构成一个新的艺术世界，成为一种自为存在。接受美学强调在审美经验与作品之间要有一个审美距离，读者意见一旦与作品一致，不存在接受问题；读者与作品保持距离，从旁观者角度边欣赏边领悟，美学接受成为可能。距离太大，难以接受；距离适中，才能谈得上顺利或抵制接受。如果说个人接受会受制于个人的全部主客观条件，那么，社会接受则代表着阶级或集团意志推介作品，指导读者如何看待作家、作品、现象及评价标准，因而可能成为让作品传播的最重要方式。

无论是阐释学还是接受美学，也无论它们之间有多少相同和相异之处，总体上，它们都是以受众为主体来介入文化研究的，其中许多成果对于受众视野中的文化多样性研究具有重要的理论价值。阐释学的前理解，强调了受众先有、先见、先行或者固有"成见"的文化积淀在期待视野中的重要地位，强调了文化的历史性存在和现实对话的结合以及超越，强调了二者在阐释过程中的视界融合；而接受美学更加注重受众的地位，既强调了审美的接受，更强调了审美的创造，尤其强调了受众接受过程中个性追求和作品蕴含的不断发现。所有这一切，无不强调着文化历史的存在及其有效性，强调了文化过去与现在的关联，强调了文化传统和审美习惯对于文化接受的规范与制约，强调了预设和突破的对立与统一，强调了阐释与接受中审美经验和审美距离的个性差异，这无疑都从特定侧面否定了文化一体的可能。审美视界对于求新求异的阐释与受纳，不仅没有为文化可能的一统模式作注脚，反倒为文化的多样必然性提供了佐证。因为文化多样既是阐释的前提，也是接受并参与创造的结果，不然，千篇一律的同质文化无法给受众预留任何审美的期待。

阐释学重视文本与读者的关系，把读者和批评家作为阐释的主体。在他们看来，文本不只是文献资料，也不是供人玩赏的花瓶，而是在历史进程中形成的一种精神形态，是人的生命之流的情感表达，是人生体验的产物。文化本质上是交流的，它沟通生命与生命之间的联系，促进人与人的交流。阐释不同于分析，分析是指作品的意义和条件，掌握历史与文化的背景与知识，比如历史分析、社会分析、心理分析等。阐释是发现，分析是理解，阐释中具有创造，分析更多的是一种认识；阐释追求规律性和整体意识，分析则往往就事论事，具有归纳还原的特征。文本阐释就是关于文本的理性把握，从而显现内涵之美，通过作品的表层发现它内在的精神价值。只有多样的文化才需要整体把握，同质的文化只要分析就可完成。而接受美学主要是通过审美态势、美学距离、文本主人公与接受关系、读者视野、接受方式和接受的再创造等来阐述接受的认知状态。审美态势区别了抵制接受和顺利接受两种情况。阅历很深的读者在发现完全隔膜与虚假时，潜反射就会产生一种对抗力，抵制接受；反之则顺利接受。抵制接受指读者在阅读作品过程中发现与自己审美经验不一致的一种审美状态，即与读者审美经验相悖的一种接受；顺利接受指与读者审美经验大体一致的一种审美状态，是与读者审美经验相近的一种审美接受。瑙曼认为，读者通过接受活动，用自己的想象力对作品加以改造，释放作品中蕴藏的潜能并使这种潜能为自身服务。读者在改造文本的同时也改造自己。当他将作品中潜藏的可能性现实化时，也扩大自己作为主体的可能性，这就是作品在他身上产生的效果。研究受众的接受活动，说到底，就是让这两个对立的规定性统一起来的过程，这个过程有助于我们对文化多样性的理解继续深化。

当然，这里的文化多样性的受众因素，不是机械的"1+1=2"式的形式逻辑推演，而是一种能动的再创造。创造主体的复杂性和文本的多样性，受众群体的多层次和再创造的丰富性，让我们清晰地见识到受众对文化多样生成与发展至关重要的推动作用。研究探讨信息化时代的文化发展趋势，如果不研究受众的需求期待对文化格局的影响，将是文化发展战略上的一大缺失。因为文化受众的接受过程不只是对艺术本文的简单复原和受纳，而且是一种倾注情感和智慧的艺术再创造。这种再创造不仅影响着文化的接受和传播，而且也会反作用于文本的创造主体，影响着他们未来的创作轨迹。

（三）

当前，在全球化大潮汹涌奔来的历史时刻，人类要建立命运共同体，文化到底是在全球传播交流中走向一体，还是在相互吸收借鉴的基础上保持多样，正日益痛苦地煎熬着人们的意志。

尽管多样性发展作为文化的本质特性，在漫长的历史进程中人们早就习以为常，甚至于经常被人们所忽视，但是，正是由于文化多样所导致的不同文化既相互吸引又相互排斥的复杂关系，才形成了文化在竞争中发展的强大的结构性张力。面对经济全球化、科技一体化和信息网络化的迅猛发展，人类的文化传播与交流空前加剧，特别是某些西方发达国家利用其经济、科技和文化方面的优势推行文化霸权，企图以国家实力的强弱来判定文化的优劣高下，加紧对发展中国家予以意识形态渗透，文化多样性受到越来越严重的冲击，遭遇到前所未有的严峻挑战。世界文化到底是以强势文化为尊在被动接受中趋同，还是以我为主在相互交融中保持文化发展的多样性？人类社会正面临着艰难选择。日益严重的文化同质化的威胁让人们看到，如同经济全球化是个充满世界性与民族性矛盾的发展过程一样，不同地域和形态的文化也有一个不断冲突又不断融合的过程。但交流不是统一，融合不是单一化的陷阱，而是相互借鉴吸纳之后的自我强化和文化个性的更大张扬。正如《中共中央关于繁荣发展社会主义文艺的意见》中所强调的那样：要促进不同文明不同发展模式交流对话，在竞争比较中取长补短，在交流互鉴中共同发展。无论是创造主体独立于其他族群或个体的个性表现，还是不同受众不断发展着的对于不同内容形式、不同风格流派、不同层次趣味的文化需求，文化多样性发展永远都是一个不可遏制的历史潮流。这个过程不仅不应以民族、国家和地区的文化特性的消失为目的和结果，反而要以日益丰富发展的文化多样性作基础，用各个文明单位保持和发展着的特色文化，催生全新的全球文化形态，实现人类文化的总体进步。

不可否认，以跨国资本全球扩张为支撑、以技术加消遣为手段的"娱乐至死"的大众消费文化，确实改变了文艺的创作理念和运作机制，降低了文化固有的思想深度，把批量生产的畅销文化变成后现代主义的文化工业，文化启蒙的理性精神正在日益萎缩；同时，也不可否认，全球化时代特别是互联网的迅猛发展使人类文明成果超越了时间空间的限制，打破了原有文化体在资源占有和发展机会等方面的固有平衡，人们既能享用本地特产的同时也能享用异域的收获，既能欣赏本土的文化也能同步享用异域的精神创造，过去在封闭环境中的那种孤立无援的物质和精神生产都变得不再可能，地域性的自我欣赏自我评判显得那么不合时宜。然而，凶猛涌起的大众文化，不仅没有呈现法兰克福学派所期望的那样可以消解资本主义意识形态的垄断地位，而且还愈加强化了人们在价值观念和审美意识上对跨国资本支配者的"文化归附"，世界上出现了越来越多的"单向度的人",人们已经无法在"陌生化"的世界中体验人文关怀和终极精神追求,诗性的理想主义的精神守望正在化为泡影。保持文化个性的基因,培育文化一统的抗体,传承民族文化的薪火再次被学人们推向前台。

事实上,即使同处地球村,世代沿袭的心理结构和审美习惯也不可能一下把人们的心智推向这样的状态——你既是东方人,又是西方人;既秉持主观二元对立的审美观,又兼容主观杂糅的中和美,甚而以中国戏曲的唱念做打来吟咏西洋歌剧的宣叙调。尽管京剧和歌剧已美轮美奂、登峰造极,但如果世界上只有京剧和歌剧,那么戏剧欣赏会变得多么枯燥与乏味。因此,全球化条件下不同文化之间的互相理解和对话,既受制于文化的习俗与传统,又受制于受众的构成和审美情趣的变化,其相互吸引与排斥的双向运动直接影响着世界文化的发展格局。在这种情况下,从具体的文化形态入手来强化受众视野中的文化多样性研究,无论对于文化自身生产与发展内部机制的深入探寻,还是全球化条件下文化交流融合中的多样生成,都具有重要价值。在这里,既要兼顾不同社会形态下的文化多样选择,又要重视研究不同文化样式鉴赏中的受众反应;既注重探讨文化多样性的哲学基础和社会历史根源,也注重探讨文化多样性在各历史阶段的基本表征;既注重多样性形成中不同文化体系的存在,也注重研究具体文化形态中可能存在的文明盲区;既注重研究全球化时代文化的趋同,更注重探讨文化趋同中的个性追求;既注重探讨大众传媒特别是自媒体传播的全新优势,更注重研究在科技鼎盛时期各种理性迷失的征兆中建构起一体多元的发展格局;既注重研究全球化语境下各种文化的整合与重构,更注重探讨中国在世界文化多样性发展的历史使命。正可谓:万物并育而不相害,道并行而不相悖,中国的人文哲学讲的就是这个道理。

较早倡导政治多极化和文化多元化的批判理性主义创始人波普尔,甚至把硬性一统称为开放社会的敌人。如果人们一味地以西方文化作为世界文化发展的样本，坚持用被扭曲和肢解的"想象性东方"来验证西方文化中的"他者"，把世界文化纳入西方中心的权力结构，那么全球文化就成为殖民文化的代名词，多彩的世界就变得扁平而单一，国际文化交流与对话就丧失了基本前提。事实上，全媒体时代每个网络终端的个体在文化创建、文化信息接收与传播的自主性更是大为增强，"用户中心论"的特质愈益孕育并强化着更加多元的文化生态。即使我们忽略创造主体的个性表达，仅从文化的本土传统与生存空间，特别是受众接受的层次上来判断审美主体需求多样对于文化多样的客观影响，也不难发现，全球文化一体的设想只能是西方强势文化权威中心论的臆想，绝无实践中客观呈现的可能。互联网时代文化的即时、交互、平等、多样和相互包容的实际，决定了主流文化与亚文化、边缘文化共生共存的必然性，强势文化居高临下的豪横或许更会激发亚文化危机中奋起，强化了人们在文化同质化的阴影中，走向更加开放开明的世界文化多样化道路的信念和决心。

人类文化发展史充分证明，没有一种文化能在完全自我封闭状态中走向永恒，集大成的优秀文化历来都是在不断交流借鉴中发展壮大起来的。全球化时代培育出的全球意识，在于对文化多样性的自觉认同，并赋予了文化多样性以更为丰富的蕴涵。文化的多样性，既是不同地域、不同生活形态、不同审美情趣爱好的族群特有的创造性能力的反映，而这种擅长并坚持着的创造活动，又使得文化多样性焕发出持续的生命活力。我们要建立保护与坚守文化多样的伦理自觉，在确保差异化流动的前提下，最大限度地尊重异质，大胆借鉴并吸收外脑；最大限度地开掘并利用本土资源，创造更加便利的成长机会，培育自身持续繁荣的上升通道，在文化的多样交往中争取更大的施展舞台。应该看到，强势文化的强大辐射力固然对弱势文化造成同化的驱动，但人们对异质文化的新奇感依然是审美多样的自然需求，丝毫不能成为文化统一的借口。无论就其创作和欣赏的喜好，还是审美的习俗与惯性，无论就其文化的自豪感，还是就其文化的创造力，异态文化的新奇感都不足以撼动本土文化的基石，以单一文化替代文化的多样性是根本不可能的。其实，文化的多样性与共同性，文化的差异性与相似性是一个问题的两个侧面。坚持文化的多样性，是为了发挥民族文化差异性的吸引力，以自身的独特魅力征服世界；同时，坚守文化的普遍规律，兼顾全球受众的接受心理和关注目光，以文化的相似中的差异来体现民族文化的亲和力。因为如果全球受众从一开始就无法理解和领会民族文化的差异符号，那么民族特征就成了孤芳自赏的陈规陋习。所以，如何将民族文化的语言转化为全球受众都能理解、接受并喜爱的文化符号，同样是文化多样性发展中需要特别注意的问题。分析文化多样性，既有创造主体主观能动的精神创造，同时也有客观环境和受众需求的制约和影响。无论是主体还是客体，无论是宏观还是微观，文化多样性与人类审美活动密切相关，都是人类审美心理和差异性追求的必然结果，它必然长久地伴随人类的文明进程。

联合国教科文组织早在 2001 年通过的《世界文化多样性宣言》中就强调：文化多样性是构成人类的各群体和各社会的特性所具有的独特性和多样化。文化多样性是交流、革新和创作的源泉，对人类来讲就像生物多样性对维持生物平衡那样必不可少。文化多样性是人类的共同遗产，应当从当代人和子孙后代的利益考虑予以承认和肯定。在当今社会，必须确保属于多元、不同和发展的文化特性的个人和群体的和睦关系与和平共处。主张所有公民的融入和参与的政策是增强社会凝聚力、民间活力及维护和平相处的可靠保障。文化多样性增加了每个人的选择机会，也成为社会发展的源泉之一，不仅是促进经济增长的因素，而且还是享有令人满意的智力、情感、道德精神生活的手段。2005 年 10 月 22 日，联合国教科文组织以 148 票赞成、2 票反对、4 票弃权的压倒多数，通过了《保护文化内容和艺术表现形式多样性国际公约》。这项由法国和加拿大倡议的公约，是在原有文化多样性宣言的基础上，加以修改、细化、补充后完成的。公约提出了与世贸组织商品贸易不同的文化产品及服务贸易的原则。它确认"文化多样性是人类的一项基本特征""是人类的共同遗产""文化多样性创造了一个多彩的世界"等一系列有关人类文化的基本概念，制定了尊重人权自由、文化主权、文化平等、国际互助、经济文化互补、可持续发展、平等共享和公平平衡的基本方针，强调各国有权利"采取它认为合适的措施"来保护自己的文化遗产，这让倡导文化一体的强势国家陷入了孤立，从而奠定了人类社会共同遵守的文化多样性准则。

事实上，全球性文化的空前交融，并没实现福山们所狂热吹嘘的"历史终结"的预言，反倒是中华民族"和实生物，同则不继"的"和而不同"的观念正在被越来越多的人所接受，人类追求文化多样的自觉和文化差异性的发展战略，正在形成前所未有的共识。不仅在追求个性自由的西方国家是这样，而且在普遍尊重集体价值观的东方国家也是如此。中国文化的发展状况最好地说明了这一点。新中国成立特别是改革开放以来，我国经济社会发展取得了举世瞩目的伟大成就，社会生活面貌发生了极大变化。伴随着经济发展、社会进步和生活水平的提高，人们思想活动的独立性、选择性、多变性、差异性明显增强，人民群众的精神文化需求日趋旺盛，文化消费进入快速增长期，文化已成为衡量社会文明程度和人民生活质量的显著标志。人们求知、求乐、求美的愿望更加强烈，越来越多的人不仅需要丰富充足的一般性文化产品和服务，还希望得到高品位、高质量、个性化的文化生活。这就决定了我们的文化创造、文化生产和文化服务，既要坚持为人民服务、为社会主义服务的正确方向，又要充分尊重人民大众的主人翁地位，坚持不懈地反对主题先行和公式化、概念化创作倾向，努力用激情洋溢、个性鲜明且丰富多彩的文化原创，满足人民群众多层次、多方面、多样化的精神文化需求，让人民群众共享文化发展成果，促进人的全面发展和社会的全面进步。

在当今世界人类以和平与发展为主题的文明进步潮流中，在各种文化相互激荡和多样竞争的格局下，发展繁荣有中国特色的社会主义文化，是一个古老民族在新时代的创举，这不仅是中国人对和平发展的世界主题与文化多样的认同和打造，更显示着当代中国人对人类文明进步做出更大贡献的承诺和信念。党中央特别强调："我们要坚定道路自信、理论自信、制度自信，最根本的还要加一个文化自信"，而"文化自信是基础"。秉持文化自信，就是要自觉坚持以人民为中心的创作导向，坚守社会主义核心价值体系的主导地位，在继承民族文化传统、借鉴人类一切优秀文化成果的基础上，在与不同文化的对话与互补中建构中国文化的话语体系；就是要眼睛向着人类最先进的方面注目，同时真诚直面中国人的生存现实，以鲜明的中国特色和中国经验，为世界文艺贡献特殊的声响和色彩；就是要尊重差异、包容多样，力求在多元多样中立主导、在交流交融中谋共识、在变化变动中有坚守，形成既有国家统一意志又有个人心情舒畅、既包容多样又有抵制各种错误和腐朽思想、既坚守基本社会思想道德又向着更高理想目标前进的生动文化局面。

仅此而言，文化的多样，既是国家、族群自立的需要，也是国际文化交流的必然；既是创造主体的追求，也是文化受众的期待。

面对新时代，文艺当何为？

中国共产党第十九次代表大会提出明确判断：经过长期努力，中国特色社会主义进入了新的时代。大会政治报告立足中国特色社会主义进入新时代这个发展坐标，对社会主义文化发展方向、发展道路、发展方针、工作举措等进行了具有历史深度、理论高度、实践厚度的深刻阐述，是党中央审时度势，作出的一项重大战略安排。可以肯定地说，自改革开放以来，中国社会经历了从新时期到新时代的两个发展阶段，这是一次巨大的历史转折。这个崭新的战略性判断，标志着五千年文明古国迈向了一个新的历史进程，找到一个持续发展的全新的历史方位。

谈到新时代，其坐标在哪里？我想至少有三点可以作参照。一是从历史发展的脉络看。改革开放 40 年，中国发生了翻天覆地的巨大变化，我们从一个贫穷落后的国家发展成为一个初步实现现代化的大国。然而，在急剧发展过程中也暴露出一些严重问题，比如环境污染、资源短缺、粗放经营、结构失衡，以及社会腐败和道德滑坡等。党的十八大以来，中央领导集体以巨大的政治勇气和强烈的责任担当，提出了一系列新理念新思想新战略，推出了一系列重大政策和举措，解决了许多长期想解决而没有解决的难题，办成了许多过去想办而没有办成的大事，推动党和国家事业发生历史性变革，让世界为之瞩目。我们国家发生了巨大的历史性变化，进入了一个崭新的发展时期。

二是从世界政治格局看。曾几何时，苏东剧变让中国承受到巨大国际压力。但中国领导层审时度势，韬光养晦，咬紧牙关坚持走中国特色社会主义道路，始终把发展经济作为党和国家第一要务，经济持续高速发展，逐渐成为世界第二大经济体。中国模式的成功，加之西方世界一系列"黑天鹅""灰犀牛"事件的发生，虽然让世界充满了巨大变数，也让西方强大政治同盟开始走向解体，逐渐加大了中国在国际舞台上的活动空间。在这样一个世界格局大发展大变革大调整时期，只要我们具备战略眼光、树立全球视野、增强风险忧患意识，只要我们处置适度、巧于周旋，稳住阵脚、壮大实力，努力在这场百年未有之大变局中把握好航向，我们就能有效化解外来挑战，战胜单边主义、冷战思维和地缘政治的威胁，变国际压力为新的发展机遇。

三是从中华民族伟大复兴的历史节点看。经过了从粗放型发展到内涵式发展的艰辛探索过程，中国正在从站起来、富起来向着强起来的目标迈进。中国社会的主要矛盾，已经从单纯地追求温饱转化成为人民日益增长的美好生活需要和不平衡不充分发展之间的矛盾。中华民族伟大复兴的梦想离我们越来越近，几代仁人志士梦寐以求的美好愿景，正在变为一种现实。正如中央领导所说，这个新时代，是承前启后、继往开来、在新的历史条件下继续夺取中国特色社会主义伟大胜利的时代，是决胜全面建成小康社会、进而全面建设社会主义现代化强国的时代，是全国各族人民团结奋斗、不断创造美好生活、逐步实现全体人民共同富裕的时代，是全体中华儿女勠力同心、奋力实现中华民族伟大复兴中国梦的时代。一个全新的历史进程，正凝聚并激发着中国人追梦圆梦的磅礴精神力量。所有这一切，无不清晰地打上了中国正在进入一个新时代的鲜明印记。

面对这样一个崭新的时代，中国文艺当何为？这是每一个文化从业者都必须认真面对且回答的时代课题。文艺是国民精神的火炬，是一个民族的创造力、想象力的标志，也是一个国家文化发展水平的重要标志。面对着社会巨大的历史转折点，文艺要适应社会提出的希望和要求，走进新时代、融入新时代、表现新时代，绝不能成为时代进程的冷眼旁观者。

笔墨当随时代，这是古已有之的历史规律。助力于时代进步的新文艺，必须具备四个维度：

第一个是历史的维度。中国是个拥有五千年历史文化从未间断的文明古国，这是中华民族历久不衰的坚强根基。新文化运动兴起以来，历史文化一度被视为沉疴重负，特别在经过了"文革"十年的浩劫和改革开放正反两个方面的探索以后，在寻找中国崛起背后支撑因素的过程中，中国传统文化所蕴含的现代性因素得到重新认识，无论成功的经验还是失败的教训，都让中国人重新验证了中华文明延续五千年之久的优秀传统带来的巨大优势。这种优势决定了文艺在面对过去的时候，如何延续我们的优秀传统，使之成为当下文艺创作的底色和背景，以增强民族的文化自信；而面向未来，新时代的文艺需要把历史赋予我们的巨大传统优势转化为当下推陈出新的创作动力，让新时代的中国文艺创造具有深厚的历史纵深感和思想穿透力，唯其如此，独具历史厚重感的当代文艺才能真正与古老的民族传统相匹配。

第二个是现实的维度。新时代的文艺要想体现时代精神，就必须及时捕捉时代发展的脉息，发现时代进步的趋势。无论是从事创作还是理论批评，都应当聆听时代前行的声音，回应社会进步的呼声，反映民族精神的肌理，体味人民大众内心的渴求、焦虑和企盼。正如党中央繁荣文艺工作意见中所要求的那样，要加强现实题材创作，不断推出讴歌党、讴歌祖国、讴歌人民、讴歌英雄的精品力作，我们要踏下身子，投注感情，用文字、镜头、影像和舞台生动展现新时代中国社会主义建设的蓬勃实践，记录中国人民追求美好生活不懈奋斗的足迹。倘如此，新时代的文艺才能真正地回应这个时代的精神饥渴，不断满足人民群众日益增长的审美需求。

　　第三个是世界的维度。人类正处在全球化时代，信息资源的共享和快速传播，决定了任何国家的文化艺术，都不可能孤立地发展。中国文艺必须融入人类共同审美创造的洪流，体现人类共同的价值和追求。尤其在全球信息极大开放的条件下，一味抱着传统不放、回到老路，是没有希望的。所以，我们在不忘过去的时候，更要面向未来。新时代的文艺要有世界眼光，要从人类进步的大趋势中审视国人的精神走向，用中华民族特有的感悟和意愿去体现人类共同的人性变迁和审美追求。面向世界的中国文艺需要解决两个问题：一方面，是如何去表达中国，向世界推广中国人的审美方式；另一方面，是如何让中国文艺真正走向世界，让世界更好地来了解中国。

　　第四个是自我的维度。文艺要遵从创作者自身的感受，要张扬个性、尊重个性，追求独特的个性化表达。伟大的艺术总是来自伟大的灵魂，削平个性的文化永远都是平庸而苍白的。只有个性化的、有表现力的、独特的文艺创造，才能够真正切入时代，走进大众的内心。个性化的文艺是真诚的文艺，瞒与骗的文艺是自欺欺人的勾当。只有真诚地面对生活、面对世界、面对作家艺术家的内心世界，才能够获得真诚的文化表达。真诚的文艺是讲品位、讲格调、讲责任的文艺，也只有真诚的文艺，才能够脱离低级趣味，脱离各种庸俗、媚俗、恶俗和拜金主义的文化侵蚀，才能回归真正的文艺本体，让新时代的创作闪耀时代和人性的光芒。

　　这样的四个维度，可以把历史的纵深感和当下生活的鲜活质感、把国际的视野和我们内心的感悟融为一体，有助于当代文艺创作走出简单的模拟古人或抄袭洋人的老路，闯出一条真诚而扎实地融入时代、表达时代的新路，不断推出能够再现这个伟大时代进步的足迹、体现人类共同的审美价值的精品力作，让当代创作不断从高原攀向新时代的文艺高峰。

网络文化进入新时代

互联网是 20 世纪最伟大的发明之一，给人们的生产生活带来巨大变化，对诸多领域的创新发展起到关键的带动作用。网络文艺的迅猛发展，为中国特色社会主义新时代的文化工作提出了崭新要求。如何顺应时代潮流，推动"互联网＋文艺"的健康发展，是文艺战线必须切实面对且勇于承担的一项重要任务。

一、信息革命的风起云涌，为文化的网络空间带来全新变化

统计显示，截至 2017 年 6 月，中国网站总数为 506 万个，互联网普及率为 54.3%，网民规模达到 7.51 亿，其中手机网民达到 7.24 亿，手机网民占比达到 96.3%，人均每周上网时长为 26.5 小时。网络视频用户规模达到 5.65 亿，网络直播用户规模达到 3.43 亿。以互联网为代表的数字技术正在加速与经济社会各领域深度融合，成为促进我国消费升级、经济社会转型、构建国家竞争新优势的重要推动力。

目前，信息化正实现从数字到数据的飞跃，以数据为驱动力的数据革命或许可能给人类带来更大的划时代变革。当下，物联网、大数据、云计算、移动互联、工业 4.0、"互联网＋"、人工智能、机器人、更人性化的终端等成为热点，高新科技正在指向一场新的变革——以数据为原材料的数

据革命。数字革命与数据革命一字之差，但含义大不相同。如果说数字革命侧重于生产工具的变革，数据革命则更侧重于原材料的变革，前者是后者诞生的基础，后者则是前者发展的必然结果。在数据化时代，人们将以数据为工作对象，并将数据与传统产业结合起来，以达到节约生产成本、提高工作效率、创造新需求和新经济增长点的目的。

数据革命的概念源于大数据技术，但数据远比技术重要。数据正在上升为与石油、钢铁一样重要的原材料地位。在这场新的革命中，数据是关键，数据分析技术是核心。数据革命已经成为新科技革命的突破口，"数据鸿沟"将会进一步拉大国家间的贫富差距。有人甚至认为，未来的信息世界是三分技术、七分数据，得数据者得天下。

党的十八大以来，党中央一直十分重视信息革命的重大意义，把信息化建设提到新的高度来认识，多次强调过不了互联网这一关，就过不了长期执政这一关。《中共中央关于繁荣发展社会主义文艺的意见》明确提出，要"大力发展网络文艺"，把网络文艺和传统文艺摆上了同样重要的地位。要求坚持"重在建设和发展、管理、引导并重"的方针，实施网络文艺精品创作和传播计划，鼓励推出优秀网络原创作品，推动网络文学、网络音乐、网络剧、微电影、网络演出、网络动漫等新兴文艺类型繁荣有序发展，促进传统文艺与网络文艺创新性融合，鼓励作家艺术家积极运用网络创作传播优秀作品。中央在《关于实施中华优秀传统文化传承发展工程的意见》明确指出，实施网络文艺创作传播计划，推动网络文学、网络音乐、网络剧、微电影等传承发展中华优秀传统文化。在《国家网络空间安全战略》和《国家信息化发展战略纲要》中指出，网络文化已成为文化建设的重要组成部分，网络是文化繁荣的新载体。明确要求提升网络文化生产的规模化、专业化水平，整合公共文化资源，构建公共文化服务体系，提升信息服务水平，积极开发适合网络传播特点、满足人们多样化需求的网络文化产品，要求把中国故事讲得愈来愈精彩，让中国声音愈来愈洪亮。《"十三五"国家信息化规划》明确将网络内容建设工程、网络文明建设工程作为重大战略任务，强调优先繁荣网络文化。

党的十九大再次对建设网络强国作出新的部署，明确提出要加强互联网内容建设，建立网络综合治理体系，营造清朗的网络空间。中央政治局在集体学习会上特别强调：随着信息技术和人类生产生活交汇融合，互联网快速普及，全球数据呈现爆发增长、海量集聚的特点，对经济发展、社会治理、国家管理、人民生活都产生了重大影响。我们要审时度势、精心谋划、超前布局、力争主动，实施大数据战略，加快建设数字化中国。要推动大数据技术产业创新发展。瞄准世界科技前沿，集中优势资源突破大数据核心技术，加快构建自主可控的大数据产业链、价值链和生态系统。要加快构建高速、移动、安全、泛在的新一代信息基础设施，统筹规划政务数据资源和社会数据资源，完善基础信息资源和重要领域信息资源建设，形成万物互联、人机交互、天地一体的网络空间。要发挥我国制度优势和市场优势，面向国家重大需求，面向国民经济发展主战场，全面实施促进大数据发展行动，完善大数据发展政策环境。要运用大数据提升国家治理现代化水平。要建立健全大数据辅助科学决策和社会治理的机制，推进政府管理和社会治理模式创新，实现政府决策科学化、社会治理精准化、公共服务高效化。要以推行电子政务、建设智慧城市等为抓手，以数据集中和共享为途径，推动技术融合、业务融合、数据融合，打通信息壁垒，形成覆盖全国、统筹利用、统一接入的数据共享大平台，构建全国信息资源共享体系，实现跨层级、跨地域、跨系统、跨部门、跨行业的协同管理和服务。这都对信息化建设提出了新的要求，赋予了网络工作者新的使命。

近年来，互联网和新媒体技术的快速发展，催生了一大批新的文化类型，文艺观念和文艺实践也随之发生了深刻变化。网络文艺社群、网络影视制片公司、网红经纪公司等新的文艺组织大量涌现；网络作家、网络歌手、网剧演员等新的文艺群体十分活跃；网络文学、网络音乐、网络动漫、网络直播、网络综艺、网络剧、微电影、网络大电影等新的文艺形态繁荣发展，这些新组织、新群体有可能成为未来文艺名家产生的孵化器。中国的网络文学已经和美国好莱坞大片、日本动漫、韩国偶像剧并称为"世界四大文化奇观"。这充分说明网络文艺的发展势不可当，已经超出了我们的预见范围，有些作品远远超出了传统文艺的影响力。

互联网与文化的深度融合也催生一批新的文化业态，比如网络影视剧、直播软件、文化旅游等等。网络影视剧颠覆了创作、融资、宣传、发行一系列传统环节，作品多次来自网上热传的游戏、动漫、小说等，小额投资人的众筹方式普遍运用，大数据开发的票房预测模型正在成为投拍与否的依据。有人预测，直播行业的市场规模到2020年可望达到1060亿。互联网增加了文化产品和受众直接互动的机会，拓宽了版权变现的渠道，且一个版权能衍生出多个作品形式、多次变现，鼓励了原创力的提升。互联网与传统产业的融合，让资产评估更快捷、融资渠道更通畅、市场链条更广阔，教育、电商、文创、文娱产品，借助互联网付费营销的便捷正在释放出巨大的市场红利。可以说，网络文艺迎来了黄金时代，并成为社会主义文化事业的重要组成部分。

过去的五年，是党和国家事业取得历史性成就、发生历史性变革的五年，也是网络文化行业取得长足进步、迅速发展壮大的五年。可以说，中国网络文化发展站在了新时代的新起点上。概括起来，突出表现在以下六个方面。

一是网络文化建设列入国家发展战略。党的十八大以来，党中央高度重视网络文化建设和网络文艺的发展，认定网络空间是亿万民众共同的精神家园。先后出台《国家信息化发展战略纲要》《国家网络空间安全战略》

《"十三五"国家信息化规划》等一系列重要战略性文件，指出网络是文化繁荣的新载体，并将网络文化作为文化建设的重要组成部分。中央的高度关注、国家战略行动的顶层设计，极大提振了网络文化建设、网络文艺发展的精气神。

二是传统文艺借助互联网科技与网络文艺加速融合。传统文艺杂志开始刊登网络小说；众多娱乐明星纷纷从电视综艺转战网络综艺节目；网络小说、网络游戏被改编为网络影视剧；网络剧、网络大电影持续发酵，形成市场热点；代表中国传统的非遗手工艺产品在淘宝众筹亮相；虚拟3D全息影像技术应用到京剧舞台、数字美术馆中。当然，这些融合也存在着水土不服现象，但已成为未来发展的蓬勃潮流与趋势。

三是网络文艺加快了文艺大众化原创性的步伐。传统文艺对于大众来说既亲切又陌生，陌生的原因在于传统文艺创作者和观众之间存在着无形的隔阂，创作者很难直接获得观众的感受与反馈。而网络文艺工作者在深入生活、扎根人民的同时，必须考虑网民的审美趣味和接受心理，并且和观众形成良好的互动。此外，网络文艺在生产、传播等方面明显区别于传统文艺，且更有可能激发网络文艺工作者的原创动力。比如网络直播在实现井喷式发展的同时，以更直接、更便捷的方式赢得了网民的广泛关注，催生了新兴的"网红经济"。

四是网络文艺加快了文化成为国民经济支柱性产业的步伐。近几年来，网络创作非常活跃，网络文艺行业增长速度迅猛。国家"十三五"时期文化发展规划纲要中明确要求文化产业成为支柱性产业，在可以预见的不久将来，网络文化产业或许首先发展成为国民经济的重要支柱性产业。

五是网络文艺的发展加快了中国文化走向世界的步伐。中国的玄幻小说、武侠小说等网络小说已经走向海外，并拥有固定的阅读群体和粉丝。过去传统文学没有做到的事情，网络文艺却以弯道超车的速度，实现了迅速发展，网络文艺为中国文艺走向世界开辟了一条阳光大道。同时网络文艺也肩负起讲好中国故事、传播好中国声音、阐发中国精神、展现中国风貌的重任。

六是网络影视作为网络文化的一个突出亮点，成就格外突出。网络影视作为网络文艺形态中一种最活跃的表现形式，目前学界虽未对其作出严格定义，但通常都认定网络影视既包括微电影、网络大电影、网络剧、网络综艺等，也包括传统电影、电视剧在互联网平台上的传播。

从网络影视发展进程来看，互联网与影视的融合呈现出三个发展阶段：即从"影视＋互联网"到"互联网＋影视"，再到"互联网生态＋影视"。"影视＋互联网"的性质是影视借助互联网的东风实现价值增值，此时的互联网起着渠道与工具的作用，这个阶段属于消费互联网阶段。而"互联网＋影视"的性质是影视产业借力大数据、云计算、智能终端以及网络优势由工业制造向用户服务升级，影视和互联网全面打通与融合，形成正向增值的影视产业链，这个阶段属于产业互联网阶段。未来网络影视产业将朝着"互联网生态＋影视"的生态互联网阶段迈进，互联网和影视两大产业链共同发挥着生态协同作用，并将共同构建互联网影视商业生态，共同开启影视产业新征程。

网络影视的成就概括起来可归纳为四点：一是网络影视平台成为人民群众网络文化消费的重要平台。过去 5 年，中国网络视频用户规模从 3.49 亿增加到 5.65 亿，增长了 61%；手机视频用户规模从 1.3 亿增加到 5.25 亿，增长了 3 倍；特别是网络视频付费用户从几十万人增加到近亿人，增长上百倍，成为增速最快的文化消费领域之一。二是网络影视成为蓬勃发展的影视业一个必不可少的重要组成部分。以网络剧、网络电影、网络综艺节目为代表的网络原创影视节目创作生产持续高速增长。2017 年前 10 个月，全国各大网络影视平台播出已备案网络剧 555 部、网络电影 5620 部、网络动画片 659 部、网络纪录片 167 部，涌现出一大批弘扬主流价值的优秀作品。播放量与传统电视台、电影院平分秋色，甚至还有大幅度超越的趋势。三是网络视听新媒体成为传播主流声音、讲好中国故事的重要阵地。《初心》《大道之行》《公仆之路》等时政类微视频，既立意高远，又比较接地气，在网络视听新媒体上得以广泛传播。网络影视平台与传统主流媒体、网络新兴媒体相辅相成、同频共振，形成强大的舆论场，共同宣传重大主题，弘扬主旋律，传播正能量。四是网络影视产业成为实施创新驱动战略、培养新经济的重要引擎。网络视频市场规模从 2012 年的 90 亿元增长到 2016 年的 609 亿元，年均增幅超过 50%。传统影视产业在互联网产业面前，整体规模相对较小，收益模式尚不够丰富。2016 年上映院线电影 402 部，观影人次 14 亿，总票房达到 457 亿，2017 年总票房已突破 500 亿。未来网络影视产业有望超越传统影视产业，成为国民经济的支柱性产业，带动经济实现新增长。

网络影视的时代特征表现为 IP 化、粉丝化、草根化、娱乐化、年轻化、快餐化、资本化。网络影视在内外因的合力下稳步发展。外因在于百兆带宽的普及、多媒体技术的发展、客厅文化的解体、实体资金的大量投入、宽严相济的政策环境、版权保护意识的不断增强；内因在于专业制作公司和专业人才的加入，视频平台的高度重视和积极推动、会员付费盈利模式的创新。在专业网生内容（PGC）产业链上游，各家视频播放平台争夺内容话语权，平台自制、平台和影视公司联合制作内容不断增多，内容精耕之路渐渐深入，网生内容逐渐走向精品化，网络视频平台之间的合作更加紧密。网生内容付费观看和衍生品开发也逐步走向成熟。越来越多的民营机构和社会资本不断投入网络影视创作生产中，越来越多的新技术和新产品不断应用到网络影视生产和传播中，越来越多的优秀人才不断加入网络影视从业队伍中，体现了网络影视行业的勃勃生机与欣欣向荣，也彰显出潜力无限、繁荣兴盛的光明前景。

当然，网络文艺也存在着许多问题，有的甚至是严重问题，比如粗鄙化、低俗化、快餐化、同质化和版权纠纷等层出不穷。网络文学中语言的粗鄙化、痞子化和滥造词语正在对维护汉语的纯洁性造成威胁；网站为了赚流量，影视剧踩着恶俗、色情、暴力的红线走，自己的作品经常不敢让自家的孩子观赏；不少直播平台涉嫌宣扬淫秽、教唆犯罪和危害社会公德的表演；违法违规成本低，导致盗版泛滥成灾，版权纠纷不断，许多有名的网剧版权纠葛也如影随形（像《芈月传》《鬼吹灯》《何以笙箫默》《欢乐颂》等）；另外忽视艺术规律，每天近万字的更新量让网络文学陷入粗制滥造的泥潭，一窝蜂地追风使影视剧从内容到形式都不断克隆，独创性严重匮乏，同质化竞争日益严重，大量的文化泡沫、文化垃圾应运而生。所有这些，都值得我们高度警觉，并不断加以克服。

二、保持良好势头，切实推动网络文化的健康成长

网络文化领域不能辜负党和政府对发展网络文化的厚望，在充分肯定发展成绩的同时，也要对网络文艺行业在井喷式增长的背后遇到的一系列问题保持清醒认识。要坚持以马克思主义为指导，坚持"二为"方向和"双百"方针，坚持以积极利用、科学发展、依法管理、确保安全为宗旨的互联网发展方针，切实推动网络文艺健康成长，建设好亿万网民共同的精神家园。

第一，要坚持以人民为中心的创作导向，着力满足人民群众对美好生活的新期待。随着中国特色社会主义发展进入新时代，网络文艺特别是网络影视的发展也步入了新时代。伴随着我国社会主要矛盾向着人民日益增长的美好生活需要和不平衡不充分的发展之间矛盾的转化，为人民提供更加丰富多彩的精神食粮，已经成为满足人民美好生活新期待的重要内容。

人民群众物质生活水平的不断提高，对美好生活的向往愈益强烈，精神文化需求自然也就越来越突出。在网络文化领域，表现为人民对互联网文化的内容、质量、品格、风格等的要求更高了。网络文化要跟上时代发展，把握人民需求，要始终把人民利益摆在至高无上的地位，以充沛的激情、感人的形象、鲜明的风格创作生产出人民喜闻乐见的优秀作品，用符合主流价值观的网络文艺作品满足人民日益增长的审美需术。

当下，一些网络文艺作品存在着不顾客观事实和科学规律的问题，毫无逻辑地穿越古今、颠覆历史、扭曲经典、调侃崇高，甚至贬损国家形象、恶搞历史人物、诋毁人民形象、危害社会公德、亵渎宗教信仰、背离主流价值观，这就丧失了基本的职业底线。祖国是我们生于斯长于斯的家园，人民是我们的衣食父母，互联网从业者必须对祖国和人民满怀敬畏之心，绝不能做亵渎祖先、轻慢经典、冒犯英雄、辜负人民的事情。人民是历史的创造者、是时代的雕塑者，英雄是民族最闪亮的坐标。网络文艺工作者只有坚持以人民为中心的创作导向，歌唱祖国、礼赞英雄、歌颂人民，用生动的笔触和多彩的影像去展示山川大地的广袤，再现改革与建设火热生活的斑斓，表现人性爱憎的冷暖，才能引导人们树立正确的历史观、民族观、国家观、文化观。只有坚持以强烈的现实主义精神和浪漫主义情怀，观照人民的生活、命运、情感，表达人民的心愿、心情、心声，才能让人们在艺术鉴赏中获得思想的力量、心灵的陶冶和快乐的源泉，鼓舞人们在困难面前不气馁、在困难面前不低头，用理性之光、正义之光、善良之光照亮生活。要揭露和鞭打人民深恶痛绝的消极腐败现象和丑恶现象，坚持用光明驱散黑暗、用真善美战胜假恶丑，让人们看到美好、看到希望、看到梦想就在前方。

其次，要树立精品意识，创作出无愧于新时代的优秀网络文艺作品。近几年来，网络文化发展迅速，呈现出百花齐放、百家争鸣的局面。但是网络播放平台审核机制比较宽松，网络文艺题材比较宽泛，因此普遍存在有数量缺质量、有"高原"缺"高峰"的现象，存在着抄袭模仿千篇一律、无底线跟风、无节操复制的问题。比如在院线电影上映的短期内，很多同题材、同类型的影片会在网络影视平台连续上线，以便博得人们的眼球。比如院线电影《道士下山》上映不久，《道士降魔》《道姑下山》《道士出山》系列等网大纷纷上线。有的网大还依靠谐音、替换字词来接近院线电影名称，比如《解救吾小姐》《五十度黑》，就脱胎于《解救吾先生》《五十度灰》。有的甚至将几个电影片名合在一起，比如《还珠格格 2015 之还猪格格》《婚姻合伙人之爸爸去哪儿》等。

这些问题说明，网络文化领域普遍存在着急功近利、粗制滥造、浮躁之风。网络文化工作者要自觉讲品位、重艺德、树新风，避免用廉价的笑声、媚俗的垃圾和无底线的娱乐淹没我们的生活。大家应时刻牢记，创作是自己的中心任务，作品是自己的立身之本，要摆脱过分急于成名和谋利的浮躁心态，多花点时间积累素材，多下点功夫编写剧本，避免盲目借势，防止随波逐流，杜绝数据造假，牢固树立精品意识，不断强化经典学习，静下心来精益求精搞创作，力争使出浑身解数，拿出最能代表自我水准的佳作。精品之所以"精"，就在于其思想精深、艺术精湛、制作精良；经典之所以能够成为经典，其中必然含有隽永的美、永恒的情、浩荡的气。网络文化也要像网下文艺一样，努力创作生产更多传播当代中国价值观念、体现中华文化精神、反映中国人审美追求，思想性、艺术性、观赏性有机统一的优秀作品，集高品质、正能量、创新性于一体，加强中国精神、中国文化的传播力度，不断奏响时代之声、爱国之声和人民之声，让文化中应有的崇高理想、英雄气概和时代精神得以张扬。

第三，要坚持新时代价值导向，坚持社会效益和经济效益相统一。文艺是铸造灵魂的工程，承担着以文化人、以文育人的职责，必须正确处理社会价值和市场价值的关系。要坚持把社会效益放在首位，坚持社会效益和经济效益相统一，当两个效益和两种价值发生矛盾时，经济效益要服从社会效益、市场价值要服从社会价值，绝不能让网络文化沦为铜臭气熏天的市场奴隶。

网络大电影诞生之初，众多网络播放平台提供了较为开放的合作机制和优惠的分账模式，这种策略为良好的网络影视生态做了铺垫。网大的制作成本远远低于院线电影，但利润率远超院线电影，投资方的功利和创作者的浮躁导致大量的新公司、小作坊涌入市场，很多编剧、导演、制片人缺乏经验，出现了大量低俗、庸俗、媚俗的作品，令业界深感忧虑。一些低成本的网剧通过借院线 IP 之势，得到了免费的宣传，获得了极大的关注，赢得了巨大的收益。比如由《九层妖塔》衍生而来的《九层魔塔》，播放量达到 5000 多万；由《港囧》衍生而来的《澳囧》《韩囧》《巷囧》，播放量也都达到了 1500 万以上。这些靠抄袭或模仿获利的网剧，最终目的是获得高额分成。然而，2016 年以来网剧进入洗牌期，靠抄袭和蹭 IP 的影片已难以生存。比如抄袭院线电影《心迷宫》《天下无贼》《中国合伙人》而来的《欲望迷宫》《天下无盗》《农村合伙人》，点击率与收益惨败。

网络大电影在发展过程中出现的这些问题警示我们，网络影视的本质是文艺，绝不能违背文艺创作生产的基本规律，绝不能在市场经济大潮中迷失方向，不能在为什么人的问题上发生偏差，否则就没有生命力。广大网络影视工作者要做真善美的追求者和传播者，把崇高的价值、美好的情感融入自己的作品，推动人们向往和追求高尚的道德。文艺要塑造人心，创作者首先要塑造自己。网络文化工作者也要把崇德尚艺作为一生的功课，努力追求真才学、好德行、高品位，做到德艺双馨，成为先进文化的践行者、社会风尚的引领者。

第四，加强行业自律，营造风清气朗的网络空间。党的十九大对营造清朗的网络空间提出了明确要求，希望在依法加强网络空间治理中建设良好的网络生态。这需要政府部门、业界机构、行业协会齐心协力，让守土有责、守土负责、守土尽责成为每个环节的自觉行动。

院线电影存在着投资门槛高，风险大，周期长的缺点，而网络大电影的优势在于投资门槛低，风险小，项目多。院线电影通常将初入行的大量影视制作者拒之门外，很多年轻人失去了参与电影项目的机会。而网络大电影恰恰为草根编剧、导演、演员提供了学习、参与的机会。因而大家更应该珍惜机遇，坚持文化自觉和行业自律，坚持作品的思想性、艺术性与观赏性统一的标准，靠佳作来提升市场核心竞争力。网络影视平台方要转变唯点击量、评论量为标准的考核机制，加强监管审查机制，提高网络影视的准入门槛，加强网络影视作品寓教于乐的公益导向。

网络文化的发展前景不能只依赖于行政手段和伦理约束，要充分发挥市场在资源配置中的决定性作用。观众对电影有付费习惯，可以支撑网络大电影的付费商业模式，可以实现规模化、持续化的成功。未来的网络影视不能只依赖于平台的分账，要通过用户付费直接获得网络院线票房。平台方应出台相关淘汰机制，将低俗、庸俗、媚俗的制作团队与作品拒之门外，以精品战略培育网民的审美能力。要加快网络文化领域的立法进程，将网络文化监管纳入法治轨道，通过"良币"驱逐"劣币"，促进重金打造的文化精品进入网络院线，积极引导网络院线健康发展，营造清朗的网络空间，促进网络影视业的良性循环。

2016年，国家有关部门出台了一系列针对网络文艺内容生产与传播的规定，一批只迎合市场的网络文艺作品被迫下架整改，网剧、网大、网综等网生内容采取备案登记制，这无疑对网络从业者敲响了警钟。2017年3月，《电影产业促进法》全面实施，网络大电影的审核要求及审核流程都将与院线电影一致。只有优质题材、制作精良的网络大电影才允许上线，这必然加快了网络影视的精品化趋势，一些盲目借势、缺乏创新的作品必将遭到淘汰。

三、抢抓机遇，全面提升社会组织服务网络文化发展的能力

网络文化是个自发、松散且自由度很大的社群，因而，网络服务与管理是个政治性、政策性很强且敏感度很高的问题，搞不好容易引发广泛的社会争议，除了政府依法监管之外，社会组织在网络服务与管理方面有着巨大的空间和潜力。这里仅以自身供职的文联为例谈几点肤浅建议。

党中央对网上群团建设提出明确要求：亮出群团组织的旗帜，发出群团的声音，让群众能在网上找到自己的组织，能在网上参加组织的活动。网络文化平台的发展为各地文联组织发挥人才优势、延伸工作手臂、拓展服务平台提供了一个新阵地。如何运用网络做好文艺界的联络协调、团结引导工作，并以此来推动文艺的繁荣发展，是文联组织面临的崭新课题。大数据、人工智能新时代，给文艺事业改革创新带来广阔的发展前景，也为探索文联工作运行新模式提供了有力支撑。在这样的时代背景下，如何充分运用互联网优势让文联的深化改革插上现代科技的翅膀，让各项工作焕发出全新活力，成为十分重要而紧迫的任务。中国文联作为党领导下的人民团体，是党和政府联络文艺工作者的桥梁和纽带，在推动网络文艺健康发展、促进网络文艺与传统文艺的融合创新方面，是一支积极的后援力量，具有得天独厚的优势。理当紧紧围绕履行"团结引导、联络协调、服务管理、自律维权"新的基本职能，用全新的眼光看待网络文艺工作者，用全新的政策和方法团结、吸引他们，全面促进传统文艺与网络文艺创新性融合，大力推动网络文艺健康发展。

近些年，中国文联高度重视"互联网＋文艺"和"互联网＋文联"建设，明确提出建设网上文联的工作目标。目的在于通过互联网，延伸工作

手臂、拓展服务方式，真正实现线上线下结合、工作方式转变，实现理念思路和体制机制的创新，开创新时代文联工作新局面。经过不懈努力，文联所属网络文艺传播中心已经建起了中国文艺网、中华文艺资源数据库、文艺云应用、云数据中心等专业的文艺信息化基础软硬件环境和网上传播阵地，积累了一定数量的文艺信息资源，初步具备了服务各级文联信息化建设需求、联通广大文艺家的能力。文联各团体会员、各级文联在开展信息化建设进程中，以统筹协同意识积极与网络文艺传播中心进行业务对接，充分利用中心的平台和技术力量，避免重复建设，尽量节省成本，提高效率，共建共享。网络文艺传播中心更须加强网络文艺研究、创作、传播和人才培养，拓展创作、展示、推介、评论、交流及文艺大数据应用的网络新平台，并迅速调整职能，整合联通全国文联系统网络信息渠道，为各团体会员提供信息化建设技术支撑和网络安全保障，不断提升建设水平和服务能力。

首先，要切实抓住互联网对文联工作带来的新机遇。以互联网为代表的信息化时代，对文联工作带来全新机遇。文联作为文艺界人民团体，没有强有力的行政资源，在信息化高度发展的今天，要想广泛而又密切联系文艺工作者，采用传统的一对一的单兵教练式的工作方式，既不可能也不现实，有效运用互联网交互、同步、快速的传播手段，来转变文联的工作方式，推动文联职能变革，是当今时代文联必须做出的艰难选择。深入开展"互联网+"的工作，对于文联人来说，还是一个崭新课题，甚至算个比较陌生的领域。云计算、大数据、移动互联、智能化这些新互联网技术到底能做什么，如何使之成为改进文联和文艺家协会工作的推手，大家在认识上还存在不少差距，思路似乎还不那么清晰。目前，文联系统的联络协调服务手段还比较传统，联络服务还不能覆盖到整个行业和最广大的艺术家。不同层次、不同地域、不同门类的艺术家在传统工作模式的框架下还无法获得充分而高效的文化服务。一些团体会员单位在制定各自的深化改革方案时，对如何设计、探索和应用"互联网+"的工作模式，也普遍地抽象化理解，缺乏深入系统的思考和安排，这势必影响我们"互联网+文艺""互联网+文联"工作的具体落地和有效运转。只有懂网，才能够真正占网、用网；只有学会利用互联网开展文艺界的联络协调服务工作，才能真正建成网上文联。所以我们必须首先深入了解互联网技术的使用价值，深入认识"互联网+"对文联工作的革命性意义，真正弄懂新的信息技术手段可能带给我们的历史性变革。

事实上，随着社会的发展特别是信息技术的发展进步，艺术生产方式发生了深刻变化，艺术家和人民群众的文艺发展消费欲求也越来越呈现出泛在性、灵活性等要求，艺术交流的时间、地点、内容、方式越来越趋向自主选择。传统的工作方式受时间、空间和工作模式所限，即便投入再大的人力物力，也很难有实现联络服务最广大艺术家和最广大人民群众的可能。而信息化具有成本较低、突破时空限制随时随地便捷联络交流的独特优势，能够将联络方式网络化、服务内容数字化，依托互联网便捷高效扩散到整个文艺界，较快实现优质服务、广泛共享和互动交流。这可以创造无所不在的服务环境，使联络服务对象由少数艺术家、少数群众向全体艺术家、全体群众扩展，服务阶段由有限时空向全时空延伸，形成灵活开放的联络服务机制和体系。因此，我们必须清醒地看到，"互联网+"正在改变着当代文艺生存和发展方式，也必将对文联工作理念和工作模式带来一场深刻的革命。信息技术突破了传统工作手段、方式的局限，延伸了工作的手臂和范围，运用于文联系统，正在且必将改变我们原有的组织架构和对文艺家、社会大众等工作对象之间的关系结构，这有助于构建文联组织和服务对象积极互动的联络新模式。近日中办国办印发通知，正式宣告：推广互联网第六版（IPV6）规模部署行动计划。要求到2018年，市场驱动良性发展环境基本形成，IPV6活跃用户达到2亿，占总体用户比不低于20%。

这标志着多种设备连接互联网的障碍已经基本解决，以人与人相连为特点的当代互联网，将会变成人与人、人与物、物与物相连的三位一体的新一代互联网。如果我们还继续彷徨犹豫，不能尽快行动起来，错失这千载难逢的历史机遇，我们就会发生战略性失误，就难以找到信息化时代文联工作的科学定位，就无法有效地开展各项业务工作，无法重塑文联在广大文艺工作者心目中的权威性和凝聚力。

其次，要科学规划各级文联的"互联网＋"战略格局。在解决了思想认识问题之后，我们不但要清楚互联网能做什么，更要清楚我们该做什么。目前最重要的就是，通过顶层设计和统筹规划来实现战略层面的全局安排和具体层面的操作措施。要根据时代变化和工作需要，根据各地各部门的实际情况，制订切实可行的总体工作目标和具体的实施方案，让文联系统的信息化建设做到有的放矢、有序展开。

近些年，许多系统和领域开展信息化建设积极性很高，但却走了不少弯路，比如层出不穷的各自为政、重项目轻整体、重一时轻长远的低水平重复建设问题，导致在高水准要求智慧城市、智慧政务、智慧民生运用中，原建系统无法相互连通、资源难以开放共享，无法实现其应有价值，普通受众分享不到发展红利。这些教训值得认真汲取。由于经费、编制和技术等诸多原因，文联系统开展"互联网＋"建设是后发者，起步较晚、基础落后，这是固有劣势，但我们却可以汲取他人教训，发挥后发优势，注重统筹规划，做好顶层设计，一开始就在高起点上建设。要坚持以问题为导向，紧紧抓住当前和今后文联工作中最关键最紧迫的问题，整体谋划、协同行动，共建共享、形成合力，减少重复建设、避免资金浪费，让有限投入发挥最大效益。要紧扣"互联互通、共建共享"这八个字，统中有分，因地制宜，充分发挥各级文联的积极性和创造性，兼顾各地现实情况和多元化需求，确保工作积极稳妥、分层次、有计划地逐步推开。文联网络文艺传播中心应发挥行业主导作用，提出切合实际的目标方案，建立高效快捷的传播渠道，提供基础性的互联互通的技术支持。充分考虑互联网技术不断更新、文艺工作和文联工作不断发展的实际情况，在规划建设中保持足够的预见性，为今后发展预留空间和接口。文联信息化建设不能贪大求全，走自主发展和借力发展有机结合的新路，坚持多措并举，在不影响知识产权的前提下，充分利用其他系统已有的先进成熟的技术、平台、渠道和文化信息资源，为我所用，利益共享，通过自我研发、合作研发、购买服务等方式，实现借智借力、合作共赢。在这个过程中，也要坚持网络安全保障和网络工作发展同步推进，确保网络和信息安全。

第三，切实搞好各级文联网上工作平台建设和应用。要建设和应用文艺家服务交流网络平台，充分利用互联网、移动媒体等现代通信技术和社交网络技术，创新会员申请、会费缴纳、信息采集、艺术交流等会员服务方式，实现网上联动和资源共享，真正用改革的精神和崭新的工作方式来履行中央赋予文联的团结引导、联络协调、服务管理、自律维权的新职能。要积极建设文艺人才网络培养机制，应用数字展览、数字演出、数字出版等新型文艺作品推介平台，创新文艺作品传播和推广模式，鼓励作家艺术家积极运用网络创作传播优秀作品，促进有潜力文艺人才的培养与成长，促进优秀作品多渠道传输、多平台展示、多终端推送。要建设和应用文艺理论评论网络平台，推动建立文艺评论频道和高端电子学术刊物，打造专业性权威性网上文艺评论阵地，集聚中青年评论队伍，建立科学的文艺评价指标体系，推动文艺理论评论建设。要建设和应用文艺评奖在线平台，深化现代信息技术在文艺奖项评选中的作用，推动评奖模式创新发展，提升文艺评奖的公众参与度和公信力。要建设和应用文艺维权服务网络平台，创新维权工作模式，提高文艺作品版权网络交易和保护能力，积极开展版权登记和认证、正版作品推介、反盗版信息追踪、信息咨询、投诉举报、普法宣传、案例剖析、在线维权服务等网上业务，依法保护文艺家和文艺工作者的名誉权、著作权等合法权益。要建设和应用对外文艺传播与交流网络平台，创新中外文艺交流渠道和方式，增强对外文艺传播能力建设，提升中华文艺国际传播力和影响力。要大力加强信息化基础设施建设，加强存储备份、服务器、基础软件等基础资源建设，构建符合文联信息化工作实际的云计算环境，提高数据管理应用基础环境的集约化水平和服务能力。要加强文艺网络信息安全保障体系建设，不断完善信息安全监控体系，提高信息传播手段内容的控制能力，增强对网络安全事件的应对和防范能力，增强信息基础设施和应用系统的抗毁能力和灾难恢复能力，提高信息安全防护管理水平。要加强文联电子政务网建设，积极推进公文处理、资讯服务、移动办公等工作业务应用，深入开展业务信息公开、政策查询、数据查询、在线咨询、在线申报、会员管理、在线评奖、网上维权、网上展示、互动交流等应用，提高办公效率和决策科学化水平。加强现代文艺传播体系建设，加快推动传统媒体与新兴媒体融合发展，推动各级文联升级改版文艺网站，建设全国文联系统文艺网站群，强化移动传媒应用，提高文艺传媒的竞争力、传播力和影响力。

第四，要下功夫、花气力做好做精专业内容。互联网时代仍是内容为王的时代，吸引眼球是互联网文化的突出特征。我们建网、用网的一大目的，也是为网络空间提供更多更好的内容。没有高质量、有吸引力和黏稠度的文艺信息和内容支撑，网络建得再花哨也无人问津。中央前不久出台了《关于实施网络内容建设工程的意见》，对网络内容建设作了全面、系统的部署。目前，各级文联网络内容生产能力还不强，内容生产业务还没有探索出成型的全媒体模式，敏锐性、创新性、专业性不足，传播力、影响力不够。不少文联开始建设文艺资源数据库，但内容采集处理还处于初级阶段，数据资源欠规模、欠精细加工，很多资源达不到应用标准，不能满足越来越旺盛的资源服务需求。我们要切实加强专业性内容策划制作，提升内容生产能力和传播能力。相关的文艺资讯平台也要重组内容生产流程，实现常态化全媒体报道。要加强选题策划制作，加快信息更新节奏，聚焦文艺的热点难点问题，加强自主性、焦点性选题策划，提高文艺资讯质量和时效；推出规模化的尝试内容板块，强化对文艺焦点问题的跟踪报道，加强专业性、学术性、动态性的深度分析，提升内容价值，提高引导水平。要加强对既有文艺资源的梳理和采集，对已入库资源要强化处理应用，推出系列专题数据库，要积极钻研和掌握大数据应用能力，善于融合数据和分析挖掘数据，利用大数据开展工作，提升文艺工作信息服务能力和决策咨询能力。

第五，在互联互通、共建共享中做大做强网上文联。互联网，重在互相联系，形成网络。开展网上文艺之家建设的最终目的，就是要把数以百万的文艺家、文艺工作者队伍紧密互联起来。这就要求各级文联组织首先要相互连接起来，共同编织"网上文艺之家"的大网，才能优势互补，资源共享，形成整体效力。要坚持互联互通，实现各级文联资源的有机整合和充分共享。遵循"互联网＋"建设运行规律，集中力量求得重点突破，见到明显成效。要加快推进各级文联的合作共建工作，实力强的部门和省份应先行一步、做出表率，起步晚的地区也要积极争取上级支持，瞄准既定目标努力，尽可能建立起全系统技术统一的规制和端口，力争尽快实现所有全国文艺家协会网络平台、各级文联网络平台都能深度链入中国文艺网，实现信息资源的互联互通和有效整合。文联网传中心要加强对各地文联和全国文艺家协会的信息化建设的沟通协调，建立高效快捷的信息传递与应用机制；采取有效措施，不断改进全系统文艺信息资源的互联与整合的效率和质量，到 2020 年基本实现统筹各全国文艺家协会、省级文联、副省级文联、多数地市级文联、部分县级文联和广大文艺家的互联互通工作格局，和线上线下融合一体工作平台体系，真正把中国文艺网建成能联结服务全国各阶层文艺工作者、鲜活生动展示当下文艺创作生产动态且有广泛社会影响和行业号召力的重要文化网站，真正成为团结文艺队伍的新纽带，展示文艺精品的新窗口，繁荣文艺事业的新平台。

第六，加大网络人才培养力度，努力打造专业化人才队伍。在文艺工作座谈会上中央明确要求，要把文艺队伍建设摆在更加突出的重要位置，努力造就一批有影响的各领域文艺领军人物，建设一支宏大的文艺人才队伍。对于网络文艺行业来说，人才的兴衰意味着网络文艺能否得到健康发展，也与社会主义文艺事业的繁荣进步息息相关。

网络文艺行业是一个跨学科行业，这里既有传统文艺人才，也有互联网技术人才，更有跨界复合型人才。我们要按照中央要求：坚持以马克思主义文艺观为指导，引导网络文艺工作者在选题、创作、传播等各个环节自觉践行社会主义核心价值观，深入了解网络文艺发展现状，熟练掌握文艺创作规律，坚持数据开放、市场主导，以数据为纽带促进产学研深度融合，形成数据驱动型创新体系和发展模式，培育造就一批大数据领军企业，打造多层次、多类型的复合型人才队伍。要团结引导新的文艺群体，积极完善人才评价体系，形成人才培养、引进、使用、考核、晋升、退出等全过程良性互动的工作机制。要采取有效方式，集中各方面的优势力量，不断探索并健全网络文艺高端人才的培养机制，着力培养一批有思想、能干事、懂管理、守底线的高水平、专业化的人才，为推动网络文艺的健康发展提供强有力的人才支撑。

新时代赋予新使命，新使命开启新征程。网络文艺发展站在了新时代文化发展的制高点上，只有抓住新机遇、履行新使命、展现新作为，才能为实现网络文艺大繁荣、满足人民群众对美好生活的新期待、增强中华文化国际影响力作出应有贡献。

大视频时代呼啸而来

伴随着移动互联网迅猛普及和各种智能终端的普遍使用，长期以来视频生产和传播的技术与成本壁垒被打破。"读图"似乎已不再作为一个特定的贬义词而存在，融媒体的兴盛为信息传输加载了更加快捷的动态功能，不仅倒逼传统媒体与新媒体加速融合，就连昔日"媒体一哥"的电视也与各类视频的边界开始日渐模糊起来，跨时空、跨平台的大视频时代正朝我们呼啸而来。

所谓大视频时代不是指视频的大小或多少，而是指无处不在的数字化生存和无处不在的视频共享形态。放眼望去，无论是以电视视频、IPTV、OTT、户外视频为代表的大视屏平台，还是以网络视频、手机视频、视频直播、VR、AR 为代表的短视频平台等，都让社会进入一个无法躲避的"全民阅读"时代，正是这些无所不在的屏，构成了一个全天候的大视频传播生态。

据《2018 年中国网络视听发展研究报告》披露：截至去年 6 月，中国网络视频用户规模达到 6.09 亿，占网民总体规模的 76%；手机视频用户 5.78 亿，占手机网民的 73.4%；短视频应用迅速崛起，热门短视频用户规模达到 5.94 亿，占整体网民规模的 74.1%；网络直播发展趋于稳定，用户达到 4.25 亿；网络音频持续发力，用户规模达到 3.0 亿；互联网电视迅猛发展，累计

覆盖终端达到 3.22 亿台，激活终端 2.18 亿台，激活率达到 67.7%。45.8%
网络视频用户已经不再接触电视、电台、报纸、杂志等任何传统媒体，50
后、60 后用户开始远离传统媒体，其中有 43.5% 的人过去半年未接触过传
统媒体。超四成用户每天必看网络视频节目，重度用户集中于一线城市 30
到 39 岁人群。值得一提的是，50 岁及以上的中老年用户兴起，比例超过四
成，开始成为观看的主流人群。2018 抖音大数据报告显示，截至 2018 年 12
月，抖音国内日活跃用户数突破 2.5 亿，国内月活跃用户数突破 5 亿。抖音
国内用户全年打卡 2.6 亿次，书画成为传统文化中播放量最高的类别，《小
星星》和手势舞成了年度最受欢迎的音乐和舞蹈。网络视听正变为大众娱
乐的刚需，视频也成为各种媒体竞相延伸发展的重心。

　　大视频时代，媒体与网络融合的趋势明显加快，传统媒体特别是电视
的功能正被全新赋能，以覆盖率、网络传播指数等多维度指标构成的评估
体系，正在重新诠释和评判媒体传播的价值。报刊图文并茂的电子版风生
水起，4K8K 技术介入电视高清频道，以求挽留固有客户，却依然挡不住
报刊订数的下滑，挡不住电视包括有线数字电视覆盖率和市场份额的收窄。
移动终端以适配性、移动化的优点凸显聚合力，IPTV 不断抢占市场，以电
视剧、综艺为代表的视听节目内容在网络上持续受到热捧，短视频已然成
为现阶段用户喜闻乐见的文化娱乐载体。去年的中国电视大会，作为联合
国“世界电视日”的纪念活动，主题设定为“从电视到大视频”，明确把通
过电视影响力聚焦社会热点、促进文化交融、以推动世界传媒发展和人类
文明进步作为大会交流的主题，这个略显悲壮也有些未来式的主题，既可
以朦胧看出当下最强势媒体的守势状态，当然，也清晰彰显着电视人面对
危机，不畏艰辛、开拓未来的坚定信念。

　　——回望既往。中国电视业从无到有、从小到大，电视人筚路蓝缕、
拼搏进取，真实、准确而快捷地记录下许多重要的历史性时刻，创造出一

个又一个深入人心的精品节目，曾经把报纸、图书和电影打得一败涂地，堪称当代第一媒体。

——立足眼前。日新月异的新技术革命带动新兴媒体的迅猛发展，传统用户或已达到天花板，视听受众也从单一的电视收看变成了无处不在的大视频，无论是外部竞争还是内部运营的博弈，电视传媒业都面临着前所未有的严峻挑战。

——放眼未来。当人们对视频观看体验有越来越高的要求，以超高清、VR/AR等大视频业务为代表的清晰而生动的极致体验越来越成为普遍需求的时候，当电讯运营商们开足马力建设千兆光纤和5G网络，不断增加其在大视频时代话语权的时候，原有视听传播平台的职能与价值客观上在不断跌落，如何应对这百年未遇的历史大变局，如何以崭新的面貌更好地服务广大视听受众，推动广播电视行业持续繁荣和创新发展，已成为摆在每个媒体人面前不容推卸的历史责任。

承认也好、不承认也罢，拥抱也好、愤恨也罢，事实客观地摆在我们面前。积极顺应大视频时代，是大家必须做出的选择。我想，回应大视频时代的冲击与挑战，包括广播电视在内的传统媒体，至少要在以下四个方面做足功课。

一、面对无所不在的大视频时代，广播电视人要履行职责、不辱使命，首先必须坚守正确方向，引领社会正气

古人云：文章合为时而著，歌诗合为事而作。广播电视作为最大众化、最接地气的传播方式，我们必须拆除心灵的围墙，紧跟时代、贴近大众。要踏下身子，投注感情，用最具生命力的镜头和影像，生动展现新时代改革与建设的蓬勃实践，清晰记录中国人民不懈奋斗的辉煌足迹，实地体验普通百姓的喜怒哀乐和酸甜苦辣，热情讴歌劳动大众对美好幸福生活的追求与渴望。一定要把握正确舆论导向，传播社会正能量，将崇高的价值理念融入新闻生产和艺术创作之中，讲品位、讲格调、讲责任，让舆论空间充满清风正气。力求打破文字、图片、语音、视频之间符号的界限，让更多真实可信、入情入理的新闻、言论和艺术类作品，推动实现政府与百姓间有效的信息沟通。要秉持职业操守，履行社会责任，不为名诱、不为利惑，坚决抵制低俗、庸俗、媚俗之风，不在市场经济大潮中迷失方向。要尊重事实、恪守真理，精心拍好每一个镜头，精心办好每一个栏目，精心编排每一篇稿件，精心推敲每一个细节，精心打磨每一部作品，以无愧于这个伟大时代的理性自觉，努力为传媒受众打造一个能提供真实信息和理性思考的、有权威性和公信力的传播平台。

二、面对无所不在的大视频时代，强化内容生产，发挥传统优势比以往任何时候都更加重要

传媒业作为信息服务行业，内容既是其汇聚注意力的重要资源，也是其核心竞争力的关键所在。内容生产处于整个传媒产业链和价值链的中上游，只有掌握了内容优势的媒体，才能在竞争中立于不败之地。生产有品质的真实内容，有内涵的原创内容，能满足用户需求的有价值的内容，永远是媒体赢得尊重、信任和口碑的安身立命的根本。

新媒体或许依托内容的怪异和渠道优势一度成为博取受众眼球的新宠，让人们对内容为王的理念产生某种怀疑，这是一个严重误区。强大的内容生产力为传统媒体带来过荣光的品牌与知名度，这恰恰是新媒体存在的薄弱环节。在一个媒介种类日趋多元，传播平台日趋分散的激烈竞争环境中，转瞬即逝的信息内容似乎并不显得那么重要，但实质上，在信息爆炸的大视频时代，信息的泛滥和过载同受众的时间和精力形成巨大反差，无疑增加了选择与辨识的难度，但绝不意味着大家对内容价值的忽视。与此相反，受众更希望把有限的时间和精力用于有价值的信息获取上，并对内容质量提出了更新更高的要求。耸人听闻、感官刺激只能是一时的，不触及人类灵魂的音像内容永远不会走进受众的内心。以渠道起家的新媒体和各类融媒体同样需要内容的支撑与驱动。传统视听产业只有不断加强内容生产，用新视角去发现新内容，用新观念带动内容原创，用新技术推进内容生产方式变革，创作更多悦眼、悦耳、悦心的内容产品，才能驱动丰富的视频应用，增强受众价值认同的获得黏性，产生更多万众互动的爆款现象。传统媒体必须进一步发挥自身优势，切实建立以用户为中心生产理念，注重于向自身擅长的产品链领域延伸，把自己真实、权威、可信、易赏的"走心"内容，通过互联网媒体多个端口多次发布，实现从平面覆盖向跨媒体、跨介质、跨形态传播方式的转变，重新树立内容价值、产品形态和传播渠道的新优势，不断延续传统品牌的社会影响力和市场占有率。

三、面对无所不在的大视频时代，传统视听行业必须心无旁骛地推动媒体开展符合客观实际和传播规律的深度融合，在挑战中赢得机遇

中共中央明确要求："要加快传统媒体和新兴媒体融合发展，充分运用新技术新应用创新媒体传播方式，占领信息传播制高点"。"受众在哪里，宣传报道的触角就要伸向哪里，宣传思想工作的着力点和落脚点就要放在哪里。"随着视频流量在互联网及移动互联网总流量占比超过 70% 并持续增长，随着 VideoAI、Video OS 等视频技术的发展成熟，传统媒体的线性传播早已落伍，包括互联网在内的图片、文字传播或将大规模迁移到以视频为信息媒介的载体，推进媒体的融合已经成为历史发展的必然趋势。

这里必须强调，融合不是拉郎配，不是简单地在网络上运行传统媒体；深度融合不是物理合并，而是化学合成；不是为了被动适应而融合，而是为了更好地生存发展而积极融合。消极的融合会让"1+1<2"，既浪费资源，

又消磨意志，让混搭的各方在毫无前途的相互绑架中不堪重负。媒体融合要遵循媒介信息传播的规律，强化互联网思维，坚持传统媒体和新兴媒体优势互补、一体发展，注重用户体验，通过多样化传播方式、分众化互动服务方式、大众化生活化话语表达，尽快从相"加"阶段迈向相"融"阶段。互联网作为一个拥有巨大生产力的信息分拣、消化和传播系统，传统媒体要在发挥原有垂直领域深耕优势的同时，强化文字、图片、语音和视频间的符号融合，充分利用互联网的数据、智能和传输手段，构建出自身全新的人人皆可参与的信息采集、交互系统，充分利用大数据的便利重构传统媒体生产与营销模式，形成可持续发展的自恰体系，真正实现传媒业脱胎换骨的升级与革命。融合要以先进技术为引领，深入研究运用人工智能、5G、大数据、云计算、4K8K 超高清等，充分掌握技术应用的主动权和主导权，让主流传体在深度融合发展中不断开创新局面、赢得新优势。唯其如此，才能有效提升主流媒体的传播影响和引领作用。

四、面对无所不在的大视频时代，中国视听产业要立足世界传媒发展前沿，以更加宽广的视野和胸怀，在国际交流互鉴中不断发展壮大自己

开放的中国要"推动文明互鉴，使文明交流互鉴成为增进各国人民友谊的桥梁、推动社会进步的动力、维护地区和世界和平的纽带"，这与联合国创立世界电视日的初衷不谋而合。电视作为 20 世纪人类最重要的发明之一，承担着联结世界、沟通人心的历史使命。透过电视这个载体，讲好各国的故事，是实现文明交流互鉴，促进文化融通、人心相通的最佳途径。我们要虚心学习、掌握、运用最新传播科技，虚心学习并借鉴发达国家媒体传播的技巧与经验，学会用更加入脑入心、入情入理且喜闻乐见的文字、声音与画面去吸人眼球，最大限度地提高中国媒体传播的亲和力与接受度，最大限度地扩大中国媒体在世界传播中的覆盖面和影响力。我们要讲好中国故事，传播好中国声音：一是用最能打动人们心灵的情感去塑造勤劳善良的国人形象，用最宜于与世界相容相洽的文化理念传播中国声音。二是要大力加强国际交流合作，打造传播面更广、接受度更高的精品力作，让更多的中国故事赢得海外受众的理解和认同。三是拥抱新媒体，充分利用互联网技术，学会运用让海外受众更能接受的方式进行国际传播平台建设，让中国博大精深的优秀文化更好地走向世界。

中国视听行业曾经有过光彩夺目的辉煌，只不过这一辉煌已经成为历史；我们真诚期待它有个更加辉煌的明天，而辉煌的明天一定属于那些不甘平庸、奋勇创新的开拓者！

第二辑

文艺现象
与思潮辨析

新时期文艺思潮一瞥

人们常说，一个时代有一个时代的文艺。然而，这里讲的"一个时代的文艺"，不是某种抽象的大一统模板，而是一个指涉时代风格的概念，是特定时代文艺整体风貌与无限多样性的有机统一。

在无限多样的差异化统一中，受历史进程、时代氛围、政治观念、哲学思想和创作团队审美意识的直接影响，不同历史时期会出现许多形态迥异的文艺思潮，共同构筑起特定时代文化艺术格调鲜明的整体性征候。解析一个时代文艺思潮的兴衰起落，可以成为窥探某个时期文艺成败得失的重要窗口，成为了解与把握文艺发展状态的一个不可或缺的重要路径。就此意义上来说，这也是我们梳理与研究中国新时期文艺思潮变迁的目的所在。

那么，何谓文艺思潮呢？

新时期以来，目之所及，从不同角度、不同类型来研究文学思潮和流派的文章与著作很多，如邵伯周的《中国现代文学思潮研究》，刘增杰主编的《19—20世纪中国文学思潮史》，马良春、张大明主编的《中国现代文学思潮史》，朱寨主编的《中国当代文学思潮史》，宋耀良的《十年文学主潮》，朱寨、张炯主编的《当代文学新潮》，程代熙主编的《新时期文艺新潮评析》，陆贵山主编的《中国当代文艺思潮》等，这些著作功力深厚，论证有力，虽然理念与风格有不小差异，但都产生了很大的社会影响。然而，也有相当多的文艺思潮研究的文章和著作，或抛开具体创作本身，简单地把文艺思潮与某些哲学思潮、政治思潮等同起来；或人云亦云，把国外文艺思潮生搬硬套地嫁接到中国文艺研究中来；或泛泛地将文艺思潮与一般的文艺观点、文艺流派、文艺风格、创作方法、文艺理论批评论争相混淆，造成对文艺思潮理解的多元与混乱。因而，有必要对文艺思潮所涉对象、范畴及内含稍作限定。

梁启超在《清代学术概论》中论及"时代思潮"时认为："此其语最妙于形容。凡文化发展之国，其国民于一时期中，因环境之变迁，与夫心理之感召，不期而思想之进路，同趋于一方向，于是相与呼应汹涌，如潮然。始焉其势甚微，几莫之觉；浸假而涨——涨——涨，而达于满度；过时焉则落，以渐至于衰熄。凡'思'非皆能成'潮'，能成'潮'者，则其'思'必有相当之价值，而又适合于其时代之要求者也。凡'时代'非皆有'思潮'；有思潮之时代，必文化昂进之时代也"（《中国历史研究法》，河北教育出版社，2000 年版）。在这里，"思潮"只是作为形容词使用，而非严谨的科学定义；任何"同趋于一方向，于是相与呼应汹涌"的时代思潮都有一个起始盛衰的过程，必然伴随着思想文化的"昂进"；而"价值"系思潮的内在属性，"思"而能成潮者，其充要条件必须具有符合"时代之要求"的"价值"。

有学者将文学思潮的概念定位分为三大类。第一类是逻辑抽象的类型论。把属于历史性范畴的思潮完全等同于逻辑学上的类别概念，在文学思潮内涵界定上往往趋于两个极端：一是抽象狭义化，如厨川白村认为整个文学史贯穿的只是"灵"与"肉"两种思潮的兴衰交替或交融；二是滥用泛化，不少人坚持从古到今只有现实主义和浪漫主义两股文学思潮，甚至把文学史界定为现实主义文学思潮与反现实主义文学思潮斗争的历史。第二类是历史归纳的分期论。既把诸如"浪漫主义""现实主义""自然主义""象征主义"等，视为文学流派、文学风格、文学运动或创作方法，又可归属于文学思潮。它们之间相互联系，有时甚至重合交叠，但又不尽等同。代表人物是韦勒克和波斯彼洛夫。第三类是历史和逻辑兼顾的特殊类型论。如竹内敏雄把文学思潮作为文艺领域的精神潮流，是一种"超个人的"精神存在形式（参见卢铁澎《文学思潮概念的理论性质》，1999 年第 1 期《中国人民大学学报》）。三种类型定性决定了在讨论"文学思潮"的时候，至少有三种选择：一是以某些共同类型属性为依据来划分，在文学史上公认的具体文学思潮，如"古典主义""浪漫主义""现实主义""自然主义""象征主义"等等。二是以哲学、心理学标准，把它们分为理性主义文学思潮和非理性主义文学思潮；或按社会政治尺度，把它们分别归类于资产阶级文学思潮和无产阶级文学思潮，进步、革命文学思潮和反动、保守文学思潮等等。三是形而上的文学思潮，即对具体的文学现象进行考察，经过分析归纳将其普遍性抽象出来，建立一个逻辑模型，形成理论体系，为文学思潮研究提供理论见解和方法的指导。

无论把"思潮"是作为一个形容词来使用，还是采用其他三种不同类型的概括，文艺思潮都应该是一种流动性、历史性概念，是一定时代和历史条件下文艺创作、文艺运动演革的产物，是受某些历史环境和社会思潮影响而引发的产生过广泛影响的文艺现象。

美国学者韦勒克就把文艺思潮定位于历史范畴。强调文艺思潮是一种历史的自然存在，既不能硬性地给定一个人为的定义，又有自身特殊的规定性。它源自某一历史时期特定的艺术创作、理论、批评以及阅读鉴赏背后起支配性作用的文艺观念，是"一种'包含某种规则的观念'的一套规范、程式和价值体系，和它之前和之后的规范、程式和价值体系相比，有自己形成、发展和消亡的过程"（《文学思潮和文学运动的概念》，第 254 页，中国社会科学出版社 1989 年版）。一方面，这种支配性的共同观念促使创作、理论、批评和读者阅读在一定程度上形成文艺之"潮"；另一方面，这些创作、理论、批评本身作为文艺观念的部分参与并推动了文艺思潮的发展。苏联学者波斯彼洛夫明确地将文学思潮视为文学发展的"阶段"。他认为，在古典主义之前，任何一个民族文学中都没有形成过文学思潮。只有到了 17 世纪，法国的古典主义文学才算是第一个文学思潮，原因是它强调了创作群体的理论自觉。因此，"文学思潮是在某一个国家和时代的作家集团在某种创作纲领的基础上联合起来，并以它的原则为创作自己作品的指导方针时产生的。……是创作的艺术和思想的共性把作家联合在一起，并促使他们意识到和宣告了相应的纲领原则"（波斯彼洛夫《文学原理》，第173页，生活·读书·新知三联书店 1978 年版）。概括他们对文艺思潮的分析与论述，其共有的特征有三：一是文学思潮是在特定社会条件下，有创作共性或共同追求的作家们的自觉联合，并通过各自的创作而共同体现出来；二是思潮的形成必有共同遵循的创作原则或纲领；三是思潮具有巨大的创作组织性和促进作品完整性的功能。

尽管学界对思潮的认识和把握上存在较大差异，但每个人都从不同角度强调了构成具体文艺思潮必须具有的某种质的规定性。我们可以把这种质的规定性理解为文艺思潮是在特定历史时期经济、政治、社会、文化共同作用下，在文艺领域反映出来的某种创作倾向和潮流。这种潮流，既可整合也可细分，既可以是汹涌澎湃的时代大潮也可以是涓涓细流汇聚而成的潺潺小溪。文艺思潮作为一种"潮"，理应是与社会发展和人们的精神需求相适应的，由理论、创作、批评以及读者审美鉴赏共同促成的某种文化潮流，在文艺发展进程中产生过广泛反响且留下过诸多创作实绩。它是特定社会环境与文化合力作用的结果，且这种合力源自更深层次的精神需求。特别是处在历史大变革的年代，文艺思潮往往与各种社会思潮激荡碰撞、交织互动、此消彼长，构成时代变革协奏曲中独特而优雅的文化和声。

由于文艺思潮的主客观因素十分复杂，时间与空间伸展性长短不一。既有性质之分，又有阶段之别；既有历史的衍生，又有逻辑的推导，更有鲜明的时代特征和个性特点；既可以是跨越时代的文艺思潮，比如像现实主义、浪漫主义、现代主义之类的世界范围的文艺思潮，也可以是具体的、历史的和变化的阶段性的文艺思潮，比如像伤痕文艺思潮、反思文艺思潮之类，在不同的侧重点上可以存在不同的观察视角。综合各种文艺思潮研究的范畴与定性，我们似乎可以把文艺思潮定义为：一种流动的、历史性概念，是特定时代和历史条件下文艺创作生产和文艺运动沿革的产物，是受历史环境和社会思潮影响引发的、由某些创作生产与评论团队集体创造的、有影响、有意义、有价值的文艺现象。

为此，对中国新时期文艺思潮的研究应当把握以下四个基点：一是限定于中国改革开放新时期，与社会的经济变革和人们的精神需求相适应而产生的、在一定时间段有相当规模，且为人们所普遍认可的文艺现象；二是建立在一定的社会思潮、哲学思潮基础之上，有一批持相同或相近美学倾向、文艺观点的文学艺术家和批评家，所共同推动的独具特色的文艺潮流；三是在具有群体性倾向的前提下形成，且有一批文艺观点、创作方法、艺术风格相近的作品和现象来体现和支撑；四是所有具体的文艺思潮均不用假定的、人为的、逻辑抽象的类型学概念，即便是经过他者的分析、鉴别或逻辑推导而成，也是客观的、历史的、自然存在的文艺现象和潮流的概括与总结，必须具有某种价值和意义，且发生过广泛的社会影响。这样做有两个好处：一是可以不拘泥于有关思潮的各种概念的孰是孰非，以开放的视野容纳各种客观存在的业已形成潮流的文艺现象；二是便于为发展迅猛、复杂多变的新时期文艺研究，寻找一个以倾向和潮流为窗口的观察视角，这样可以减少许多具体的个案分析过程，领悟提纲挈领、一叶知秋之妙。

以粉碎"四人帮"、推行改革开放为标志，中国进入了文艺发展的新时期。这是中国政治、经济、社会发生翻天覆地巨大变化的历史时期，也是中国文学艺术迅猛发展的重要时期。"文化大革命"的终结，让长期处于寒冬状态的文学艺术进入了春天，十年的禁锢与压抑积聚起惊人的能量，改革开放给这些能量集中爆发提供了契机，老中青三代艺术家整装上阵、同时发力，巨大的能量"瞬间"释放，激情的熔岩像火山般喷发出来。思想的解放、禁区的突破，各种思潮不断涌现，极大地推动了创作的繁荣，文艺似乎在刹那间成了划破夜空的一道闪电，它带来的意外惊喜、引发的强烈震撼令人始料未及。以文学为突破口，戏剧、电影、美术、音乐等各艺术门类迅速跟进，文艺成为当年思想解放的排头兵，其强烈的轰动效应，让文艺一度成为时代的宠儿。伴随着对外开放的深入，各种外来文艺思潮的涌入，中外文化发生了激烈碰撞，在颇具争议的过程中，三十多年间，海外最活跃的那些文艺思潮几乎在国内演绎了一遍。特别是再加上历史变革时期相伴而来的各种思想观念的嬗变与交锋，创作活跃，观念纷争，带着特有的时代气息且中西交融的各种文艺思潮此起彼伏，构成中国当代文艺的缤纷多彩的独特景观。尽管进程中的确存在浮光掠影、泥沙俱下的问题，存在有"高原"缺"高峰"的现象，存在着机械化生产、快餐化消费等问题，但是，中国新时期文艺无论就其发展速度还是质量，无论就其面上的斑斓还是深层的力度，在整个文艺发展史上也是独步一时，达到了一个前所未有的高度。

深入研究这段斑驳陆离、变幻多彩的文艺思潮的衍变历程，对于进一步解读文艺与社会变革、文艺发展与思想解放、民族文化与外来文化的关系等问题，具有特别重要的学术价值和实践意义。因为思潮研究似乎更易于在相对短小的篇幅里，宏观而全面地展示和把握新时期文艺卓尔不群的艺术成就。为了力避同代人治史可能的偏见，宜须采取包容开放的心态，梳理各种文艺思潮的产生与发展过程，客观评介各种以思潮为统领的文艺观点、文艺现象、文艺流派、文艺论争等的流变与演革，据实陈述，审慎评价，不妄定论，以便为文艺思潮的兴衰消长和文艺的未来发展预留更多的讨论空间。

即便是新时期文艺思潮复杂多样，但认真研究其演化进程，仍不难发现其中确有不少规律性的线索。

首先，伴随着社会的变革和观念的更新，大多文艺思潮的起落均有强大的社会思潮相支撑，都与社会发展的进程紧密相连。面对着新时期这样一场巨大的新旧交替的历史变革，各种不同的政治见解、经济思路、思想观念、生活方式和审美意识纷至沓来，革新与守成、方生与已死的斗争异常尖锐复杂，激情与困窘、兴奋与担忧、鼓舞与焦虑交织在一起，每个人都面临着艰难的抉择。文艺作为社会生活的晴雨表，作为这个时代最鲜活的审美表情，不可能在历史巨变面前无动于衷，各种文艺思潮自然也就随着社会的变革而不断地更迭，形成了与波澜壮阔的社会进程遥相呼应的汪洋恣肆的文艺浪潮。

以《天安门诗抄》为代表的街头诗于无声处听惊雷，吹响了冲破"文化大革命"精神牢笼的第一声号角，因应了时代涌动的潮汐，传递出民主意识苏醒的先声。以卢新华同名小说《伤痕》开启的伤痕文学思潮，直接把控诉和批判的矛头对准了刚刚过去的"文化大革命"带给广大群众最为普遍的心理伤痛，用强烈的义愤和鲜明的爱憎直面人生，唤起了亿万人民群众发自内心的共鸣，带动文艺（特别是戏剧、电影、绘画、音乐等）在这个时期走到了思想解放的最前列。而接下来的"反思"文艺思潮的深刻意义在于，文艺已经超越了急不可待的现实批判而进入了深层次的历史反思，创作在关注社会现实严峻性的同时，开始关注所处历史和时代的复杂性，表明社会审美意识中对伤痕控诉的注意力已经开始转移，延伸到更为深入自觉的历史性思考。

与反思文艺思潮齐头并进，改革文艺思潮乘着社会变革的东风迅速走上文坛。《乔厂长上任记》等既感奋时代进步，又触及生活时弊，用一种激昂豪放的声音，奔腾向上的气势，为改革摇旗呐喊、大声疾呼，表现了一种急于改变现状的良好愿望和迫切心情。然而，面对理想化的意愿与严峻现实的矛盾，加上外来文化的激烈冲击尤其是现代派文艺思潮带给大众审美的巨大惊喜与落差，如何适应社会与受众双重检验，促使艺术家们不约而同地再次沉静下来，寻根文艺思潮应运而生。尽管其中某些作品存有过分偏执于古老传统，在原始拙朴的生活中发思古幽情的毛病，但它把现实和历史联结起来，着力探索中华民族的心理源流和历史意向，佐证了一代文艺工作者审美意识中深层的文化因素的苏醒。当然，寻根也为新历史主义的兴盛做了理论和实践的双重铺垫。在经过一系列共时的与历时的、传统的与现代的、民族的与外来的交互探索之后，新写实主义和新体验主义文艺思潮的出现，让文艺重新找到了与现实社会的契合点，创作中所表现出来的大众化平民化的追求，其关注现实人生的态度与传统文化中求真的热忱、批判的勇气和悲悯的情怀一脉相承。

随着社会主义市场经济体制的建立和发展，一大批反映经济变革以及商品社会中人的生存状态和价值观念变化的作品问世。像《鲁班的子孙》《抉择》《大厂》《分享艰难》等，都毫不掩饰地尖锐而又真实地揭示了当下人们的生存境况，展现出经济困境中人们潜能的发掘以及与命运抗争的奋发与突围。在强大的艺术张力下，芸芸众生对物质利益、精神追求和道德评判的纠结始终相伴，他们重构人生价值的困惑与执着得到充分呈现，真切地表达出对普通劳动大众最为直接的人道关怀。另外，适应新时期生活的快节奏和人们休闲娱乐的需求，通俗文艺大潮迅猛登陆，武侠小说、戏剧小品、悬疑影视剧等脱颖而出，以其通俗易懂的语言、生动曲折的情节、惊险传奇的故事、中西合璧的表现形式赢得了可观的市场份额。当然，世俗化的审美消费主义大潮中的地摊文艺、网络文学，都存在巨量的文化垃圾，也受到业界的严厉诟病。与此同时，似乎为弥补现代派、新历史主义和通俗文艺对现实生活隔膜的缺憾，报告文学、纪实影视专题和新写实主义思潮等都采用了更加快捷直接追踪生活的方式，艺术地展现了鲜活的当下社会的多彩截图，成为广大群众艺术地了解现实生活的审美窗口。无论是对社会的褒贬与反思，还是对文化的臧否和继承，抑或是对人性的赞美或拷问，新时期文艺思潮都有一个共同的发展脉络，其起点和归宿都是基于对时代进程的沉思和探索，充盈着社会变革、强国富民的现实主义精神。

可以说，新时期文艺思潮的兴衰几乎与整个社会变革和对外开放的进程同步展开，凌厉中彰显朝气，宏阔中蕴藏活力，尽管其间或许也少了点韧劲和耐性，但却有效地建立起与当下生活世界的良好"信任关系"，每一个思潮的起落都能找到现实的支点，饱含着变革时代的精神底色，承载着鲜活的历史记忆。毫不夸张地说，各种文艺思潮的发展与更迭堪称当下社会进程的一个缩影。

其次，始终围绕以人为中心的创作思路，人的主体意识在新时期文艺思潮的起落中日益凸显出来。如果说对"四人帮"法西斯文化专政的批判，是人的尊严、人的价值、人的权利的苏醒与恢复的话，那么，新时期文艺界正本清源的结果，就是彻底摒弃"阶级斗争工具论"的观念，在承继"五四"反封建主题的同时，进一步思考当代中国的历史走向与民族命运，对传统伦理文化否定"个体"与"个性"的负面因素予以清算，重新审视并接受人道主义、人本主义、人文主义思潮中的合理成分，完成了对欧洲文艺复兴"人本主义"和"五四"新文化思想传统的成功链接。它不仅在人性的层面恢复了文艺的"人学"传统，对人最基本的生命权利给予了直接的肯定，而且确立了马克思主义的人道主义原则，使创作中的人道主义思潮成为支撑文艺发展的重要思想支柱，使作家艺术家从对人道主义思潮的感悟、呼应转而变为更深层次的彰显时代精神的人性探索，进而逐渐获得相对个人化的艺术观察视角、体验方式和文体风格。

"人"作为新时期文艺创作的中心环节，也是创作和批评中使用频率较高的词语。新时期一开始，文艺就从造神（不食人间烟火的完人）与造鬼（牛鬼蛇神）的羁绊中解脱出来。谢惠敏（《班主任》）、王晓华（《伤痕》）被扭曲了的心灵和情感，因失手倒放了领袖镜头而长期蒙受政治冤屈的女放映员（《记忆》），一代知青痛苦的下乡回城经历（《生活之路》）等，都在展示人物曲折命运时，刻画了人性在特殊岁月里经受的磨难和痛苦。随着反思的深入，人们开始了对国民性严肃的自审与自省，开始探究人性和历史深层的东西，摒弃掉善恶好坏二元对立的线性思维，人的复杂性多面性得到重视，人的意识进一步觉醒。像小说《人，啊人》《芙蓉镇》《三生石》《平凡的世界》《人到中年》《杂色》，电影《巴山夜雨》《天云山传奇》《被爱情遗忘的角落》《牧马人》，话剧《丹心谱》《绝对信号》《十五桩离婚案的调查剖析》，油画《守粪农民》《父亲》等都较好地把握了特定历史条件下人物所处的特殊社会关系，触及人性的内在底蕴，展示了人物性格的丰富性和复杂性。受各种人本主义和人道主义思潮的影响，文艺一改以阶级意识划分人物的僵化模式，注重从具体的生活情境出发刻画具有复杂心理的个性化人物，以"辩证"的思维全面审视人性的各个侧面，将人还原为社会的、具体的、个性化、立体化的复杂的人，凡是与人的本性、人的情感、人的自由、人的幸福、人的价值、人的命运相关联的生活，都成为新时期文艺审美观照的内容。各式各样的"大写的人""全颜色的人"开始出现在文艺作品中。这里既有对践踏人性、扭曲灵魂、恃强凌弱、损人利己等不道德行为的鞭挞和拷问，也有对美好人性、人情和人道的热情歌唱和赞颂，更有对人的神圣价值和尊严的呐喊与呼唤。

以人为中心的文艺思潮最可贵的精神支撑，就是对人性、对生命本体的重视和个体生命体验的尊重。特别是面对物欲横流和文化危机的双重冲击，文艺愈益大胆揭示食色性的人生命题，为当代人的精神世界写真。不管各种文艺思潮的创作观念与关注点有多大差距，他们对民族命运和当代人生存状态的关心却相当一致，差别只是表达方式。无论是新潮还是传统，无论是写实还是抒情，无论是高雅还是通俗，各种文艺思潮普遍注重对人的生存与发展，注重对人的情绪、感觉和内心世界的深层揭示，刻意反映并表现当代人的追求与梦想，当然也包括他们的迷惘、失落、痛苦甚至是绝望的情绪，描绘人们在社会变革中传统价值观的两难处境，表达他们在精神危机中对自由理想的渴望，并积极寻找生存的价值和意义。

其时，人性不再是文艺思潮推进的羁绊和禁区，反而成为文艺争相掘进的宝贵矿藏。以《爱情的位置》为开端，情爱描写成为新时期展示人性的重要途径。许多文艺作品从不同侧面和角度涉及爱情与社会生活、与伦理道德观念、与当事人的生活变迁的关系，涉及爱情与情感、与事业、与家庭、与婚姻等方面的关系，揭橥了由于物质的贫困、思想的愚昧而形成的对合乎人类本性爱情的压抑与戕害，批判了封建意识和陈旧道德观念对爱情的禁锢与摧残，开掘了普通劳动群众朴实无华的美好人性与爱情，表现了爱情执着与专一的甜美和幸福，揭示了爱的龃龉与变异的艰涩及痛苦，思考了如何将美好的爱情还给自由恋爱的男男女女，如何实现把婚姻建立在真正爱情的基础之上，从而通过两性关系的实际状况来探究人生人性的价值和意义。当然，受人本主义、非理性主义、弗洛伊德精神分析和抽象人性论等思潮影响而形成的文艺创作的涉"性"潮流中，"性"成了争议不休的热点。一些人宣扬抽象的脱离社会实际的人性，把极端个人主义和利己主义视为人性的标尺，某些作品不是通过情爱表现两性之间的情感撞击、灵魂交流和思想纠葛，而是着意描绘生理的快感和动物性本能，甚至渲染畸变的性爱，这就让人性的探索走向了反面。今天，在众口一词否定文学涉性潮中本能宣泄之负面作用的时候，仍然必须充分肯定新时期文艺对人的心理感受、人的精神世界、人的灵魂包括潜意识的深层开掘所取得的巨大成绩，因为它达到的人性深度是过去任何时代都无法比拟的。

新时期文艺的"人学"思潮，在当代中国这样一个特殊的历史情境之下，以一种超越时间与空间、超越历史与现实、超越他者与自身的方式，既完成了一次历史性的、肯定人的价值、尊重人的权利的"以人为本"的人文革命，又衔接了五四"人学"主题所倡导的"人的觉醒""人的解放"的文化传统，同时也与全球化语境下世界文化重新审视人的本质、重估人的价值、寻求人的全面发展的思想潮流同步，在不断超越、不断自新中建构起一条沟通历史、连接世界、通向未来的文化路径。

再次，以文艺创作的本体化回归为发端，新时期文艺思潮的兴衰始终与文艺探索的步履相伴而行。拨乱反正伊始，文艺大胆冲破思想禁区，梳理创作观念，澄清理论是非，在努力挣脱依附角色、自在意识逐渐觉醒的同时，尝试以一个独立的文化自足体承担起久违了的审美功能。在认真梳理了文艺与政治、文艺与人民、文艺与生活、内容与形式、思想与技巧等关系的同时，坚定走出单纯社会本体的思维定式，对文艺本体进行多侧面的深入探索。特别在创作主体与客观对象的关系处理上，大胆地超越直线对位的线性思维，对主体的能动作用、创作的动机与效果、特殊表现形式的制约作用、文艺价值的实现、文艺审美接受的多种可能等一系列问题，提出了许多新的认识和见解，开始了对文艺深层而又内在的规律性把握。伤痕文学自不必说，朦胧诗、意识流小说、实验戏剧、新潮电影、抽象画派、无标题音乐等，都把文艺的表现、感应和幻想放在了更加突出的位置。似曾相识的普通化共性成为作家艺术家有意回避的东西，创作个性越来越成为人们主动追求的目标，文艺的主体意识从未像今天这样得以高扬。

与对外开放相呼应，借鉴吸收外来文化成果一直是新时期文艺发展的一条重要渠道。以朦胧诗和意识流小说的讨论为开端，曾经引发了一场持续了数年之久的有关西方现代派文艺思潮的广泛论争，这场论争促进了艺术思维方式、感觉方式、表达方式的变革。在艺术思维方式上冲破了机械反映论的束缚，从客观外在的描写向主观性倾斜，使主观的迷惘感、荒诞感、神秘感得以强化，文艺创作从此不再仅仅是对客观经验世界的摹写和再现，而是把人物的主观意识流动、内心的情感体验、遽变的心理感受，以至于幽深隐秘的潜意识世界，都纳入了艺术的表现范围。特别是潜意识、非理性的运用，对悟性、直觉的艺术思维方式的倚重，对气韵、情趣、意境的追求，都让新时期文艺从对社会政治批判、社会历史的反思以及对社会生活镜子式反映的成规中解放出来，从而激发了文艺的想象力，改变了创作中主题与理性主宰一切的局面，展示出人的理性在现实处境中的无能为力，极大地丰富了文艺的表现力，为新时期文艺从单纯走向复杂，重新摸索和确定未来发展方向提供了良好的契机。随之而来的必然是艺术视野的拓展和审美意识的更新，比如像《减去十岁》《全是真事》《系在皮绳扣上的魂》《黑炮事件》《尘埃落定》《檀香刑》《水乳大地》《受活》等形式上较为荒诞怪异的作品，如果不是文艺观念的巨大变化，无论是文艺界还是文艺受众恐怕都是很难接受的。

戏剧方面，实验戏剧、小剧场戏剧突破传统戏剧创作思维，一改现实主义戏剧一统舞台的格局，大胆进行新形式探索，超越第四堵墙的束缚，追求全新的自由多样的舞台样式与情感表达样式，比如《绝对信号》《桑树坪纪事》《WM 我们》《十五桩离婚案的调查剖析》《一个死者对生者的访问》等等，都极大地促进了戏剧内容的拓展和形式的创新。电影方面，第四代电影人整体辉煌的亮相和第五代电影导演的崛起，完整地诠释了中国电影从封闭走向开放的历史。西部电影的开发、主旋律电影的进步、娱乐电影的兴起、贺岁片的崭露头角，特别是探索电影的出现和"大片"时代的到来，像《巴山夜雨》《芙蓉镇》《三大战役》《黄土地》《红高粱》《霸王别姬》《英雄》《集结号》等，都标志着中国电影在内容拓展、手法创新和技术应用等方面的历史性进步，真正进入了一个前所未有的繁荣发展新时期。而电视艺术即使不计电视剧的蓬勃发展，电视栏目从单纯的媒体宣传进入产业化的过程，更是全球化媒介融合的一个缩影；纪实、谈话、直播和各种"秀"的游戏娱乐类栏目设置，基本上处在全球一体的生产状态。在音乐、舞蹈、美术等方面，追寻世界文艺涌动的潮汐，民族的、流行的和新潮的艺术交相发展，把传统与现代、民族与外来、主流与前卫、写实与写意、唯美与乡土的相互排斥、相互吸引、相互融合的复杂过程，演绎成新时期文艺发展的独特且多彩的文化景观。

新的历史时期，从困惑于纯客观写实到文艺"向内转"的探索，从客体到主体，从人物塑造的典型化到人物的二重性格组合，从曾经的文艺无情无性的反拨到人情人性热甚而形成"涉性文艺"潮流，从呼吁中国的现代派到向民族文化寻根，再到创造性转化与创新性发展，从雅文艺失去轰动效应到审美消费主义文艺大潮的勃兴，从完全听命于市场的商品化浪潮到文艺精品意识的提倡，文艺思潮的演进与艺术的革新交相辉映，尽管其中许多问题见仁见智、褒贬不一，但都为新时期文艺的发展提供了诸多可资借鉴的经验教训。可以肯定地说，当前的文艺无论是传统还是新潮，无论是写实还是抒情，无论是高雅还是通俗，其创作观念和表现手法都比过去更加考究，艺术美的概念已深深植入作家艺术家的灵魂，开始成为他们自觉的创作追求。新时期文艺就是在这样不断地适应社会和自身发展的需要、不断地探索创新调整、不断地与受众磨合的过程中向前发展的。只要我们不带偏见，各种文艺思潮在推动艺术表现力进步的作用应该是有目共睹的，文艺正是在兼收并蓄、多元互补中逐步走向了繁荣。

从客观上讲，过去研究文艺思潮以文学研究为主，一般性的思潮研究多侧重于各种文艺现象的理论概括，或者是以作品和现象为例的理论思潮，分门别类而又系统地研究各种艺术思潮，并达到客观、深入、准确的目的，确实是个不甚轻松的话题。一是受整个社会大环境影响，当代文艺经历了许多大致相同的发展轨迹，如何在交叉部分陈述起来实现同中见避，保持每个艺术领域的鲜明个性，难度不小。二是有些艺术受众面相对较窄，思潮发育过程长短不一，形成思潮的规模也不太大，以思潮概括论述能否得到社会广泛的认可？三是某些具体的艺术门类在发展过程中，有过一些特别突出的创作现象确实具备了形成思潮的条件，但由于这些门类理论上的薄弱导致思潮并未得到系统梳理，因而在重新进行提炼概括的时候，自然有个分寸如何把握的问题。四是以思潮为视点来研究新时期文艺，会遗失许多潮流之外的独立个案。些许个案虽然难以归潮入流，却能高标独具，堪称当代文艺发展进程中的重要事件或者有重大影响的代表性人物和作品，所以，能否在研究整体思潮的同时，尽量兼顾某些突出个案，进而准确把握住斑驳陆离的文艺发展脉络，也是一个难题。具体而言，比如探索戏剧、小剧场戏剧能否可以作思潮立论？比如电影类型片、探索片、艺术片的划分，第四代、第五代、第六代导演创作群有没有形成电影潮？比如新崛起的电视艺术其传媒性与艺术性的界限在哪里？比如绘画中的众多流派，特别是相互间存在巨大差异的前卫艺术哪些已形成且可以归于思潮？比如音乐的民族、美声和通俗三种唱法交替演革、同步发展，这算不算思潮？比如不少的舞蹈编排沦为演唱伴舞的倾向如何归类？比如众多曲艺演员加盟的小品和相声剧，算戏剧还是曲艺？是纯粹的艺术形式创新还是艺术发展的一种思潮？再比如，科技与文艺的融合作为时代潮流，在舞台和影视领域如何表述？还有网络文艺狂飙突起，却也泥沙俱下，难成阵容，以思潮论有几成把握？所有这些，对新时期文艺思潮研究都是严峻的挑战。

总而言之，新时期文艺筚路蓝缕、风雨兼程，在不懈探索中走过了三十多年的辉煌历程。其间充溢着冲破一切陈规陋习的创造热情，显示出急于摆脱落后窘境的文艺自觉，呈现了一种生气勃勃的创新求变的发展轨迹。尽管其中不乏急于改变现状的激情，不乏匆忙与世界接轨的焦虑，然而，饥不择食、众声喧哗的盲目和自我高标、横空出世的冲动，也让许多思潮的起落明显带着浮躁气和随意性，甚至连主导者们也时不时交织着思想与实践的悖论，其中有成功的经验，也有失败的教训。匆忙中的实验和尝试，各执一端的偏执与纷争，浅尝辄止的快速转移，困惑中的情感与理性的撕裂，无时不在地显示出社会大变革时代特有的那种喧嚣与躁动。唯有沉静地透过文艺思潮的起伏涨落来梳理历史，透过复杂的现象帷幕来揭示本质的真实，方可清醒地判别个中的利弊得失，或许能够找到一条超越局限走向成熟的发展之路。

文艺：改革开放 40 年

以召开党的十一届三中全会、推行改革开放为标志的新时期，是中国政治、经济、社会发生翻天覆地巨大变化的历史时期，也是中国文学艺术波澜壮阔迅猛发展的重要时期。以《天安门诗抄》以及《伤痕》为代表，文学率先从万马齐喑的状态中觉醒过来，以其敏锐的艺术触角和最为直观的形象化语言，感应时代前进的脉动，传递民主意识苏醒的先声。此后，戏剧、电影、美术、音乐、曲艺等艺术门类迅速跟进，文艺成为思想解放的排头兵，成为变革时代的骄子与宠儿。从此，以"新时期"为标记的新文艺走向文坛。

与改革开放同步进大学读中文，毕业后一直在文艺部门工作，虽不在创作一线，但却亲眼看见了这四十年中国文艺发展的全过程。除因工作关系参加过不少重要的文艺活动、有幸当面聆听过当年尚且健在的巴金、曹禺、丁玲、艾青等文艺大师的教诲外，还通过观赏、调研、会议和评论等方式直接参与过诸多文艺思潮起落兴衰的沿革历程，作为这段文艺史的见证人或许不算滥竽充数。这里仅对新时期文艺发展做个扼要梳理，姑且算是一个亲历者的肤浅观感吧。

新时期文艺发展与改革开放 40 年的变革进程同步展开，凌厉中彰显朝气，宏阔中蕴藏活力。40 年的新时期文艺走过了辉煌历程，饱含着变革时代的精神底色，承载着鲜活的历史记忆。可以说，这是追踪历史足音，紧扣时代脉搏跳动的40年；是回应人民心声，努力满足精神需求的40年；是坚持探索创新，不断寻求艺术进步的40年；是潜心审美创造，切实收获丰硕成果的40年。尽管其间或许少了点韧劲，存在诸多不尽如人意之处，但却有效地建立起与当下社会的良好"信任关系"，每个阶段的创作热点、每种文艺思潮的起伏更迭都能找到现实的支点，饱含着变革时代的精神底色，承载着鲜活的历史记忆。这是文艺发展的一个黄金时代，或许可以与意大利文艺复兴、苏联的解冻文艺和中国五四新文化运动的狂飙突进相提并论。回望这一多姿多彩、异态纷呈的历史进程，对于新时代文艺的继往开来具有十分重要的借鉴作用。

一、解放思想、更新观念，文艺探索创新呈一路风景

"实践是检验真理唯一标准"的大讨论，拉开了新时期思想解放的序幕。以拨乱反正、正本清源为主要特征的思想解放运动，直接推动了中国改革开放的历史新征程，给新时期文艺的发展注入了强大的精神动力。观念的改变、政策的调整，文艺不再单纯地为政治服务、不再作为阶级斗争的工具，文艺的地位、作用乃至知识分子的身份都得到重新认知，极大地改变了文艺工作者的生存方式、行为方式和思维方式，有力推动了文艺创作冲破极"左"思潮的禁区和僵化观念的束缚，在重走现实主义道路的旗帜下，文艺的自在意识逐步觉醒，从主题先行的"三突出""高大全"等形而上学创作模式，渐次过渡到以寻求个性解放和凸显人文精神的世俗化表达，开始了新时期文艺向着审美主体复归的波澜征程。

伴随着改革的深入和开放的扩大，中国文艺从题材、体裁到主题都有了更加自由广阔的拓展，各种文艺新观念、新思路、新风格的探索都有了更多的参照与可能。探索、创新与改变，可以作为我们描述新时期文艺进

程的关键词。40年来，文艺创作一直在开放、动态的现实空间和美学视野里，不停顿地酝酿着、尝试着新的艺术诉求和表达方式，伤痕文学、朦胧诗、文艺反思、先锋文艺、寻根小说、纪实文学、主旋律创作、娱乐新潮、新启蒙、新写实、新历史主义、网络写作等文艺思潮此起彼伏，文艺在实践、理论和产业三重维度上的探索与开拓，形成了以变革为基本主导的审美范式。各种流行于西方一个多世纪的现代主义、后现代主义思潮，几乎在这40年里演绎了一遍。40年间，文艺从困惑于单一的客观写实到"向内转"的探索，从人物典型化到人物性格的二重性格组合，从曾经的无情无性反拨到人情人性热、甚而形成"性文艺"思潮，从呼吁中国的现代派到向民族文化寻根、再到创造性转化与创新性发展，从雅文艺失去轰动效应到消费主义大潮的勃兴，从完全听命于市场的商品化到文艺精品意识的提倡，在各种观念碰撞和艺术化回归中，文艺探索创新的鲜明轨迹，成为自身曲折前行的一道风景。尽管各种文艺思潮、创作方法在探索与创新的过程中曾引起了巨大争议和论争，但政策的宽容度和社会的包容度却不断增强，基本上没多少以文废人或以人废文的事件发生，文艺创作生产的大环境肯定是新中国成立以来最好的时期。40年文艺繁荣发展的事实告诉我们，尽管马克思主义有艺术繁盛与社会一般发展不成比例的学说，但文化的繁荣确与思想的开放确密切相关。可以说：思想解放永远是文艺发展进步的前提，行进在思想解放路上的文艺创新，永远没有终点。

二、代际分明、各显神通，四代人同台竞技堪称奇观

"代际"，本来是一个社会学概念，用于文艺创作群体的划分应该是当代中国独有的，原因是我们经历了20世纪最后20年的历史性大转折。正常情况下，每一代人都能有序完成各自的使命，老一辈创作高峰过后自然让位于后起之秀，但动荡岁月，文化停滞甚至倒退，正常的代际更迭秩序

被打乱，所以，一旦社会状态恢复正常，几代人同台竞技的场面则难以避免（以文学、电影、戏剧、美术、音乐和曲艺最为突出）。"文革"结束后，文艺从文化专制主义的羁绊中解放出来，不同年龄段的文艺工作者积聚多年的创作能量，突然间像火山般喷发出来。不同的生活阅历、不同的审美追求、不同的表达方式，既形成了中国当代文艺人的代际区隔，也叠印着不负时光、竞显风流的共同理念，四世同堂共铸文艺辉煌，构成新时期中国文艺生态的鲜明特点。

粉碎"四人帮"之初，新中国成立前成名、新中国成立后依然活跃的那批老一辈艺术家，要把十年的损失补回来，创作热情空前高涨，他们遵循现实主义创作原则，反思历史沧桑，老树再发新枝，在民族风格、地方特色、艺术意蕴等方面都进行了有益探索，堪称新时期中国文艺的引路人。新中国成立后培养起来那批艺术家，虽荒废了十年，但"文革"结束时正年富力强，这些人有理论、有生活、有实践，显示出强大的创作实力和持久的艺术后劲，留下了许多独具生命质感的厚重之作，他们是新时期文艺承上启下的一代精英。受改革开放时代大潮的影响，新时期一大批有才华的青年文艺人才脱颖而出。这些人在少年时代卷入了社会动荡的旋涡，下过乡、当过兵、做过工，经受了"十年浩劫"的磨难，又接受过专业训练，带着新生的喜悦和创新的激情走上文坛。他们对社会的每一点变化、对各种新的思想和艺术手法格外敏感，创作了众多有广泛轰动效应的精品力作，作为新时期文艺的骨干力量（如第五代电影导演），这个群体给中国文坛造成了巨大冲击波。20 世纪 90 年代特别是进入 21 世纪之后，中国文坛又冒出了的一批文艺新锐，这些人对"文革"没有切肤之痛，更没有各种因袭的重负，面对社会的重大变革和各种文化新潮的涌现，他们对传统和现状往往采取怀疑和审视的态度，对生活和艺术充满了好奇式追问，创作在他们手里开始由略显沉重的神圣感变得更加充满烟火气。

尽管四代人阅历迥异，观念不同，创作风格也大相径庭，但令人稀奇的却不是不同特质的四代人同台亮相，而是他们同样活跃在一线、毫无违和感，同样有不同色彩的经典之作问世。也恰因如此，才让新时期文艺显得那么多姿多彩、别具一格。

三、尊重规律、回归本体，人的再发现成为共识

新时期文艺拨乱反正的基点，就是文艺自在意识的觉醒。文艺摆脱单一政治视角走向广阔社会空间的过程，实质上也是文艺恢复和发展"人学"的过程，它让文艺逐渐还原为一个独立的合规律的文化自足体，承担起久违了的审美功能。

新时期文艺在承继新文化运动反封建主题的同时，也完成了对文艺复兴"人本主义"和五四新文化传统的成功链接。不仅在人性层面恢复了文艺的"人学"传统，而且对人的价值、尊严和根本权利给予了充分直接的肯定，"人"成了文艺创作与批评中使用频率最高的词语之一，成为支撑新时期文艺的重要思想支柱。

如果说伤痕文艺时期的作品大多还只停留在人的坎坷命运的表层描写的话，到文艺反思阶段，就开始了对人的重新发现和对"国民性"严肃地自审与自省，开始摒弃二元对立的线性思维，人的独立个性、复杂性、多面性受到重视，"人"从此进入了文艺创作的中心。特别是在市场经济条件下物欲横流和文化危机的双重冲击面前，各种文艺创作普遍注重对人的生存与发展，注重对人的情绪、感觉和内心世界的深层揭示，刻意展示他们在价值变革中的两难处境和精神渴望。尽管其间也存在某些宣扬抽象人性论、传扬利己主义或者展示人的动物性本能的倾向，但总体上不影响新时期文艺"人学"思潮的正能量发挥。处在中国历史大变革的特殊情境下，高扬"人学"精神的文艺以一种超越历史与现实的方式，完成了一次历史

性的、以人为本的人文革命，这与全球性的审视人的本质、重估人的价值、寻求人的全面发展的潮流是同步的。其不约而同地对人的重新认识与发现，让当代文艺在不断超越与自新中，建构起一条沟通历史、连接世界、通向未来的文化路径。

四、呼应时代、贴近大众，"现象级"作品雕塑时代丰碑

新时期文艺与人民同呼吸、和时代共命运，不论是对生活的褒贬与反思，也不论是对文化的臧否和传承，还是对人性的赞美或拷问，普遍追寻时代跳动的脉搏，关注社会的变革进步，回应大众的审美需求，秉持文人的良知与操守，怀着一腔热血和强国富民的渴望，以激情且不乏清醒的态度不懈地为生民鼓与呼，始终保持了文艺与受众热切互动的良好关系，特别是那些"现象级"的作品，更是直接诠释了新时期文艺创作的坚实成绩。

这里所说的"现象级"作品，是指那些要么因在思想内容或形式上有重大突破，要么是某个阶段引起巨大轰动且产生过广泛社会影响，要么是在市场营销上取得过非常可观的经济效益的文艺创作。如果稍作回眸则不难发现：文学创作方面，比如像《伤痕》《人到中年》《棋王》《红高粱》《美食家》《黄金时代》《今夜有暴风雪》《人啊，人》《古船》《芙蓉镇》《沉重的翅膀》《平凡的世界》《白鹿原》《尘埃落定》《张居正》《生命册》《务虚笔记》等；电影创作方面，像《黄土地》《天云山传奇》《城南旧事》《少林寺》《高山下的花环》《血战台儿庄》《大决战》《巴山夜雨》《末代皇帝》《霸王别姬》《英雄》《甲方乙方》《生死抉择》《集结号》《让子弹飞》《疯狂的石头》《狼图腾》《老炮》《湄公河行动》《战狼Ⅱ》《我不是药神》等；戏剧创作方面，像《于无声处》《报春花》《绝对信号》《桑树坪纪事》《父亲》《天下第一楼》《窝头会馆》《魔方》《恋爱的犀牛》《伤逝》《骆驼祥子》《华子良》《巴山秀才》《曹操与杨修》《廉吏于成龙》《迟开的玫瑰》等；电视剧创作方面，像《渴

望》《蹉跎岁月》《四世同堂》《围城》《编辑部的故事》《红楼梦》《西游记》《上海滩》《激情燃烧的岁月》《亮剑》《长征》《潜伏》《大宅门》《还珠格格》《宰相刘罗锅》《士兵突击》《我的团长我的团》《闯关东》《潜伏》《大明王朝》《媳妇的美好时代》《父母爱情》《北平无战事》《海棠依旧》《人民的名义》等等，都是海量创作库存中的标志性产品，可以称之为新时期文艺的代表作。如果我们不带偏见、且能够充分考虑文艺传播方式和受众多样化选择的复杂现实的话，那么，我们则无法不承认，新时期文艺无论是题材的拓展还是主题的开掘，无论是语言的洗练还是结构的精巧，无论是人性的深度揭示还是形象的丰满充盈，无论是形式的完善还是手法的新颖，较之新文化运动和新中国成立后"辉煌十年"阶段的那些名家名作，其审美意义上的整体性成熟与进步都是显而易见的。对此，我们应该给予充分肯定。

五、打通今古、融会中西，中国文艺与世界同频共振

新时期文艺是在面向历史、礼敬传统和追寻着世界文艺涌动潮汐的双向运动中逐渐发展成长起来，并在中外文化的密切交往中迈开了走向世界的坚实步履。

对外来文化的引入、学习与借鉴，是新时期文艺发生巨变的一个重要因素。尽管先锋主义的畅行，将国人兴奋、观望、怀疑、迷茫甚至痛恨的复杂情绪变得十分纠结，其间也有全盘西化的杂音，但探索中大多蕴含了对中国文化融入世界的美好愿望。一方面，拿来主义的许多成功抑或不成功尝试，都重新激发了人们对传统的兴趣，从文学寻根、文化热、人文精神大讨论、新历史主义到复兴民族文化，进而把推动中华文化的创造性转化和创新性发展，作为重拾民族文化自信的基本方针；另一方面，在一度照搬照抄的喧嚣过后，先锋文学、新历史主义、实验戏剧、新潮电影、抽象画派、无标题音乐等，都开始注重追求外来文化同中国传统和社会现实

的有机结合。这些交流与碰撞，直接推动了文艺的革新与进步。文学创作上突破单一写实模式，出现了许多既有传统文化意蕴又有国际视野的优秀作品，莫言、张洁、王蒙、冯骥才、贾平凹、苏童、余华、高行健、麦家、阎连科、刘慈欣、曹文轩等在国际上不断获奖，受到中外读者的一致称赞。实验戏剧、小剧场戏剧突破传统戏剧创作思维，一改现实主义戏剧一统舞台的格局，大胆进行新形式探索，超越第四堵墙的束缚，追求全新的自由多样的舞台样式与情感表达方法，比如《绝对信号》《十五桩离婚案的调查剖析》《WM我们》《一个死者对生者的访问》等等，都极大地促进了戏剧内容的拓展和形式的创新。影视方面，第四代电影的整体辉煌亮相和第五代电影导演的崛起，完整地诠释了中国电影从封闭走向开放的历史。探索电影的出现、西部电影的开发、主旋律电影的进步、娱乐电影的兴起、贺岁片的崭露头角，特别是"大片"时代的到来，都标志着中国电影在内容拓展、手法创新、技术应用和产业开拓等方面的历史性进步。电视艺术也从单纯的宣传媒介进入产业化过程，电视剧的蓬勃发展和纪实、谈话、直播以及"秀"的游戏娱乐类栏目日日新月异，彰显出全球化媒介融合的一个缩影。国产电影、电视剧、杂技作品出口海外，在世界各大赛事上摘金夺银（杂技商演创汇居各艺术门类之首），大大提升了中国当代文艺在国际上的知名度。还有在音乐、美术、舞蹈等方面，都追寻世界文艺涌动的潮汐，民族的、流行的和新潮的艺术交相辉映，把传统与现代、民族与外来、主流与前卫、写实与写意、唯美与乡土的相互排斥、相互吸引、相互融合的复杂过程，演绎成新时期文艺发展的独特的文化景观。

文艺走过40年。回眸40年的发展历程，总结成功的经验和失败的教训，至少可以给我们留下几点启示。（1）文艺不能脱离社会现实而独立生存，但如何以历史眼光深刻真实地表达社会现实，彰显时代精神，而又能经得住时间的淘洗，依然是文艺创作必须面对的现实问题。没有深厚的生活积淀、深刻的生命体验和人性的独到发现，创作永远不可能产生深刻动人的力量。（2）处在社会变革时期，对于某些新异的作品和创作现象要冷静观察、耐心思考，不宜匆忙下结论尤其是政治性结论。（3）创新是文艺的生命。我们在倡导大胆突破创新时要注意以下两点：一是不能忽视传统的制约，少些横扫一切的偏执与虚妄；二是面对可能的创新失误，社会要建立容错机制，给予足够的包容。（4）无论是创作生产还是文化管理，都必须尊重艺术规律，任何违背文艺规律的行为都会受到历史的惩罚。在遵循宪法和法律、遵循社会公德和审美规范的前提下，只要保障创作自由，激发创造热情，活跃平等讨论，拓展各方互动，努力营造和谐舒畅、其乐融融的良好环境，文艺的道路就能越走越宽广。（5）文化艺术的进步和大众素养的提升是个循序渐进的过程，任何揠苗助长、急于求成的事情都是徒劳的，须拿出足够的耐心和韧性来推动文化发展，只有持之以恒，方可久久为功。

重塑思想的尊严

在中国文联十大、中国作协九大开幕式上，中央在祝词中特别指出：经典之所以能够成为经典，概因其"容纳了深刻流动的心灵世界和鲜活丰满的本真生命，包含了历史、文化、人性的内涵，具有思想的穿透力、审美的洞察力、形式的创造力，因此才能成为不会过时的作品"。目前文坛上有不少新的作品，经常给人一种软绵绵、轻飘飘的感觉，无法形成强烈的思想冲击力与穿透力，这是造成文艺有数量缺质量、有"高原"缺"高峰"的一个重要原因。

中国是个文艺生产的大国，每年出版的文艺类图书超过20万种，其中长篇小说约1000种，其他重要门类如戏剧约2000台、电影400多部、电视剧8000多部集，音乐、舞蹈、美术作品也数以十万计，但真正能引起轰动且广为流传者不多。在经济快速发展、国力空前增强和开放程度日益扩大的历史大背景下，一个文艺的数量大国不能成为质量大国的根源，几乎不再是经济资源和技术支撑的问题，而是取决于精神的容量、思想的深度和艺术创新的能力。尽管我们相当多的作家艺术家并不缺生活阅历，也不乏高产的能工巧匠，但却长年没有振聋发聩的作品。他们的创作虽忠实生活，却毫无灵气，更没有创造新意；会讲故事，却不会提炼意义；作品即便尚能看下去，却也很难给人回味余地。尽管不少人早已成名，甚至有过颇为不错的作品，但就是难入大家行列，永远不见上乘之作。究其根本，就是没有足够的思想文化储备，缺乏对生活素材的高屋建瓴的驾驭能力；他们充满匠气的创作完全不"走心"，深刻思考少、人生感悟缺乏，只能陷入惯性化写作或表演的困境中，写来、演去总是老一套，长期没什么突破提高。说到底，关键还是缺乏思想的深度和精神的力量。

帕斯卡尔有句名言：人的全部尊严在于思想。因为思想的力量，是人类所知道的最强大的力量之一。当人类理解了这种神圣力量的本质且合理利用的时候，人类才能把自己从物质的羁绊中解放出来，继续朝着一个自觉的有创造力的方向前进。是故，毛泽东同志曾以精神原子弹论之。人，会因为思想而不朽；文艺也不例外，创作也会因为思想含量的不同而区分出高下优劣。没有思想的尊严就没有艺术的尊严。思想永远是艺术真正的脊梁，一旦思想蕴含贫瘠瘫软，艺术上就会变形甚至垮塌。可以肯定地讲，如果我们这个时代的最高思维成果和精神智慧不能在文艺创作中得以体现，如果我们的文艺作品不能对社会的发展和人类的进步做出深入而独到的思考，如果我们的作家、艺术家无力洞察当代人的生存困境和心灵饥渴，那么，我们的文艺就无法解决人们心灵的痛痒，无法给人以情感的慰藉与思想的启迪，自然也就无法矗立于人类精神创造的峰巅。

思想性不是抽象概念的粘贴，更不是艺术形象或意象塑造之外的标语口号，而是来自对生活的深刻思考与人性的独到发现。有人把文艺对思想的疏远，归结为对过去公式化、概念化的反驳，粗看似乎很有道理，仔细琢磨感觉是个误解。因为，概念不是思想，概念化的东西从来就不是艺术。去概念化、去公式化绝不等于去思想化！概念化与疏离艺术的思想性是两个完全不同的"概念"。文艺真正的思想性，是对社会、人生和人性的深度开掘和意义追寻，是深入创作本质、融入艺术骨髓的灵魂血脉，它与艺术性从来就是文艺作品与生俱来的一对孪生兄弟，优秀的艺术品从来离不开深邃精神蕴涵的凝结。以防止概念化为口实而放弃或空洞文艺作品思想性的做法，于止渴而饮鸩有异曲同工之理。

我们同样也可以十分肯定地说，文艺作品的思想不同于哲学、历史学、社会学，甚至也不是文艺史论中的思想性，它不是概念的演绎和逻辑的推理。文艺创作的思想性，是与作家艺术家对于生活和人生的认识程度和把握能力、生命情感体验和艺术直觉以及作品艺术形象和意象的塑造等融为一体的；文艺作品的思想深度完全靠艺术形象或意象生成，其深浅优劣的判断也是靠受众的审美感受来实现的。作家艺术家的思想秘密，隐藏在"怎么写（演、拍）""写（演、拍）什么"的艺术话语中，作品的思想性有机地寓于艺术性之中；肯定一部作品的思想价值，也意味着对其艺术价值的肯定。愈是精品力作，其思想性与艺术性的融合度愈高，甚至在这种融合中，思想性的力量往往占据着更为突出的位置。有无深刻的思想性，往往成为一般艺术家和杰出艺术家的分水岭。

在实际创作中，思想性的贫瘠除了创作者自身思想苍白的原因之外，再就是艺术普泛的娱乐化倾向使然。一方面，社会生活的安宁与闲适，促使人们转向注重文艺的休闲与娱乐；另一方面，适应市场需要、追寻商业利益，也导致许多创作者放弃严肃的社会思考转而倒向娱乐化大潮。文艺领域甚嚣尘上的娱乐化、商品化和快餐化风气，让艺术告别了"思想的重负"，在一片浅薄的搞笑、不动脑筋的"读图"、卖萌，以及庸俗不堪的感官刺激中，上演着一出又一出"娱乐至死"的闹剧。过度的娱乐化和技巧性游戏，在让文艺丧失了对生活的严肃思考之后，留下了一堆文化的泡沫甚至是垃圾。没有审美的新奇感，没有思想的震撼力，再配上一群盲目萎缩了思考能力的粉丝，长此以往，会损害一个民族的智力健康，销蚀国民的创造能力，最终甚至危及社会的进步。

我们重提文艺的思想性，呼吁为疲软的文坛进补思想的钙质，意在把那些被世俗功利和懒汉思维所挤占的思想空间还给文艺。

重新让思想引领文艺的航程，需要文艺工作者不断增强理论的素养和文化的涵养，让创作与表演充盈着更加鲜活的时代精神、民族特色、家国情怀和悲悯意识；需要创作者积极投身改革与建设的火热社会生活，在喧嚣的生活表象中发现深层的本质；需要在轻松的写作、惯常故事中和技巧的玩味中注入更多思想的深度和新意；需要在一味地仿制和重复的潮流中多一些原创；需要在人性负面的展示中多一点深入的剖析和正面的牵引，给人些温暖的希望；需要在怀古的幽思中多一些对民族现实和未来进程的关注；需要在个人私生活的自我抚慰外多一些忧国忧民的人文情怀；需要在追求创作的速度和数量时多一些追求质量的韧性和耐心；需要在培育讲好故事能力的同时树立创作史诗的雄心……总之，就是需要仰仗思想的穿透力，把提高作品的精神高度、文化内涵、艺术价值作为终生追求，让艺术在波谲云诡的生活涌动中，做出深刻的发现，直抵本质的真实。

按照党和人民的希望与要求，文艺在直面当下中国人民生存现实的同时，要向着人类最先进的方面注目，向着人类精神世界的最深处探寻，创造出丰富多样的中国故事、中国形象、中国旋律，为世界贡献特殊的声响和色彩、展现特殊的诗情和意境。而这一切都离不开思想的导引。我们呼吁重塑文艺思想的尊严，重建文艺对思想的信仰，就是希望当代中国文艺在新的思想高地去重新拥抱生活，探寻社会、人生和人性的奥秘，寻求自身更新、更高、更宏大的突破，用更多无愧于我们这个伟大时代和人民的优秀作品，来筑就中华民族伟大复兴时代的文艺高峰。

文艺不能当市场的奴隶

针对文艺创作和文化市场方面存在着有数量缺质量、有"高原"缺"高峰"的现象，存在着抄袭模仿、千篇一律和机械化生产、快餐式消费的问题，日前党中央在北京召开的文艺工作座谈会上明确提出：文艺不能在市场经济大潮中迷失方向，不能在为什么人的问题上发生偏差，否则文艺就没有生命力。特别强调，低俗不是通俗，欲望不代表希望，单纯感官娱乐不等于精神快乐。文艺不能当市场的奴隶，不要沾满了铜臭气。这一谆谆告诫切中时弊，振聋发聩，为我们正确处理文艺与市场的关系指明了航向。

文艺产品与市场的关系是个极其复杂的问题。自从文艺由创造者自我玩味欣赏的层面进入社会，作品就具有了公共属性，尤其是单个创作一旦作为消费品进入批量生产环节，以出版物或舞台影视剧目形式出现时，文艺产品自然也就有了商品属性。然而，精神产品却断然不同于物质产品，其价值衡量尺度有时完全不取决于市场，价格与价值相背离的现象十分普遍。尽管许多优秀作品市场收益与自身价值较为一致，但有不少被媒体爆炒、市场上热销的文化产品格调不高，甚至毫无价值，广受大众诟病。深入分析近些年文艺市场状况，我们既有成功经验，也有不少沉痛教训。比如，受市场万能论观念的影响，码洋、票房、收视率、点击率甚至成为某些部门判定文化产品优劣高下的标准，不计高雅与通俗文化的差异，盲目地把一些重要文化阵地和严肃文化轻率推向市场，造成文化市场经常性的劣币驱除良币效应，导致文化商品化问题泛滥成灾。比如，有人把恶俗当有趣、视腐朽为神奇，创作中弥漫着以金钱、欲望和声色之娱为目的的庸俗化倾向。要么花样百出地在拳头加枕头的把戏上做文章，不是恩怨情仇，就是肉林欲海；要么以抖擞名人逸闻、窥探个人隐私的方式让艺术"跳私生活脱衣舞"，渲染极端利己主义观念；要么不惜辱没自己或祖宗，以充满污言秽语和粗俗不堪的自虐方式博人一笑；要么采取偏激的态度歪曲历史、躲避崇高、戏说经典，肆意宣扬文化虚无主义等等，其结果，在蔑视传统、消解主流价值观的幕后，用更加庸俗的姿态上演了一出"不随流俗"的闹剧。再比如，用浅薄文化的狂轰滥炸来迁就"快餐时代"的浅阅读。大量抢人眼球的"秘闻""艳史""黑幕""奇案"之类花里胡哨的"标题党"，扎堆涌现的各种凶杀侦破、江湖争斗、宫廷恩怨、官场倾轧、多角畸恋之类的热门选题，竞相抄袭的各种选秀、游戏、搞笑和揭秘栏目，以及拿爱情噱头让俊男靓女们酸溜溜地做各种滥施情爱的速配秀等，让流行文化在快餐化的泥潭中愈陷愈深，难以自拔。科学巨匠爱因斯坦曾把这种忘却"斯文"与"精神"的声色之娱和感官刺激，定性为"猪栏式的理想"。在这里，历史的深度和审美的愉悦被抛到了九霄云外，想象力与创造性之匮乏如同高原极顶的稀薄空气，美文意味和理想火花完全被感官享受和欲望满足所取代，现实的人文关怀和历史的责任被淡化，大众的审美趣味和社会的文化风气遭受腐蚀，文艺在不断向世俗妥协中留下一堆泡沫与垃圾。

学习贯彻座谈会精神，彻底扭转文艺沦为金钱奴仆、成为市场奴隶的恶劣风气，我的体会至少有四。

首先必须遵循文艺自身规律。如果一个艺术家内心完全受利益驱使，在不知不觉中蜕变为商人，那么他就自然失去了对生活的热情与思考、失去了心灵的激荡和升华、失去了真情的表达和呼唤。很难想象一个按照发行商利润规划设计而从事创作的人，能够写（演、拍）出真正有个性、有品位、有情趣、有深度的作品来。文艺要回归艺术本体，就必须让文艺工作者从各种有碍于艺术发展的物质羁绊中解脱出来，从各种有碍于艺术创作的清规戒律中解放出来，不唯孔方兄马首是瞻，不把创作与表演仅仅当作追名逐利的工具。只有充分尊重文艺家个性化的创造性劳动，保证有个人创造性和个人爱好的广阔天地，有思想和幻想、形式和内容的广阔天地，在艺术创作上提倡不同形式风格的自由发展，在艺术观念上提倡不同观点和学派的自由论争，才能给他们以精骛八极、心游万仞的思维空间，给他们以自由提炼素材、确立主题、创建佳构的表达空间，才能真正体现人的本质力量的对象化，让作品带着真情实感和心灵热度，去感染观众，撼动人心。

二要强化文艺家的社会担当。文艺工作者要成为时代风气的先觉者和先行者，就不能做粘满铜臭气的匠人和庸人。不能做欲望的俘虏，为眼前的蝇头小利而丢弃永恒的社会大义。要立志成为这个时代的书记官和社会良心，就必须脚踩坚实的大地，放飞想象的翅膀，以铁肩担道义的责任意识，坚持以人民为中心的创作导向，坚持以社会主义核心价值观为引领，时刻把人民的冷暖和福祉放在心中，把人民的喜怒哀乐倾注于笔端，欢乐着人民的欢乐，忧患着人民的忧患，生动鲜活地描绘社会发展、历史进步和民族复兴的历史画卷，满腔热情地讴歌人民追寻梦想、开拓美好新生活的伟大创造，用现实主义精神和浪漫主义情怀观照现实生活，用光明驱散黑暗，用美善战胜丑恶，让人们看到美好、看到希望、看到梦想就在前方。以思想精深、艺术精湛、制作精良的优秀作品来启迪思想、温润心灵、陶冶人生，扫除颓废萎靡之风，切实承担起文化引领风尚、铸造灵魂的神圣使命。

三是高度重视市场的积极作用。市场对于文艺是把双刃剑，一方面，它可以引导文艺的生产，完成文化的消费，助推社会的传播，让文艺的社会价值在市场流通中得以实现；另一方面，市场作为那只看不见的手，可能指引文艺舍本逐末、剑走偏锋，背离文艺最本质的创造规律。实际工作中，我们一定要认真把握精神产品的二重属性，切实发挥市场对文艺创作生产的积极作用，绝不能因为文艺走向市场过程中出现了这样那样的问题，就在一片声讨声中让文艺彻底告别市场，重回计划经济的老路。要注重市场对文化产品生产的调节作用，最大限度地创作生产那些质量上乘且适销对路的产品；要发挥市场在资源配置中的引领作用，把资金和优质的创作资源科学合理地分配到那些优质的创作团队和生产领域，避免单一的行政支配中让"会哭的孩子有奶吃"；要努力通过市场让文艺生产投入的资金得到回笼，为文艺家和从事文化产品生产的部门和个人有一个较为理想的经济回报，以不断改善和提高文艺工作者的生活待遇和收入水平；要加大传播力度，扩大文化消费，通过文艺产品让更多的受众欣赏和购买来实现最好的经济收益，同时也在尽可能多和大的市场覆盖中来实现文艺产品最大最佳的社会效益。

四是坚守两个效益统一的原则。高度重视市场在文艺价值实现中的二重性，既要看到市场对于文艺繁荣的推动作用，又要正视它与精神价值的矛盾与对立，始终保持清醒的头脑和高尚的情趣，保持独立的品格和价值规范，防止不分青红皂白地被市场交换法则所同化，不被市场牵着鼻子走，不落入马克思主义所批判过的"纯粹为交换而进行，因而纯粹生产商品"的资本主义精神生产陷阱，不能以社会需求和市场占有率高低为借口制造并推销各种文化垃圾，更不能错误地以为大众只能欣赏那些低档次的东西。鉴赏品位的养成需要长期耐心潜移默化的功夫，任何急功近利、竭泽而渔、粗制滥造的作品，不仅是对文艺的伤害，也是对社会精神生活的伤害。坚持社会效益与经济效益相统一，就是要按中央所要求的那样，正确处理义利关系，认真严肃地考虑作品的社会效果，讲品位、重艺德，为历史存正气，为世人弘美德，为自身留清名，努力以高尚的职业操守、良好的社会形象、文质兼美的优秀作品赢得人民喜爱和欢迎。要坚守文艺的审美理想，把追求真善美作为文艺的永恒价值，通过更多"三性"统一、群众欢迎、市场认可的精品力作，传递真善美，传递向上向善的价值观，彰显信仰之美、崇高之美，给人以价值导向、精神引领和审美启迪。要努力探索并切实制定社会主义市场经济条件下文艺创作生产的科学机制，建立良性的投入资助体系、文化传承体系、社会评价体系和传播体系，保障并促进更多的文艺工作者以充沛的激情、生动的笔触、优美的旋律、感人的形象，不断推出更多更好的既有当代生活底蕴又有传统文化血脉，既有丰厚历史积淀又有前瞻性宏阔境界，既有高雅文化品位又有强大市场活力的文艺精品，凝心聚力，开拓创新，再造中华民族新时代的文化辉煌。

要"高原"，更要"高峰"

　　针对当前文艺创作中存在着有数量缺质量、有"高原"缺"高峰"的现象，存在着抄袭模仿、千篇一律的问题，存在着机械化生产、快餐式消费的问题，党中央在文艺座谈会上特别强调：没有优秀作品，其他事情搞得再热闹、再花哨，那也只是表面文章，是不能真正深入人民精神世界的，是不能触及人的灵魂、引起人民思想共鸣的。文艺工作者应该牢记，创作是自己的中心任务，作品是自己的立身之本。要静下心来精益求精搞创作，把最好的精神食粮奉献给人民。这一判断切中要害，振聋发聩，文艺界需要深刻反思，切实践行。

　　一个国家、一个时代的文艺发展水平，是以最优秀的文艺作品所达到的水准作标尺的。文艺精品作为一个时代的文化标志物，代表着文艺发展的方向。一部精品力作的影响力，往往胜过几十部甚至几百部一般的作品。因此，创作无愧于时代的优秀作品，既需要提高文艺的整体水平作基础支撑，更要用顶尖的艺术精品带动文艺的全面繁荣。要提升创作的整体品质，促进文艺创作由"高原"抵达"高峰"，我体会，至少需要在以下五个方面花大力气、下狠功夫。

　　首先要力戒浮躁、平庸，努力把精品意识贯穿于文艺创作生产的各个环节。目前，一些文艺从业者抱着浮躁的心态，或效颦于时髦风尚，或听命于赵公元帅，或揣摩着地摊需求，或沾沾自喜于高产，匆忙创作，匆忙出版、展演、拍摄与发行，由此生产出许多没有多大艺术价值的急就章。可以说，赶潮流、追时髦、急功近利、跑马占荒，是当下文艺创作平庸之作居多的一个十分重要的原因。树立精品意识，需要作家艺术家立意高远、志向宏大，以强烈的历史使命感和责任心对待自己所从事的神圣职业，耐得住寂寞、守得住清苦，不为利诱、不为名惑，时刻保持一颗平常心，拿出一种惨淡经营的从容和气度，把每一次创作都当作一次生命自我实现的重要旅程，切磋琢磨，精雕细刻，以十年磨一剑的精神，力求在力所能及的范围内，达到至善至美的艺术境界。如果我们的每一个艺术家都能把眼光放得远一点，拿出一点对自己未来负责的态度，就不难发现，那些匆忙且速朽的东西不会在文艺史上留下任何痕迹，甚至可能在不远的将来连作者自己都会羞于提及。只有那些"龙文百斛鼎，笔力可独抗"的精品力作，才是文艺工作者奋斗的目标，才能为艺术的创造者提供更多可能的传世机会。

二要强化作家艺术家的生活积累，补足社会实践和生活阅历的必修课。当下平庸之作尾大不掉的根源是缺乏生活的丰厚积淀，他们或沉湎于一己悲欢，玩味个人一点小感受、小聪明，或鸡毛蒜皮、陈芝麻碎谷子，旁若无人地讲述着自己"过去的故事"。有人用这些缺乏生活积累、缺少人生感悟的作品，信心满满地去考验接受者的欣赏耐力，对于读者和观众确实是一种痛苦的折磨。面对着一个伟大的、日新月异的历史变革时代，如果作家艺术家不积极地投身其中，把自己关进象牙之塔，从尘封的历史、从一己的悲欢离合、从朋友或家人的闲言碎语中去汲取创作灵感，使自己成为试管里的蚯蚓，那是注定没有出息的。

人民群众生活中蕴藏着取之不尽的艺术矿藏，从人民群众生机勃勃的创造的活动中汲取创作营养，是社会主义文艺事业兴旺发达的根本道路。

正如座谈会上大家所认定的那样：文艺创作方法有一百条、一千条，但最根本、最关键、最牢靠的办法是扎根人民、扎根生活。我们的文艺工作者一定要克服对深入生活的心理障碍，带着真心与感情，热情投身改革开放和社会主义现代化建设的第一线，感受时代脉搏、激发创作灵感，自觉地从社会生活中汲取题材、主题、情节、语言、诗情和画意，用人民创造历史的奋发精神来哺育自己。只有把深入生活作为繁荣创作的必由之路，才能吃透生活本质、体悟人生底蕴、丰厚创作积累，才能蓄势而进、厚积薄发，为多出精品力作找到用之不竭的创作源泉。

三要增强文化储备，全面提升创作队伍的文化素养。特殊的生活阅历和特有的文艺禀赋，或许也可能创作出不错的作品，但真正成为文艺巨擘，归根结底，需要深厚的文化积淀。有人说，无论是写作，还是书画、表演，艺术拼到最后拼的是文化，这是屡试不爽的真理。作为人类社会最古老、延续性最强的国家，源远流长、博大精深的传统文化接续着中华民族的精神基因。"讲仁爱、重民本、守诚信、崇正义、尚和合、求大同"等的文化精髓，不仅是涵养社会主义核心价值观的重要源泉，也是我们寻找心灵慰藉、让灵魂深处充满营养与回声的精神力量。

在经过一次又一次的"打倒孔家店"浪潮，特别是"文化大革命"彻底与传统"决裂"之后，面对当代文化出现的空当和断层，只有回望经典，才能拣拾传统文化的真谛。文艺工作者需要全面系统地学习、梳理、领悟并掌握传统文化的精华，把典籍从故纸堆中解放出来。让躺着的、藏着的、书写着的遗产活起来，渗透到新时代的文艺创造之中去。同时，也要站在时代的高度对传统文化进行再认识，开掘传统文化深层蕴含，发现其当代价值。从古老而优秀的传统文化中汲取文化的滋养，有助于让当下的文艺创作，在舶来名词满天飞、文牍主义横行、粗鄙语言泛滥之际，重新找回国语的典雅表达；在急功近利、见钱眼开的恶俗之外，找回先人崇德尚义的情怀；在私欲至上、自我中心的人际关系之中，找回群体的互助精神……总之，就是在传统文化的滋养下，找回中国人对于历史的失忆，找回国人内心深处的文化信仰。在活态的传承中，追寻那些美丽而忧伤的乡愁，"让迷失的孩子找到回家的路"。

四要强化文艺创作的思想张力，为文学艺术大剂量地进补思想的钙质。目前，不少作品思想苍白，缺乏蕴涵，一览无余，没有深度，其要害在于作家把握生活素材的思想力度不到位。古今中外的文学艺术大家无一例外的都是思想家。一个没有思想深度的创作者，只能称其为文艺的匠人，永远不能摆脱小家子气；一部没有思想深度的作品，不可能给人以深刻的感悟和启迪，绝对不会产生强烈的艺术感染力。

文艺的张力源于思想的充盈。如果我们这个时代的最高思维成果和精神智慧不能在文艺创作中得以体现，如果我们的文艺作品不能对社会的发展和人类的进步作出深入而独到的思考，如果我们的作家艺术家无力洞察当代人的生存困境和心灵饥渴，那么我们的文艺就无法解决人们心灵的痛痒，无法给人以情感的慰藉与思想的启迪，自然也就无法矗立于人类精神创造的峰巅。

因为，思想的力量，是人类所知道的最强大的力量之一。人，会因为思想而不朽；文艺也不例外，创作也会因为思想含量的不同而区分出高下优劣。思想永远是艺术真正的脊梁，一旦思想蕴涵上贫瘠瘫软，艺术上也会随之变形甚至垮塌。当然，文艺的思想性不是抽象概念的粘贴，更不是艺术形象或意象塑造之外的标语口号，作品中深刻的思想内涵来自对生活深刻的思考与独到的发现。有人把文艺对思想的疏远，归结为对过去公式化、概念化的反拨，粗看似乎有理，其实是个误解。因为，概念化的东西从来就不是艺术！概念化与疏离艺术的思想性是两个完全不同的"概念"。文艺真正的思想性，是对社会、人生和人性的深度开掘和意义追寻，是深入创作本质、融入艺术骨髓的灵魂血脉，它与艺术性从来就是文艺作品与生俱来的一对孪生兄弟，真正优秀的艺术品从来离不开深邃精神蕴涵的凝结。文艺创作的思想性，是与作家艺术家对于生活和人生的认识程度和把握能力、生命情感体验和艺术直觉以及作品艺术形象和意象的塑造等融为一体的；文艺作品思想的深度完全靠艺术形象或意象生成，其深浅优劣的判断也是靠受众的审美感受来实现的。作家艺术家的思想秘密，隐藏在"怎么写（演、拍）""写（演、拍）什么"的艺术话语中，作品的思想性有机地寓于艺术性之中；肯定一部作品思想价值的同时，也意味着对其艺术价值的肯定。愈是精品力作，其思想性与艺术性的融合度愈高，甚至在这种融合中，思想性的力量往往占据着更为突出的位置。有无深刻的思想性，往往成为一般艺术家和杰出艺术家的分水岭。

重提文艺的思想性，为疲软的文坛补充思想的钙质，意在把那些被世俗功利和懒汉思维所挤占的思想空间还给文艺；意在仰仗思想的穿透力，让艺术在波谲云诡的生活涌动中，做出深刻的发现，直抵本质的真实，给广大文艺受众更加强烈的警醒、震撼与冲击。当代文学艺术必须重建对于思想的信仰，以便文艺在新的思想高地上去重新拥抱生活，寻求自身更新、更高、更宏大的突破。当前，最重要的就是在创作中熔铸强大的中国精神。有人把中国精神比作社会主义文艺的灵魂。而中国精神，在当代集中体现在社会主义核心价值观，主要表现为以爱国主义为核心的民族精神和以改革创新为核心的时代精神。文艺创作要把中国精神熔铸其中，就要通过感人至深的故事、生动鲜活的语言、栩栩如生的形象，弘扬真善美，贬斥假恶丑，讴歌时代楷模，赞颂人间大爱，传递向上向善的价值观，扫除颓废萎靡之风，彰显信仰之美、崇高之美，使核心价值观外化于文、升华为美，成为国人的精神支柱，汇聚起同心共筑中国梦的强大精神动力。

五要独辟蹊径，大胆创新，不断攀登文艺创作的新高峰。艺术的生命在于创新。人类有了几千年的文明发展史，艺术经过一代又一代艺术家们的探索、建构、淬炼与升华，可资今人任意挥洒的独创空间微乎其微。俄罗斯作家阿塔耶夫说过：我们前辈的艺术大师们，在我们的前面垒起一座又一座不可企及的高峰，以至于我们要稍稍地有所建树，都必须另辟蹊径。中国古人有言"惟进取也故日新"，"因而能革，天道乃得；革而能因，天道乃驯"。所以，创新是一个难度系数极大的系统工程。创新要遵循艺术规律，承接历史遗脉，勇立时代潮头，感天时之变化，发时代之先声。无论是回望传统，还是面向世界，目的都是激发文艺创造的自觉。当代人既不能躺在祖先的功劳簿上，像阿Q那样以"祖宗很阔"来自慰；也不能拿来西方的东西照抄照搬，成为人家的附庸；而是要在借鉴古今中外一切优秀成果的基础上，适应信息时代和媒体变化需求，引入高新技术和一切可能的技术手段，敢于突破常规，大胆在观念、内容、风格、样式上创新，不断提高原创能力，开辟崭新境界。当代艺术家要把创造新时代的标志性文化品牌，当作自身的历史使命与社会担当。把人类优秀文化成果与时代精神相结合，把传统文化与高科技、新媒体、数字化包括某些时尚相结合，实现传统文化的创新性改造与发展，着力打造当代中国的文化奇观。

罗丹认为：所谓大师，就是这样的人，他们用自己的眼睛去看别人见过的东西，在别人司空见惯的东西上能够发现美。而创新，就是发常人所未见，就是在常人常见中发现新美，实现艺术上的重大突破。这不仅需要文学艺术家有敏锐的触角、开阔的视野和刻苦的精神，而且需要有丰厚的生活素材储备和丰赡的思想文化底蕴，有对社会生活的透彻理解和对时代精神的深刻感悟，有充沛的创造活力和对艺术精髓的深切把握；同时，还需要有严肃的态度、严谨的作风和立志为人类文化进步献身的创造品格。创新，就是不断寻找、开发和展现生活真善美的无比丰富的潜质和底蕴，有所发现、有所创造，用深邃的思想蕴涵，健康的审美基调，气大道正的艺术形式，创作更多具有较高文化价值的艺术精品，努力反映当代中国迈向富强、民主、文明、和谐的现代化国家的伟大实践，热情讴歌中国人民实现自由、平等、公正、法治的社会理想，真情讲述亿万人民意气风发以诚实劳动追求美好新生活的动人故事，精心塑造爱国、敬业、诚信、友善的当代国民新形象，触及人民的灵魂、引起精神的共鸣，并向世界传递当下中国的正能量，促进中华民族优秀文化有一个全面的赓续和全新的发展。

倘如此，当代文艺创作的高峰必将横空出世！

英雄主义不能缺席

崇尚英雄，历来是人类社会普遍遵循的价值理念，也是文艺创作的经典性主题。从盘古开天、精卫填海到仓颉造字，从希腊神话、荷马史诗到创世纪，文艺自口头传诵至文字、影像记载的全过程，颂扬英雄早已成为惯例与传统。许许多多的历史名流、英烈传奇和不计其数的虚构英雄形象都曾依托文艺作品的广泛传播，影响了一代又一代青年人的成长道路，培育出大众审美中萦绕不去的英雄情结。

然而令人忧心的是，当下创作中非英雄化或者将英雄人物粗鄙化的倾向却尾大不掉地蔓延着。有的以反对"高大全"为幌子刻意塑造痞子化、流氓式的英雄，有的把英雄作为嘲弄对象专肆渲染他们的虚伪与狡黠，有的把恶魔与英雄相混淆突出表现混世魔王身上的英雄豪气，有的刻意描写落寞英雄的窝囊气和英雄成长的偶然性，此外，还有一些作品把英雄与普通人对立起来，以展示琐屑生活和卑微人生作为自己的创作主旨，或者完全抛开英雄立场，只关注"小时代"里的那些花天酒地、纸醉金迷的"新新人类"，这与崇尚英雄主义的时代精神渐行渐远，与社会倡导涵育全民族文化自信的努力背道而驰。

一个时代有一个时代的价值取向，英雄就是特定时代价值取向的体现者和引领者。在古今中外文艺创作的舞台上，英雄主义从来不会也不应该离场。像诸如《三国演义》《水浒传》《说岳全传》《红岩》《红旗谱》《烈火金刚》《林海雪原》《谁是最可爱的人》《雷锋之歌》《焦裕禄》《高山下的花环》《长征》《亮剑》《血战台儿庄》《神曲》《巨人传》《三个火枪手》《九三年》《战争与和平》《青年近卫军》《静静的顿河》《钢铁是怎样炼成的》《莫斯科不相信眼泪》《瓦尔特保卫萨拉热窝》《老人与海》《寻找大兵瑞恩》《钢锯岭》《敦刻尔克》等等，英雄主义精神都是这些作品经典流传的最鲜明标志，人们对其中诸多的英雄形象皆耳熟能详、如数家珍。

历史如是，社会主义时代尤其如此。"人民与英雄"更是文艺创作中一个常说常新的话题。中国共产党为人民谋福祉的宗旨，决定了社会主义事业必是人民大众共同的事业，人民不仅是社会的物质财富和精神财富的创造者，也是社会发展变革的决定性因素。因而，社会主义文艺就其本质而言是人民大众的文艺，人民是文艺工作者的母亲，讴歌人民创造历史的英雄壮举肯定是社会主义文艺的永恒主题。人民作为生动鲜活的历史活剧的"剧中人"和"剧作者"，人民所"创编"的历史活剧，永远是文艺创作生产的源头活水。这里所说的英雄不是那些使气斗狠、快意恩仇的莽汉子，不是那些好大喜功、任意妄为的空谈家，不是那些朝秦暮楚、随波逐流的变色龙，真正的英雄来自人民、起于蓬蒿，他们在特殊的历史条件下，以超常能力、过人智慧和忘我精神，或在关键时刻发挥巨大作用，或在危难关头挺身而出，或在平凡中创造不凡业绩，为民族解放、社会进步和人民幸福做出了重大贡献，是真正的民族脊梁。他们可以是个人、团队，也可能是一个群体，比如像抗击各类自然灾害中涌现出来的英雄集体、像新冠疫情中逆行进入武汉的医务人员和志愿者等，他们是平民英模的杰出代表与楷模，是中华民族最闪亮的精神坐标。

真实反映人民群众尤其是英雄模范人物创造历史和追求美好生活的奋发精神，不断书写中华民族伟大复兴的新史诗，努力满足人民大众不断增长的精神文化需求，让人民享受文化发展的最新成果，是社会主义文艺的本质要求和价值体现。

伟大的时代需要伟大的作品，奋进中的人民需要英雄主义精神来鼓舞。尤其在某些重大历史关头，大敌当前、不畏牺牲的豪气，藐视艰险、敢于胜利的气概，忍辱负重、不屈不挠的韧性，殚精竭虑、兢兢业业的坚守，攻坚克难、勇攀高峰的精神，先人后己、公而忘私的奉献，都是社会不可或缺的正能量。文艺要传递且褒扬这样的高尚精神品德，就理所当然地需要讴歌人民、礼赞英雄，以培根铸魂、凝聚民心；理所当然地需要开掘隐藏在民众心灵深处的英雄情怀，将自我的理想投射于英雄形象，以审美方式补偿人们现实生活中未能实现的英雄梦，这是文艺的使命所在。因此，真正有担当有情怀的英雄礼赞绝不可能是虚伪和廉价的吹捧，而是源于生活、带着浓厚情感的真诚讴歌。因为，只有发自内心感动富有真情实感的表达，只有塑造出有生命质感且栩栩如生的英雄形象，才会真实可信，才能感动并影响文艺受众。进而言之，我们在倡导书写英雄的时候，必须旗帜鲜明地反对概念化、模式化倾向。因为任何标签式的表达方式都是虚假的，是毫无职业操守的敷衍塞责，其结果只能让文艺蒙羞。这里必须强调：人民不是抽象的符号，而是一个一个具体的人，有血有肉，有感情，有爱恨，有梦想，也有内心的冲突和挣扎。把人民和英雄作为抽象的符号，进行概念化口号化处理，艺术形象就会干瘪，就会"席勒式地把个人变成时代精神的单纯的传声筒"，就不可能产生感人肺腑的艺术力量。

中国特色社会主义正进入新时代。新时代的文艺要想成为时代前进的号角，就必须强化时代担当，成为社会风气的先行者；必须始终坚持以人民为中心的创作导向，把讴歌人民、礼赞英雄，作为天经地义的光荣职责；必须自觉地讲品位、讲格调、讲责任，坚决抵制各种低俗、庸俗、媚俗之风，为文艺创作灌注更加充盈的时代精神和昂扬的社会正气。完成这一神圣的历史使命，广大文艺工作者一定要带着真情与真心，在生活的第一线去感受时代脉搏、激发创作灵感，聆听时代前行的足音，回应社会进步的呼唤，以真正体味人民大众内心的渴求、焦虑和企盼；一定要欢乐着人民的欢乐，忧患着人民的忧患，血管里流淌着炽爱人民、崇尚英雄的热血，笔管里传达出人民的渴望与心声，切实成为社会的书记官和时代的良心；一定要用发自内心的、个性化的真诚独特的艺术表达，融入时代激流，展现人民风采，塑造血肉丰满的英雄形象，为作品创设恒久的艺术生命，经得起审美与历史的双重检验。只有如此，讴歌英雄主义的主旋律创作，才能称得上是有筋骨、有道德、有温度的作品，才能真正地走进人民大众的内心，产生切实广泛而又深刻的社会影响，激励和鼓舞人民群众决胜全面建成小康社会的奋斗热情，实现掌声与口碑同在，社会效益与经济效益双赢。

在一个风云激荡、开疆辟土、昂扬奋进的时代，英雄主义精神绝对不能缺席！

文化搭乘信息时代快车

互联网问世仅仅 20 年左右时间，已迅速覆盖全球，对人类社会产生了深刻的革命性改变。信息化，已成为当今世界对人类社会生产和生活方式影响最为深刻、对世界文明赓续衍变影响最为深远的大趋势。信息处理与应用能力，已成为衡量一个行业发展现代化程度的重要标志，谁在信息化潮流中落伍，谁就可能被时代淘汰。文化要不要搭乘信息时代的快车？要不要适应信息化的需要做出自身的调整？已经成为摆在文化人面前的一个必须回应的历史性课题。

在互联网兴起早期，文化领域普遍存在对信息化认识不够、投入不足、举措不多的问题，错失了许多借助互联网发展文化的良机。一是文化界对推进文化信息化战略的重要性和紧迫性认识不到位，信息化与文化发展的融合不够，借助信息化加大文化传播与推广的作用没有充分发挥。二是基础设施薄弱，经费保障机制不够健全，全国文化系统几乎没有建成功能丰富、服务立体的网络应用系统。三是优质文艺信息资源总量不足，各自为政、重复建设等问题比较突出，共建共享的有效机制尚未形成。四是信息化专业人才队伍规模和质量还很欠缺，文化信息化的理念和功能设计均不成系统。在文艺界比较有影响力、功能丰富、满足文学艺术家多方面现实需求的网络文艺平台，多数都是由市场化力量打造的，很多社会性力量走在了文化系统信息化建设的前面。面对信息革命日新月异的现状，面对大量的具有巨大网络号召力的文艺明星成为其他社会网站招牌的尴尬现实，文化界还能够淡定如初，一如既往地坐享其成吗？

当前，以云计算、物联网、移动互联、大数据、智能化等为代表的新一代信息技术革命，推动社会由"传统"互联网时代向新的互联网时代迅速迈进，更加深刻改变着人们工作生活方式和各行各业发展格局。信息化缩短了内容创新、生产组织和流通消费的周期，使内容的生产、应用、传播呈现出空前的速度和规模，极大地推动了传统行业变革，引领着社会业态发展的新方向，催生了各行各业新的工作模式和发展模式，内容、技术、网络、应用、服务、互动深度融合，衍生出更多类型的生产生活服务业态，形成更加旺盛活跃的行业发展态势。据悉，截止到2014年6月，中国网民规模已达6.32亿，其中手机网民5.27亿，网民人均每周上网时间长达25.9小时。早在2010年，与互联网相关的经济已成为美国第一大经济，在中国也保持了68%以上的调整增长。今年"双十一光棍节"，阿里巴巴购物交易额高达571亿元人民币，参与的网民来自217个国家和地区。信息化改变了人类认知和社会交往方式，为人类开辟出新的所谓"互联网时空"，现实时空与互联网时空的互联互通，极大拓展了人类的生存视野，数字化生存、网络化生存已经成为人们基本生活形态之一。因而，各行各业都在抓紧谋划自身的信息化布局，推动行业和信息化的深度融合，着力谋取未来发展的战略制高点。代表一个时代文明进步标志的文化，决不能把自身的战略布局和发展方向拱手让给第三方规划。面对新一轮的信息化发展战略机遇，文化不应该、也不能够再次坐失良机，而必须适应当代社会发展的节奏和步伐，转变那种被动应付的状态，必须搭乘信息时代的快车，推动并实现文化事业整体性的跨越式发展。

我们应当清醒地看到，无论你承认与否，信息时代的到来都对文艺创作生产、流通传播和文化消费产生了巨大影响，正在改变着当代文艺的生态和发展方式。一是信息技术在许多文艺领域得到广泛而普遍的应用，推动文艺创作、设计、制作、生产的数字化，优化了创作、设计、制作、生产流程，提升了效率。同时，数字媒体艺术正在从传统艺术中分化出来，甚至可能为全民提供了一个全面参与文艺创作生产的开放空间，使创作生产出现泛在化现象，迅速扩大了文艺创作生产阵营。二是信息化加速了文艺作品的创作生产频率，同时催生了新媒体艺术、网络文学、手机文学、微博、微信、微电影、微电视等许多新的文艺样态，推动了文艺样态的发展和丰富。三是信息化促进了文艺传播、流通的数字化、网络化，打破了传统流通形式的时空限制，扩大了文艺传播流通的覆盖范围；新媒体的发展使得科学和人文的研究方法与界限愈益模糊；同时，也涌现出网络音乐、网络文学和网络影视平台以及数字美术馆、虚拟展览、在线版权服务等大量新的传播媒介形态，传统媒体也纷纷向新媒体、全媒体转变，重塑了媒介格局。四是信息化改变了文艺的接受、消费机制，极大地方便了受众对文艺的接受和消费，改变了受众和创作者、传播者之间的地位关系，受众不再是传统意义上被动接受的受众，而成为文艺生产、传播的积极参与者，大量的粉丝通过贴吧、搜索、微博、QQ群、微信等社交媒体发帖、转帖评论文艺创作和文艺行为，第一时间影响着文艺的创作生产传播，使文艺创作具有了广泛性，增进了创作者、传播者、评价者、消费者多元主体间的互动合作，对当前的电影、音乐、网络文学等门类产生了深刻影响和推动。阅读率、转发率、点击率等新的指数也正在成为评价文艺影响力、传播力的重要指标。五是信息化改变了文化资源、文艺资料的收集、整理、保护、传承和利用方式，促进了文化资源保护传承利用的现代化，在资源、资料的收集整理、重组加工、保存管理、共享利用等各个环节都产生了比传统方式更有效的手段和效益，信息技术不仅促使图书馆、博物馆、档案馆转型升级，更大量地应用在民间文化、传统文化、空间地理文化信息等更大范围的文化资源的保护利用上，形成了新的知识资源生产方式和文艺传承方式，丰富文化资源的表现形式和传播手段，创新和发展了公共文化服务的形式和内容，极大地提升了公共文化服务能力。所有这一切无不说明，文化不可能离开这样的历史背景搞孤立的光荣，面对天赐的转型良机，只有投身其中积极作为，才能变被动为主动，抢占发展先机。

同时，我们还要清醒地看到，信息化也带来了文化理念、管理模式和服务方式的一场深刻革命。信息技术突破了传统生产手段和方式的局限，扩展了文化疆域，改变了管理机构和文艺家、社会大众等工作对象之间的关系结构，有助于构建文艺创造生产、文化管理和服务对象积极互动的联络新模式。可以说，信息技术的深度应用，迫切要求文艺工作模式的革命性转变，加快从以组织机构为中心向以广大服务对象为中心转变，从单向指导为主向多方联络方式转变，从简单服务内容向综合立体服务方式转变。主动适应这一转变，推动信息技术的全面应用，提升文化工作的科学化、现代化水平，既是满足广大文艺家、广大人民群众的日益多样化与个性化的文艺的需要，也是扩大文化服务范围、提高服务质量、促进服务公平的一种有效手段。

随着社会的发展，艺术生产方式发生了深刻变化，艺术家和人民群众的文艺发展消费欲求也越来越呈现出泛在性、灵活性等要求，艺术交流的时间、地点、内容、方式越来越趋向自主选择。传统的文化传播方式受时间、空间和工作模式所限，即便投入相当大的人力物力，也很难有实现服务最广大艺术家和最广大人民群众的可能。而信息化具有成本较低、突破时空限制、随时随地便捷联络交流的独特优势，能够将联络方式网络化、服务内容数字化，依托互联网便捷高效扩散到整个文艺界，较快实现优质服务、广泛共享、互动交流。比如，音乐、电影、文学、美术等领域网络文艺平台的构造，已经给这些文艺门类的创作、传播、消费等发展体系带来了深层次变革，通过构建网络化平台，创作、传播、消费流程已经由被动式向互动式转变，泛在交流、移动交流、个性化交流逐渐成为现实，文艺资源的重复传播利用被全时空放大，极大地满足了文艺家和相关文艺行业多方面的现实需求，对现实的文艺发展产生了积极的推动作用。这一方面可以创造无所不在的服务环境，提供丰富多样的服务资源和个性化的业务支持，使绝大多数文艺家都能随时、随地、随需获得专业服务；另一方面可以使联络服务对象由少数艺术家、少数群众向全体艺术家、全体群众扩展，服务阶段由有限时空向全时空延伸，形成灵活开放的联络服务机制和体系。尤其是广大基层的文化大众，能够零距离接触优质文艺资源和服务内容，分享时代进步、社会发展、文艺繁荣的成果，因而，成为文化信息化的最大受益者。

当然，毋庸讳言，文化与信息时代对接过程中也存在着不少现实问题。最为突出的是文化信息的斑驳陆离、鱼龙混杂，网络文学的参差不齐、废品过多，特别是抄袭模仿、千篇一律，机械化生产、快餐式消费等造成的垃圾文化泛滥成灾，以及粗鄙化、戾气盛、低级趣味甚至低级下流的东西被广泛传播的问题，都对文化的发展形成巨大的负面效应。这在某种意义上表明，在传统文化需要借助网络平台创新文艺创作生产方式，扩大文化传播流通的同时，网络也需要主流文化的进入：一是主流文化必须进入网络阵地，形成强大的社会正能量；二是借助网络的优势与便利，增强文化的创作生产、消费传播和公共服务能力；三是新媒体的引导与培育亟须加强，以不断提升网络文化的整体品位。因此，让文化走上信息化时代的快车道，也是我们推动整体文艺发展进步的一项战略选择。

文化要走上信息化时代的快车道，把加强文化领域的信息化建设作为文化事业发展的一次深层次变革，就必须树立科学发展理念，着眼信息社会的大趋势和我国文艺发展的实际，在高起点上谋划，在高层次上推动。我想，首先，要集中必要的人力物力资源，大力加强大型文化网站建设，形成由政府主导的大型文化网站与各文化艺术行业网站互联互通的现代文化传播体系，积极推动传统媒体与新兴媒体融合发展，提高中国文化传媒的竞争力、传播力和影响力；其次，要大力推进重点领域信息化内容平台建设，加大各种文学艺术的网络创作新业态和网上交互平台建设，包括文艺创作、宣传推广、理论评论、人才培养、维权服务、对外交流等一系列网络平台建设，提升网上工作创新能力和服务能力；再次，要大力推动网络文化产业平台建设，形成更加便利的文学艺术的网上生产与交换体系，进一步提高文化的网络服务和营销能力；复次，要大力推进以中华文艺资源数据库为重点的文艺资源数字化建设，加速传统文化和当代文化资源的数字化转化，努力提升文艺信息资源保护传承运用能力；最后，要大力加强信息化基础设施建设，提升文化信息和文化网络的运行维护能力和科学管理水平。所有这些，都是文化驶入信息化快车道的工作重点和突破口，是文化系统信息化建设需要精心谋划、精心布局、有序实施的重要环节。

信息时代瞬息万变、时不我待，商机可能稍纵即逝，文化领域的信息化建设同样面临不进则退的现实挑战。只有转变观念、快速跟进，积极而又热情地拥抱这个被互联网改变的世界，以更加创新的思维，顶层设计、科学决策，才能真正让文化系统顺应互联网发展的潮流，把握信息化建设的大势，助推文化事业在信息时代的变革与升级，进而实现文化领域信息化建设整体上的弯道超车。

有效提升舆情应对能力

新冠疫情发生以来，相关舆情机构特别是社交媒体，在舆情的掌控与应对方面暴露出不少薄弱环节。比如，像信息渠道的过度混乱、虚假信息的广泛传播、正面信息的迟钝乏力、不同社会群体的严重撕裂等等，都在不同程度上加剧了大众的心理焦虑和恐慌，这对于统一思想意志、凝聚民众共识、维护社会稳定极其不利。因此，花大气力提升舆情的掌控和应对能力，迫在眉睫。

提升舆情的掌控与应对能力，是提高国家治理水平须臾不可或缺的重要环节，可考虑从以下四个方面有序展开。

一、建立经常性的舆情研判制度

尽管世事百态、瞬息万变，但事物运行总有自身轨迹。相关部门特别是内政外交领域的重要部门，都应建立相应制度，依据本系统社会变迁的动态与实际，分析现状、梳理过程、探究趋势，开展经常性的舆情研判。所有研判预设，都是依照当下客观现实与发展趋向而做出的可能性判断。以此为基础，精心制订对策预案，以因应各种可能出现的舆情变化。研判要有战略眼光，鉴昔察今、洞见未来，决不可急功近利、投机取巧，宁可把问题看得重一些，把困难想得多一些。倘若如此，即使出现最为严峻的状况，也能及时做出调整，做到心中有数、应付自如。尽量不出现或少出现因心中无数而导致的手忙脚乱、措手不及的被动局面。

二、强化专业的素质培训与养成

对于舆情的妥善应对与掌控，应成为重要岗位、重要阵地和重点媒体负责人的基本功。我们要深入研究古今中外有效应对突发事件的成功经验，深刻汲取各种应对失策造成的惨痛教训，组织职能部门收集整理各类的典型案例，总结梳理成带有规律性和借鉴意义的理论教材，作为各级党校、行政学院及宣传思想部门业务培训的必修课，普遍养成领导干部敢于且善于运用媒体发声的良好习惯，全面提升党政干部特别是宣传思想部门舆情把握特别是突发事件、危机响应方面的专业素养和操作能力。

三、关注社会舆情，倾听民众呼声

古人云：知屋漏者在宇下，知政失者在草野。聆听草野之声，体悟草根之情，乃古今中外为政之道。在资讯异常发达的信息时代，珠目混杂、良莠交织的局面在所难免。各种网络信息固然鲁鱼亥豕、杂乱无章，充斥着无厘头戏谑、无理性戾气和语言暴力，但一味视而不见或盲目封堵并不能解决问题。除了对那些严重违法、泯灭人性和人类伦理底线的行为须诉诸法律以外，通常还须了解、关注与甄别，有的需要褫伪存真以正视听，有的需要汲取其合理成分，有的需要疏通引导解疑释惑，有的可任其自生自灭。而关注了解的目的更多的是为了察风俗、悉民意、知政失、思进退。只有深入洞察社情民意，有效发挥舆论监督作用，体悟群众所思所想所盼，才能有针对性地做好工作，最大限度满足人民大众日益增长的物质文化需求。当然，舆情知悉也需要在尊重事实、坚守真理的前提下展开全面客观的理性判断，知民意却又不唯民意，不被某些非理性喧嚣和民粹主义思潮所绑架，防止由此而导致决策思路的偏差。

四、发挥主流舆论的引领作用

领导人讲话、政府发言人表态和主流媒体声音占据着舆论场的中心位置。特别是在重要历史关头、重大突发事件、重点国计民生问题上，准确、及时、客观、权威地发声，对于揭示真相、阐明态度、稳定局势、提出建议、引领方向等有着不可替代的重要作用。得体且有效运用主流舆论阵地主动开展工作，可以抢占先机、扭转困局，起到以一当十、四两拨千斤的神奇功效。

舆论引领是一项需要高超政治智慧、高度技术含量和高情商投入的重要工作。如果停留于居高临下、上下一般粗的照本宣科，停留于按部就班、先入为主的发布程序，停留于自说自话、不着边际、无关痛痒的官样文章，不仅达不到预期效果，甚至还可能适得其反。高水平的舆论引领，必须尊重客观现实、尊重传播规律、尊重大众接受心理；必须紧扣社会集中关注的焦点、热点和难点，从当下最迫切回应的实际问题出发，态度诚恳、情感真挚，摆事实、讲道理，接地气、说真话；必须设身处地、入情入理，用更多循循善诱、有人情味的大众化言语抚慰困惑心灵，用更多直面现实、有诚意、可操作的举措回应社会关切，用更多能兑现、可核验的承诺提振民众信心。

只要我们持之以恒地把正确舆论导向与求真务实的具体行动有机结合起来，舆情把控就一定能够在平实中体现亲切、在互动中纾解疑虑、在真诚交流沟通中彰显权威。

传统继承中的语言创新

　　继承文化传统与倡导艺术创新，永远是当代文化发展进程中相伴而生且又无法回避的一对矛盾。话语方式作为传统文化中最坚固的符号，面临新时代文化革新的挑战亦最为尖锐，如何阐释、激活、传承传统文化的优良基因，推动中华当代文艺创新发展，更是文艺创作、理论研究和文化事业发展所必须回应的一个前沿性课题。

　　在文化概念的范畴内，语言是其中最为基础、最具标志性的组成部分。牛津大学遗传学家玛纳克借助计算机测算，认为人类在 12 万—20 万年前开始说话，而从语言到文字的产生却经历了一个尤为漫长的岁月，最早认定的文字雏形也要推后到公元前 3500 年左右。语言作为人类最重要的交流工具，文字是记录人类思考与思想的产物，更是文明发展的桥梁纽带。有人讲没有语言就没有文化，理由是人类借助于语言保存和传递文明进步的成果，才把文化一代又代流传下来，这一点都不夸张。在漫长的人类社会进程中，靠着语言的媒介在人与人之间、古代人与现代人之间、中国人与外国人之间进行沟通与交往，靠着语言的储存，不断积累下诸多社会发展的文明进化信息和文化精华篇章。我们常说中华文化的伟大，这绝不是自吹自擂，根子就在于它是五千年从未中断的古老文明。存续五千年的汉语，是中华文化最根本的介质和最重要的历史见证。无论从仓颉造字的远古传说，还是从安阳小屯出土的龟甲上的文字，人们依然可以强烈地领略到"天雨粟，鬼夜哭"的震撼。五千年的汉语虽历经变化，但现在依然普遍使用，典籍仍就能够顺畅辨识且流通。而同时出现的其他文明，像古苏美尔、古埃及、古巴比伦、古印度的语言文字要么遗失，要么变成了谁也不识的天书，这就导致了文明的中断，客观上也显示出语言在文化传续中的地位与影响。

德国语言学家哈尔曼的一项最新研究显示，世界上大约有5651种语言，包括1400多种不被人们广泛承认可以独立的语言，其中或许有90%的语言将会在本世纪逐渐走向灭亡。因而，守护汉语，保持并捍卫汉语的纯洁性和生命力，是中华文化伟大复兴的一项基础性工程。艺术语言，作为创造主体在特定艺术创造活动中所采用的独特媒介，决定着特定艺术的表现手段和方法，体现为艺术作品外在的形式与结构。没有艺术语言，就没有艺术作品存在的空间。当然，语言（包括各类艺术语言）也不是一成不变的僵死教条，随着社会的发展和艺术实践的进步，语言以及一切的艺术语言都需要不断地发展更新，以适应时代要求，满足审美变迁，不断增强文化表达与时共进的鲜活生机。处在全球一体的信息化时代，如何在不同民族不同文化的相互激荡中坚守本土立场、接续中华文脉、占据发展优势，是时代赋予当下的历史性课题，也是广大文艺工作者不容推卸的文化责任。

一方面，文化是一个国家、一个民族的灵魂，生生不息、博大精深的中华传统文化是中华民族心灵深处强大而坚实的精神高地。中国特色社会主义文化，源自中华民族五千多年文明历史所孕育的优秀文化传统，积淀着中华民族最深层次的精神追求，是当代中国最鲜明的精神标志。因而，面对当今世界大发展、大变革、大调整的动荡格局，面对各种思想文化深度交流和激烈碰撞的复杂形势，我们必须持之以恒地坚守中华文化立场，传承优秀民族文化，展现中华审美风范，在世界文化交流交融中保持鲜明的民族个性，这是我们在激烈的国际竞争中构筑文化自信、立于不败之地的坚强基石。

另一方面，我们要弘扬并强化中华文化的传统优势，保持本土文化赓续发展的后劲，就必须坚持不懈地进行艺术的创新，实现中华优秀传统文化在新的历史时代的创造性转化和创新性发展，永葆中华文化的生机与活力。而艺术创新中，最根本、最首要的就是艺术语言的创新。这一创新不仅需要艺术媒介符号和表现手段的创新，而且更需要艺术思维方式和审美观念的创新。创新的目的，就是要不断激发且生动表达出，变化了的客观世界所蕴藏于物质和感性外壳中潜在的深邃精神内涵，这是探索传统与现代何以有机联结、怎样接续发展的奥秘所在。在中国文联第十次、中国作协第九次全国代表大会开幕式上，党中央明确要求：中国当代文化创造要"向着人类最先进的方面注目，向着人类精神世界的最深处探寻"，而艺术语言的创新，实质就是向着人类最先进的方面注目，向着人类精神世界的最深处探寻。

中国特色社会主义进入新时代的艺术语言创新，具体来说有三个重点。一是必须追寻回望历史，深入了解中国艺术语言传统和发展脉络。中华民族五千多年的文明史蕴藏着深厚的语言发展根基，是艺术语言创新的宝贵资源。中国是被世界公认的诗的国度、文学的国度、审美的国度，中外许多文化大家都认定中国文化的特点是审美艺术性，这在世界文化格局中独树一帜。当代艺术语言的创新，必须注重中国传统文化基因与现代艺术思维的融合，注重传统写意美学与艺术理念的融入，把"中华美学精神"贯彻到艺术创作和艺术语言创新的实践中去，充分挖掘中国传统艺术语言的独特优势和精神价值，展现中华艺术的民族审美特征，这是新的时代语境下艺术语言创新的必由之路。二是必须紧密联系发展着的现实生活，捕捉生活脉搏，熔铸时代精神，在不断激活传统文化中蕴藏的丰厚文化基因的同时，从社会现实的变迁和人们的日常生活中汲取鲜活养分，补充新鲜的血液，特别是适应信息时代和媒体变化需求，引入高新技术和一切可能的技术手段，敢于突破常规，让新概念、新元素、新手法有机融入固有的语言系统，大胆在观念、内容、风格、样式上创新，不断重塑文化的言说方式和话语空间，让语言包括艺术语言在因应时代的变化中，焕发出蓬勃旺盛的生命力。三是必须具有全球化的视野，从外来的文化资源宝库中汲取有益滋养，进行中西艺术语言的整合与利用。在资讯异常发达的当下，我们必须秉持清醒的价值理性，在坚守本土文化立场的基础上，大胆吸收外来文化精华，促进本土艺术语言与世界性话语的密切交融，顺应全人类共有的人性深度、审美取向和文化潮流，做出鲜明个性基础上更具人类审美共性的艺术表达，不断增强中华文化的国际认同度与话语权，为构建人类命运共同体尽一份中华文化的力量。唯其如此，才能赋予中华文化新的生机和活力，才能创造出具有中国特色、中国风格、中国气派的文化话语体系、学科体系和评价体系，才能坚定文化自信，推动社会主义文化繁荣兴盛。

关于网络文艺的几点浅识

一、互联网及网络文艺的现状

互联网问世 20 年时间，几乎是以迅雷不及掩耳的架势飞速覆盖全球，给人类社会带来了深刻的革命性变革。

信息化，作为当今世界对人类社会生产和生活方式影响最为深刻、对世界文明赓续衍变影响最为深远的一大趋势，正在推动文化传播发展从"铅与火""光与电"走到了"数与网"。当前，以云计算、物联网、移动互联、大数据、智能化等为代表的新一代信息技术革命，推动社会由传统互联网时代向新的互联网时代迅速迈进，更加深刻地改变着人们工作生活方式和各行各业发展格局。信息化缩短了内容创新、生产组织和流通消费的周期，使内容的生产、应用、传播呈现出空前的速度和规模，极大地推动了传统行业变革，引领着各行各业发展的新方向，催生了各行各业新的工作模式和发展模式，内容、技术、网络、应用、服务、互动深度融合，衍生出更多类型的生产生活服务业态，形成更加旺盛活跃的行业发展态势。信息化改变了人类认知和社会交往方式，为人类开辟出新的所谓"互联网时空"。现实时空与互联网时空的互联互通，极大拓展了人类的生存视野，网络化生存、大数据分析与导引（比如美国大选）已经影响甚至正在改变着人们的基本生活形态。今天的文化强国，必须是一个网络文化强国。面对信息化数字化发展大趋势，文化继承创造、整合利用的格局正在进行深刻的调整和转型，如何充分运用新技术、新应用，创新中国文化传播和发展方式，占领文化传播和发展制高点，这是我们这一代文化人应当肩负起的历史责任。

根据国家互联网信息中心统计，截止到 2016 年底，我国目前互联网站有 482 万家，互联网普及率达到 53.2%，网民规模达到 7.31 亿（相当于欧洲人口总量，每天产生的信息超过 300 亿条），其中手机上网人数 6.95 亿人，网络直播用户达到 3.44 亿，占网民总体的 47%，截止到 2016 年 12 月，直播领域至少有 21 起私募融资交易完成，总融资额达数十亿元。爱奇艺、腾讯、优土、乐视四大视频网站在一年内会员数量实现了 3—4 倍的增长。由于各视频网站的付费会员重合度较高，假设每个用户平均拥有 1.5 家视频网站会员，有人估算到 2016 年底，中国的视频付费用户已接近 8000 万人，付费账户应接近 1 亿。

经过近 20 年的探索，网络文艺已渐趋走向成熟。特别是网络文学的表现手段和表现方式作为一种革命性的变革，扩大了文学话语的表现力，丰富着文学表现的范围和手段，在纸质文学经历了由盛而衰的演化曲线之后，网络文学获得了崭新的生命。其意义和价值在于，它打破了文学精英对于话语权的垄断，使文艺重新回归民间，主体创作的心态更加自由开放和无拘无束；庞大的作者群正在将自己的独立思考和精神资源化成文字，交付于数量庞大的网络大众每天上网阅读。可以说，这蔚为大观的网络文化正在改变传统媒介和文化生态，已把枝桠伸展到主流文化的天空里，而网络文艺也从不断受批判到逐渐认可的曲折过程，正在演变为未来文化创新的重要途径。

在浩瀚的网络数据中，文学艺术占据着十分突出的份额。据统计，网络作家中签约作者突破了250万，平均日更新量超过1.5万字，近年作品产量达200万种，单论体量，近十年的网络文学，比前60年印刷文学的总和还要多得多。据说，中国网络小说在东南亚已成为流行文化，每年被翻译的作品数以百部。目前，翻译网站已近百家，吸引着东南亚和英美语言区的80多个国家、以百万计的外国人"追更"。与此同时，网络文学正在向影视领域扩张，以网络文学改编的网播剧收视率极高，互联网正携带着营销、内容和完整的产业链，开启影视制作产业的崭新时代。仅2015年，备案的网络剧就有800多部、网络电影和微电影达7000部。据悉，网络电视剧《伪装者》网播量超30亿次，《琅琊榜》网播量超60亿次。中国网络视听服务业正在成为一种产业，市场连续保持高速增长态势，营业额达到了530亿元。独播权开始成为聚拢付费用户的竞争大戏，头部网剧和电视剧的独播权售价，也随之水涨船高。当年，《甄嬛传》每集的售价不到300万元，短短五年，其姊妹篇《如懿传》，已经卖出了互联网加卫视合计单集1500万元。2016年，网剧全面超越传统影视，成为新的造星工厂。年初大热的《太子妃升职记》，使女主角张天爱一夜成名，其微博粉丝数从3万一路飙升至900多万。流量破百亿的《老九门》，不仅让张艺兴完成了从小鲜肉到实力演员的转变，更让陈伟霆的微博粉丝数突破2000万大关。

除此以外，数字化也重构了音乐的生产方式、传播方式和产业格局。2015年音乐产业发展报告提到，内地实体唱片的规模是6.1亿，而数字音乐的市场规模已经达到了49.12亿，包括PC端，移动端，电信网络，音乐的用户规模已经达到了4.78亿，同比增长了5.5%。2016年，网络音乐用户扩展到了5亿多，占整体网民的70%，市场整体规模达到了61.4亿元。在网络游戏方面，2015年，中国的游戏市场实际销售额达到了1407亿元，而且规模还在继续上涨，用户量达到了5.3亿。在版权保护方面，2015年完成了作品登记的 134 万件，比 2014 年增长 35%，其中数量最多的摄影作品达到了 51 万件，文学作品 48 万件，美术作品 27 万件，影视作品 1.6 万件，音乐作品 3000 份，整体的版权保护已经走向了网络空间。与此同时，在互联网领域，网络展览和数字艺术馆也在快速地发展，即使在当下非常繁荣的电影市场，网络上的点击量也大大超过了实体电影院。网络文艺，因其巨大的发展速度和规模，已经成为青年人文艺欣赏和消费的重要形式，因而，也成为人们社会生活特别是文化生活中一个不可或缺的组成部分。

二、网络文艺发展的两难窘境

社会上对网络文化特别是网络文艺的评价分歧很大，众说不一，概而言之，最为突出的关注点至少有以下四个方面：

一是原生态书写的优劣互现。网络文学起源于网络写手所熟悉的生活领域和身边琐事，最初的写作动机完全就是为了倾诉自己真实的生活感受。写得最好的文章都是那些描写普遍人身边小事，夫妻、家庭、职场、同事之间家长里短的东西，大多以流水账式的叙事手法还原生活的原生状态；即使是历史题材写作，也不像训练有素的职业作家那么字斟句酌，而是追求写作与在场的快感，且边写边贴。后来愈益与商业和个人收入挂钩，每天都有点击量和更新量的具体要求，所以呈爆发式增长状态。网络文艺门槛低、入门易，其内容、形式和方法受社会严格规范制约的可能性很小，从容提升自我的机会不多，长期让受众保持新鲜度更难，所以，生活自由但也生存艰苦，能坚守下来且成气候者十分不易，淘汰率极高。

二是游戏化策略的局限。很多网络写手并不关注文学成就有多高，追求的极致是夺人眼球，是语不惊人死不休，而不是永久的感动。博取瞬间快乐、片刻感动的游戏心态普遍存在。网络文学发表简单，受众阅读方便自由，网络创作注重与读者互动，这是网络的特点和优势，互动过程不仅拉近了与受众的距离，产生了较快的社会反响，甚至在互动中改变了写作方向，比常规的接受美学来得更加直接与彻底。但网上互动强调的是瞬间的快感、娱乐、休闲和流行，快餐化味道十足，很容易让迎合低级趣味的东西大行其道，让网络变成低俗、媚俗作品的大卖场。这与文艺的娱神养心功能相去甚远。如果不把眼光放得远一点，没有经典和永恒的追寻，网络作家艺术家以及作品的生命力就不可能得以持续。

三是追逐新异奇崛的节制。网络借助新科技，变集报纸、广播、电视于一体，其快捷的速度、巨大的容量、超文本多媒体的呈现方式，让网络文艺异军突起，占据文化时代潮流的先机。兼容创新本是好事，但一味追求新奇和怪异，像被狗追逐的兔子，也容易不计后果匆忙行事，忘却艺术的本质属性，缺少必要的精致与专业，造成内容的肤浅和形式的粗鄙，严重时会出现畸形发展的态势。来也匆匆、去也匆匆的新业态，让网络的变化给人以眼花缭乱之感，长此以往也容易变成过眼烟云。过去一度十分红火的最大文学网站黄金书屋和最大下载网站海阔天空，现在都已销声匿迹，文学网已变成起点文学，下载早已是华军软件和天空下载了。易趣，当年占中国电商市场份额超过80%，现在被淘宝打得丢盔卸甲；当年3721的终端覆盖率力压百度，现在只能眼看着百度神话的诞生。要跟上这种科技与市场快速变化的需求，没有高度前瞻的眼光、坚定的文化信仰和强大的市场耐受力，是不可想象的。

四是商品化形态的两面性。网络文学作为网络产业链条的一部分，消费成为主要营销手段。市场作为网络文学的第一道门坎，是作品的生死线。一部作品如果无法在网络上存活，即使文学价值再高，还没来得及进入专业读者视野之前就已经消亡了。网络文艺除了点击收费以外，还搭载了大量的延伸产品，包括网络小说改编的诸多影视作品。注重市场是好事，但市场这只看不见的手也可能把网络文艺引向歧路。比如一浪高过一浪的追风潮，情杀、野史、盗墓、玄幻、穿越等等，特别是"盗墓"题材创作的风行便可以一斑窥其荒诞之全豹。还有，轰动效应和利益的过度追求，导致大量的数据造假，动不动网络播放量排行榜就突破15亿，好像全国人民都看网剧似的。与此相关的就是大量模仿和抄袭现象的应运而生，像《宫锁连城》《锦绣未央》之类的抄袭问题层出不穷，有案可稽的就有二十几部。眼睛紧盯市场需求，有利的一面是，可在短时间内收到巨大社会反响；但也存在先天不足的另一面，大量匆忙上阵的应景之作，导致浩如烟海的网络作品质量普遍不高，从中寻找优秀作品犹如大海捞针。

三、如何促进网络文艺健康发展

面对网络几何级增长的现状，面对网络文艺井喷式增长背后泥沙俱下的现实，我们必须清醒地认识到：越是在产业发展出现"井喷"时，越需要加强行业自律和行业规范。百花竞放、蓬勃发展的网络文艺，在培育良好审美情趣和弘扬社会正气方面同样是责无旁贷。无论是传统文艺还是网络文艺，传递真善美这个使命本身是不能变，也不应改变的；既然称之为文艺，整个行业对审美的坚持都是必不可少的。结合网络发展实际，中央提出"积极利用、科学发展、依法管理、确保安全"的要求，理应成为推动网络文艺健康发展的基本方针。

第一，坚持正确的价值导向，营造积极健康向上的网络文艺环境。作为未来文化发展和竞争的一个新领域，推动网络文艺健康发展，是优化文艺生态，引领社会思潮，巩固文化阵地，满足人民群众精神文化需求的必然选择，直接关系到社会主义文化事业和产业的健康发展，关系到社会主义文化安全和国家长治久安。

应该强调，在宪法和法制的范围内，网络文艺享有充分的创作自由，这是毫无疑义的。但是任何自由都是相对的，是有自身运行规则和底线的。

网络的自由不能成为宣泄私愤和戾气的出气筒，不能成为色情和暴力的展示台，不能成为文化垃圾的制造厂。任何面向大众的文艺，作为国家意识形态的组成部分，都应该坚持"二为"方向和"双百"方针，坚持以人民为中心的创作导向，绝不能放弃自身的社会责任；都必须净化网络环境，传递健康向上的价值观念，特别是在网络已经成为影响网民尤其是年轻网民的主阵地的当下，网络文艺更应当担负起培育青年人树立良好审美情趣的历史重任。

提倡责任担当，绝不意味着否定网络文艺的轻松娱乐。娱乐性作为网络文艺的突出特点，也是其备受大众欢迎的重要原因。我们倡导社会担当，就是希望网络文艺能给大众提供健康的审美愉悦，能够传递社会正能量。要积极建立网络文艺的主阵地，根据网民的审美需求，采取喜闻乐见的生动方式，加大对各类优秀作品的网上传播力度，最大限度地凝聚网络作者的思想共识，最大限度地提升网民的文艺鉴赏水平，以促进网络文艺的良性互动。要坚持把满足人民大众不断增长的精神文化需求作为网络文艺的出发点和落脚点，不断把轻松健康的网络作品输送给广大网民，让人们在审美愉悦的同时，培育出积极健康的人生观价值观，成为网络文艺不可推卸的使命担当。倘若如此，网络文艺才能在价值引导、精神引领、审美启迪和推动全民素质提升等方面，发挥应有的积极作用。

第二，树立精品意识，促进网络文艺多出优秀作品。网络文学浩如烟海，量多质差是普遍现象。有人这样评价：网络这个自由的赛伯空间犹如马路边的一块留言板，谁都可以在上面信手涂鸦，它给网络写手提供了发表作品的圆梦阵地，也给恣意灌水的文字垃圾提供了抛洒的乐园。随心所欲的杜撰，漫不经心的表达，即兴式的发挥，情绪化的宣泄，装腔作势的做作，抖机灵的调侃，无病呻吟的抒情，乃至粗鄙的谩骂，肉麻的吹捧，词不达意、文不对题的言说，不负责任的讥讽，乃至错别字、生造字、符号代码等在网络中比比皆是。艺术审美的动机空缺和意义悬置，使网上的自由空间成了文化的"痰盂"，谁都可以吐上一口。美国作家杰克·明戈甚至说：80%的网络创作都是令人讨厌的，10%由于其思想偏执而令人发狂，只有10%的作品精彩有趣。大量速朽的快餐文化，网民随取随用随手扔掉，极可能构成对文艺的伤害。

因而，网络文艺创作者要增强自省意识，从那种急于表达、急于成名、急于谋利的状态中解脱出来，缜密构思，沉静创作，不再单纯满足于一时的点击量和短暂的经济效益，努力把精品意识贯穿于创作的全过程。尽可能保持一颗平常心，少受些名利诱惑，拿出一种惨淡经营的从容和气度，把每一次创作，都当作一次生命自我实现的重要旅程，力求在力所能及的范围内，尽可能达到最佳艺术效果。如果网络艺术家都能把眼光放得远一点，拿出一点对自己未来负责的态度，就不难发现，那些匆忙且速朽的东西不会在文艺史上留下任何痕迹；如果不努力提升自己的创作质量和水平，即便是一时爆棚也难以持久，肯定很快就会被历史淘汰掉，甚至可能在不远的将来连自己都羞于提及。只有牢固树立精品意识，网络空间才能真正成为文艺创新的试验场，成为人才辈出的孵化器，成为文艺新形态不断生成、精品力作不断涌现的生产基地。

第三，加强网上文艺评论，打造良性互动的网络文艺生态。文艺评论是文艺创作的一面镜子、一剂良药，是引导文艺创作多出精品、提高审美内涵、引领文艺风尚的重要力量。高水准、有见地的文艺批评是保证网络文化健康发展的必要途径。我们要切实开展网络文艺评论，加强网络文艺引导，对网络创作现象和重点作品给予及时发现与品评，褒优戒劣，激浊扬清，努力净化网络文化生态，不断完善适合网络文艺创作和传播规律的鉴赏手段和批评方式。

网络文艺评论必须尊重网络创作生产规律，不能隔岸观火、隔靴搔痒，要坚持与时代、与网络文艺发展实际相结合，在网络潜水和足量阅读中激扬文字，切实增强评论的针对性和实效性。要调动文艺评论家参与网络评论的积极性，特别要发挥高校青年评论人才集中的优势，广泛利用微博、微信等新媒体，到中流击水，线上线下结合，顺应网民的欣赏需要和审美习惯，不断推出贴近网络创作实际的，内容深入浅出、语言新鲜活泼、风格质朴清新、篇幅短小精悍且能凝聚社会共识的网络评论文章，切实发挥理论的引领作用。网络评论要讲道理、说人话、抒真情、有灼见，推心置腹、入情入理、循循善诱，努力让网络作家和受众乐于接受，不断探索并逐步建立符合时代要求、适应网络文艺实际的科学的网络文艺评价体系，促进网络批评与创作者、管理者以及网络受众的良性互动，营造健康向上的舆论生态。

第四，打造专业化网络人才队伍，推动网络文艺的规范化建设。在文艺工作座谈会上中央明确要求，要把文艺队伍建设摆在更加突出的重要位置，努力建设一支宏大的文艺人才队伍，造就一批在各领域有影响力的文艺领军人物。这是繁荣社会主义文艺事业的根本保证，也是推动网络文艺健康发展的重要保证。

网络文艺作为文化科技的前沿领域，拔尖人才的不足是制约发展的症结所在。我们要在更高层面上更多关注网络现状和发展，关注从事网络创作生产和管理的团队，关注网络年轻人的生存现状和发展空间。要加强网络文艺从业者思想道德建设，引导网络文艺创作、评论、传播、消费等环节自觉践行社会主流价值观，培养造就一大批思想道德素质好、精通网络业务的人才。要紧盯网络科技发展前沿，建立健全网络文艺人才培养体系，着力培养专业化高水平的创作人才、策划人才、管理人才、评论人才和营销人才，切实解决高层次、专业化、复合型人才短缺的问题。中国移动互联网经过二十年的发展，已经开始从跟随者变成领先者。未来的二十年，互联网与各种行业的跨界和渗透会更加深入，所产生的机会和市场空间会远远超过现有规模。特别是在工具类、娱乐类和生活类的开发应用方面存在的巨大潜能，亟待人们去深入开掘，这里有着巨大的人才缺口。面对13亿潜在受众，文化娱乐方面的网络人才更是稀缺资源。除了政府以外，还要依托社会组织、行业协会、大专院校开展多种形式的专业人才培训班，完善人才评价标准，形成人才培养、引进、使用、考核、晋升、退出等全过程的良性互动机制，为网络文艺提供源源不断的人才支撑。要加强网络文化的规范化制度化建设，依法维护网络文艺家权益，完善网络版权授权机制，从严打击网络侵权盗版行为，强化事前常态化监管，严格事后惩处力度，确保网络文艺健康有序发展。

总之，传播介质上的革命正在改变着当下文艺的面貌。且不论网络文学是雅是俗，有多少优秀之作，然而，有数量庞大的作者正在将自己的独立思考和精神资源化成文字，有数量庞大的受众每天上网去阅读围观，这蔚为大观的网络文艺大潮本身就是当代文化的希望。尽管文化精英们不愿在网络上发声，尽管青春期的网络文学缺乏必要的知识引领，让网络文艺少了些本该具有的书卷气，少了些振聋发聩的文化力量；尽管网络文艺的最终历史认证，取决于它能否走进人文审美的精神殿堂，能否真正与传统文化融合并建立自己的价值体系，但互联网话语权对自由精神的敞开，情感流对生命力的释放，交互性对心灵期待的沟通，就是网络文艺给予人类精神世界的重新建构，也是其存在意义和精神价值所在。

网络世界日新月异，形势逼人，到了彻底转变观念，切实重视提升并认真规划未来的时候了！

文学叙事的真与伪

文学是想象和虚构的产物，笃定可以精骛八极、心游万仞，可以观古今于须臾、抚四海于一瞬，可以笼天地于形内，挫万物于笔端，这是毫无疑问的。然而，文学作为一种精神创造且作用于人的灵魂的文化产品，当然也应该发乎情、止乎礼，应该传播真、善、美，应该给读者以情感的愉悦与心灵的陶冶，同样，这也是理所当然的。

这些作为文学的基础性常识性问题，在目前创作中并未得到普遍遵循。随意翻翻杂志、逛逛书店，就会惊讶地发现有不少文学作品充斥着荒诞、怪异、不伦恋、无厘头、性垃圾，津津乐道地宣扬着封建、愚昧、侈靡、暴力、淫秽等各种邪恶无底线的东西，语言粗粝、逻辑混乱、信马由缰、胡言乱语，常识性错误比比皆是。如果只是作品一般性的精致与否、到不到位、尚雅抑或尚俗，那还可以归结为写作水平和审美情趣问题，但是假若不懂基本创作规则，不讲社会伦理规范，不顾历史、人文、科技和生活基本常识而任意胡编滥造，则势必害人害己，实质上已成为涉及文学真实性和价值认定的严肃问题。

处在知识爆炸的信息化时代，我们经常面临两大难题：一是知识疆界的无限膨胀，二是信息选择的极度困难。在资讯极度扩张的当下，人们不知如何去筛选和甄别各种信息和知识的真伪，事实与谣言、科学与荒诞、真知和谬误经常错综复杂地搅和在一起，带给人们选择与辨识的巨大困惑。在某些作家尤其是网络作家的文学创作中，既普遍存在文化储备特别是学识匮乏的问题，更严重存在把梦呓当现实、把无知当勇猛、把荒唐当创新、把恶搞当有趣的不良风气，他们可以毫无怯色地为真名实姓的人物编造一个子虚乌有的故事，毫不心虚地对某些违背常理常识的问题大放厥词，毫无逻辑和章法地让各色人物在错乱的时空中恣意穿越，毫不负责地把各种道听途说的虚假信息当作占有真理一般的放肆传播。所有这些，都让我们对文学真实性的固有认识陷入十分尴尬的窘境。此时此刻，重提文学的真实，无非想告诫大家，务必回到逻辑的起点：文学创作还是要给受众传递有品位的审美，传送有价值的共情内涵，传输悲天悯人的情怀。因为恶搞不算本领，审美才是目标；无知不是本钱，知识才是力量。无知者无畏，可能带给人们视觉和听觉的刺激，但不会带给人们心灵的滋养。

在自媒体高度发达的今天，文学的门槛在降低。但无论怎样的低门槛，文学创作依然需要基本常识、生活积累和人生感悟，更需要遵循与敬畏科学、知识以及社会约定俗成的伦理道德和审美规范，任何颠倒黑白、背弃常理、亵渎神圣、泯灭人性的胡涂乱抹都是极其荒谬的。当然，从创作的角度来说，文学的知识含量和价值取向，不是科学常识的堆砌和概念的直白转达，更不是高台教化式的说教，文学中的认知与评判是对社会常识和真知进行理解、消化、吸收之后，在作家心中发生化学反应而产生的灵感与智慧之光，它传达给读者的是一种感性的启悟和心悦诚服的精神享受。重提文学的真实性原则，倡导作品的知识蕴涵，绝不是要用知识理性直接干预创作，而是要创作者增强知识储备和文化素养，把丰厚的文化内涵转化为文学创作的基础支撑与灵感源泉。

必须充分肯定，常识中的文学反映现实是恒久不变的真理，文学的真实性关乎生活本质真实的表达，但也要充分肯定文学中的真实既包括客观生活中真实，也应包括主体情感的真实。文学的价值有时并不简单地取决于对客观事物的如实描写，而在于作家对所描写事物的认识，在于他们从生活现象描写中表达出来的独特的审美感受。在毕加索看来，艺术就是一种"谎言"，它不是真理，但却能引导并帮助人们去发现和理解真理。

同时还要强调，文学真实性不仅包含着一般性哲学、科学、社会学、历史学等方面知识的认知与普及，而且更加突显出艺术创作中的诸多具有深切生命体验和深刻人生感悟的直觉知识。在人们的日常生活中，自然科学、哲学社会科学的知识固然重要，但文学观察生活、洞悉世事人情的感性表达方式同样不可或缺。那些对人性最脆弱、最隐秘世界的发现与揭示，那些对生活和生命独到的理解与认知，也能为普通的受众传达出拨云见日的真理性光辉，其生命的现场感和思想的锋芒，有时可能比教科书上的知识来得更加深刻！因为真正鲜活的、灵动的、深刻的知识源于生活，生活之树常绿，理论总是苍白的。从这个意义上来说，我们在谈论文学认知真伪的时候，一定要留给创作者有更多想象的、虚构的、激情释放的创造空间，因为文学的创作从来都是个性化的、不可重复的精神创造物。柏拉图说："艺术是真理的影子的影子"，尼采甚至认为："艺术比真理更有价值"。就是说，艺术作为臆造的"第二自然"，它可能不占有真理，但其目标指向却是引导人们去追寻真理。亦如陆机在《文赋》中所言："文之为用，固众理之所因"，"若夫丰约之裁，俯仰之形，因宜适变，曲有微情。或言拙而喻巧，或理朴而辞轻；或袭故而弥新，或沿浊而更清；或览之而必察，或研之而后精"，都是这个道理。

文学创作作为一种把知识理念转化为自我生命意识的创造性传播方式，需要用锐利的眼光去发现生活真谛、验证认知真伪，更加深刻地表达出情感和审美的真实。在不违生活真实的前提下，任何的虚构与想象，只要符合特定环境中特定人物的性格真实，只要能把创作主体与客体水乳交融地合二为一，文学的真实性就不容置疑。这自然也就不难分辨出庄子的梦蝶、问鱼与那些玄幻作品中任意的搞怪与穿越的天壤之别。因此人们也没必要去纠缠莫言创作的动机到底是为了吃饱饭，还是找到漂亮的偶像？或者去考察王蒙、贾平凹们回忆中的每个生活场景的真实与否。作品中的生活场景，是作家经过改造的想象中的第二自然，其真假优劣的判定，如果不犯常识性错误，关键要看他们想象中传达给你的生活本质是否真实，在于他们生活感悟深刻、锐敏和厚重程度。对此，还是应该多些包容。

总而言之，文学叙事的真伪影响文学的发展与信誉。无论是创作还是批评，我们都需要敬畏知识、尊重常识、追求真理，在追求真理的道路上，永远不能屈服于外在压力，永远不能做金钱和世俗的奴隶，这是中国文人起码的道德操守。而敬畏知识，就要通过文学或者批评去表达我们的真知灼见，去传播我们对生活、对社会、对真理的深度认知。我们深信，只要文学工作者坚持不懈地加强精神修养、注重生命体验，就能用最直观、最富生命质感的精神创造，去影响受众、改造阅读，造福社会。

文脉赓续赋新章
——百年中国画发展断想

新时期以来，如果说是文学开启了思想解放的先河，成为文艺领域最活跃分子的话，那么，美术作为具有较大思想容量且联系大众甚为密切的一种艺术形式，则扮演了另一个冲锋陷阵的角色。由于新时期绘画的思想观念新锐、形式变幻快捷，特别是经过 85 美术思潮之后，各种西方艺术流派几乎是一个不落地在中国演绎了一遍，这让处在风口浪尖上的当代美术，一直成为社会公众关注的焦点。

而在波谲云诡的美术思潮的潜流中，尽管中国传统的民族绘画也曾受到外来美术观念的强烈冲击，但其自身在继承中创新、在借鉴中探索的脚步却从未停歇。尽管其中也有不少超越国画审美规范的胡涂乱抹，有玩世不恭的游戏与颠覆，有受商业化大潮裹挟的抄袭与复制，但中国画发展的主流是好的，在承继传统的基础上有了更加精心的审美建构和经验拓展。与其他传统的文艺品类相较，无论就其文化传承的全面与准确、还是就其创新的深入与拓展，无论就其艺术达到的高度、还是就其社会影响的广度，中国画奋力耕耘的实绩与成就都可以说是有口皆碑，已形成与油画比肩对峙的两座艺术高峰，成为一种引人注目的文化现象。研究与总结其成功经验，对于我们发扬优秀民族文化传统，增强民族文化自信心大有裨益。

（一）

中国画历史悠久、博大精深。这个从岩画、壁画、宫廷画到文人画一路发展形成的中国特有的民族绘画，是以墨汁为主要颜料，以毛笔为绘画工具，以清水为调和剂，以宣纸和绢帛为主要载体的具有民族特色的特有画种。千年来，植根于中华民族深厚的文化沃土，经历了一代又一代艺术家不断继承、探索、摒弃与发展，跨越历史更迭的广阔时空，形成了融汇民族文化基因、思维方式、审美意识和哲学观念的完整的艺术体系。然而，在相对封闭的社会环境中一路发展下来，到清朝末年，确也呈现出某种陈陈相因的僵化状态。五四运动前后，新文化运动从文学革命开始，同时较早受到冲击的就是美术。尽管这种冲击在一定程度上曾一度阻断了中国画常规发展的路径，但这些冲击带来的观念手法方面的革新，也为中国画的跨越发展创造了更为广阔且崭新的天地。

百年的国画进程呈现出一条波浪式发展的轨迹，大致可分为以下三个阶段：

第一阶段是五四运动前后到新中国成立。这个阶段，新文化运动的蓬勃兴起，面对民主与科学的新思潮，当时的学界精英基本上将传统文化与封建落后画了等号，对传统文化持否定态度的比较多，且占据了舆论的主阵地。包括蔡元培、康有为、梁启超、鲁迅等人在谈及美术时，都提倡参照西方写实艺术来改良中国画。陈独秀和吕澂最先提出"美术革命"口号，在他们看来，中国近代甚至元、明、清以降的中国画坛已衰败至极，而衰败的根由在于守旧与仿古，在于鄙薄院画、专重写意、不尚肖物的画学正宗。他们把批判的锋芒直指文人画并引发了旷古空前的中国画前途论争。形成的最明显结果：一是西洋画的大量传入和大众通俗美术的兴起，改变了中国画一统天下的局面，以西洋画改良中国画成为时尚选择。二是受文学为人生的美学观影响，写实主义成为画坛主流，传统的写意笔法遭到颠覆性否定。三是美术新学的兴起，改变了中国画师徒传授的教育方式，素描成为绘画的必修课，形成了学校教育与画家授徒并行的状况，从此改变了整个国画的基本格局。然而，随着彻底否定国画面临的现实阻碍和以西洋画改良国画出现的尴尬，以及许多包括留洋归来的画家如徐悲鸿等人均怀有浓烈的民族文化情怀，也由于一大批传统画家声名显赫，孜孜坚守，中国画在适应了形势突变的冲击之后，开始了更加冷静的探索进程。以高奇峰、高剑父为创始人的岭南画派，看到中国绘画与西方完全不一样，纯粹写实的路子走不通，于是提倡折中中外、融合古今的"调和论"，成为岭南派作画的宗旨；发展林风眠等人的中西"结合论"，主张即保留中国画的传统优势，又借鉴西洋画的科学方法，把焦点透视和写实绘画的用光、敷色的方式吸收到中国绘画之中，走向兼收并蓄的道路，让国画画面更加真实与完美，中国画的格调由此为之一变。像赵望云的《塞上写生》、徐悲鸿的《愚公移山》《群马》以及蒋兆和的人物群像巨作《流民图》等，就是这种变革的最佳诠释。

　　第二阶段是新中国成立初到"文革"结束。随着新中国的成立而异常兴奋的一大批画家，紧密配合政治形势发展的需要，主动从改造思想感情入手，迅速投入并熟悉新的社会生活，为创造出新中国需要的艺术作品，推动了一场"新国画运动"。当时，写实主义精神占有主流地位，整个中国画坛的艺术观念开始向适应人民大众欣赏需求方向转移。尽管其中也不时有为人民大众服务不够的批评，有山水、花鸟画有无阶级性的误读，有不能"如实反映现实"的过分要求，但基本没有上升为政治批判。特别是在毛泽东同志明确提出古为今用、洋为中用、推陈出新的文艺方针后，美术界更加重视传统，民族虚无主义的倾向得到遏制。坚持正确方向前提下的文化多样性发展，人物画得到快速发展，山水、花鸟画应有地位得到保证，齐白石等人受到推崇，中国画创作逐步走上正轨并取得了很好的成绩。像傅抱石、关山月的《江山如此多娇》、叶浅予的《北平解放》、钱松的《红岩》、石鲁的《古长城外》《转战陕北》、李琦的《主席走遍全国》、黄胄的《爹去打老蒋》、刘文西的《祖孙四代》、黎雄才的《森林》、于非闇的《红杏枝头春意闹》、潘絜兹的《石窟艺术的创造者》、汤文选的《婆媳上冬学》、杨之光《一辈子第一回》、李斛《工地探望》等等，都给人留下面目一新的感觉。这有国家文艺政策不断调整的功劳，也是画家们抗拒极"左"思潮干扰、在艺术方向与艺术规律之间尽可能地谋求一致的结果。随着文化大革命的到来与极"左"思潮的蔓延，这样的势头没能延续，国画与其他艺术一样受到重创。

第三阶段是改革开放之后。先是伤痕文艺带动下的中国画回归，当是时老一辈艺术家焕发青春，激情如火山喷涌，创作中有了新拓展；一大批中青年画家迅速崛起，出手不凡。这个阶段，人才之集中、创作热情之盛前所未有，国画真正迎来了自由创造的春天。尽管其中有过85美术思潮等强烈冲击，有过内外呼应所掀起的对诸西方绘画思潮包括对F4（方力钧、岳敏君、张晓刚、王广义）等人的追捧，也有过中国画已经走向穷途末路、中国画笔墨等于零、中国画全军覆没等悲观的判断，但国画没停下探索发展的脚步。面对着西方强势文化冲击如何保护和拓展民族艺术，特别是深入到艺术本体的"笔墨"论争而引发的如何守住国画底线的反击，实质上仍是贯穿于一个世纪的古今中外文化交流与冲突的继续。在这个过程中，虽然面临信息时代全球文化趋同的巨大风险，中国画经受住了现实挑战的严峻考验，不仅没有萎缩，反而获得了长足的进步。以新古典主义、当代文人画为标志的向传统艺术回归，已经不再是简单模仿与复古，而是真正地融合了时代精神的崭新创造。这个时期涌现出的一大批有影响的作品，如周思聪的《人民和总理》、郭全忠的《万语千言》、周韶华的《大河寻源组画》、杨力舟和王迎春的《黄河组画》、王子武的《曹雪芹》等，都达到了新的艺术高度。特别是 2009 年开始的"百年重大历史题材美术创作工程"和 2012 年开始的"中华文明历史题材美术创作工程",一批顶尖的当代艺术家踊跃参与,怀着中华文明和祖国山河满腔热情和艺术创新的勇气,在立足中国文化立场的前提下,汲取古今中外一切优秀艺术精华,大胆创意,精心创造,成功地再现了中华民族文明发展的辉煌历程,充分体现了中华民族文化价值观和时代精神,国画作为其中的耀眼章节,在中华文明历史画卷中留下了浓墨重彩的艺术篇章。

(二)

对国画的发展现状见仁见智。但无论持何种观点,只要冷静研究对比就不难发现,国画在继承传统、创新发展的步履是坚实的,当之无愧地成为传统艺术门类在新时代发展的排头兵。

首先,当代国画几大品种如山水、人物和花鸟画得到均衡发展,传统技法和气韵堪称一脉相承。就笔墨而言,独特的绘画语言助力中国画自由而大胆地打破时空限制,有着高度的艺术想象力和概括力,体现在现代山水画特别是写意山水画方面,既有对传统技法的继承,又有对西画焦点透视和空间造型技巧的借鉴,其线条与墨色、其皴法与干湿、其渲染与留白、其急缓与顿挫等专有技巧与手段,都比传统绘画更长于笔墨的挥洒奔放和激情的自由宣泄,更具韵味与意境。就骨法而言,国画融合了汉字书法中用笔的规律和美学原则,现代国画更注重运用以线条为骨架的造型方法,通过不同的线条去捕捉物体的形象及动感,同时附之于更具现代感的墨色渲染,更注重体现笔墨的动态、势向、韵律和节奏。在充分发挥毛笔、水墨、宣纸和绢帛的特性方面,比传统画更强调线条的力度、质地和美感。就神韵而言,现代国画既追求"形似"也追求"神似"。素描功底的深层次介入,把传统的似像非像的状态逼近极限,不仅普遍讲究造型的准确,而且在气韵上更注重整体气势，更注意在构图、着色、笔力方面下功夫，更讲究笔墨趣味，尝试以更高境界的神似，达到写神、写性、写心和写意的目的。

其次，形式上卓有成效的创新。现代国画作品不再局限于传统的散点透视方法，普遍注意把西洋绘画的素描功夫及焦点透视的方法运用到国画创作上来。构图上更讲究对立统一，普遍强调稳中求奇、险中求稳，大胆打破平衡对称，形成一个富有节奏的协调整体，让画面更充满节奏感、旋律感。许多现代著名画家精通不同画种，如油画家徐悲鸿、刘海粟、吴作人，雕塑家刘开渠、韩美林，版画家黄永玉等，都在不同的领域从不同画种里汲取有益养分，对中国画创作作出突破性贡献。还有一些国画家经常参与年画、连环画和宣传画方面的创作，在实践中锻炼提高了他们的国画创作的现实表现力和创造力。许多国画新作坚持写形与写神相结合、写实与写意相统一，普遍强调作品的笔法、墨法、章法及色彩，使画写人状物的准确性更强，色彩、光影渲染更强烈，立体效果更加突出鲜明。

再次，现代国画作品更注重诗意和意境美。顾恺之的传神论专指人物；宗炳把传神论应用到山水画，其所谓的山水神，就是陶冶性情、涵养心胸的山水美；发展到王微，更明确追求"本乎形者融灵"的境界，这些东西在现代国画中都得到很好的继承。现代国画特别是山水画既延续了传统国画的虚实结合、有无相生、形意合一的传统，更强调形式美和色彩美。结构上或大开大阖、自由奔放，或浑厚苍劲、刚健挺拔，或含蓄内敛、简约空灵，或飘逸洒脱、天人合一，或气韵生动、意境悠远，充满生机与活力。纯粹静态的山水已渐行渐远。同时，在相当一段时间忽视诗词入画之后，当代国画也开始了新一轮画配诗的热潮，这不仅有利于提高当代画家的国学修养，也有利于国画新作融诗书印于一炉，诗情画意、珠联璧合，给人以强烈的审美享受。

综上所述，我们可以做出这样的判断，国画整体水平在不断稳步提升，呈现着健康发展的良好势头。

（三）

认真分析与总结国画取得发展进步的经验，原因有六。

一是特殊制作材料和深厚的哲学思想。传统中国画笔、墨、绢、纸等固有物质材料以及工具、技法的合理运用，是中国画独特属性的组成部分，先天地使得中国画呈现出独特的艺术魅力和视觉美感。古人的哲学观念，比如辩证统一的大局观，天人合一的整体观以及天道有常、崇尚自然，物极必反、否极泰来，贵和尚中、和而不同等方面的哲学思想，决定了国人的思维方式，形成了民族深厚的文化传统。特殊的绘画材料和思维方式决定了它在构图和绘画时，注意运用中国传统文化基因与现代意识思维模式，借用古人的绘画符号表达自己的特殊感悟，创造自己的悠远画境，力求使现实物象和象征物象两部分达到和谐统一、气韵生动的艺术效果。

二是中国画传统程式的承续。汲取中国画优秀传统的内核，传承"以形写形，以色貌色""外师造化，中得心源""明神降之""立万象于胸怀""格高而思逸"等美学思想，把"有笔有墨"作为传统水墨画的千年古训，近现代几经演变，发展到黄宾虹的"五笔七墨"说（"五笔"，即"平、留、圆、重、变"，"七墨"，即浓墨、淡墨、破墨、泼墨、积墨、焦墨、宿墨），使绘画可以不受视角、时空的限制，唯意萃取，畅怀表达。用古人"山形面面观"的方式，营造出当代人可行、可望、可游、可居的意境；延续且更新了高远、深远、平远的构图法则，形成了现代山水画的S形律动、起承转合、开合呼应、三线交叉效应等构图方式，所有这些都在国画的当下传承中得到新的发挥。

三是坚持把线条艺术作为成就中国画辉煌的独特性标志。是以线条为主，还是以体面为主，是区别国画与西洋画的最典型特征。线条艺术蕴含着博大精深的文化内涵。看似单薄、缺乏华彩的线条，却可描绘大千世界，解读文化符码；看似柔弱、清纯的线条，可以逸笔草草，尽抒情怀。线条艺术从古代汉字的发微到现代艺术的成型，一以贯之、绵延古今，是中国画传承的命脉。从古至今，都似隐似现地在中国画中发挥着决定作用，同时也成为线条艺术自身不断完善的内在动力。线条正把传统中国绘画推向极致。有人说：把传统做到极致就是现代，这是很有道理的。

四是从材料到观念的继承与革新赋予了中国画的当代价值。由技抵道、以形达意，是中国画革新的使命，更是艺术当代性的本质所系。第一，源于观念的更新。观念更新不是一味否定传统，因为现代的东西不一定就先进，传统的东西也并不一定就落后。革新是现代人站在历史和理性的高度，以现代人对世界的理解和把握的眼光，勇于打破常规思维模式，赋予笔下的素材以全新的诠释与生命，从而让作品中体现出更为深刻、更加丰富的文化内涵。第二，源于内容题材上的更新。当代国画不再是风花雪月、才子佳人的无聊呻吟，也不只是注重技法笔墨的传统翻版，而是从现实生活中选取题材，结合新时代的特征，倾情于当代人的所想所感和当下的文化话题，用更加个性化的艺术创作，求变、求新、求解于中国画艺术的当代答案。第三，源于语言技法的更新。在中国画原有构图、语言符号、笔墨精神的基础上，融合外来文化和其他艺术形式的优秀艺术语言，比如点、线、面的构成法则、色彩构成法则和各类形式美规律等等，最大限度地创造新空间、新结构、新语汇，有效解决点、线、面自身的相互转换的问题，以此丰富着中国画艺术的表现方式。第四，源于中国画艺术精髓的承继，即讲究"书画同源"的书法用笔和集诗、书、画、印于一体的传统，发扬"笔墨当随时代""无法之法及为至法"的精神，不断挖掘传统形式中隐含的笔墨要素，根据当下需要进行现代性开发，以更鲜明的情调与意境给国画赋予崭新的艺术生命。

五是不断从否定走向新的否定。认真汲取各种探索的成功和失败的教训，从各种盲目跟风和激进躁动中走出来，回归民族传统，致力于传统文化的现代转化，成为当下中国画发展的新趋势。这种回归传统并非从形式上简单重复古人，而是从传统文化中寻求精神基点与时代脉络的切合点。回归，也不是一味否定曾经追寻的世界艺术潮流，而是把借鉴西方艺术的手法，变成促进中国画走向多元和现代模式发展的动力。重新诠释并正确认识传统笔墨表现的生命力，努力开掘大自然之妙，开掘自身情感智慧之深，开掘笔墨形式语言之新，开掘艺术个性之微，在继承传统艺术精神基础上，建构出现代中国画艺术风格和时代风貌。

六是一批大师级领军人物的带动和影响，是国画成功转型并取得突出成就的重要因素。比如像齐白石、张大千、徐悲鸿、黄宾虹、傅抱石、李可染、潘天寿、溥儒、谢稚柳、林风眠、高剑父、赵少昂、黄胄、李苦禅、何海霞、陆俨少、关山月、白雪石、张仃、吴冠中、赵无极、刘国松等等，他们或高标独立、或横空出世，或大旗高擎、自成一派，或承前启后、继往开来，身边凝聚起一大批追随者，他们对中国画的传承发展有着独特的艺术贡献，在国际国内有着巨大的号召力，也成为中国画当代高峰的重要标志。

（四）

站在一个具有悠久文化传统的历史视野看问题，中国画的当代成就还只能算刚刚起步，还缺少具有里程碑意义的突破性创新和整体性跃升。现有的成绩与我们这个文明古国传统艺术应有的时代高度，与作为当今世界第二大经济体所应具有的国际影响力，还很不匹配。中国画未来发展的路子还很长。

第一，当代国画家亟须提升自身的国学修养。学养不厚、观察不透、思考不深、把握不住，且急功近利、匆忙出手，造成了平庸之作的风行。年轻一代读书少，读古典文献更少，传统文化知识的普遍欠缺，更是制约国画突破性发展的根本原因。历史无不证明，没有深厚的文化功底，仅凭一点聪明的天分不可能成为艺术大匠。因而，潜心传统文化的学习，板凳甘坐十年冷，努力追求思想的深度、灵魂的通透和笔墨的精致，理应成为当代国画家的必修课。如果中国的悠久历史承传不能在当代国画中得以充分体现，如果传统文化中那些妙不可言的思想意趣融不进当代国画的笔墨之中，如果在画作背后看不到当下中国人血液中流淌出来的真实生命与精神，中国画就不能真正地发扬光大。

第二，在继承基础上的艺术创新永无止境。传统是在不断创新发展的过程中逐渐形成的概念。传统并不是一成不变的，我们今天具有价值的艺术创造，也会成为后世艺术发展中的传统。实现艺术薪火相传的新高度，关键在于我们当下新创的国画作品，是否具有深厚的文化底蕴和充分的现实根基，是否符合艺术的规律且具有久远的艺术价值。艺术的创新需要建立在传统的继承之上，只有真正吃透并消化了传统精神、赓续了传统文脉，这样的艺术创新才可能被后人继续传承与接受。传统根植于特殊的时代，离开了当下空谈传统，只会把传统与当下对立起来，其结果可能是打着传统的旗号而拒绝当下的新观念，传统就会变成僵死的偶像。只有既忠诚于传统又善于吸纳与兼容各种新的文化元素，才能创造出有生命力的新文化，这种传承才会让传统真正地发扬光大。

第三，要花更大气力深切地融入时代精神。我们要想提升 21 世纪中国画在国际上的地位，只是凭借"形"的表达方式是远远不够的，必须融入时代精神，来推动中国画的创新。中国画的艺术内涵是由画家的审美意识、文化修养和创作心态决定的，只有真切地融入时代，体悟生活的本质和社会进步的大势，只有不断地更新知识、更新观念，努力开掘并扩展中国画的表现内容和表达方式，才能适应时代的要求，创造出具有时代风貌和现代气质的恢宏力作。

第四，继续以更加开放的姿态，从各民族、各门类的艺术中汲取养分。处在信息爆炸的全球化时代，艺术家的眼界心胸都要开放。要广开视野，一如既往地学习了解各种科技文化知识，一如既往地借鉴西方绘画技巧和其他的艺术优长，不断丰富中国画的题材、体裁、内容和形式。要允许并鼓励新锐画家进行大胆革新，增强社会的包容度和容错机制，积极探索许多新的材料、工艺与色彩在中国画创作中的运用，最大限度地增强中国画的艺术表现力。

第五，要切实加大中国画的传播与普及力度。作为中国文化的独特的标志性品牌，需要像重视京剧一样重视国画的普及，加大中国画展览传播力度，使之成为我们普及传统文化，增加全民族文化自信的一个重要环节，以增强青年人的国学修养，给国画一个更加宽阔的发展空间。同时要有计划、有措施、有成效地向国外介绍中国传统艺术，扩大中国画的国际影响力。倘如此，日益成长的中国传统艺术，才能有效地转化为中国文化的软实力。

电影：繁荣背后有隐忧
——中国电影现状观察

电影是中国改革开放以来，群众基础最为广泛、产业化程度最高、发展最为迅猛的一种艺术形式。无论是创作队伍的壮大还是思想观念和技术水准的更新，无论是创作繁荣还是市场兴旺，无论是事业发展还是产业进步，无论是影剧院的增加还是观影人群的增长，当代电影都名列前茅，解剖这个麻雀或许可有一斑窥豹之功。

一、中国电影何以迅猛发展

新时期尤其是 21 世纪以来，中国电影相对于业态最为成熟的出版、电视和音乐而言，电影产业的发展势头也显得格外迅猛，保持着高速行进的喜人态势。电影产量、票房收入、银幕数量、观影人次等相关指标的突破与飞跃，显示出世界第二大电影市场的强劲潜力。一组票房数字可以十分清晰地作出证明：2010 年 101.72 亿元；2011 年 131.15 亿元；2012 年 170.73 亿元；2013 年 216 亿元；2014 年 296.39 亿元；2015 年 440.69 亿元；2016 年 454.9 亿元；2017 年票房达 559 亿元；到 2018 年全国票房达到 609.76 亿元：全年故事影片产量 902 部，国产影片票房 378.97 亿元，市场占比 62.15%；城市院线观影总人次 17.16 亿，新增银幕 9303 块，全国银幕总数达到 60079 块，每天放映场次超过 22 万场，稳居世界首位……这与 20 世纪 90 年代前后，全年票房不到 20 亿元人民币的情况相比，现状发生了翻天覆地的变化。近些年，随着市场容量扩增，产业结构优化，发展理念的更新，中国电影在创作生产与市场层面愈加显现出空前的活力。

深入分析产业发展背后的动因，至少可以从五个方面看出某些端倪。

一是从文化政策和管理层面看。伴随着改革开放和国家中心工作的转移，文艺从作为阶级斗争的工具到"二为"方向确立，从单纯的事业属性到事业与产业的共同发展，文艺真正开始了文化本体的回归，文艺创作生产的大环境得到极大改善。国家文化政策及电影所承载的意识形态属性对电影生产起着重要的决定性作用。开放的国策和市场化改革，为中国电影缔造了可持续的发展空间，创建起优越的竞争环境，铺就出稳健的发展之路。从《电影管理条例》到《关于促进电影产业繁荣发展的指导意见》的发布，从事业体制企业管理，从单一政府主导到政府资金引导和社会力量共同经营，迈向建立"健全市场公平竞争、企业自主经营的电影产业运营体系"的举措，推动了电影体制完全由国家包办向着市场化运作的方式转变，逐渐实现了本土化发展与国际电影市场的接轨，建立"电影强国"成为奋斗目标。

二是从创作团队和生产实力看。彻底结束"文化大革命"，社会生活渐趋正常，极"左"的文化禁锢土崩瓦解，惯性思维彻底打破，文艺生产力得以极大解放，电影人创作生产的积极性空前调动起来；几代人积聚多年的创作能量空前爆发，多拍电影、拍自己想拍的电影、拍好看的电影，成为众多艺术家共同的心愿，一大批有才华的电影导演、演员脱颖而出；电影巨大的社会影响和丰厚的资金回报率，不仅吸引了大批戏剧、电视等行当的演员转行电影，而且也带动了其他行业投资电影，成为职业的电影投资人和制片人；随着对外开放的同步展开，人们睁开眼睛看世界，眼花缭乱的国外影像和中外电影观念与技法上存在的巨大落差，激起了电影人奋起直追的热情，一批与声光电相关科技人才、与电影发行推广相关的经营人才进入电影领域，电影创作生产的实力在短时间内得以扩张。

三是从资本、市场和科技的介入情况看。电影生产是一项人力资源密集、技术含量高、资金消耗大的文化产业，资本、科技和市场的深度介入加速了传统电影的现代转型。一方面，随着国家经济实力的逐渐增强，电影的投资渠道不断拓展，投资力度的加大，带动了电影产业的快速发展；另一方面，市场竞争格外激烈，靠传统的政府拨款和社会集资的办法，靠电影改革初期小公司单打独斗的经营，早已无法适应快节奏电影生产的需要，这就倒逼某些电影企业开始采用并购、集群、联盟等方式进行重组，以保证电影生产效率，缩短创新周期，直接推动了电影产业的现代化转型。另外，先进的高新技术不断引入电影生产领域，为电影创新提供了强大的科技支撑。特别是新媒体时代，借助资本的搅动，互联网思维渗入电影产业肌理，"蝙蝠效应"迅速发酵，生成了"电影＋互联网"的新常态，"大数据""众筹""网生代""IP"等都成电影市场的最新生长点，推动了电影产业映现出一派方兴未艾、蓬勃发展的态势。

四是从大众文化消费状况看。生产的动力源于消费，消费水平的提升为电影生产开辟了宽广的市场空间。电影消费作为一种文化现象，尽管主流文化消费、精英文化消费与大众文化消费的交错与混杂，映衬出市场经济条件下特有的文化消费生态，但电影消费的主流却是大众。尽管极具复杂性的大众趣味难以揣测，但却以显在的娱乐趣味取向历时性地活跃在电影产业的纵向维度上。因而，伴随着经济的富足和生活水平的提升，居民消费水平也飞速提高，城镇居民的恩格尔系数不断下降，文化消费娱乐支出比重与日俱增，毫无疑问地悄然拓宽了具有娱乐属性的电影市场空间。

五是从院线改革带来的观影结构变化看。作为基础性工程的院线制改革，激活了电影产业链条各环节的竞争力，加速电影资源流动性，电影生产力转化效率大幅提升，市场结构趋向优化。过去只在北、上、广等一线大城市活跃的电影放映，借助社会资金的搅动，二、三线城市影院数量急剧增长，银幕设备迅即更新换代。这种电影市场迅猛扩容的态势，让城市青年特别是小城镇青年观影群体在众生喧哗中聚势爆发，电影观众的基数几何级翻番，中小城市的观影热助推了电影产业的迅猛发展。观众基数的扩大，当然意味着票房的增长，无形中为电影投资生产的热潮注入了强大动力。所有这些，都成为电影迅猛发展的最直接诱因。

二、新时期电影繁荣的特点与标志

一是思想解放拉开了新时期电影繁荣的序幕。"实践是检验真理唯一标准"的大讨论，拉开了新时期思想解放的序幕。以拨乱反正、正本清源为主要特征的思想解放运动，直接推动了中国改革开放的历史新征程，给新时期文艺的发展注入了强大的精神动力。观念的改变、政策的调整，文艺不再单纯地为政治服务、不再作为阶级斗争的工具，文艺的地位、作用乃至知识分子的身份都得到重新认知，极大地改变了文艺工作者的生存方式、行为方式和思维方式，有力推动了文艺创作冲破极"左"思潮的禁区和僵化观念的束缚，在重走现实主义道路的旗帜下，文艺的自在意识的逐步觉醒，从主题先行的形而上学"三突出"创作模式到以寻求个性解放和人文精神的世俗化表达，并以此为肇始，以思想解放和历史反省为特征的电影主题创作活动广泛开展，开始了新时期电影向着审美主体复归的波澜征程。

中国电影借力改革开放大潮的涌动，有意识地汲取世界电影发展经验，丰富或推动着自身的理论体系与创作实践，新观念、新思路、新风格不断涌现。电影创作在开放动态的现实空间和美学维度上酝酿着新的运动形式和艺术诉求，由"假大空"向着追求艺术真实性的转化成为大家共同的创作理念，从单纯的宣传品向着具有商品属性艺术品不断过渡：正是源于在实践、理论和市场三重维度上的思想大解放，形成了以启蒙意识和艺术至上为主导话语的审美观念，建树起新时期更加开明的电影理念。改革开放初期的电影艺术家以空前高涨的创作热情，拍摄出了一大批在中国电影史上堪称经典的佳作。如《苦恼人的笑》《小花》《生活的颤音》《天云山传奇》《巴山夜雨》《邻居》《小街》《沙鸥》《知音》《人到中年》《城南旧事》《都市里的村庄》《我们的田野》《乡音》《一个和八个》《黄土地》《人生》《黑炮事件》《芙蓉镇》《血战台儿庄》《孙中山》《人·鬼·情》《红高粱》《棋王》《晚钟》《本命年》等，均成为这一时期的标志性作品。这些电影作品，围绕现实主义思潮的复苏和人文精神的建构这两条线索，共同尝试着电影语言和表达方式上的突破，掀起了新时期电影第一轮创作高潮。

思想解放伴随着中国当代电影繁荣的全过程。前后40年，各种西方电影思潮都在中国进行过试验性尝试，无论是成功还是失败，都有益丰富了中国电影的表现空间；各种诸如探索电影、港台电影、娱乐片、武侠片、警匪片、科幻片、穿越片、搞笑片、惊悚片的纷纷涌现，改变了现实主义手法一统天下的局面；还有各种进口片、合拍片、分账式影片的进入等，这在意识形态清一色的年代都是难以想象的。尽管这个时期各种电影创作思潮、创作方法在探索与创新的过程中也曾引起过较大争议和论争，但政策的宽容度和社会的包容度却不断增强，基本上没多少以文废人或以人废文的事件发生，文艺创作生产的大环境肯定是新中国成立以来最好的环境。40年电影繁荣发展的事实告诉我们，尽管马克思主义有艺术繁盛与社会一般发展不成比例的学说，但文化的繁荣确与思想的开放密切相关。可以说：思想解放永远是包括电影在内的文艺发展进步的前提，行进在思想解放路上的文艺创新，永远没有终点。

二是四代导演共同铸就新时期电影的辉煌。"代际"，本来是一个社会学概念，用于电影导演的划分是中国独有的，原因不仅在于非正常的社会动荡打乱了正常的代际更迭，更在于我们经历了20世纪最后20年的历史大转折。不同的阅历，不同的历史经验，不同的审美追求，既形成了中国电影导演鲜明的代际区隔，也重叠着不负时光、竞显风流的共同理念，四世同堂共铸电影辉煌，构成新时期中国电影的特殊景观。

通常而言，所谓第一代导演指默片时期的电影导演，大致活跃于20世纪初叶到20年代末。代表人物有郑正秋、张石川、但杜宇、杨小仲、邵醉翁等。1913年，郑正秋与张石川合作拍摄了《难夫难妻》，被夏衍誉为"给中国电影事业铺下了第一块奠基石"。他们作为中国电影的先驱，在既缺乏经验，拍摄条件又非常简陋的情况下，创作了中国第一部短故事片《难夫难妻》、第一部长故事片《阎瑞生》、第一部有声故事片《歌女红牡丹》、第一部武侠片《火烧红莲寺》、第一部劳工片《劳工之爱情》、第一部体育片《二对一》、第一部18集系列电影《火烧红莲寺》。作为中国电影的奠基者，第一代导演从中国传统的叙事艺术和舞台戏曲中吸收了很多手法，更像是舞台剧的延伸，布景空间层次的设计仍然具有强烈的舞台痕迹。受到五四新文化运动的影响，不同程度上表现出一些反封建的民主思想，重视电影的社会教化作用。虽然留有舞台剧的表演痕迹，艺术上也较幼稚，具有实验性特征，但其拓荒作用功不可没。

所谓第二代导演主要活动时间是在20世纪30—40年代，部分延续到50—60年代甚至新时期，代表人物有沈西苓、蔡楚生、郑君里、史东山、费穆、袁牧之、沈浮、吴永刚、汤晓丹、张骏祥、桑弧等。这代导演逐渐掌握电影艺术的基本规律，从对戏剧形式的模仿开始转向电影内涵生长，逐渐摆脱舞台的局限，充分发挥电影艺术之所长，追求写实主义手法，在故事情节上强烈地追求戏剧悬念、戏剧冲突、戏剧程式。中国电影从这一代导演开始，才显出自己独立的价值。代表作有《神女》《春蚕》《城市之夜》

《马路天使》《慈母曲》《天涯歌女》《渔光曲》《桃李劫》《一江春水向东流》等等。

所谓第三代导演指新中国成立后走上影坛的那批艺术家，主要有成荫、谢铁骊、水华、崔嵬、凌子风、谢晋、王炎、郭维、李俊、于彦夫等。他们遵循现实主义创作原则，深入展现矛盾冲突，在民族风格、地方特色、艺术意蕴等方面，都进行了十分有益的探索。"文革"前代表作有《南征北战》《白毛女》《青春之歌》《小兵张嘎》《早春二月》《女篮五号》《林家铺子》《烈火中永生》《革命家庭》《鸡毛信》等；"文革"十年除了《创业》《海霞》《闪闪的红星》外，故事片创作几乎一片空白；新时期已过中年的第三代导演拍摄了大批佳作，如《芙蓉镇》《鸦片战争》《骆驼祥子》《边城》《春桃》《伤逝》等。他们是新时期中国电影的引路人。

所谓第四代导演是新中国成立后培养起来、在新时期获得重大成就的一支导演力量。代表人物吴贻弓、吴天明、张暖忻、黄健中、滕文骥、郑洞天、谢飞、胡柄榴、丁荫楠、李前宽、颜学恕、黄蜀芹、杨延晋、王好为、陆小雅、于本正、王君正等。他们虽然学艺于60年代，真正发挥作用却在新时期，显示出稳健的创作实力和持久的艺术后劲。他们有理论有实践，不懈地探索艺术的特性，力图用新观念来改造和发展中国电影；率先提出中国电影要丢掉戏剧的拐杖，打破戏剧式结构；提倡纪实性，追求质朴、自然的风格和开放式的结构；注重主题与人物的意义性和从生活中、从凡人小事中去开掘社会和人生的哲理。他们是中国电影承上启下的一代精英。代表作有《青春祭》《沙鸥》《湘女萧萧》《香魂女》《本命年》《小花》《城南旧事》《巴山夜雨》《苦恼人的笑》《小街》《生活的颤音》《人鬼情》《老井》《变脸》《血战台儿庄》《孙中山》《周恩来》《重庆谈判》《开国大典》《平津战役》《大转折》等。

所谓第五代电影导演是改革开放初期培养的一代导演，代表人物有陈凯歌、张艺谋、吴子牛、田壮壮，张军钊、霍建起、吴子牛、张建亚、黄建新、姜文、李少红、胡玫、周晓文等。这批导演在少年时代卷入了中国社会大动荡的旋涡中，下过乡、当过兵、做过工，经受了"十年浩劫"的磨难，又接受过专业训练，带着创新的激情走上影坛。他们对新的思想、新的艺术手法，特别敏锐，力图在每一部影片中寻找新的角度。他们强烈渴望通过影片探索民族文化的历史和民族心理的结构；在选材、叙事、刻画人物、镜头运用、画面处理等方面，都力求标新立异；作品主观性、象征性、寓意性特别强烈。作为一个群体的力量出现时，给中国影坛造成了巨大的冲击波。代表作有《一个和八个》《黄土地》《盗马贼》《孩子王》《红高粱》《菊豆》《英雄》《秋菊打官司》《蓝风筝》《晚钟》《霸王别姬》《活着》《红粉》《摇滚青年》《黑炮事件》《晚钟》《暖》《那山那人那狗》《阳光灿烂的日子》《让子弹飞》等等。他们频频在各类国际电影节上获奖，让中国电影开始走向世界，是迄今为止中国导演中最辉煌的一代。

所谓第六代导演一般是指20世纪80年代中后期进入北京电影学院导演系，90年代后开始执导电影的一批年轻的导演。代表人物有张元、王小帅、贾樟柯、陆川、管虎、娄烨、张扬、王全安、宁浩、王一持、路学长、张海洋等。他们大多出生于20世纪60—70年代，"文革"只是孩提时代的印象性记忆，并不存在受到压抑的切肤之痛；面对改革开放的重大变革，伴随着他们成长的是各种新潮思想、观念的发生与建立，决定了他们对传统往往采取怀疑和审视的态度；他们遭遇了经济转轨给社会带来的剧痛，同时也经历了电影从所谓神圣的艺术走入日常生活，还原为一种文化消费产品的无奈。代表作品有《北京杂种》《冬春的日子》《十七岁的单车》《感光时代》《长大成人》《巫山云雨》《爱情麻辣烫》《洗澡》《小武》《站台》《月蚀》《图雅的婚事》《南京！南京！》《老炮儿》《新一年》《头发乱了》《邮差》《周末情人》《苏州河》《绿草地》等。他们要么极度追求影像本体，要么偏执于写实形态、关注草根人群，要么坚定地走在商业路线上，几乎难以像第五代那样整体构建电影精神的统一面貌，所以，他们是抗拒归纳的一代。典型特征是"叛逆与反思"。当然这也不是一成不变的。比如贾樟柯在《江湖儿女》里，强有力地传递了一种岁月沧桑感，尽管仍旧是大历史之中的小人物，但更注重讲故事，更接地气，揭示出历史的狂风过后，形如野草的小人物总会设想重新站起来，寻找属于自己的生活出路。电影创作在他们手里开始由神圣变得更加充满烟火气。

尽管四代人阅历迥异，观念不同，创作风格也大相径庭，但令人稀奇的却不是不同特质的四代人同台亮相，而是他们同样活跃在一线、毫无违和感，同样有不同色彩的经典之作问世。也恰因如此，才让新时期文艺显得那么多姿多彩、别具一格。

三是主旋律与娱乐电影的交相辉映。电影作为一种大众化的艺术形式，回应市民审美娱乐需求是它与生俱来的品格；电影作为一种意识形态，政府亦会倡导电影的审美教化功能，这是一枚硬币的两面。决定了电影在承载国家主流意识形态的同时，也必定适应大众的价值观念和娱乐需求，把电影创作过程变成以情感为中介走近观众的过程。正是因为严肃性与世俗化交相辉映且相互影响，表现在电影创作生产上，即演化成主旋律与娱乐电影相伴而生的独特文化现象。

首先是20世纪80年代初，通俗文艺大潮几乎是在人们毫无心理准备的情况下，与正在全面复苏并创造梦想的雅文艺一分天下，且渐成文化消费主体。受经济上自负盈亏和市场需求的裹挟，如《神秘的大佛》《最后的疯狂》《疯狂的代价》等武打、侦破、侠客类影视剧大量产生，社会一时议论纷纷，也有人顺势要把"娱乐至死"的理念进行到底。面对汹涌而至的娱乐片热潮，1987年，电影管理部门首先提出"主旋律"电影的概念，后来这个概念被中央认定为文艺工作的一个重要方针。过去的文艺方针均是党和国家领导人提出来的，这是唯一一次由部门提出而后被国家赋予权威性的文艺政策，直接推动了一批重大革命历史题材影片的诞生。以庆祝新中国成立40年献礼为契机，推出了像《焦裕禄》《巍巍昆仑》《百色起义》等电影佳作，它们承载着权威、严肃的政治权力话语，弘扬国家主流意识形态，构筑大众的家国英雄梦，受到观众普遍认可，成为主题高昂、艺术上乘、票房可观的代表作。当然，由于行政力量的直接介入，过于明显的意识形态色彩也容易引起观众的逆反心理，观影热情的下跌直接影响到票房的下降。直到"九五五○"电影精品工程提出，电影人开始自觉有意识地按照市场规律运作，以世俗化为向度且兼顾票房考量的叙事策略成为主旋律电影的突破方向，像《红河谷》《孔繁森》《离开雷锋的日子》《黄河绝恋》《横空出世》《生死抉择》等优秀影片应运而生，标志着面貌一新的主流电影逐渐形成。

这些新主流影片既承载着国家意识形态使命，又满足了大众的审美消费需求，逐渐呈现为三重景观：一是重大革命历史题材影片尝试主流话语与大众话语巧妙结合。如揭秘历史真相的《大决战》《开天辟地》，展现伟人情感世界的《长征》，细节逼真、传达人文关怀的《红河谷》等，都积极适应大众观影心理，引发了观众强烈的情感共鸣和怀旧热潮。二是领袖传记和英模题材影片的世俗化表达。电影中的楷模人物由高大全的扁平化形象转向多侧面的立体化塑造，诸如《周恩来》《毛泽东和他的儿子》《刘少奇的四十四天》等展现了领袖人物普通的人性人情，《孔繁森》《蒋筑英》《离开雷锋的日子》等表现了英模平凡中的不凡，日常的生活细节和情感表达更接地气，充满了生活质感。三是现实题材影片显示鲜明的主旋律色彩。如表现传统美德和市民理想的《龙年警官》，描绘市民人生景观和生存本相的《过年》等，填平了政治权力话语、精英文化话语和大众文化话语之间的鸿沟，以主旋律电影的世俗化路径巧妙地缝合了艺术品格、宣教意识与娱乐享受，体现了主旋律影片与传统精神、市民理想的紧密关系，为主流文化与市民文化的互渗融合探寻出一条市场化的出路。

在主旋律电影兴盛的同时，多样化电影景观得以精彩呈现。这既是广大观众的内在要求，也是做大做强中国电影市场的迫切需要，因为一个成熟的电影市场必须由丰富的电影产品来支撑。在全球化语境下，电影在承继、革新与融通中日渐告别政治说教，在交流与互动中走向综合创新，孕育出气象一新的电影生产与大众认知相统一的可喜景象。在此情况下，电影的娱乐功能在文化消费的拥趸下日趋上位，长期在理性统摄下保持缄默的娱乐性以欢腾之势肆意迸发。

电影多样化得以顺利推行的契机源自突如其来的"中美电影协议"的签订。2012年，好莱坞电影借助协议约定再度以虎狼之势进军中国市场，不仅对国产电影市场份额会带来巨大而持续的冲击，而且引发了中国电影大变局。鲶鱼效应刺激下的中国电影业，在投融资、制片、发行等各个环节发生结构性革新，迸发出前所未有的朝气与生机，形成了以武侠、动作、爱情、喜剧、剧情片为主打类型，以警匪、战争、历史片为辅，以魔幻、传记、歌舞片为新兴品种的生态格局。出现了不少像《天地英雄》《周渔的火车》《疯狂的石头》《绑架者》《钢的琴》《绣春刀》《归来》《失恋33天》《狄仁杰之四大天王》《画皮2》《泰囧》《中国合伙人》《一代宗师》《北京遇上西雅图》《致我们终将逝去的青春》《白鹿原》《老炮》《烈日灼心》《志娇与春明》《滚蛋吧！肿瘤君》《厨子戏子痞子》《全民目击》《驴得水》《夏洛特烦恼》《火锅英雄》《七月与安生》《芳华》《二十二》《唐人街探案》《美人鱼》《捉妖记》《我不是潘金莲》《妖猫传》《我不是药神》《无名之辈》等在类型融合中衍生和杂糅出的新的电影样式，这些影片都有较大社会影响和较好市场斩获。随着互联网重塑电影产业链条的进展，新媒体为电影创作创造出多元化的发展机缘，尚有争议的大数据、众筹、IP开发等新势力纷纷助力电影创作且取得突破性进展，电影产业呈现出鲜明的工业化、国际化趋向，国产电影创作的多元化格局日渐成形。

四是贺岁片的发轫与电影产业化探索的跃升。在现代社会条件下，脱胎于文化经营活动的文化产业，逐渐演化成为具有现代商业意义的、以文化资源为依托、以精神生产方式为重心且遵循工业化程序进行投入产出的特殊文化形态。进入21世纪，党中央提出"积极发展文化事业和文化产业"的要求，政府相继制定了一系列推动文化产业发展的政策法规，加快了产业的整合、建构及优化升级。电影搭上文化产业高成长性发展的快车道，凭借雄厚的文化资源根基，得益于市场经济体制的确立和科学技术的创新进步，伴随市场强劲的需求拉动，彰显出巨大的市场潜力，一跃成为超越传统出版业的文化产业的龙头老大。

首先，电影产业作为文化产业的重要一环，是具有高渗透性、高风险性、高收益性且兼具商品属性和意识形态属性的产业集合。新世纪初的院线制改革，彻底打破长期以来以行政区划为主的垄断化经营，电影放映由单一的中影公司的供给制，变成生产与制片、发行与放映、国营与民营共同经销的院线制，推动良性竞争和低票价的出现，民族电影工业得以长足发展；《电影管理条例》的出台，大大降低准入门槛，拓宽投融资渠道，民营电影机构和社会力量迅速成为电影投资主体，为电影行业注入新活力；到2009年，《文化产业振兴规划》提出建立新型电影市场主体，电影产业成为国家战略性产业的重点推进项目之一；特别是2015年《中华人民共和国电影产业促进法》的通过，从法律层面强化电影的产业属性和商品价值，这一系列涵盖产业发展规划、市场监管、市场准入以及院线建设、影院资助等政策措施，极大地推动了中国电影的产业化发展。

贺岁片的兴隆与档期制的形成是电影产业发展的最成功案例。世纪之交，冯小刚先后执导了《甲方乙方》《不见不散》《没完没了》等都市喜剧片，用后现代主义的文化逻辑颠覆过往的精英话语，以小人物的悲喜剧和消费社会互文唤起大众的情感共鸣，勾勒出贺岁电影放映档期的框架雏形。这批贺岁片以明星与轻喜剧式的混搭，将京式幽默、戏剧调侃、游戏表达融于平民话语之中，以小品化的通俗故事，展现非意识形态化的民间话语，较好地满足了市民阶层的心理欲求与消费习惯。其价值在于它们用鲜明的市场定位和商业化运作模式，尝试实现电影的以销定产，树立了品牌形象，激活了品牌效应，拉升了电影市场。连续数年，贺岁电影都以良好的市场信誉和可观的经营业绩，一再刷新中国电影票房的坐标参数，给脆弱的本土电影市场寻觅到与进口大片分庭抗礼的一条出路。从此，中国电影才真正形成了主旋律影片、商业片及艺术片三分天下的市场格局。

以贺岁电影为发端，电影档期化运作不断细化并走向成熟。电影档期及不同档期的电影市场营销，极大地影响着电影市场的发育。从院线制的改革之初，中国电影市场便着手试水档期开发。经过十余年的不懈努力，在节假日与强势影片的合力驱动下，逐渐形成了春节档、五一档、暑期档、国庆档、贺岁档等成熟档期，也分化出诸如七夕档、三八档和光棍档等新兴档期。档期成熟是电影产业发展的必然结果，它可以精准定位影片内容与类型，并在内容与类型的同台竞争中影响着电影的艺术品质。目前，贺岁片已发展为真正意义上的贺岁档，电影主打片种以古装、战争史诗、动作大片为盛，近年又出现了合家欢及综艺电影等新片种，推动了具有明确档期意识和清晰市场定位影片的集中上映。此外，暑期档也成为广告宣传边际效应最佳的档期，给予类型片诸如动作科幻片、古装爱情、动画片以及恐怖、战争、灾难、魔幻等次生类型片以实战良机，改变了很长时间里暑期档被进口大片主导的格局，为国产电影守住市场的半壁江山，与贺岁档一样成为"兵家"必争的电影档期。当然，防止蜂拥而上争贴档期标签的密集放映，以避免因排片无序而造成产业内耗和资源浪费，已成为完善档期制的当务之急。

五是中国式"大片"渐成风景。好莱坞大片的雄霸天下是其经济科技实力的体现，电影的竞争在某种程度上也是经济科技实力的竞争。争夺市场份额，已成为中国电影产业能否在与好莱坞竞争中杀出一条血路的关键。中国在华语电影《卧虎藏龙》成功建树起的自信心驱动下，以《英雄》为肇始拉开了中国商业大片的帷幕。尽管以大片抗衡外影冲击的策略充满了争议，也存在着不少"劳民伤财"的担忧，但视觉盛宴带来的票房效果逐渐消解了社会的议论。《十面埋伏》《大红灯笼高高挂》《夜宴》《赵氏孤儿》《让子弹飞》《金陵十三钗》《温故1942》《道士下山》《战狼Ⅱ》《红海行动》《影》《邪不压正》等华语大片接踵而至，相继掀起大片创作热潮。这些中国式大片，大致是以欧美大片的艺术与商业经验为参照，集两岸三地一线艺人为明星阵容，以蕴含民族传统文化的武侠、动作片为主体，以高科技、数字化为表现手段的华语电影。它们用高概念商业化配方、精雕细琢的视听奇观、强大的投融资后盾、主流理念与民族精神的交融式传播，摸索出对外可与进口大片分庭抗礼、对内可激励国产电影走出低谷窘境的一套本土化营销策略。呈现出鲜明的高科技、大阵容、跨国族、大营销特征，极大提振了市场号召力，成为华语电影的品牌标记。中国大片作为主流商业电影范式和票房收入的主要来源，有效激活了中国电影的潜能，成为推动电影产业发展的支柱性力量。

当然，这里也要特别强调，任何事情都是相对的，电影作为艺术成功与否不决定于大小。电影的大制作是为内容的表现手段服务的。其间也有不少"大片"因为内容的空洞和表达的无力，大反而成了硬伤，像《无极》《长城》之类，虽有名导名演坐镇，依然躲不过口碑和票房双输。进入新世纪，守望民族精神与弘扬民族文化成为中国电影的重要使命，中国特色的主流大片应运而生。横空出世的现实主义大片《集结号》，摒弃古装大片的刻意与生硬，复归以戏剧性为核心的封闭式线性叙事，以个体生命与历史进程的疏离关系为故事载体的主流化价值阐释，精准找寻到以英雄主义与生命关怀为重心的、主流文化心理和个人话语的交叉点，成功实现了战争片类型的本土化改造和拓展。《建国大业》更以兼具政治色彩与现代气质的文化场阈将政治诉求进行时尚化表达，有意模糊了过往献礼片的类型化倾向，消弭了观众的审美樊篱，在浓郁的商业表征下暗涌着主流意识形态话语言说，与《云水谣》《梅兰芳》《唐山大地震》一道，有力地推动了主旋律电影迈向主流商业大片的进程。还有，像合拍片《狼图腾》凭借精雕细琢的剧本创作、高规格的技术制作及精良务实的团队合作，描绘了蒙古民族在特定历史时期的游牧文明，以人与动物关系的重新认知来审视人类本性，诠释文明与野蛮的永恒话题。这些大片彰显的丰赡历史意识、恢宏史诗格局及独特民族精神，在文化与产业两个向度上相互激荡，织就出多样化、多类型、多品种的电影新景观，体现了中国电影工业的新水准。它们或以中华文化主体性、或以民族价值观的国际化传达，把主流意识形态以世俗化的方式，与散乱、隐秘的公众意识达成了某种程度上的谅解与妥协，用诚意将观众重新拉回影院，标志着中国电影的日趋成熟。它们尝试电影语言与国际接轨的韬略，大大提升了中国电影的国际影响力和市场竞争力。

三、中国电影繁荣背后的隐忧

单纯从电影生产、票房飙升和影院扩建规模看中国电影的进步，成绩无疑是巨大的，对此应予以高度评价。然而，我们却不可沉浸于表层的热闹，为各种耀眼的数字所陶醉。深入分析电影大数据背后的细节，对比电影生产总量和票房收益、人口总量和观影人数、拍片数量和整体质量、电影大国和国际影响等等，现存的差距还十分明显，电影在快速发展的过程中还存在着许多隐忧，尚不容许我们轻言骄傲。

首先，中国是个电影大国，但还不是电影强国。据统计，在世界生产的 4000 多部故事片中，好莱坞影片占总数不到 1/10，但却占有全球票房的 70%。美国电影 2017 年在国内票房达到 111.2 亿美元的同时，还从海外电影市场得到超过 295 亿美元的票房收入。美国电影几乎成为世界电影，好莱坞无处不在。欧洲对美国影视贸易赤字达到 80 亿—90 亿美元，发展中国家在文化商品贸易中所占的份额更是少得可怜。整个非洲大陆平均每年生产 40 部左右的电影，其余 95% 以上靠进口，且主要是好莱坞影片。全球动漫产值 2280 亿美元，衍生品 5000 亿美元，美国占据最大份额。相比之下，同年度中国生产 798 部电影（412 部进院线），1900 部网络电影，虽创收 559 亿票房（相当于美国海外收入 27%），但平均收益不高，大多数投资人甚至处于亏损状态。

自中国加入 WTO 以来，中国电影所赖以生存的客观环境发生急遽变革，除却内部电影机制的重组与调整所产生的排异反应，还面临着好莱坞电影席卷而来的危机与"被殖民化"的威胁。以"中美电影协议"为拐点，承载美国精神价值观的好莱坞电影强势渗透中国电影市场，铆足气力克服文化、市场、观众差异带来的障碍，雄心勃勃开拓电影新大陆，给中国电影带来空前压力与挑战。面对民族电影的危机，中国电影在强有力的资本拥趸和"在地性"优势的支撑下，虎口脱险、绝处逢生，一批具备独有文化语境、本土情感认同、宏阔叙事手段和较好市场声誉优质影片，为中国电影争取了缓冲的空间。然而，目前口碑和票房俱佳的影片还不能形成中国电影的整体优势，仅靠"现象级"影片撑持市场只能是权宜之计。只有建立起成熟的电影生产能力和市场机制方能抵御风险，完成适应文化市场需求的产业化转型，树立真正的民族文化形象，以本土化的产业优势参与全球电影竞争。

其次，中国电影发展迅猛，但根基依然十分脆弱。一是电影产业的基础不稳固，题材蜂拥而上、样式相互模仿、剧情频落俗套的问题比比皆是，面对大众空前活跃的言说欲望和价值取向的多样追求，电影的商业话语与艺术品性间的落差悬殊，烂电影太多，许多影片剧场放映连"一日游"都做不到。思想不刻苦、原创力不足，难以支撑产业的快速发展。二是从业人员不敬业，讲名利、顾眼前，没有专业精神更无敬业精神，重商理念超越了公德意识。某些年轻演员演过一两部戏即以明星自居，小有成功则忘乎所以，满世界招摇过市，自我感觉超好。某些编导不顾艺术规律的标新立异，没学会走就开始跑，以创新为名胡编乱造，连基本的故事都讲不好，电影严重脱离生活实际和大众需求。三是电影市场不规范、不成熟，竞争失序、乱象甚多：漫天要价者有之，借机洗钱者有之，虚报票房者有之，偷税漏税者有之，电影质量与市场价值很难对等。在资本逻辑大行其道的时代，人文精神受到消费主义的严重冲击，不少电影创作过于追求票房，冲撞艺术底线，沦为快餐文化，许多有才华的导演特别是导演新秀没人投资，有钱人掌握着电影的生杀予夺大权，电影资金冷热悬殊，一旦热钱趋冷，生产资金链立马断崖。市场营销手段单一，后产品开发基本处在停滞状态，2017年生产的798部影片，只有54部电影票房过亿，赢利者估计不足10%，大量投资得不到回报，这样的发展完全不可持续。此外，与电影银幕的高增长率相比，观影人群增加幅度甚小，如果不能建立起电影生产与消费的良性循环，电影市场的发展潜力必将大打折扣。四是包括某些地方政府在内的电影投资人急功近利，不讲艺术规律，把电影作为展示形象的手段，大量的直白的命题作文式影片的盲目投资，不仅难以产生好电影，而且还可能败坏电影产业声誉，尤其是廉价的跟风、标签式的取材、口号式的表达，更与电影艺术相去甚远，因为任何不真诚、非艺术的表达都是虚假而苍白的。

中国电影只有回归电影本体，培育职业风范，深耕内容生产，提高艺术品质，展示电影感人肺腑的动人力量；只有坚持需求导向，研究受众心理，形成差异化分众传播，才能吸引更多观众走进影院；只有提升行业标准，规范市场秩序，形成上下游连接的完整产业链，才能进一步释放电影生产力，聚合电影美誉度，提振国产电影自信心，确保电影产业持续健康地向前发展。

再者，生吞活剥的数字应用难以支撑电影的技术创新。电影是科技时代的产物，电影繁荣源于科技创新。如今，数字技术已全方位渗透电影的制作方式、传播方式与审美接受层面，悄然引爆电影艺术的美学革命。近年一批 3D 影片扎堆上映，数字时代的"虚拟现实"推动观影从物质现实、视觉真实范畴迅即转向心理与体验真实层面，促进了沉溺于假定性与逼真性观众与影像的默契，扩大了电影语言表达的崭新时空。

伴随世界电影技术进步的潮流，中国电影也由"画面时代""声音时代"开始向"数字化时代"转换。然而，合成性的虚拟美学以非线性剪辑方式，和缓了长镜头与蒙太奇的对峙态势，个体随意型的电影接受方式应运而生，即便这尚未撼动电影的艺术本性，也打破了传统电影美学对深度与意味的深情守望。在资本和数字技术的推动下，新的奇观电影与叙事电影的一唱一和，成为当代新潮电影的独特风貌。由于我们对新技术了解甚微，潜心研究开发新技术的教学和科研部门极少，能够掌握和熟练运用新技术的专业人员十分匮乏，原有电影观念与新技术手段尚难有机融合，部分国产电影对数字技术的过度追求，加速了以视觉奇观为主导的体验美学向着商业化方向倾斜，违背了大众亘古不变的"故事"情愫，3D、IMAX 沦为大众意识里的凑个热闹，这种小儿科状的追新逐异让影片显得十分浅薄，使生搬硬套的所谓新技术演化为东施效颦式的复制窘态。应该强调，技术革命可能带来电影美学的革命，但不会动摇电影美学的根基，它是传统电影美学在新技术条件下的延伸与递进。如果不能盯紧电影科技变迁，跟不上科技进步的步伐，中国电影无法走向世界前沿；但若仅止步于技术形式的热闹与狂欢，而无暇眷顾电影美学在新技术条件下的内涵与精神的拓展，中国电影同样难以被世界所认同。

最后，中国电影真正成为国家软实力还有很长的路要走。软实力基于所在国的文化资源，但并不意味着一切文化都能成为软实力，只有当该国文化产品在对外传播中能够被其他国家/民族主动接受时，这种文化才能转化为该国的文化软实力。电影作为最具群众性的大众娱乐形式，其市场号召力最能体现国家软实力。2018 年，全球电影票房达到 417 亿美元，好莱坞创造的收入为 290.75 亿美元左右，占全球市场的 70%。其中北美本土观影人次达到 12.99 亿，取得约 119 亿美元的票房，其余绝大部分收入来自世界各地。与此相比，2017 年，我国文化服务进口 232.2 亿元人民币，出口为 61.7 亿元，逆差达 170 多亿元。《环球时报》舆情调查中心发布的《2017 年中国国家形象与国际影响力全球调查报告》中，通过对全球六大洲 17 个国家 17583 份问卷，认定中国经济实力的占 66.4%，而认定中国文化影响力的人只占 18%。

要知道，文化交流从来都是双向的，只有学会运用别人能够接受的方式进行文化交流，以文服人、以理服人、以德服人，才能让人乐于接受。目前中国电影还不十分讲究表现内容与表达方式，经常性的高调宣传或者民族劣根性的廉价展示，都难以给人乐于接受的印象。目前，除了《英雄》《流浪地球》等国产影片尚且有些海外票房，中国电影国际市场极其有限。缺少国际话语权和号召力是国产电影不能大规模走向世界的巨大短板。

提升文化软实力，重要的是加强国产电影的形象建设。处在全球经济、政治、军事和文化激烈竞争的历史时期，作为一个有着五千年历史的文明古国，我们不能仅靠票房大国走进世界电影强国之列。首先我们要建立中国电影走出去的整体规划，彻底改变对外文化传播的严重赤字和文化入超局面，采取切实措施积极开拓国际电影市场；二是中国电影要注重向世界凝练并体现中国特色的核心价值理念。通过电影影像，让诸如仁治的理念成为世界和平的福音，让融合与协调的智慧成为处理复杂国际关系的最佳范式，让天下为公的观念成为当下国家和地区稳定的镜鉴，让修、齐、治、平的理念成为市场经济条件下重塑国人的理想人格和风骨气节、成为维系个人与社会关系的社会伦理，向世界贡献中国智慧；再就是国产电影如何用世界更容易接受的方式来讲好中国故事，用最能打动人们心灵的情感塑造勤劳善良的国人形象，用最宜于与世界相容相洽的文化理念传播中国声音。用那些最能与当代文化相适应、与现代社会相协调的民族文化基因，来有效展示中华文化的独特魅力，把跨越时空、超越国度、富有永恒魅力、具有当代价值的文化精神弘扬起来，把继承传统优秀文化又弘扬时代精神、立足本国又面向世界的当代电影创新成果有效传播出去，塑造与国家经济实力、国际地位相适应的文化形象。倘如此，中国才能成为一个名副其实的电影大国。

当下，世界正经历百年未见之变局。与经济社会变革相适应，电影产业生态圈也在发生深刻变革，多维度的改革与探索正积极而稳步地展开。如何进一步提升中国电影生产的水平和艺术品质，更好满足观众多样性审美需求，实现从生产大国向电影强国的蜕变，已经成为摆在中国电影人面前无可推卸的历史责任。特别是在这样一个一切皆有可能的"互联网＋"时代，中国电影更要时刻头顶达摩克利斯之剑，心怀忧患、居安思危，尊重艺术规律、尊重市场规律，包容多元文化、壮大本土文化，用更多真正无愧于时代和人民、有国际影响和竞争力的电影佳作不断攀登电影高峰，方能在强手如林的国际电影舞台上闯出一片新的天地。

中国电影评奖机制亟须改进

电影是一个最具群众基础和社会影响力的艺术门类。电影近年的快速发展，当之无愧地成为中国文化产业进步的排头兵。电影评奖，是提高电影创作的艺术水平和专业标准、引领观众的审美情趣和市场需求、推动产业兴盛和文化繁荣的一项重要举措。然而，电影作为高科技时代派生的特殊艺术形式，适应于当代人生活的快节奏，通常归属于快餐式的文化消费类型，很少有人像欣赏文学、戏剧、音乐和舞蹈那样，去反复去影院观看同一部电影。因而，电影评奖与电影欣赏一样，特别需要强调时效性。目前，我国电影评奖周期过长、缺乏时效，极大影响着广大电影观众追逐获奖作品的兴趣，这对于方兴未艾的电影产业的长期发展十分不利。

2005 年颁发的《全国性文艺新闻出版评奖管理办法》，大大压缩评奖的种类和数量，着意延长各类评奖的周期，对于改变当时评奖过多过滥发挥了很好的规范作用。随着时间的推移和文化事业的迅猛发展，电影产业的规模急剧壮大，两年一次的评奖机制已远远落后于电影发展的客观实际。

首先，从电影创作发行的规模来看，故事片生产数量已由 2005 年的 212 部，发展到 2018 年的 1082 部；电影综合收入也由当年的 36 亿元，增加到 2018 年的 609 亿元。累积两年的 2000 余部影片一起评，不仅增添了评奖部门的工作量和工作难度，也对前一年放映的影片平添了冷饭热炒之嫌，使得许多优秀的电影作品和电影人没有机会得到及时而有热度的表彰和奖励，这对不在评奖年度生产的优秀影片无疑有失公平。即便那些轰动一时但观影热潮已冷的作品得到表彰，评奖对于创作和市场的激励作用已经微乎其微。这与电影评奖的初衷相去甚远。

其次，伴随着两岸三地的文化交流与融合，华语影坛十分活跃，大陆电影经常参加每年一度的香港电影金像奖、台湾电影金马奖。由于评奖时间错位，一些优秀国产影片常常先在香港电影金像奖、台湾电影金马奖上提名或获奖（参加其他国际电影节评奖也有类似情形），而后，再来参加国内的电影华表、金鸡、百花奖评选，好像我们的电影评奖在炒港台电影节的剩饭，这种评奖的滞后性不仅有损电影奖的权威性与影响力，而且也不利于发挥电影评奖对行业的引领和导向作用。

最后，纵观现今国际知名电影类奖项，如"金棕榈奖"（戛纳国际电影节）、"金狮奖"（威尼斯国际电影节）、"金熊奖"（柏林国际电影节）、奥斯卡金像奖等，都是每年评选颁发一次，得到全球电影界的广泛关注与认可。作为一个坚定不移扩大开放的国家，理应注重与国际惯例的协同。所有这些，都值得我们对于改进电影评奖的周期与节奏进行更加深入的研究与思考。

为顺应电影发展的客观实际，更好地发挥电影评奖激励创作的风向标作用，更好地提升我国电影评奖的时效和社会影响，更好地推动中国电影走向世界，我们强烈呼吁：尽快改进中国电影的评奖机制，变两年一评为一年一评，让电影评奖与电影产业进程相协调，千万不能让中国电影成为各类世界电影评奖中的奇特另类。

评奖周期改变后，仍须严格遵循"评奖管理办法"中的各项规定，继续坚持少而精和宁缺毋滥的原则，重心放在及时推出思想精深、艺术精湛、制作精良的优秀电影作品，及时嘉奖有信仰、有情怀、有担当的优秀电影工作者。这对于促进中国电影产业的繁荣健康发展、推动我国由电影大国迈向电影强国，对于传播社会主义核心价值和弘扬中国精神、实现中华文化伟大复兴具有十分重要的现实意义。

（补记：此系作者 2019 年 3 月在政协会上的提案。当年有关部门在提案回复时，曾以不宜突破《全国性文艺新闻出版评奖管理办法》为由予以答复。可喜的是，当年 9 月，在金鸡奖颁奖大会上，中宣部领导在大家毫不知情的情况下当众宣布：金鸡百花电影节是电影界的盛事，从今年起金鸡奖将每年评选一次。"这是顺应电影快速发展的重要决策，是回应电影工作者呼声的重大举措"。以充分利用这一平台，讲好中国故事，擦亮"国家名片"，促进提升电影工业化水平，以高标准专业性办出新局面新气象。这一表态受到与会电影人的热烈欢迎。）

拓展差异，靠特色"出圈"

21世纪以来，中国博物馆事业进入历史上最好的发展时期，这是国家经济实力迅速增长、文化需求日趋旺盛双向发力的必然结果，也是社会进步、文化繁荣的一个重要标志。

毋庸讳言，在博物馆快速发展的过程中，相伴而生的诸如立项匆忙、定位模糊、"千馆一面"、馆藏不足的问题也不同程度地存在着。一些地市级新建博物馆贪大求全，沿袭国家级大馆既有陈列方式，从远古到现代编年排序，除了当地为数不丰的出土文物外，其他基本靠复制品来演说历史；一些专题性博物馆不注重征集实体文物，简单地用照片、图片和文字说明苍白宣示主题；一些新建美术馆既没有名作馆藏，也缺乏历史积淀，逐渐演变成地方书画作品或宣教活动的临展厅……如此单薄的容量、平庸的展品和空洞的陈列，既让博物馆消解了应有的历史厚重感，也令观众丧失了流连忘返的鉴赏吸引力，任其滋长蔓延，对博物馆事业的健康发展十分不利。

遏制这种重建造而轻展陈、重形式而轻内涵的不良倾向，必须按照主管部门"博物馆建设要注重特色"的指导原则，统筹规划、分类指导，在确保国家级大馆藏品丰厚、气象庄严、展陈宏阔的前提下，大力倡导并强化一般性博物馆的地域特点和专业特色，防止低水平重复、同质化发展，走一条切合国情的分工有序、特色鲜明的差异化发展的路子。

首先，地方和行业博物馆要紧密结合自身文物资源的突出特点，围绕既定主旨做好相关文物的征集、整理和展示。缺乏优质的馆藏、精准的定位和匠心的展陈，就不会产生别具一格的高水平博物馆。因为真正的优质馆不在乎馆舍多么壮观，也不寻求展览是否大而全，而在于藏品和展示方式的"专"与"精"。在专与精的基础上，还需组织专业团队进行系统性的研究、评介和推广，以激活文物潜质、突出专业亮点、细化展览主题、彰显特色基调，让独具魅力的专业特色从众多大同小异的博物馆中脱颖而出，找到专属自己的行业位置，成为当之无愧的文化地标。

建设专题性特色馆看似很难，其实不然。中华民族有五千年文明发展史，经史子集汗牛充栋，文化遗存星罗棋布，各类文物灿若星辰，只要精心筹划、悉心甄选，青铜器、书画、玉石、瓷器、雕塑、丝织、服装、文字、戏曲和其他杂项等等，每个门类、每一行当、每项器物几乎都可以独立成馆，关键在于肯不肯下条分缕析、分类组合、科学调配、互通有无的苦功夫。只要我们注重从博物馆发展的战略上全局上加以思考规划，发挥集中力量办大事的制度优势，树立全国一盘棋的理念，形成联结上下、贯通行业的信息沟通平台和宏观调控机制，再大的难题也能迎刃而解。

统一的博物馆信息平台应由主管部门牵头构建，各类博物馆在平台上互相晾晒家底，每家的专项特长何在？富余什么、缺少什么、刚需在哪里？各自胸中有数，大家一目了然，平台自然也就成了业界业务对接的窗口。在严格遵守《中华人民共和国文物保护法》的前提下，馆与馆之间相互沟通、认真磋商，采取各种灵活有效的方式，或以物易物、或有偿转让、或签约租借、或交换轮展，公平交易、各取所需，尽最大可能给各类库存（抑或是淹没在其他常规展览中）的特色文物以更多、最佳的展示空间，让它们在相关的专题展中闪亮登场，真正体现其应有价值。与此同时，充分发挥政府主管部门和行业协会的管理协调职能，在法规允许的范围内，合理调控各馆的文物需求和盈缺平衡，统一盘活各地积压的馆藏资源，将大量重复且长期堆积于库房的一般性文物依法、依规、依需求调配、交换或划拨给急需的场馆，以助力且强化专业博物馆的特色功能。

当然，必须强调，特色馆建设的责任主体归于属地，绝不能幻想以大锅饭和等靠要的方式来实现。这需要一大批有志者、有心人不厌其烦地理清家底、确立专长，持之以恒地投身于折冲樽俎、调剂余缺的琐屑工作之中。国家在册文物的交流、交换、租借和转让的流程极其复杂，既有法规政策的红线，也有部门利益的交割与冲突，肯定有一个反复比较、磋商勾兑甚至讨价还价的繁杂过程，没有高超的专业水准、高度的职责荣誉感、高尚的敬业奉献精神，不可能完成这一神圣使命。

以当地政府的支持和专业团队的努力为基础，特色博物馆建设的主要任务，首先是调动一切积极因素，运用一切可能的社会资源，面向世界广泛征集专项文物。任何以假乱真的复制、模棱两可的图片和炫酷花哨的说明，都根本无法与实体文物包浆所呈现出的那种充满历史沧桑和日月浸润的沉郁质感相提并论。其次是勇于突破禁区、打破陈规，积极探索尝试在文博系统内建立形式多样的互动交流机制。既要切实保护文物安全，又不让文保捆住手脚，力争所需文物能够自由地在各博物馆之间顺畅流动、互通有无。最后是争取政府主管部门的支持，因为在高度重视知识产权的今天，划拨只能是少量的雪中送炭行为，寄希望于政府调拨文物来承建专业馆的设想既不现实，也无可能。地方政府既然投资兴建博物馆，就必须承担把博物馆办好的职责，绝不允许有那种轰轰烈烈地建、热热闹闹地开、冷冷清清地守、无声无息地关的状况出现。对此，人们必须保持坚定的清醒，做出坚持不懈地努力。相信各专题馆只要凭借鲜明特色创造不俗业绩，就一定能树立起良好的品牌优势，进而吸引有关慈善机构、公益基金、民间收藏和文物投资人主动对接，或捐赠、或代征、或代藏式借展，渐次做大专题，形成专题馆对特色文物的集聚效应。

类似的专题博物馆越多，中华民族优秀的文化遗产就能得到更为充分、多彩的展示，众多小型馆才有了以特色"出圈"、靠特色取胜的机会。倘若不同类型的博物馆能够各展所长、相得益彰地差异化发展起来，构建一个主体多元、类型丰富、布局合理、结构优化、功能完备的博物馆体系的目标必将成为现实。

在品质提升上狠下功夫

据统计，截至 2019 年底，中国备案博物馆数量已达 5535 家，馆藏数量约 4224 万件（套），珍贵文物占 10.9%。进入"十三五"以来，以平均两天多出一个新馆的增速，基本达到每 25 万人拥有一座博物馆的标准。这些场馆每年举办展览近 3 万个，接待观众人数超过 12 亿，在弘扬中华优秀传统、传播科学文化知识、丰富大众精神生活、提高全民文化素养方面，都发挥了十分重要的推动作用。然而，伴随快速增长带来的布局不均衡、结构不合理、馆藏不充分、功能不完备的问题也接踵而至，尤其是面对世界"百年未有之大变局"以及新冠病毒肆虐的影响，各种矛盾相互交织，经济下行压力加大，发展进程充满变数，人们期待中的博物馆爆发式增长的势头必然收缩，处在机遇和挑战并存十字路口的中国博物馆事业，或许将会进入一个由数量增长到质量提升的历史转型时期。

博物馆质量提升的核心在于内在品质的打造，这是我们从博物馆大国迈向强国必须跨越的一道门槛。中国是个文明古国，富有海量的文化遗存，但与之不尽匹配的是负有盛名的博物馆并不多，外来游客首选的博物馆打卡地似乎更多偏重于故宫、长城和秦始皇兵马俑之类的遗址性场馆。这虽验证了相关遗址的极端重要性，却也在一定程度上表明我们众多具有海量文物收藏的博物馆还缺乏相应的国际知名度。中国博物馆何时能像法国卢浮宫、美国大都会和大英博物馆那样成为在地旅行的必备之选，个中尚有为数不小的拓展空间。概言之，最关键的因素还是如何在馆藏文物上做足、做透文章。类似于蒙娜丽莎捉摸不透的微笑、莫奈如何实现光影革命、凡·高何以割掉耳朵、马克思有没有在书桌下留下脚印等等，这些都不单纯是史实和学术的评介概念，更有为世人预设的某种诱发其一探究竟的心理渴求。因此，我们必须充分利用现有文物资源，精心开掘其深邃内涵，深度激活蕴藏于各类展品中的文化意念、生命底蕴、创造精神和历史价值，用最动人的故事、凝练的语言和最富悬念的创意唤起人们对中国文化的关注与向往；用最精粹的瑰宝、精湛的诠释、最新科技的加持和别具意味的展陈方式让观众陶醉其中、欲罢不能，切实把文物游览观赏的过程，变成一次破解历史奥秘、追慕先贤圣迹、丰富人生滋养、升华审美情趣的精神之旅。这样才能让文物真正活起来，才能让博物馆具有无法抗拒的神奇魅力。

与此相关，我们还须调动更多的专业力量，认真梳理相关文物的来龙去脉，理清它们与历史事件和人物的内在关联，讲好文物背后的精彩故事，用通俗易懂的语言撰写出如《唐诗三百首》《千家诗》之类的通俗读本，使之潜移默化、深入人心，成为人们了解中国文物不可或缺的启蒙性、普及性教材。同时运用各种方式和渠道，精准推广与传播包括文博知识在内的中华优秀传统文化，加强文博领域的对外交流，开展形式多样的文物外展、引展和对等交换展览等，用文物做证、让事实说话，以增进国家间的相互沟通与理解，有效提升中华文化在当今世界的认知度和辐射力。

品质提升须兼顾两头，既要高度重视国家级大馆的质量建设，也要密切关注中小城市博物馆的整体提升，防范两极分化的潜在风险。国家级博物馆要加大学术研究力度，变单纯的馆藏机构为高水平的科研基地，用系列化、有深度的学术成果提升博物馆的文化品格。要解放思想、锐意革新，努力改变几十年一贯制的展陈模式，比如是不是每个展览都要按上下几千年的顺序布局？每个展品介绍都简练到只有名称和年代？我们必须与时俱进，切实提高藏品的展陈、评介和讲解水平，广泛开展吸引公众参与的灵活多样的文物展示和学术普及活动，不断扩展国家级大馆的社会知名度和号召力。中小城市特别是偏僻地区的博物馆要加大藏品征集力度，既要防止空壳化、浅表化，又要避免平庸化、小而全，要紧扣地域文化和馆藏文物的特点而侧重于特色馆的创建，用特色展品和创新陈列吸引更多的关注目光。我们不能只热衷于轰轰烈烈的场馆建设而不注重内在品质的提升，不能只关心年报表格中的文化设施比重而不在意它自身功能的发挥，不然的话，这些场馆似有实无，不仅不能惠及大众、成为当地文化招牌，而且还可能沦为地方财政的包袱。因而，全面提升县市级博物馆的整体水准，无疑也是推动中国博物馆事业高质量发展的另一个必不可少的重要环节。

当然，品质提升不可能一蹴而就，而是一个久久为功、不懈努力的过程。我们要立足现实，坚持两条腿走路，逐渐探索出适应社会进步要求的新时代博物馆发展的可行路径。一方面，政府要加大公益性投入，保障博物馆在文物收藏、科研、展览、运维和安保等环节的正常运转；另一方面，在经济结构调整、收支矛盾增大的当下，单纯依赖政府增加拨款的难度很大，文博行业应在确保国家资金合理使用和文物安全的前提下，争取更多的政策性支持。要转变观念、更新思路，进一步调动广大文物工作者的积极性与创造力，发掘内在潜能、盘活现有资源，依托馆藏特点与潜质深入探索文物的开发利用途径，增强造血功能，不断提高创新展陈方式、拓展服务渠道、开发文创产品、增加绩效薪酬等自我生存发展的能力；允许试点引入馆外资源，吸纳社会资金，广泛开展各种形式的文物惠民活动和文化购买服务，探索建立适应不同类型（国有、民营和行业）博物馆的管理运行新机制，最大限度地为馆藏文物赋能，让神圣庄严的文物更加生机勃勃地走下圣坛、走进民间、走入人们的当下生活，让各类馆藏文物在新的时代焕发出更加耀眼的光彩，让博物馆真正成为观众连接过去、比照当下、展望未来的纽带，成为人们要去、必去、去了还想去的神圣殿堂，成为人类文明互鉴不可或缺的重要桥梁，把一个名副其实的博物馆强国清晰地标识于世界文化的版图上。

让学术进步助力博物馆高质量发展

中国博物馆事业的快速发展期几乎与高新科技突飞猛进的时段相重合，信息时代带给博物馆的机遇与挑战随处可见：既有新型数字馆建设的冲动与迷茫，也有常态的文物保护利用、展陈更新、展品评介、导览、解说以及文化惠民活动深度开展等方面的制约。破解这诸多难题，除了业界关于队伍、资金和体制机制改革的呼声之外，还有一个虽被普遍忽视但却甚为迫切的课题，那就是如何加强学科建设，以缓解博物馆理论储备匮乏的窘境，从更高层次、更深领域展开顶层设计和对策研究，为人才队伍培养和体制机制创新提供理论先导与思想支撑，用坚实的学术成果来推动博物馆事业的高质量发展。

思想是行动的先导。恩格斯认为："一个民族要想站在世界之巅，就一刻也离不开理论思维。"可以说，理论思维的成熟是一个学科成熟的重要标志，没有学科的成熟和学术的拓展，博物馆事业就难以实现长足的进步。追溯历史不难发现，尽管博物馆发轫于古希腊，且经历了漫长的进化过程，但真正意义上的现代博物馆出现也不过300余年的历史。与之相比，中国博物馆起步较晚，若从张謇创办南通博物苑算起，我们的博物馆发展史也仅有百年。人们以不同的认知及操作方式独自经营这项事业，直到20世纪70年代，国际博物馆协会才通过了一个被普遍认可的章程，明确规定了博物馆的基本性质和功能定位，博物馆学的概念开始正式进入公众的理论视野。因而，加强博物馆学科建设不仅是一个世界性的公共课题，也是我们从博物馆大国迈向博物馆强国的应有的理论建树和思想储备。

学科建设的首要任务，是加强博物馆事业的基础理论研究。这类研究需要密切联系博物馆生成与变迁的历史，紧扣博物馆的性质与功能来分析、判断和把握其本质特征。通常而言，早期博物馆的出现源于某些人热衷收藏的兴趣与爱好，本质是以占有为主的保护与收藏；后来收藏多了，担心被后人散失与损毁，出于财富聚集的难舍、珍爱以及自豪与炫耀的复杂心理，尝试把财富变为永久固化且又可供人观赏的珍藏资源，渐次由私有转为局部的公益性质，显示出现代博物馆的某些初步特征；再后来，由集团或政府组建的博物馆加入进来，仅靠收藏、保护和简单展示已不再适应不断扩大的公共鉴赏要求，精细分类的科目和公众参与度较高的个性化陈列纷纷出笼，文化传播的职能再次放大，于是就自然引入了专家的介入，鉴定、考据、保护、修复和藏品研究成为必不可少的日常工作。博物馆的定性，也逐渐由储藏型、展示型向着研究型的综合方向过渡。所谓基础理论研究，就是集中系统内行家里手并延请相关大学、社科和考古、收藏等领域专家学者，或独立、或聘请、或合作，深入开展对博物馆功能定位、布局规划、典藏理念、公共服务、运营机制和国际交流等方面的基础性系统性研究，以建立一个科学、系统、完备的学科体系；就是以馆藏文物为中心，深入探究有关文物征集、保护、传播、教育、欣赏和展示等方面的内在规律，把博物馆变成一个集器物、人文、风俗、社会和历史变迁于一身的科研基地，为文博事业健康科学地发展提供基本的理论遵循，真正让博物馆成为一所关乎人文、历史和审美的大学校，成为一座通过实体文物连接过去、现在和未来的学术殿堂。

其次，学术建设需要坚持问题导向，强化博物馆应用性理论研究。目标是贴近实际，直面博物馆发展中的热点、难点和焦点问题，提出切实可行的应对策略和实施建议。这就要深入研究当今社会让文化遗产走进人类生活的新期待，不断创新提升馆藏文物的活化利用和策展水平，探索用最新理念、最佳创意、最人性化的策展方案来实现观众与文物的有效互动；要厘清文物背后的精彩故事，让玻璃罩下静卧着的文物充盈生机，在现实与历史的沟通对话中鲜活起来；要精雕细刻面向观众的标识性导览文字，尤其是解说词的编撰既不能夸大其词，也不能凭空猜想，更不能随意乱说，真正让更多专家型的讲解肩负起文化推广的责任；要立足馆藏珍宝的开发利用，探究珍藏文物与民族文化、地域特点、时尚要求相结合的文创产品开发新思路，完善文物衍生品的创意、制造和营销一体化的操作规程；要统筹博物馆建设的科学规划与布局，探索合理均衡、特色鲜明的差异化发展道路，采取灵活有效措施破除地方保护主义障碍，适度调剂馆藏余缺，确保急需文物在各馆间合法顺畅流动，以发挥其最大效应；要探究建立既有严谨规范的运转流程、又能有效激发创造活力的博物馆管理体制，构建既有完善的法人治理结构，又能在决策、用人和绩效分配方面享有高度自主权的运行机制；要深入研究不同类型、不同层次观众对文物的差异化需求，革新挖潜，提供分层服务，形成良性互动，不断升级博物馆的服务质量和水平，把更多的观众吸引进来；还要密切关注文博业与旅游业加速结合的发展趋势，把博物馆真正变成旅客必到的人文风景打卡点，有力拉动文化旅游消费，推动文化产业健康发展。

此外，学术建设也要放眼未来，时刻关注影响深远且不断演进中的前沿课题，深入开展前瞻性研究。比如，处在社会急剧变革的时代，人们的生活节律遽然加速，文博行业不能超然世外作壁上观，而应积极介入、科学应对，一方面要摸索如何改进办展规程和观摩方式，以适应现代人的生活节律和观赏节奏；另一方面又要考虑如何以静融动、以静制动，以特有方式吸引观众沉静地进入文物的观赏状态，让世人在喧嚣的城市空间寻觅到过往岁月的优雅和诗意，唤醒沉睡的乡愁记忆。特别是进入信息化时代，高新技术让人眼花缭乱、目不暇接，博物馆如何运用网络技术将实体文物以数字化形式完整、清晰地呈现于网络之上，打造全新的永不落幕的智慧博物馆。如何借助云计算、大数据、物联网、AR、5G、区块链等最新技术，建立起物、人与数据之间的双向多元交互通道，推动文物信息资源开放共享，增进用户的参与感和体验度，实现以人为中心的信息传递模式；如何利用智能化的管理平台，完善在线预约、在线服务和实时动态监管，营造安全、舒适、高效的游览及办公环境；如何运用数字化技术，把从问询、移动导览到包括数字存储、通信介入等后台应用，变成博物馆必不可少的运营工具，进而实现文物保护、利用、展示以及决策、服务的高度智能化。同时，又要防止一哄而上，防止千篇一律的盲目跟风。新科技的运用需要深度的理性和智慧参与，不是简单地套上"互联网+"就完事大吉。新型的评介、导览和传播方式不等于文物＋数字化技术，二者结合不是简单地物理式相加，而应该是更为充分的化学反应与一体化融合。两层皮式地数字转换、漂浮于表面的声光电运用，猛一看或许很时髦、很热闹，也很风光，但炫酷的外表和毫无人情味的虚拟体验，往往会忽略甚至丢失了文物本体、抛却了博物馆的本质属性以及现场观摩的实感，这是必须予以高度警惕的！对博物馆而言，"物"永远是第一位的，围绕"物"所开展的一切活动永远都必须是以"物"为中心的。高新技术只能是某种辅助性手段，只能是线上方便查询与游览的数字化功能，只能是新冠病毒肆虐下观众不能进场参观时的临时替代方式，因为任何光彩夺目的图片、视频和花里胡哨的解说，都无法取代身临现场的实物震撼，无法替代文物包浆所实时呈现的那种充满历史沧桑和日月浸润的沉郁质感。

必须强调，在这个快速崛起的移动互联的数字化时代，我们必须积极拥抱新技术，推动博物馆系统的数据整合、网络参与和流程再造。同时，也要正确理解智慧博物馆的价值和作用，切实把高新科技的介入，作为拓宽文物展览时空的一个重要抓手，作为线上线下通畅交流的一个互动平台，作为延伸服务手臂、拓展服务功能的一个智能工具，绝不能舍本逐末、本末倒置，脱离文物本体，追求空洞概念，让文物服务于虚拟时空，把批判的武器代替了武器的批判。在这个过程中，我们一定要深入理解和把握数字化运作的特点和规律，坚持文物与数字技术的高质量融合，坚持用高新技术赋能博物馆的发展进步，充分考虑新技术与博物馆事业的交互性、兼容性和成长性发展的各种可能，水乳交融地把新技术创造性地嵌入博物馆的系统化运营之中，实现跨区域、跨领域的全天候合作与开放，在深度融合中探索建构数字博物馆的通识性与规范化标准，全面提升新时代博物馆行业科学规范、精准高效的文保、展示、宣介和公共服务水平。开展诸如此类的前沿性研究，一定要摆脱眼前的乱花迷眼和急功近利，跳出诱惑、回归原点，不蹭"热度"、不赚"流量"，而是以科学的态度、理性的判断和高度清醒的文化自觉，去思考过去、筹划当下、展望博物馆事业辉煌的未来。

当然，学科建设的关键在人。十年树木，百年树人，高素质人才队伍的培育需要循序渐进、从长计议。当下最迫切要做的就是将学术建设当作刚性任务，列入博物馆事业发展的重要议事日程，成为雷打不动的远景战略目标。绝不能逞一时之兴，半途而废。具体而言，一是立足从业人员素质参差不齐的现状，彻底阻断毫无章法、良莠不齐的进人渠道，坚定不移地提高入馆的专业门槛，让团队在自然的人际更迭中逐渐优化；二是着眼大量新进职员业务普遍生疏的实际，切实发挥老一辈权威专家的领军带头作用，强化系统内行家里手对青年一代的传帮带效应，在业内营造出浓郁的不学为耻的文化氛围，确立良性的人才激励、评价和晋升机制；三是聘请顶级专家，精心备课，有计划、有针对性地系统开展博物馆专业知识和专业技能的进修轮训，助推青年学人的茁壮成长；四是加大博物馆领域科研平台建设，积极申报国家文博类研究课题，持续推进各类综合或专题性科研项目，为博物馆事业高质量发展夯实坚固的理论根基；五是定向与委培相结合，联合文博系统、考古科研院所和著名高校开设博物馆专业的本科与研究生教育，精心编撰高质量的专业教程，坚持系统理论学习和实践积累相结合，为文博事业造就源源不断的后继人才。我们有理由相信，只要有了大量梯次性专业人才作基础，就不愁高水准科研成果雨后春笋般涌现；只要有了雄厚的人才与理论储备，自然也不愁博物馆事业高水准、高质量地健康发展。

别让怪诞建筑招摇过市

随着经济社会的迅猛发展，城市建设日新月异，人们在欣喜于一批独具匠心、堪为文化地标的新建筑陆续问世的同时，也为各地陆续出现的一些奇形怪状的大型公共建筑感到惶惑。这些怪诞的建筑因其体量硕大且占据要冲，无论从哪里冒出来都会迅速形成社会关注热点，引发一轮又一轮的有关审美还是恋丑？推新还是猎奇？富裕的呈现还是骄奢的征兆之类的舆论纷争。

持批评意见者认为，此起彼伏的丑陋建筑，或结构扭曲、比例失衡，或意象混乱、造型怪异，或趣味低劣、恶意媚俗，或结构夸张、面目狰狞，不仅外观畸形，而且内饰逼仄，既不美观又不实用。因其构造古怪复杂，所以耗材猛增、造价不菲，严重浪费国家和社会资源。它们刻意制造某种耸人听闻的噱头，给人以感官的刺激和视觉的伤害，把公共空间变成一些人追名逐利的竞丑试验场，既玷污了城市的形象，也败坏了公众的审美品位。这种极不严肃且盲目赶时髦的恶作剧行为，要么是暴发户心理的作祟，要么是慷国家之慨的好大喜功，当然更是创造力匮乏、审美情趣低劣的某种变态式反映，与团结奋进、昂扬向上的时代氛围格格不入，理所当然地受到世人诟病。而拥趸者则认为，这些新型建筑打破陈规、异军突起，引领世界建筑新潮流，舆论的抵触只能说明观念保守，是群体现代意识落后的表现。

平心而论，建筑作为公共文化形态，绝不能视同于建造者自我陶醉的小玩意儿；公众反感且排斥这类粗鄙拙劣的东西，也绝不简单意味着大家拒绝接受新生事物。事实上，社会急需且期待着新颖的审美创造，因循守旧、千篇一律永远是建筑的大忌，建筑给人美感与震撼的真正魅力肯定源于创新。然而，突破与创新需要历史与文化的梯度接续，不能异想天开、任性而为，关键在于分寸、尺度与美丑的把握。能否准确表达建构物的实质内涵，能否与周边环境相适应，能否符合公众的审美期待，不仅体现出设计建造者的审美态度和担当精神，而且还在更深层次上涉及，当代建筑如何承继传统的非物质文化遗产、如何更好优化公共审美空间的大问题。

如果说，建筑是指人们利用自然或人造材料营建的各类实体性生产与生活设施的话，那么，建筑的非物质文化遗产则是熔铸于人造物体之中的有关技艺、习俗、风格和审美意识等等。正是由于后者的深度精神性参与，才让建筑有了"凝固的音乐"和"雕塑的歌诗"之类的美誉。在人类成长进化的相当漫长的岁月中，受自然条件、科技水平和经济实力的影响，建筑一直围绕着人的生活起居展开，直到科学技术相对发达、物质产品大为丰富的历史阶段，建筑以居住为中心的位置才慢慢让渡于那些用于扩展生产、生活与社交的公共场所，建筑侧重实用的固有功能也逐渐朝着注重外在形态审美的方向转变，有时文化内涵甚至成为建筑功能表达的至关重要的组成部分。这个过程耐人寻味。因此，如何妥善处理建筑非遗继承与创新之间的关系，也就自然成为激发造型创意、延续民族风格、提升文化品位的重要环节。

继承与创新是一枚硬币的两面，是个既对立又统一的矛盾共同体。解决这个具有普遍性的历史课题，首先，必须精准掌控继承与借鉴的平衡。传统建筑受客观因素和族群生活习俗的制约，带有极其鲜明的地域特征。中国黄河长江流域的先民多半生活在平原地带，建筑只能以泥土砖木结构为主；而大多处于丘陵地带的欧洲，建筑自然以石拱廊柱构造见长。由于人在建筑材料的选择、配搭以及营建中的主导性作用，他们在不知不觉中把由语言、习俗、信仰和情趣等共同凝结起来的民族意识，默默地渗透于建筑的每一条肌理和细节之中，最终固化为自身特有的建筑风格，形成融入族群血脉的文化认同。譬如，长城作为曾经的军事防御工事，在我国古代农业社会一直发挥着和平保障的实际功用。此后历经千年，长城逐渐被赋予更多的文化内涵，与哺育中华民族的长江、黄河等一起成为民族精神的象征。这充分表明在建筑实用和审美功能之外的文化象征意涵，常常和特定的民族国家认同联系在一起。建筑设计建造者在把握本土与外来关系时，尤其需要深思熟虑，高度尊重建筑的"本土性"特征。当然，传统不是僵化的模板，"本土性"也绝不意味着一成不变的沿袭。处在全球一体化时代，闭关锁国既不可能也不现实，汲取外来建筑精华为我所用必然是顺理成章的事情。所以，当代建筑的"拿来"不能背离传统，如果不着边际地照搬照抄，毫无文脉接续地另起炉灶，贪大求洋复制出的不伦不类的异物肯定难接地气，也会有悖于约定俗成的审美习惯，不为族群所接受。只有在承继传统文化基因的基础上借鉴外来建筑优长，在融会中西、贯通古今的深度化合中，发扬光大古典建筑传统，不断提升当代建筑的文化格调和营造水平，才是建筑在交流融合中发展进步的唯一可行的正确路径。

其次，必须把守正与创新结合起来。不守正，建筑就没有传续的根基；不创新，传统就成为僵死的程式。守正需要秉持传统根脉，创新要求注入时代新质，二者的有机结合，方可让建筑的传统风貌与时代气质既多彩斑斓又相互印证地交织在一起，为当代建筑留取鲜明的代际赓续的踪影，让人们找回乡愁的记忆。守正离不开传统，而传统的沿革存续却是个动态的历史进程。如果不能吸纳与兼容外来文化、现代科技和新的审美元素，如果没有始终不渝地坚持与时俱进、革故鼎新，如果不能激情洋溢地注入且体现新的时代精神和审美风尚，民族建筑就不可能保持长久而旺盛的生命活力。新时期以来，许多固本出新的成功案例无不诠释着这样一些朴素的道理。像陕西省历史博物馆、天津周恩来邓颖超纪念馆、中央美术学院、孔子研究院、苏州博物馆和宁波博物馆等大型场馆的设计，不仅保留了中国传统宫廷建筑的恢宏与壮观，而且还结合时代需求且协调周边环境，或吸收地域文化、或融入民居特色，为非遗传承留下了许多十分宝贵的建筑范本。除场馆类建设外，民居建筑亦如此。像北京菊儿胡同危旧房改建、杭州富阳东梓关回迁农居、莫干山大乐之野庾村民宿、红河元阳哈尼族民居改造、内蒙古清水河老牛湾村舍、湖州安吉景坞绿色农居、温岭桃花源小区以及木兰围场、西溪南村望山、山东凤凰措的翻建项目等等，都一改民建工程火柴盒般的款式，力求把古典民居的韵致和现代生活理念密切结合起来，妥善处置私家房舍宅院与公共空间的关系，把现世生活的烟火气融入古典的山水园林之中，在市井的喧嚣之地开辟一方闹中取静的洞天，让人体验出与众不同的人与自然和谐共生的美好意境。所有这些，都是当下建筑在守正中创新、在创新中发展的最佳印证。

再次，必须坚持发挥个性与尊重规律相统一。建筑属于科技与艺术高度融合的人工建构，特别需要高智商的个性化创造。没有个性化表达，建筑就无法展现出生命的光彩。然而，建筑又是一种极为复杂的造型艺术，其结构、框架之类绝对必须严格遵循物理学和力学原理，其中的基本规则一旦破坏，房倒屋塌的惨剧立马出现。同时，建筑作为人工营造且又直接为人服务的有形艺术实体，它又必须"按照美的规律来创造"。最起码要达到以下标准：外形要美观大方、结构要精确合理；内饰要优美和谐、布局要舒展流畅；既能最大限度开掘实用空间，又能赏心悦目、给人以安全舒适之感——这是最基本的审美要求。另外，作为一种空间存在物体，建筑还必须充分考虑如何与周边环境以及其他建筑相协调。建筑物通常都不是孤立的存在，它们与周围建筑、生产生活设施、自然景观生态乃至气候条件等共同构成人居环境。一座好的建筑，一定非常重视与周围环境的"对话"关系。所谓"协调"与"对话"，不仅指颜色、造型、风格等搭配不相忤，还指建筑与环境互为补充、相映成趣。比如苏州博物馆，其白墙黛瓦和山水园林等元素都紧密融入传统文脉和地理环境，而玻璃、钢铁结构又在室内巧借大片天光，以满足现代博物馆实用需求，立体几何形天窗与斜坡构成识别度极高的屋顶造型，使整座建筑与周遭环境和谐天成，又透露出鲜明简洁的现代感。在与时空环境"协调""对话"基础上形成的造型差异，使建筑的艺术个性经得起端详、经得起时间的考验。如果与周边环境相抵牾，再好的建构也会大打折扣，这是建筑美学的基本常识。那些一味否定传统、颠覆审美，把恶心推向极致的病态式"先锋"追求，那些以浅薄作深刻、以愚昧当智慧的恶俗"时髦"，到头来只会让崇高陷入平庸、把协调变成畸形，使传统文化遭受残忍践踏。这类企图靠异想天开来惊世骇俗、靠搜奇猎异来夺人眼球的垃圾建造，只能是对建筑美学的亵渎与背叛，最终将"摧毁一切审美愉悦、进而摧毁艺术美"（康德语）。总之，在科技高度发达、新材料新技术不断涌现的今天，建筑只有在遵循建筑艺术规律的前提下，紧跟潮流、把握趋势、继往开来，充分发挥设计与建造者的艺术个性，让他们的想象力与创造力竞相迸发，才能确保整个行业始终涌动蓬勃的生命朝气，不断实现当代建筑的历史性突破。

最后，为了更加有效地奖优戒劣，切实杜绝各类怪异丑陋建筑的轮番出笼，我们呼吁政府主管部门在不断推出和表彰那些优秀建筑的同时，也要高度警惕此类现象引发的不良影响，彻底清除这些怪诞建筑赖以滋生的土壤，为人民大众的美好生活提供一个更加温馨恬适的活动空间。

这就需要进一步加强顶层设计和宏观管理。一方面要严格建筑设计师、工程师等的资格认定标准，从严掌握、宁缺毋滥；另一方面要不断强化建筑工程部门从业人员的专业技能培训，提高行业准入门槛。以此为契机，切实整饬不良风气，崇尚专业精神，在全行业树立良好的职业道德规范。各地规划建筑领域都应成立由建筑专家、城市规划、美学教授和社会贤达组成的咨询机构，凡是重要的大型场馆和集中的社区改建项目，在立项之前和设计方案初成之后，都须经过专家咨询机构的评估与审议，方可进入正式的施工程序。筹备实施的重大建设项目，在专家评议阶段即可考虑同时广泛征求在地公众的意见与建议。特别重大的项目，如有必要，可以面向全国甚至国际同行征求意见。各方建议均可作为项目规划设计的重要参考。规划设计完成后，还应在公共媒介或者网络平台上进行公示，进一步听取社会各界的意见，尽量避免重要公共设施、文化遗存、古老街区改建后留有重大缺憾。不让那些不伦不类的荒诞建筑有任何炮制出笼的机会，不给它们留下任何招摇过市的空间。同时建立相应的惩戒机制，借定期举办优秀建筑鲁班奖之机，不妨也适时开展一些最差建筑评选活动。凡是经专家和大众评议进入丑陋建筑排行榜的，可以考虑列入行业黑名单。在公布最丑建筑名单的同时，清晰地把设计者和决策人的姓名用黑体字标出来，即便不给当事人任何行政处罚，至少也可以对后来者产生某种警示作用。

伟大的时代呼唤更多的经典建筑问世。我们要积极推动中国当代建筑别开生面的固本出新，鼓励建筑行业的有志者勇于摆脱各种世俗的名缰利锁，以高远的眼光、见识与情怀，立足当前、面向未来，用更多更好的既显示古老民族聪明才智、又体现人类共同审美价值，既显示传统建筑文化韵致、又体现当下时代精神，既显示当代行业最高技艺水准又体现绿色环保可持续发展理念的、造型生动、风格多样的新型建筑，为子孙后代留下一份独属于我们这代人的标志性文化遗产，为我们这个伟大时代留下一批气宇轩昂、彪炳千秋的文化地标。

全媒体时代批评的窘困与出路

　　人类正在经历一场巨大的科技革命。智能、宽带和数据正改变着当下人类的生产和生活，必将对文明的赓续产生深远影响。

　　传播介质的深刻变革，让文化处于一个亘古少见的颠覆与重建的历史时期。摆在文艺批评工作者面前最突出的悖论有四：一是职业文化人与网络写手的界限日益模糊；二是文艺创作与批评的关系明显断裂；三是新兴媒介的快速生长与固有的文化规约空前错位；四是粉丝圈子与社会公众的沟通渠道严重梗阻。

　　全媒体时代对文化形成强大冲击波，带给人们的绝不仅是"狼来了"的心理恐慌，而是切切实实的现场压力。据统计，截至 2015 年 6 月，中国互联网普及率达 48.8%，网站总数为 357 万个，网民总数为 6.68 亿，活跃的文艺网民有 4.3 亿，人均每周上网时长达 25.6 小时。在整体网民中以 39 岁以下年龄段为主要群体，占比达到 78.4%。其中，使用手机上网人群占 88.9%，手机网民规模达 5.94 亿；微博客用户规模为 2.04 亿，手机微博客用户为 1.62 亿，占总体的 79.4%；网络视频用户规模达 4.61 亿，手机视频用户为 3.54 亿，占总体的 76.8%，表明互联网向移动端加速迁移的大趋势，大数据、移动微博、微信和视频用户的几何级倍增正在成为互联网规模增长的主要推动力量。与这强大的创造与接受群体相比，纸质文学著作的 3000—5000 印数，传统戏剧的 30—50 场演出，传统报刊 30 万—50 万的发行量，简直不可同日而语。其传播方式、传播速度、传播广度都给传统文化带来严峻挑战。如果我们漠视这个庞大群体的存在，如果我们怀着九斤老太的陈腐观念不承认它的社会影响，不能对全媒体存在的价值和意义达成某种基本共识，就极易导致整个社会的价值裂变和文化危机。

全媒体时代迅速崛起的新兴媒体平台，正在深刻改变着文艺的生产与存在方式，把传统文艺创作与生产的二元结构转变为主客观密不可分的"数字化生存"，把传统的文化传播方式由单一变为网状的快速扩散，把传统的深刻阅读变成简单的视觉和听觉的感官享受，把传统文艺评论的知人论世、深文周纳的习惯操作手段变为写手与受众的直接互动，让本已自顾不暇的文艺批评处境更加尴尬，遭受到前所未有的煎熬和痛苦。

文艺批评如何改变目前的窘境，找觅适宜现状的生存出路呢？我想最迫切要做的工作有以下六个方面。

一是转变固有观念，加速推进传统媒体与新兴媒介的融合。如果对于新兴传媒平台抱着鸵鸟心态，或一味满足于一知半解，浮于表层；或惊恐于爆发期的混乱，一味指责；或沉陷于左支右绌的应付局面，束手无策，放任自流，我们就会成为这个时代的彻底、悲哀的落伍者。唯一的选择就是以开放的思维和宽容的胸襟，变消极适应为积极应对，抓紧补上互联网知识欠缺的功课，清醒判断新媒体突破时空限制为文化全球即时流动带来的传播革命和巨大商机，全面了解全媒体时代的文化传播和运营规律，及时掌握并跟进传播手段的更新改造，加速实现传统媒体与新兴媒介的融合发展，及时搭乘信息化时代的快车，拓宽阵地、借船出海，积极利用"互联网＋"的新型思维模式推动文化的创造与传播，尽快完成从全媒体的旁观者向参与者的角色转换。

二是适应网络传播特点，创新文艺批评手段。新兴媒体上的文艺批评要彻底改变传统评论居高临下的灌输方式，建立起创作与批评良好的互动关系，找到适应网络特点和"网络生存"人群需求的文艺批评的写作、传播和接受规律。批评要高度关注具有时效性和热点性的论题，严防网络空间的水土不服，使用鲜活的、有新意、有个性、有创见的网络化语言，说真话、说人话、说实话，绝不讲虚话套话，时刻把好读、耐读放在首位；标题设计要新奇醒目、吸人眼球，表达方式要生动活泼、简单明了、切中要害；讨论中要放平身段、坦诚相待，互动中你来我往、平等交流，有实事求是之意、无哗众取宠之心，求同存异、循循善诱、与人为善、入情入理，倘如此，文艺批评才能以理服人，被人接受，取得激浊扬清、褒优戒劣的功效。

三是注重借助文艺名流在网络粉丝团的巨大号召力，切实发挥他们在文化传播中的引领作用。活跃文艺批评，推动文艺创作繁荣，不仅仅是批评家的任务，而是全社会的责任。文学、戏剧、影视、音乐、曲艺和舞蹈等领域有一大批文艺精英人才，他们的权威性和影响力笃定使之拥有强大的网上拥趸阵容，有意识地组织与动员他们经常把自己的优秀作品在网上发布，邀请他们对主流文化论题和网络作品发表意见和看法，自然会在海量的粉丝队伍中产生广泛影响，这对于改变网络文化环境，促进优秀作品的网上传播乃至网络文化的健康发展将大有裨益。

四是加大培养扶持力度，推动网络评论队伍的成长壮大。面对不断扩张的阵地和不断创新的文艺创造与传播方式，文艺批评要降低自己的身段和门槛，重塑文艺批评的主体。要放手在大专院校和新兴媒体中间，大胆培养和使用那些熟悉网络操控、有较好思想文化素养、有较强艺术鉴赏力的文艺青年，在新兴传媒中建立一支有快速阅读和反应能力的网络评论队伍，确保能在关键时刻的发声亮剑，使之成为网络批评的意见领袖和中坚力量。

五是改善网络文化生态，营造健康的网上舆论环境。网上大量的负面信息的流布，既有网络自身因素，也有社会调控不力的影响。全媒体自媒体时代人人都是信息源，互联网带动的移动媒体和社交平台，每个人自主发表意见、彼此交流、多向互动所形成的虚拟时空环境，缩短了文化互动的距离，加剧了文化的冲突与摩擦，的确容易使奇怪的负面话题发酵，酿成十分感性的舆论场，导致负面的舆情暴力，这就愈加凸显了批评与引导的重要性。我们应该及时公布热门话题形成的起因和过程，主动参与话题讨论，不遮不掩、开诚布公，绝不让各种社会偏见盗走真相、浇灭理性、赶跑正义，努力把讨论引向充分沟通、平等对话和理性论争的正确轨道。即便一时难成共识，也可让受众在见仁见智的冷静且客观环境中做出自己的判断。真理越辩越明，只要我们一切从实际出发，坚守法律、道德和真善美的底线，秉持公义、恪守良知，正确的观念和正义的力量就能降低数据噪音的分贝，征服并吸引更多的人，让舆论的正能量充盈网络空间，主流文化的话语权自然也会随之确立。

六是尽快设立全国性的中国文艺评论奖。文艺评论与文艺创作，被誉为鸟之双翼、车之两轮。设立全国性的中国文艺评论奖，坚持少而精的原则，每两年举办一次，重点奖励在文艺基础理论和文艺批评领域有原创价值的理论成果，这对于贯彻落实党的文艺方针政策、开展积极健康的文艺评论、引导文艺事业与产业繁荣发展，具有不可替代的重要作用。

党和国家历来高度重视文艺评论工作。党中央在文艺工作座谈会和文联十次代表大会重要致辞中，不仅将文艺评论和文学、戏剧、电影、音乐、美术、曲艺、舞蹈、民间文艺、摄影、书法、杂技、电视等艺术门类并列，而且还特别强调："文艺批评是文艺创作的一面镜子、一剂良药，是引导创作、多出精品、提高审美、引领风尚的重要力量。""有了真正的批评，我们的文艺作品才能越来越好。"这为我们加强新时代文艺评论工作指明了方向，提出了更高要求。

文艺评奖是推动多出精品、多出人才，促进社会主义文艺繁荣发展的重要手段。近些年，全国性文艺评奖坚持正确导向、发挥激励作用，在繁荣文艺创作生产、丰富社会文化生活、弘扬社会主义核心价值观等方面，发挥了重要作用。目前，大多文艺门类都有国家级文艺奖项。文学有鲁迅文学奖和茅盾文学奖，戏剧有文华奖、梅花奖，音乐有金钟奖，电影有华表奖、金鸡百花奖，电视有飞天奖和金鹰奖，美术有中国美术奖，舞蹈有荷花奖，杂技有金菊奖，摄影有金像奖，曲艺有牡丹奖，书法有兰亭奖，民间文艺有山花奖等等，然而，在诸多的文艺奖项中，唯独缺一个常设的全国性文艺评论奖，这不能不说是个遗憾。特别是在人心浮躁、娱乐之风盛行，理论评论的关注度日趋式微的客观条件下，从事理论研究与批评尽管付出巨大辛劳，却得不到应有的重视，许多从业者转行另谋他业，导致文艺理论界人才流失，队伍青黄不接，这十分不利于文艺理论批评的发展进步。

从新时代文艺发展的现实需要看，文艺基础理论研究亟须深化，文艺批评的引导能力亟须加强，全民族审美鉴赏水平亟须提升，文艺评论家的辛勤劳动也亟须肯定。为了深入贯彻落实党中央关于加强和改进文艺评论工作的指示精神，进一步调动广大文艺评论工作者的积极性和创造力，进一步推动文艺创作的繁荣发展、增强全社会的文化自信，设立一个全国性的文艺评论批评奖十分必要。

全国性文艺评论奖的设立，对于探索建立一种综合、科学、客观的文艺评价体系，形成科学规范而又行之有效的激励机制，促进文艺基础理论建设和文艺批评的进步，对于更好地发挥理论批评在引导创作、多出精品、提高审美、引领风尚中的积极作用，具有十分重要的现实意义，是确保社会主义文艺事业保持正确导向性和示范性的一个有力抓手。

当然，这里也要特别强调，面对来势凶猛的网络大潮，社会各界观望者居多，怀疑者不少，持批评态度者更是居高不下。事实上，不论你如何义愤填膺，恨之入骨，咒骂不休，都完全于事无补，只有承认现实、冷静对待，宽容接受、积极应对才是正途。正如当年通俗文学勃兴时的境遇一样，当声色俱厉的呵斥落潮之后，人们不再求全责备，其身份、地位和作用早已被普遍认可。网络文化亦如此。科技不是洪水猛兽，"互联网＋"隐藏着巨大的创新、创造和商业潜力，你不去适应，则永远无法征服。倘若妥善应对、合理利用，或许能够成为新时代文化创新和进步的助推器。伴随着社会进步和网络规范，伴随着写手和网民文化素养与审美趣味的提高，那些恶俗的东西会慢慢减少甚至销声匿迹，兼顾有趣好玩且有情调的网络文化迟早会向大众走来。对此，我们无须悲观。

开辟文艺评论新风尚

2014年10月15日，党中央在文艺工作座谈会上明确提出，要高度重视、切实加强文艺评论工作，强调文艺评论是文艺创作的一面镜子、一剂良药，是引导创作多出精品、提高审美、引领风尚的重要力量。这对于改善评论环境，转变评论颓势，开展积极健康的文艺批评，具有十分重要的指导意义。

回顾新时期文艺发展历史，可以说文艺评论对于文艺领域的拨乱反正，对于文艺新观念的吸收与探索，对于文艺创作生产的繁荣与进步，无疑都立下了汗马功劳。对此应当充分肯定。伴随着报纸大幅度扩版和学术类刊物的渐次增加，特别是新媒体自媒体的风行，文艺评论的阵地不断增多，这本是批评的福音。然而，或源于对日益繁杂的创作把握不力，或缘于不良世风浸淫，或缘于批评氛围的恶化，或缘于评论队伍的萎缩，真正有见解有说服力且能引起业界和社会争相议论的振聋发聩的力作反而日渐稀少。对文艺评论不满的呼声由来已久。关于评论落后创作，关于批评缺席、批评失语、批评疲软、批评衰落的"批评"日益尖锐。人们厌倦了那些甜腻的、靠人情和红包打点过的评功摆好式的评论；厌倦了那些毫无色彩、人云亦云、温暾水般的读后感式的评论；厌倦了那些堆砌概念、不着边际且盛气凌人的术语式评论；厌倦了那些为了所谓课题或职称，先入为主、生拉硬套的项目式评论；厌倦了那些为了夺人眼球，抓住一点不及其余的粗暴武断、上纲上线的漫骂式批评……这样的东西正日甚一日地蚕食着文艺评论的肌体，损害着文艺理论与批评的良好信誉。

集结力量，重整旗鼓，打磨好批评这把利器，开创批评新风尚，是贯彻文艺座谈会精神，推动文艺评论发展进步的当务之急。

这里首先要坚持美学的和历史的尺度，重塑切合中国文艺发展实际的文艺批评审美规范。美学的和历史的尺度是马克思主义文艺批评的最重要原则，把文艺创作视为特定历史过程的必然产物，强调文艺与历史演进中的社会形态有密切关联，要求文艺批评既要按照"美的规律"加以美学的分析与评价，同时又对艺术进行历史的具体的社会学解读。从中国社会和文艺创作的实际出发，批评不能从个人好恶出发，不能套用西方理论来剪裁中国人的审美，更不能用简单的商业标准取代艺术标准。如果热衷于照抄照搬舶来外国理论，生吞活剥地用外来理论规约中国丰富而独特的创作实践，以洋为尊、以洋为美、唯洋是从，中国文化鲜明的民族特色将受到侵蚀，本土文化的传承就成为一句空话。如果把批评商品化，信奉"红包厚度等于评论高度"的市侩主义的哲学，批评就会沦为庸俗吹捧、阿谀奉承的工具。如果受资本绑架、市场左右、红包诱惑，把批评当作表扬和自我表扬、吹捧和自我吹捧、造势和自我造势结合的产物，那就不再是纯粹意义上的文艺批评，批评的信誉必将大打折扣。

摒弃一切唯洋、唯市场的批评套路，绝不意味着批评的故步自封。我们当然需要以更加开放的胸襟广泛吸收人类一切文明成果，借鉴外来文艺理论中一切有益的精华，同时把它们与中国古代文论、当代文论和当前文艺实际融会贯通，建构一种具有中华民族特色和时代精神、具有强大涵盖面和包容性的批评体系，以此激发批评的活力，推动理论的创新和发展。正如总书记要求的那样，我们要以马克思主义文艺理论为指导，批评借鉴现代西方文艺理论，打磨好批评这把利器，把好文艺批评的方向盘，运用历史的、人民的、艺术的、美学的观点，评判和鉴赏作品。在艺术作品质量和水平上实事求是，对各种不良文艺作品现象思潮敢于表明态度，在大是大非问题上敢于表明立场，说真话、讲实理，努力营造开展文艺批评的良好氛围。

二要增强理论自觉，努力提升文艺批评的理论含量。目前，许多文艺批评陶醉于批评者自作聪明的小感受，在巧舌如簧、花言巧语的表层下散落的是一堆杂乱无章的言语碎片。理论的贫困与缺失，是导致批评形同无根浮萍的重要诱因。当下，文艺批评的从业者不读哲学、历史、经济学和社会学之类的书籍，甚至连专业知识也知之不多，基本理论素养缺乏者不在个别，这是十分可怕的。事实上，文艺作品的优劣、创作现象的得失离不开专业的储备和价值的判断，文艺思潮的剖析、艺术规律的把握更离不开基础理论的支撑。而深厚的专业储备和高超的鉴赏辨识能力均源自雄厚的理论积淀。而雄厚的理论积淀，来源于系统地对马克思主义理论和古今中外优秀社会科学理论的学习与掌握，特别是传统优秀文化的学习与掌握。优秀传统文化是中华民族的精神命脉，是我们在世界文化激荡中站稳脚跟的坚实根基，也是我们从来文艺批评必不可少的文化滋养。传统文化的血脉传承是提升当下文艺批评理论含量的基础性功课。理论的深度决定评论的高度。文艺评论从业者只有把理论的热情当作终身的理性自觉，不断充实武装自己，打造坚实而全面的理论功底，才能培育出敏锐的观察力和准确的判断力，及时捕捉文艺发展新动向；才能不断适应社会进步的需求，灵活调整研究视阈，不断发现新情况，提出新见解，解决新问题；才能以专门家的远见卓识，高屋建瓴地搭建起艺术家与受众的沟通平台，推动创作的进步与鉴赏力的提升；才能把批判的武器与武器的批判结合起来，在错综复杂的现象中把握文艺发展的本质，还文艺批评以深刻发现和大胆建构的勇气与职能。

三要满怀一腔诚意，树立精心研读文本的刻苦精神。具体作品欣赏或浮光掠影的创作动态信息，对于文艺作品提高知名度、扩大传播范围有其必要，也不可或缺。但要从整体上提高文艺批评的社会影响力，单靠作品推介或局部素描的方式不行，中国文坛急需莱辛汉堡剧评、别林斯基俄罗斯文学一瞥和勃兰兑斯宏观驾驭19世纪欧洲文学那样的宏大批评，来把握文艺发展大势，提振创作士气。批评大家们对于所处时代的作者与作品、创作现象和艺术思潮梳理辨析、归纳总结的巨大成功，源于他们对文艺现状的稔熟与透彻把握。没有一个重大学术突破不是建立在长期学术积累之上的。

当然，这在资讯极其发达、创作形态无限多样的当下，要求一个评论家"阅尽人间春色"确乎有点儿强人所难。但是，难题决不能成为畏途。如果我们的评论家以此为借口，在不熟悉创作、不研究文本、不考察文艺现象的情况下胡涂乱抹、率性而为，批评文章一味地凌空蹈虚、自说自话，那才真是批评的末路。信息时代需要一批热爱文艺事业、富有牺牲精神的评论工作者，需要他们花真功夫、下笨气力去深入文艺实践，需要他们花真功夫、下笨气力去熟悉作家艺术家，去全面深入而又细致入微地研读大量的文学艺术作品。没有调查就没有发言权，似乎是个颠扑不破的真理。只有从文本出发，从现象出发，从大量占有的文艺资料和案例出发，把个人专业的学术深度与批评需要的学科广度结合起来，把重点文本的精细研读与一般性广泛浏览结合起来，批评才能跟上时代的变化，变资讯繁复的挑战为样本丰富的机遇。才能在某一局部或领域里寻求一个一个的突破，从量变中实现质变，继而带动文艺批评的整体性跃升。只有如此，我们才能真正重塑批评的公信力，重塑批评写作的尊严！

四要有求真向善的思想境界和不随流俗的理论个性。批评源自创作，但不是创作的附庸。批评是艺术的再创造，是创作的延伸与接续，是作品的价值与意境的深入发现与科学诠释。深厚的理论学识和专业积累，可以让批评家以思想者的睿智和鉴赏家高人一着的洞察力，于平淡中发现奇崛、在沉寂中捕捉生机，但学养与目光不能代替探索真理的勇气和与人为善的情怀。是非优劣的判断是眼光，直入肌理、一针见血的表达则需要勇气！一句简单的好处说好、坏处说坏的常理，应用于批评就不是那么简单；说好容易说坏难，不少尖锐的批评倍受指摘、甚至诉诸法庭的事屡见不鲜。这令批评人举步维艰，也是让批评逐渐蜕脱锋芒的一个重要诱因。

事实上，文坛需要旗帜鲜明、毫不遮掩、直陈时弊的批评。如果文艺批评对于创作和市场领域存在的那些以低俗代替通俗、以欲望代表希望、以单纯感官娱乐等同于精神快乐的现象，对抄袭模仿、千篇一律和机械化生产、快餐式消费的问题，对那些把发行量、收视率、点击率和票房收入等量化指标绝对化，被市场牵着鼻子走，甘做市场奴隶，沾满了铜臭的现象听之任之，就是批评最大的失职。如果文坛舆论被媚俗、粗俗、庸俗的风气占据，或者受社会戾气和浮躁气所左右，文艺的社会正能量就无从发挥。所以，批评的武器还是不能丢。

尽管锋芒毕露的批评可能因言获咎、得罪人，但任其发展，我们的文艺就可能在市场经济大潮中迷失方向，在为什么人的问题上发生偏差，文艺就没有了生命力，就不可能承担起举精神之旗、立精神支柱、建精神家园，鼓舞全国人民朝气蓬勃、迈向未来的神圣使命。尖锐的一针见血的批评对创作和文艺发展有益，可以起到大喝一声、幡然猛醒的警示作用。好人主义谁也不得罪，四平八稳"和稀泥"式的评论虽然没有任何风险，但也丝毫没有学术价值。反过来，敢于直言也不是一味地"酷评"，只要出于公心和善意，只要摒弃个人恩怨和门户之见，任何尖锐的批评都应该视为"充满同情的理解"和"充满敬意的批判"，都应该受到世人应有的尊重。有了这种求真向善的科学态度，让独创的个性化表达取代庸俗的无原则的隔靴搔痒式的批评，那些无聊的吹捧和恶意的挞伐自然得到遏制，追求真善美的声音必然大行其道，真正关乎文艺痛痒、有深邃见地和学术建树的优质批评就会脱颖而出。

当批评的一缕清风吹拂文坛的时刻，有关文艺评论失语与缺席的诟病难道还会延续吗？！

第三辑

文化传统
与当代创新

从回望中汲取前行力量

窗户打开，粉尘会伴随新鲜空气一齐进来。处在一个全球化迅猛推进的时代，各种新思潮新事物的集合式涌入，不同思想观念的激烈碰撞给社会带来的急剧变化，经常让人目不暇接。人们既充分享受到经济快速发展的丰硕成果，也渐次感受着资源环境、文化生态和社会治理方面呈现的巨大压力。尤其是在精神层面上出现的某种迷惘、浮躁、惶惑与焦虑，迫使国人不得不从战略高度尝试建立社会共同的价值遵循。我们在眼光向外积极吸纳国际经验的同时，也开始重新检视自我，期待从古人那里寻找稳定世道人心、治理国家社稷的智慧。

作为人类社会最古老、延续性最强的国家，源远流长、博大精深的传统文化积淀着中华民族的精神基因。"讲仁爱、重民本、守诚信、崇正义、尚和合、求大同"等的文化精髓，不仅是涵养社会主义核心价值观的重要源泉，也是我们寻找心灵慰藉、让灵魂深处充满营养与回声的精神力量。

回望传统，从优秀传统文化中汲取民族复兴的力量，必须重读经典。在经过一次又一次地"打倒孔家店"的浪潮，特别是文化大革命彻底与传统"决裂"之后，面对当代文化出现的空当和断层，只有重读，才能拣拾传统文化真谛。一方面，需要全面系统地学习、梳理、领悟并掌握传统文化的精华，把典籍从故纸堆中解放出来。让躺着的、藏着的、书写着的遗产活起来，渗透到公共文化、文艺创造、遗产保护和对外文化交流之中去。另一方面，需要站在时代的高度对传统文化进行再认识，开掘传统文化深层蕴涵，发现其当代价值。用新的观点和方法对传统文化的命题、概念、范畴给予科学阐释并赋予时代新意。特别对传统文化中天人合一、和谐包容、人伦纲常、天下为公、和而不同等思想观念进行创造性转化，进一步构建全社会的文化认同，增强当代人的文化自豪感与自信心。

回望传统，当然不是重拾传统文化中上尊下卑、权谋诈术、风水阴阳之类的糟粕，也不是再行"之乎者也"之类的交流方式，而是希望在舶来名词满天飞、文牍主义横行、粗鄙语言泛滥之后找回国语的典雅表达，希望在急功近利、见钱眼开的恶俗之外找回先人崇德尚义的情怀，希望在私欲至上、自我中心的人际关系之中找回群体的互助精神……总之，就是在传统文化的滋养下找回中国人对于历史的失忆，找回国人内心深处的文化信仰。因此，在重读经典的同时，要特别重视当下生活中鲜活的文化资源，积极捕捉传统文化依然存活于日常生活中最具魅力和生命力的内容，在活态的传承中追寻那些美丽而忧伤的乡愁，"让迷失的孩子找到回家的路"。这就要求我们把传统文化普及与全民族文化素质的提高融入文化建设全过程，结合课堂教学、文化展示、媒体宣传、节庆和民俗活动等，使之具体化、形象化、制度化，让仁爱、互助、伦常、修身、重道、信义、敬畏、包容之类的古训成为维系与调节家庭和社会关系的文化纽带。

回望是手段，回望的目的在于激发文化创造的自觉。当代人不能躺在祖先的功劳簿上不思进取，不能把祖宗的功德当作我们高傲自大的资本，而是要把创造新时代的标志性文化品牌，当作自身的历史使命与社会担当。要把传统文化与时代精神相结合，把传统文化与高科技、新媒体、数字化、包括某些时尚相结合，实现传统文化的创新性改造与发展。要着力打造当代中国的文化奇观。努力反映当代中国迈向富强、民主、文明、和谐的现代化国家的伟大实践，热情讴歌中国人民实现自由、平等、公正、法治的社会理想，用亿万人民意气风发以诚实劳动追求美好新生活的动人故事，塑造爱国、敬业、诚信、友善的当代国民新形象，向世界传递当下中国的正能量，促进中华民族优秀文化有一个全面的赓续和全新的发展。

在回望中汲取前行的力量，才能在世界文化激荡中站稳脚跟。面对全球化时代霸权主义和强势文化的侵蚀，只有在继承中坚守、在创造中发展本土文化的独立个性，才有希望在同质化浪潮中找到属于自己的一席之地。我们要在创造更多的具有浓郁的民族特色、深刻的思想容量和强大艺术魅力的文化产品，不断增强国家文化软实力的同时，坚持平等、包容、互惠、共赢的原则，加强世界文化交流，更好地推动中国文化走出去。世界各国间的文化交融不能一厢情愿，也不能先入为主地硬性灌输，白送式的输出和强硬推销，人家不仅不领情，有时还会感到恐慌。由文化大国变成文化强国，靠的是实力还不是自封。最好的被世界认可的方式，就是采用既个性化又世界通行的、生动活泼的艺术手法，以最能拨动人们心弦的艺术语言讲好中国故事，重建中国文化的吸引力与感染力。对此，我们的祖先富有足够的经验和智慧，回望，绝不会让我们空手而归。

让文化在赓续中发展进步

在全球化语境下，面对外来文化的冲击和新时代的挑战，如何阐释、激活、传承传统文化，推动中华文化的创新性发展，是当下文化生存与发展必然面临的前沿性课题。不久前，中国领导人在日内瓦总部演讲时指出：针对世界的发展，必须弄清楚我们从哪里来、当下在哪里、将来到哪里去这个重要命题。同样地，对于传统文化而言，其历史定位和发展走向，也有一个如何处置不忘本来、吸收外来、面向未来关系的问题，需要我们认真梳理、深入反思、科学筹划，对"固本"与"开新"做出符合时代精神的学术回答。

中华民族有着五千多年文明发展史，多民族大一统的政治体制、家国一体的社会结构和极具凝聚力的民族精神，孕育了独具特色、博大精深的中华文化，为中华民族生生不息、发展壮大提供了丰厚的精神滋养。中华文化延续五千年从未中断，一个最重要的根源是语言和文字的延续，独一无二的汉语是其最根本的介质和最重要的历史见证。也正是从这个意义上来说，横平竖直的方块字承载着中华民族悠久的历史文化积淀，构筑起我们雄奇天下的精神长城；宫商角徵羽的千古佳音述说着炎黄子孙的剑胆琴心，传递出一个东方民族的侠骨柔肠和勇敢担当。这些意味深长的文化符码，作为民族最根本的精神基因，使华夏儿女在任何场合都保持着无比的自信与雍容，在任何困难面前都拥有一颗庄严无畏的高贵之心。

在历史长河中，中华儿女用自己的勤劳和智慧所创造的辉煌灿烂的中华文化，蕴含着天人合一、仁者爱人的价值理念；厚德载物、自强不息的进取精神；民为邦本、本固邦宁的民本思想；天下兴亡、匹夫有责的爱国情怀；内圣外王、德惟善政的德政文化；孝悌忠信、礼义廉耻的道德规范；崇德向善、见贤思齐的社会风尚；俭约自守、中和泰和的生活态度；富贵不淫、贫贱不移、威武不屈的高尚品格；求同存异、和而不同的处世方法；协和万邦、兼爱非攻的和平诉求；以及文以载道、以文化人的教化思想和形神兼备、情景交融的美学追求等等，所有这些，都是中华民族宝贵的精神财富。代表着中华民族独特的精神标志，培育了中国人共同的情感和价值、共同的理想和精神，成为中华儿女生活方式、风俗习惯、情感态度和价值观念的集中表达，成为中华文明五千年不间断的历史命脉，值得我们持之不懈地为之坚守与传承。

梁漱溟先生在《中西文化及其哲学》中曾经断言，中国、西方、印度文化作为世界三大文化思想体系，代表了人类意欲向前、意欲自为和意欲反身向后的"人生三路向"。德国哲学家雅斯贝尔斯也强调，公元前800年至公元前200年是人类文明的轴心时代，这个时代，古代希腊和古代中国等地产生了伟大思想家，他们提出的思想原则塑造了不同文化传统，并一直影响着人类生活。特别是当今世界，西方由文化自性危机所导致的社会失序与精神失衡问题不断出现，中华文化的价值更日益凸显出来。可以肯定，在世界政治、经济、社会和文化动荡不居的今天，中华文化的整体性均衡和追求心灵自治、灵魂觉醒与道德自律的价值秩序，有利于弥补西方文化分裂有余而整合不足的缺失，可以为全人类创造均衡与和谐的福祉。

古人云："落其实者思其树，饮其流者怀其源"。我们要赓续中华文脉，实现中华文化的创造性转化和创新性发展，学术研究和文艺评论承担着重要的历史使命。作为一项巨大的系统工程，我们需要花更大气力进行典籍的辨伪、辑佚、考据、校勘、训诂、笺释以及系统性整理；需要深入把握不同地域、不同族群、不同时代、不同学派文化的共性与个性差异；需要不断改进研究方式，尝试精英文化与草根文化研究的有机结合；需要与时迁移、应物变化，汲取前辈的科研成果，再进行新的归纳、概括、发现与总结；需要精心萃取传统文化的精华并大胆剔除其糟粕；需要将传统文化纳入国民教育体系，有效解决传统与现实、与大众、与教育脱节的问题；需要站在新时代的高度，激活优秀传统文化的因子，用中华美学标准审视各类文艺现象，推动传统文化的现代性转化；需要结合新的社会实践进行新的创造，在横向融合与纵向融通的基础上实现中华文化的创新发展；需要精心提炼中华文化的核心理念，使之成为人类共有的文明遵循，推进中华文化有效的对外传播……所有这一切，都值得学界投入全部精力、付出毕生心血。我们企盼能有更多的人勇敢走进这个行列，切实担当起时代赋予的神圣职责与义务，真正把中华文化的精髓从各种典籍的故纸堆中解放出来，把留存或者丢失于民间的传统文化捡拾回来，让躺着的、藏着的、书写着的遗产重新激活起来，并渗透到当代社会生活与文化创造的进程之中，奋力让传统文化在批判继承、创新发展中放射出更加耀眼的光芒。

当前，中华民族正在走向伟大的复兴。实现民族复兴，需要强大的物质力量，也需要强大的精神力量，没有高度的文化自信，没有文化的繁荣兴盛，就没有中华民族的伟大复兴。面对着世界的风云际会和不同思潮的相互激荡，面对着科学技术的日新月异和互联网、新媒体的蓬勃兴起，人们的思想观念和价值取向正日趋活跃，文化观念和文化业态正在发生着深刻的历史性变化。我们要抗拒霸权文化的强势侵入和文化日益同质化的威胁，大力推动本土文化的传承发展，必须在两个方面做足功课：一方面，必须追寻历史，深入阐释中华文化的历史渊源、发展脉络和基本走向，深入阐释中华文化的独特创造、价值理念和鲜明特色，坚守本土立场，传承文化基因，充分发挥中华文化的价值引领能力；另一方面，必须立足现实，从传统和外来文化资源宝库中汲取更加丰厚的滋养，并将之与社会实践和时代要求结合起来，作出更具普适性的文化表达、进行更符合时代潮流的文化创造，努力推出更多的具有丰厚历史底蕴、展示当代中国风貌、体现人类共同命运和审美追求且又能在世界文化园地占有重要位置的标志性文化产品，不断增强中华文化的民族认同感和国际影响力。我想，这是文化传续、社会进步的历史期待，也是中华民族在激烈的国际竞争中永远立于不败之地的现实需要！只有这样，我们才能赋予中华文化新的生机与活力，才能构建有中国底蕴、中国特色的思想体系、学术体系和话语体系，为中华民族的伟大复兴作出应有贡献。

德国社会学家马克斯·韦伯曾经说过：一个国家的文化精英必须有这样的意愿和能力，在最高价值层面为自身文明存在的正当性辩护，担当起捍卫自己文明尊严的责任。在亿万中华儿女共同谋求一个古老民族伟大复兴的历史时刻，如何更好地让中华文化薪火相传，更好地为民族追梦圆梦的理想添彩助力，是我们义不容辞的光荣职责。正如中央领导同志在全国宣传思想工作会上所强调的那样：我们一定要讲清楚每个国家和民族的历史传统、文化积淀、基本国情不同，其发展道路必然有着自己的特色；讲清楚中华文化积淀着中华民族最深沉的精神追求，是中华民族生生不息、发展壮大的丰厚滋养；讲清楚中华优秀传统文化是中华民族的突出优势，是我们最深厚的文化软实力；讲清楚中国特色社会主义植根于中华文化沃土、反映中国人民意愿、适应中国和时代发展进步要求，有着深厚历史渊源和广泛现实基础。只有讲清楚，才能知晓来路、不失方向，才能认定目标、实现新时代的创造性转化和创新性发展。倘若如此，我们才能真正担当起捍卫自己文明尊严的历史责任。

时代赋予了我们千载难逢的历史机遇，也为所有文学艺术家奉献聪明才智、施展宏伟抱负、挥洒艺术才华提供了最广阔的舞台。每一个负有时代责任与艺术良知的文化工作者，都应保持足够的理论清醒与文化自觉，与时代潮流共进、与文化存续同行，溯民族精神之源流，辟与时俱进之新路，创中华文艺新辉煌。

溯精神源流　赋文化新篇

　　八月的哈尔滨，风光秀丽，清爽宜人。今天，第九届海峡两岸暨港澳地区艺术论坛在这里隆重开幕。来自海峡两岸和港澳的文学、美术、书法、摄影、舞蹈、戏剧、民间文艺等领域的专家学者相聚在美丽的松花江畔，大家怀着对中华文化传统的虔诚敬意和对文脉传续更新的美好期待，畅叙友情，畅谈古今，畅想未来。这无疑是中华文化复兴在望的一个美好征兆。

　　海峡两岸暨港澳地区艺术论坛自2009年创设至今，已经成功举办了八届，在加强和扩展海峡两岸暨港澳地区文化领域沟通协作，积极探索中华文艺发展规律，增强民族文化自豪感和自信心，推动中华艺术走向世界等方面都产生了积极影响，发挥了有益作用。论坛不仅成为海峡两岸和港澳文艺家交流创作心得、深化理论研究与评论的学术平台，更成为大家建立情感与友谊、凝聚共识与愿景的重要纽带。

　　本届论坛的主题是："文艺评论与中华文艺的创新发展。"这是全球化语境下，面对新时代的挑战，如何阐释、激活、传承中华传统文化，推动中华文艺创新发展的热点话题，也是文化研究和文艺理论评论事业发展面临的前沿性课题。不久前，中国领导人在日内瓦总部演讲时指出：针对世界的发展，必须弄清楚我们从哪里来、现在在哪里、将到哪里去这个重要命题。同样，对于传统文化而言，其历史定位和发展走向，也有一个如何处置不忘本来、吸收外来、面向未来关系的问题，需要我们认真梳理、深入反思、科学筹划，对"固本"与"开新"做出符合时代精神的学术回答。

中华民族有着五千多年文明发展史，多民族大一统的政治体制、家国一体的社会结构和极具凝聚力的民族精神，孕育了独具特色、博大精深的中华文化，为中华民族生生不息、发展壮大提供了丰厚的精神滋养。可以说，横平竖直的方块字承载着中华民族悠久的历史文化积淀，构筑起我们雄奇天下的精神长城；宫商角徵羽的千古佳音述说着炎黄子孙的剑胆琴心，传递出一个东方民族的侠骨柔肠和勇敢担当。这些意味深长的文化符码，作为民族最根本的精神基因，使华夏儿女在任何场合都保持着无比的自信与雍容，在任何困难面前都拥有一颗庄严无畏的高贵之心。

在历史长河中，中华儿女用自己的勤劳和智慧所创造的辉煌灿烂的中华文化，蕴含着天人合一、仁者爱人的价值理念；厚德载物、自强不息的进取精神；民为邦本、本固邦宁的民本思想；天下兴亡、匹夫有责的爱国情怀；内圣外王、德惟善政的德政文化；孝悌忠信、礼义廉耻的道德规范；崇德向善、见贤思齐的社会风尚；俭约自守、中和泰和的生活态度；富贵不淫、贫贱不移、威武不屈的高尚品格；求同存异、和而不同的处世方法；协和万邦、兼爱非攻的和平诉求；以及文以载道、以文化人的教化思想和形神兼备、情景交融的美学追求等等，所有这些，都是中华民族宝贵的精神财富。代表着中华民族独特的精神标志，培育了中国人共同的情感和价值、共同的理想和精神，成为中华儿女生活方式、风俗习惯、情感态度和价值观念的集中表达，成为中华文明五千年不间断历史命脉，值得我们持之不懈地为之坚守与传承。

梁漱溟先生在《中西文化及其哲学》中曾经断言，中国、西方、印度文化作为世界三大文化思想体系，代表了人类意欲向前、意欲自为和意欲反身向后的"人生三路向"。德国哲学家雅斯贝尔斯也强调，公元前800年至公元前 200 年是人类文明的轴心时代，这个时代，古代希腊和古代中国等地产生了伟大思想家，他们提出的思想原则塑造了不同文化传统，并一直影响着人类生活。特别是当今世界，西方由文化自性危机所导致的社会失序与精神失衡问题不断出现，中华文化的价值更日益凸显出来。1982 年，美国前总统里根在给旧金山祭孔大会的信中明确表示：孔子高贵的行谊与伟大的伦理道德思想不仅影响他的国人，也影响了全人类，丰富着全世界做人处世的原则。1988 年，全球诺贝尔奖获得者在巴黎会议宣言中曾庄严申明：如果人类要在 21 世纪生存下去，必须回到 2540 年前，去汲取孔子的智慧。可以肯定，在世界政治、经济、社会和文化动荡不居的今天，中华文化的整体性均衡和追求心灵自治、灵魂觉醒与道德自律的价值秩序，有利于弥补西方文化分裂有余而整合不足的缺失，可以为全人类创造均衡与和谐的福祉。

古人云："落其实者思其树，饮其流者怀其源。"我们要赓续中华文脉，实现中华文化的创造性转化和创新性发展，学术研究和文艺评论承担着重要的历史使命。作为一项巨大的系统工程，我们需要花更大气力进行典籍的辨伪、辑佚、考据、校勘、训诂、笺释以及系统性整理；需要深入把握不同地域、不同族群、不同时代、不同学派文化的共性与个性差异；需要不断改进研究方式，尝试精英文化与草根文化研究的有机结合；需要与时迁移、应物变化，汲取前辈的科研成果，再进行新的归纳、概括、发现与总结；需要精心萃取传统文化的精华并大胆剔除其糟粕；需要将传统文化纳入国民教育体系，有效解决传统与现实、与大众、与教育脱节的问题；需要站在新时代的高度，激活优秀传统文化的因子，用中华美学标准审视各类文艺现象，推动传统文化的现代性转化；需要结合新的社会实践进行新的创造，在横向融合与纵向融通的基础上实现中华文化的创新发展；需要精心提炼中华文化的核心理念，使之成为人类共有的文明遵循，推进中华文化有效的对外传播……所有这一切，都值得学界投入全部精力、付出毕生心血。我们企盼能有更多的人勇敢走进这个行列，切实担当起时代赋予的神圣职责与义务，真正把中华文化的精髓从各种典籍的故纸堆中解放出来，把留存或者丢失于民间的传统文化捡拾回来，让躺着的、藏着的、书写着的遗产重新激活，并渗透到当代社会生活与文化创造的进程之中，奋力让传统文化在批判继承、创新发展中放射出更加耀眼的光芒。

当前，中华民族正在走向伟大的复兴。实现民族复兴，需要强大的物质力量，也需要强大的精神力量，正如中央领导所言：没有中华文化的繁荣兴盛，就没有中华民族的伟大复兴。面对着世界的风云际会和不同思潮的相互激荡，面对着科学技术的日新月异和互联网、新媒体的蓬勃兴起，人们的思想观念和价值取向正日趋活跃，文化观念和文化业态正在发生着深刻的历史性变化。我们要抗拒霸权文化的强势侵入和文化日益同质化的威胁，大力推动本土文化的传承发展，必须在两个方面做足功课：一方面，必须追寻历史，深入阐释中华文化的历史渊源、发展脉络和基本走向，深入阐释中华文化的独特创造、价值理念和鲜明特色，坚守本土立场，传承文化基因，充分发挥中华文化的价值引领能力；另一方面，必须立足现实，从传统和外来文化资源宝库中汲取更加丰厚的滋养，并将之与社会实践和时代要求结合起来，作出更具普适性的文化表达、进行更符合时代潮流的文化创造，努力推出更多的具有丰厚历史底蕴、展示当代中国风貌、体现人类共同命运和审美追求且又能在世界文化园地占有重要位置的标志性文化产品，不断增强中华文化的民族认同感和国际影响力。我想，这是文化传续、社会进步的历史期待，也是中华民族在激烈的国际竞争中永远立于不败之地的现实需要！只有这样，我们才能赋予中华文化新的生机与活力，才能构建有中国底蕴、中国特色的思想体系、学术体系和话语体系，为中华民族的伟大复兴作出应有贡献。

参加本次论坛的，既有不同文艺门类学有专长的专家学者和艺术家，也有富有理论洞察力和学术造诣的文艺评论家。德国社会学家马克斯·韦伯曾经说过，一个国家的文化精英必须有这样的意愿和能力，在最高价值层面为自身文明存在的正当性辩护，担当起捍卫自己文明尊严的责任。在亿万中华儿女共同谋求一个古老民族伟大复兴的历史时刻，如何更好地让中华文化薪火相传，更好地为民族追梦圆梦的理想添彩助力，是我们义不容辞的光荣职责。时代赋予了我们千载难逢的历史机遇，也为海峡两岸暨港澳地区文化艺术界奉献聪明才智、施展宏伟抱负、挥洒艺术才华提供了最广阔的舞台。每一个负有时代责任与艺术良知的文化工作者，都应保持足够的理论清醒与文化自觉，与时代潮流共进、与文化存续同行，溯民族精神之源流，辟与时俱进之新路，创中华文艺新辉煌。

我们这次论坛举办地哈尔滨，是一座美丽的城市，她历史悠久，景观独特，世风质朴，集外来文化与本土文化于一体，具有深厚的文化底蕴和独特的文化品格。一个世纪以来，哈尔滨以博大的胸怀，兼收并蓄，汲取了不同国家和民族的文化精粹，新思潮、新事物、新理念在这里融会贯通，使之成为世界文化名城。本届论坛在这里举办，必将给各位专家学者留下许多美好的印象，带来全新的思考与感受，并对论坛议题的深化产生积极影响。中国文联作为中国最大的文艺界人民团体，作为团结联络广大文艺家的桥梁与纽带，我们会尽最大努力，为大家的智慧付出与文化担当做好各方面的服务与后援工作。

我们衷心期望，大家利用这样一个机会，围绕本届论坛主题，展开深入讨论和交流，取得丰富的学术成果，为推动中华文化创新发展尽一分力量。

（2017 年 8 月 22 日在第九届海峡两岸暨港澳地区艺术论坛上致辞）

让评论焕发生机与活力

2014 年 5 月 30 日，中国文艺评论家协会正式成立。两年多来，在中央主管部门和中国文联的坚强领导下，在协会主席团和各位理事的共同努力下，扎扎实实打基础、聚精会神谋发展，紧紧抓住组织体系建设、人才队伍建设和平台阵地建设，开展了一系列卓有成效的工作，开局良好、稳步发展、亮点纷呈、成绩喜人。协会工作得到上级部门充分肯定，也得到文艺评论家和文艺评论工作者的广泛好评，在社会上产生了比较广泛的影响。

在中国文联十大、中国作协九大开幕式上，中央领导发表重要讲话，站在民族复兴和时代进步的历史高度，充分肯定了文艺事业取得的显著成就，高度评价了广大文艺工作者做出的重要贡献，鲜明指出了新形势下我国文艺发展的正确方向，深刻阐明了繁荣文艺创作的一系列新思想、新论断、新任务，对广大文艺工作者提出了四点殷切希望，对文联作协工作提出了五项明确要求，文艺界如沐春风、备受鼓舞。深入学习并践行党中央的重要指示精神，切实肩负起推动文艺繁荣发展、提升全社会审美鉴赏水平，是当前和今后一个时期文艺评论工作的重要任务。这里谈几点感想。

第一，进一步强化文艺评论的使命担当。文艺评论是文艺事业的一个重要组成部分，与创作并誉为文艺事业鸟之双翼、车之双轮。评论承担着评介文艺作品、辨析艺术思潮、引导审美品位、推动文艺创作的重要职责。

无论是优秀文化的传布、还是低劣文化的狙击，无论是创作成败得失的鉴别、还是大众鉴赏的导引，文艺批评永远都是政府与公众、创作与鉴赏、艺术家与受众之间的桥梁与纽带。然而，伴随着纸质媒体发行的普遍下滑与新媒体自媒体的快速风行，文艺评论的边缘化程度加深。特别是由于生存发展空间的狭窄所导致评论队伍的萎缩，由于对日益繁杂的创作现象把握不力，真正有见解有说服力且能引起业界和社会争相议论的振聋发聩的力作日渐稀少。关于评论落后创作，关于批评缺席、批评失语、批评疲软、批评衰落的"批评"不绝于耳。文艺批评的弱化和战斗力的缺失，对文艺事业的健康发展十分不利。党中央高度重视文艺理论和评论工作，总书记特别指出："要加强和改进文艺理论和评论工作，褒优贬劣，激浊扬清，更加有效地引导创作、推出精品、提高审美、引领风尚。"我们要认真落实总书记的号召，集结力量，重整旗鼓，下功夫打磨好批评这把利器，努力开创文艺批评的新局面。

处在全球一体化和信息化的时代，各种文艺观念层出不穷、鱼龙混杂，各种文化业态争奇斗妍、变幻莫测，各种文化现象日新月异、缤纷复杂，特别需要有见解、有力度的理论批评来辨析创作现象、引领文艺思潮；需要有人文情怀、有审美说服力的理论批评帮助广大文艺受众解疑释惑、提高辨别能力和鉴赏水平。任何一个有历史感和责任心的文艺批评工作者，都应该认清职责、勇于担当，勇敢肩负起历史赋予的神圣使命，付出自己的聪明才智，用坚实的劳动成果，重建文艺批评的公信力，重塑批评写作的尊严！

第二，进一步增强文艺评论时效性和战斗力。在信息爆炸的时代，面对各种乱花渐欲迷人眼的文艺现象，文艺批评如何以深厚的学养、敏锐的目光和睿智的洞察力，在现象中见本质，于混沌中求真相，评优戒劣、激浊扬清，是提高文艺评论时效性和战斗力的当务之急。

如果说，文艺作品是时代的晴雨表、情感的温度计、人生的透视镜，那么，文艺批评就是社会审美取向的风向标。这些年，人们已经厌倦了那些甜腻的、靠人情和红包打点过的评功摆好式的评论；厌倦了那些毫无色彩、人云亦云、温暾水般的读后感式的评论；厌倦了那些堆砌概念、不着边际且盛气凌人的术语式评论；厌倦了那些为了所谓课题或职称，先入为主、生拉硬套的项目式评论；厌倦了那些为了夺人眼球，抓住一点不及其余的粗暴武断、上纲上线的谩骂式批评，这些东西正日甚一日地蚕食着文艺评论的肌体。

我们要恢复与重建文艺理论与批评的良好信誉，就必须紧扣时代脉搏，快速追踪创作动态，敏锐捕捉文艺思潮的起落升降，及时而又准确地作出分析与反应。就必须切实增加文艺作品的阅读量，密切关注社会审美情趣的变迁，努力将崭新的文艺现象和鲜活的时代气息融入文艺评论之中。必须增强披沙拣金、慧眼识珠的本领，勇于在浩如烟海、纷纭复杂的文艺现象中，及时发现新生的有辉煌前景的文艺人才和创作现象，迅速给予扶持和激励；对那些有生长潜质且不甚成熟的作者与作品，给予真诚、坦率的批评与建议；旗帜鲜明地对那些以低俗代替通俗、以欲望代表希望、以单纯感官娱乐等同于精神快乐的恶俗现象敢于说"不"！敢于向炫富竞奢的浮夸说"不"，向低俗媚俗的炒作说"不"，向见利忘义的陋行说"不"。

文艺批评有义务和责任让人民大众在海量文化产品中辨别真伪与美丑，接受真善美的启迪和熏陶。要增强文艺批评的时效与功能，还必须努力消除镌刻着浓郁专业性痕迹的评论和鉴赏大众理解与接受之间的鸿沟。要自觉将评论话语放置在群众的语境之中，注重内容的深入浅出，努力让接地气的批评转化为有人气的表达，努力让文艺批评在抵近大众情感、触发审美共鸣上发挥积极的传导作用。

第三，进一步提升文艺评论的质量和水平。提高文艺批评的影响力，关键在于提高文艺评论的质量。首先要增强理论自觉，努力提升文艺评论的理论含量。理论深度决定着评论的高度。目前许多文艺评论陶醉于评论者自作聪明的小感受，在巧舌如簧的表层下散落的是一堆杂乱无章的闲言碎语，理论的匮乏与缺失是导致评论形同无根浮萍的重要诱因。事实上，对文艺作品优劣、创作得失的判断，离不开专业的储备，对文艺思潮的剖析、艺术规律的把握更离不开基础理论的支撑。文艺评论从业者只有把对理论的热情当作终生的理性自觉，不断地充实自己，打造坚实而全面的理论功底，才能培育出敏锐的观察力和准确的判断力，及时捕捉文艺发展的新动向，才能不断适应社会进步的要求，灵活调整研究视域，发现新情况，提出新见解，解决新问题，才能以专门家的远见卓识，高屋建瓴地搭建起艺术家与受众的沟通平台，推动创作的进步与鉴赏力的提升，才能在错综复杂的现象中把握文艺发展的本质。

二是尽快建立中国式的文艺评价尺度。在文艺工作座谈会上中央明确要求"不能套用西方理论来剪裁中国人的审美"。认为"中华美学讲求托物言志、寓理于情，讲求言简意赅、凝练节制，讲求形神兼备、意境深远，强调知、情、意、行相统一"，这理应成为文艺评论基本遵循。我们只有立足于博大精深的传统文化，着力激活转化中国古典文论资源，批判性地吸纳西方文论中的积极因子，才能不断净化完善文艺理论生态。只有破除对西方文论的盲目崇拜，着眼于当代中国文艺创作经验，根据人民群众的文艺需求，概括提炼现代的、科学的、民族的新概念、新范畴、新论断、新范式，建立有中国特色的感性与理性统一、精妙与朴实融汇、深邃与隽永兼备的文艺批评规范，形成具有中国风格和中国气派的文艺理论与美学话语体系，才能对发生在我们身边的各种鲜活的文艺现象，作出准确、生动、可信的理论回应和阐释，才能为人类当代文艺的发展作出中华民族新的贡献。

　　三是追寻求真向善的思想境界和直抒胸臆的理论个性。深厚的学识理论和专业积累可以让评论家具有思想者的睿智和鉴赏家高人一筹的洞察力，于平淡中发现奇崛，在沉寂中捕捉生机。但学养和眼光不能代替坚持真理的勇气和与人为善的情怀，是非优劣的判断需要眼光，一针见血的表达需要勇气。四平八稳、和稀泥式的评论虽然没有任何风险，但也没有学术价值。当然，敢于直言也不是一味地批评。只要出于公心和善意，只要摒弃个人恩怨和门户之见，任何尖锐的批评都应该视为充满同情的理解和充满敬意的建言，都应该得到尊重。有了这种求真向善的科学态度，独创的个性化表达自然取代了庸俗的无原则的隔靴搔痒式的批评，那些无聊的吹捧和恶意的挞伐也会得以遏制，追求真善美的声音必然大行其道，真正关乎文艺痛痒、有深邃见地和学术建树的优质批评就会脱颖而出。

　　新的历史时期日益纷繁复杂的文化业态和文艺现象对文艺理论与批评提出了严峻的挑战和更高的要求，文艺批评从业者只有自觉担负起时代赋予的崇高使命，努力提升文艺评论的时效性和战斗力，努力构建中国文艺评论话语体系，努力提高文艺评论的质量与水平，才能踏准历史前进的鼓点，回应时代风云的激荡，为筑就中华民族伟大复兴时代的文艺高峰作出属于自己的应有贡献！

　　　　　　　　　（本文系作者2016年中国评协第一届三次会议上的发言）

山意冲寒欲放梅

今天是中国农历中的一个重要节气——冬至。古人认为从冬至起，天地阳气渐兴，四季轮回又一个循环开始，是个大吉之日。诗人杜甫这样歌咏小至："天时人事日相催，冬至阳生春又来。刺绣五纹添弱线，吹葭六琯动浮灰。岸容待腊将舒柳，山意冲寒欲放梅。云物不殊乡国异，教儿且覆掌中杯"。诗中生动道出了比雪莱咏春更富形象的，对于由寒冬所孕育的美好春天的欢愉与向往。巧逢这样一个吉日，中国文艺评论家协会召开第一届理事会第四次会议暨第三届中国文艺评论年会，来自全国各地的理事和专家学者共聚一堂，共商文艺评论事业发展大计，同样也蕴含着一个吉祥的兆头。

过去的一年，中国文艺评论家协会认真贯彻落实党的十九大精神，按照中国文联部署，自觉履行"团结引导、联络协调、服务管理、自律维权"基本职能，坚持稳中求进、精耕细作的工作基调，特别注重工作方式的创新，稳步提升"中国文艺评论"品牌影响，致力于探索行业建设中主导作用的发挥，在组织完善、人才凝聚、理论研究、平台建设、内部管理等方面，思路清晰、措施得力，各项工作取得了积极进展，这是必须给予充分肯定的。然而，与中央赋予协会的功能定位相比，我们在基础理论建设、文艺思潮关注、文化热点辨析、优秀作品推广和评论队伍建设等方面还存在着不少差距，还需要我们为之付出更加艰苦的努力。

党的十九大报告明确提出，坚持中国特色社会主义文化发展道路，激发全民族文化创新创造活力，建设社会主义文化强国。这为文艺事业发展指明了方向，也提出了更高的要求。文艺评论如何助力于文化的繁荣发展，怎样为文化强国建设添砖加瓦，是我们每个从事评论工作的同志都需要认真思考并付诸行动的。这里，仅就进一步做好文艺评论工作讲几点看法，与大家共同切磋。

第一，必须认清职责，明确使命，增强做好文艺评论工作的理性自觉。文艺评论作为文艺工作的重要组成部分，所谓鸟之两翼、车之两轮之说大家耳熟能详。实际上，文艺评论在党的文化工作总体摆序中一直占据着十分特殊的地位。从毛泽东同志延安文艺座谈会讲话开始，到邓小平、江泽民、胡锦涛等几代中央领导人的文化工作讲话和文代会祝词，都把文艺评论工作纳入加强与改善党对文艺工作领导的范畴。新一届中央领导集体在北京文艺工作座谈会讲话中，同样延续了这一传统，特别要求党和政府要高度重视和切实加强文艺评论工作。明确指出："文艺批评是文艺创作的一面镜子、一剂良药，是引导创作、多出精品、提高审美、引领风尚的重要力量。"在文代会祝词中也强调："要高度重视文艺理论研究，加强文艺评论队伍和阵地建设，支持开展积极健康的文艺批评。要发扬艺术民主、学术民主，提倡不同观点、不同流派相互切磋、取长补短、共同进步。"文艺评论工作者一定要认真领会，从加强党对文艺工作的领导和国家文化发展战略的高度来认识文艺评论工作的重要性，认清评论承担着贯彻党和国家文艺政策，传递社会理性的正能量声音，肩负着褒优戒劣、甄别美丑的功能，以及引领公众文化审美的神圣使命。要以高度的使命感和责任感来对待评论工作，自觉服务于党和国家的工作大局，在繁荣发展社会主义文化事业和产业的中心任务中找到自身的战略定位，认真总结并汲取历史鲜活的经验与教训，自觉抵制各种低俗、庸俗、媚俗和拜金主义的侵蚀，以高度的文化自觉与理论清醒，花大气力、下深功夫加大文艺基础理论研究和文艺评论工作力度，扎扎实实加强对文艺作品的评论和文艺现象、思潮的归纳梳理，以坚实的理论成果，切实发挥好文艺评论在引导创作、多出精品、提高审美、引领风尚等方面的重要作用。

第二，必须服务繁荣文艺的中心任务，以理论的自信提升全社会的文化自信。实现中华民族伟大复兴是我们的奋斗目标，繁荣文化是我们的中心任务，文艺评论要为繁荣文化事业、增强文化自信、实现民族复兴提供强有力的理论支撑。理论工作者在这方面大有可为。

从党的十八大到十九大，党中央反复强调文化自信，认为：没有高度的文化自信，没有文化的繁荣兴盛，就没有中华民族伟大复兴。向社会传递出一个坚定的文化理念。我理解，文化自信是一个民族、一个政党、一个国家对自己文化的认同、赞赏与坚守，是对自身文化理念、价值的充分肯定，也是对自己文化生长活力和发展前景的坚定信心。重拾文化自信，我们必须回望且追寻历史，从生生不息、博大精深的中华传统文化找回中华民族心灵深处强大而坚实的精神信仰。特别是当下，面对当今世界大发展大变革大调整的动荡格局，面对各种思想文化深度交流和激烈碰撞的复杂形势，只有坚守中华文化立场，传承优秀民族文化，展现中华审美风范，实现中华优秀传统文化在新的历史时代的创造性转化和创新性发展，才是我们保持文化自信、立于不败之地的坚强基石。

倡导并重拾文化自信，首先必须弄懂弄通什么是传统文化，把自信建立在真正了解历史和熟练掌握文化的基础之上。学界要发挥理论优长，花更大气力进行典籍的辨伪、辑佚、考据、校勘、训诂、笺释以及系统性整理，要深入把握不同地域、不同族群、不同时代、不同学派文化的共性与个性差异，要不断改进研究方式，尝试精英文化与草根文化研究的有机结合，要与时迁移、应物变化，汲取前辈的科研成果，再进行新的归纳、概括、发现与总结，让传统文化找到与现实对应的切入点，让传统文化真正融入我们当下的社会生活。其次，我们要站在时代进步和社会发展的新高度来审视传统，立足当前，继往开来，坚决摒弃和剔除封建文化糟粕，激活优秀传统文化的因子，开发利用好传统文化的丰厚资源，用中华美学标准审视各类文艺现象，推动传统文化的现代性转化。再次，要在对传统文化、现代文化和革命文化融会贯通的基础上，搞好传统文化现代转化中的升级提档，同时结合新的社会实践进行新的创造，在横向融合与纵向融通的基础上固本开新，让中华文化传统化为内在的灵魂与血脉，化为文艺创造中增强底气、接住地气、灌注生气的精神意蕴，让优良传统在新时代发扬光大，实现文化的创新性发展。最后，我们必须具有全球化视野，把文化自信建立在虚心、包容和兼收并蓄的基础之上。要进一步解放思想，大胆汲取人类一切文明成果的宝贵滋养，让中华文化在吸收借鉴中得以发展。交流互鉴本身，就是文化自信。在这个过程中，理论工作者要时刻保持清醒的头脑，防止在一片国学热的浪潮中，从妄自菲薄变成妄自尊大；从崇洋媚外，变成盲目排外；或者混淆传统文化的精华与糟粕，重走简单抄袭复古的老路。理论界要成为文化自信的坚定倡导者、践行者、捍卫者，也要成为防止封建思想回潮的防护堤，因为杜绝从一个极端滑向另一个极端，坚守工具理性特别是价值理性，对于整个社会特别是学界显得格外重要。

第三，紧密联系文艺发展实际，用担当精神和建构的热情重塑文艺评论公众形象。这些年，业界对文艺批评的诟病很多，评论工作者自身也充满了委屈与不解。但苍白的辩解是无力的，闻过则喜、知耻后勇，改变不良口碑还是靠自身的业绩说话。首先，文艺评论要回到原点，加强理论基本功训练，追踪创作实际，辨析文艺思潮，切实加强理论的综合与概括；要敏锐捕捉文艺动态和苗头性倾向，加强对热点问题的引导；要主动设置议题，聚焦文艺难点，精准发声，帮助受众解疑释惑；要注重理论的深入浅出，增强评论文章的可读性和亲和力。其次，评论要遵循艺术规律，严守批评标准，不能简单套用西方理论来剪裁中国人的审美，也不能用先入为主、标签的方式来阐释创作现象，不能一味从个人好恶出发，更不能用简单的商业标准取代艺术标准。只有认真刻苦深入地研究文本，准确表达自己的真知灼见，接地气、说人话、诉真情、求公理，才能以客观公正、言之有物的评论来重塑自身的公众形象。再次，要坚守求真向善的思想境界和不随流俗的科学态度，增强文艺批评的理论锋芒。批评要褒优贬劣、激浊扬清，不能因为彼此是朋友，低头不见抬头见，抹不开面子，就不敢批评，不能用表扬甚至庸俗吹捧、阿谀奉承来代替批评。要坚持以马克思主义文艺理论为指导，继承创新中国古代文艺批评理论优秀遗产，批判借鉴现代西方文艺理论，打磨好批评这把"利器"，把好文艺批评的方向盘，运用历史的、人民的、艺术的、美学的观点评判和鉴赏作品，在艺术质量和水平上敢于实事求是，对各种不良文艺作品、现象、思潮敢于表明态度，在大是大非问题上敢于表明立场，倡导说真话、讲道理，营造开展文艺批评的良好氛围。只有让更多的如鲁迅先生所说的有好说好、有坏说坏实事求是的个性化表达，来代替那些无原则的隔靴搔痒式的批评，真善美的声音才能大行其道，文艺批评的战斗力、说服力才能增强，文艺评论的生态才能有效改善，文艺批评的公信力才能真正树立起来。

第四，切实发挥评论家协会的职能，提升当下文艺评论的整体合力。中国文艺评论家协会的成立是加强和改善文艺批评工作的重要举措，也是几代评论家的心愿与吁求。评协一定要不负众望，认真履行自身职责，拓宽渠道，创新形式，多开展真正团结凝聚文艺评论工作者的活动，多开展有思想性、学术性、艺术性和传播力、影响力的活动，多开展对推动文艺繁荣发展有切实效果的活动，讲求实效，不务虚名，切实在推动文艺理论基础建设、提高评论学术分量、提升理论工作者社会地位等方面发挥应有作用。协会工作中站位要高、立意要远，要开动脑筋、勤于思考，善于发现并抓住事关全局的症结性问题。活动不在多而在精，各类活动要精心筹划、周密安排、精细实施，议题设置要有全局观念和前瞻意识，抓住重大的理论问题和创作现象，选择有创造潜力的艺术家和代表性作品，开展理论研讨和学术攻关，形成一批在全国有影响力的学术成果，切实发挥示范带动效应，用实际行动和扎实业绩履行名副其实的行业主导职能。

前不久，为了应对新媒体、自媒体的迅猛兴起条件下，文艺评论阵地日趋多样可能让许多客观、理性、正面的文艺批评声音在看似海量的信息冲击中被渐次遮蔽的事实，评协成立了中国文艺评论传播联盟，目的在于更好地联络文艺评论传播阵地，整合文艺评论优势资源，凝聚各方面的评论力量，推动文艺评论行风建设，努力传播优质的文评信息，构筑良好的评论环境，进而形成加强改进文艺评论的强大合力。今后评协要切实发挥联盟的作用，加强各评论媒体间的团结协作，团结一大批老中青评论工作者，围绕共同议题策划不同选题，或者围绕不同议题的参差发声，形成交响式组合，达成主流媒体的集群化效应。要建立不定期的协调联络机制，互通信息、拓宽眼界，不断提升敏锐把握文艺现象的能力，增强理论的预见性；联络协调不同层次的评论家，不断提升应对复杂局面和谋划理论话题的水平，增强文艺批评的理论深度；不断实现资源的快速共享和有效整合，增强文艺评论的传播力和影响力。

在这个工作过程中，要特别关注和重视新的文艺现象，关注和重视新文艺组织和文艺群体，关注和重视文艺评论的新生力量，为广大的文艺工作者搭建一个更为广阔、优质、专业的交流互动平台，努力推出并造就一大批有影响力的文艺领军人物，壮大繁荣文艺评论的有生力量，让文艺评论发出更响亮的声音。评协要尽最大努力协调全国和地方媒体实现联动，全国性媒体要以较强的全局观和较广的覆盖面对具有整体意义和价值的文艺现象、思潮、作品及时发声，地方性媒体则应注重区域性特色文艺，精耕细作，竞放亮点，在左右互动、上下呼应中不断提升文艺评论的整体效应。

新时代文艺的发展进步需要评论的与时俱进。与文艺界各个协会相比，评协是个新生事物，是个新团体，许多工作需要在探索中逐步推进，有个"从战争中学习战争"的过程。我们要真诚希望并虚心接受专家学者提出的建议与意见，以便把工作做得好些、再好些。正如杜甫在《小至》诗中所言："岸容待腊将舒柳，山意冲寒欲放梅。"我们有理由相信，通过大家的共同努力，文艺评论事业一定能够迎来天气渐暖、繁花竞开的美好春天！

（2017 年 12 月 22 日，在中国评协一届四次会议上的致辞）

集结队伍壮大评论力量

在这天高气爽的金秋时节，来自全国各地的六十余家文艺类媒体聚集在中国文联，共同发起成立中国文艺评论传播联盟。这是大家期待已久、振奋人心的一大喜事，也堪称文艺理论与评论界的一件盛事。

在文艺工作座谈会和中国文联十大、中国作协九大开幕式上，党中央一以贯之地把加强和改进文艺理论评论作为党对文艺工作领导的一个重要内容，特别强调文艺理论评论要褒优贬劣，激浊扬清，更加有效地引导创作、推出精品、提高审美、引领风尚。表明了党中央对文艺理论与评论工作寄予厚望。

文艺评论历来是创作与鉴赏的中间环节，是人类文明交流互鉴、传续发展的重要手段。在当今这样一个信息爆炸、传播多元的全媒体时代，无论是社会主流价值的倡导、还是文明多样的维护，无论是优秀作品的传布、还是低俗作品的狙击，无论是创作得失的鉴别、还是大众审美的引导，文艺评论永远都是创作与鉴赏、艺术家与受众间不可或缺的桥梁与纽带。况且，文艺评论作为一种特殊的文化传播方式，其存在和发展都离不开特定的媒介渠道。从历史上看，任何一次传媒的更新、变迁，都催生出文艺评论新的原则、方法和理念，改变着文艺评论的既有方式和格局。近些年，伴随着新媒体、自媒体的迅猛兴盛，文艺评论的阵地不断丰富，形式日趋多样。应该说，这是评论的福音，但同时也出现了不少令人担忧的问题。比如，一些品位低下、信口雌黄、生搬硬套、语意含糊的所谓"网络批评"在短时间内成为舆论热点；一些"语不惊人死不休"的怪异学说受到追捧，让许多平和、理性的文艺批评声音在看似海量的信息冲击中被渐次遮蔽，这些现象都值得高度重视。理论传媒本来就是个小众群落，如果任其发展，理论评论的社会影响必将大打折扣。所以，我们必须认真研判，积极应对。

成立中国文艺评论传播联盟的目的，就在于更好地联络文艺评论传播阵地，整合文艺评论优势资源，凝聚各方面的评论力量，推动文艺评论行风建设，努力传播优质的文评信息，构筑良好的评论环境，进而形成加强改进文艺评论的强大合力，切实推进我国文艺事业繁荣发展。这既是贯彻落实中央精神的一项重要举措，也是对文艺评论和文艺传播面临新挑战新任务的一次有力应对。

这里，谨对即将成立的文评联盟提四点建议。

一是坚持正确导向，弘扬社会正气。导向是文艺评论的生命。坚持正确导向，就是要坚持为人民服务、为社会主义服务的方向，用马克思主义文艺思想指导文艺创作和实践，在涉及发展中国特色社会主义事业、坚持党的领导以及国家统一、民族团结、改革开放等大是大非问题上，保持清醒头脑，不能有丝毫含糊，做到旗帜鲜明，立场坚定。所有联盟成员单位，都要切实加强文艺的基础理论建设，既继承中国传统文艺理论优秀遗产，又借鉴西方文艺理论精华，不断推进理论创新，开拓马克思主义文艺理论与批评的新境界。要保持高度的理论清醒和文化自觉，运用历史的、人民的、艺术的、美学的观点去鉴赏文艺作品，梳理创作现象，辨析文艺思潮，研究真问题、提出新见解，引导创作者树立以人民为中心的创作观念，引导消费者追求积极健康的审美情趣，大力弘扬真善美，贬斥假恶丑，自觉抵制低俗、媚俗、庸俗之风的侵蚀，最大限度地发挥文艺评论在振奋民族精神，弘扬中华正气方面的积极影响。

二是开展健康批评，引领文艺风尚。繁荣文艺理论与批评，需要建立一种融洽和谐、宽松自由的文化氛围，需要倡导一种生动活泼、平等论争的学术风气。成立中国文艺评论传播联盟，应在营造这样的氛围和风气上做出更加艰苦的努力，开展更加卓有成效的工作。所有的联盟成员单位，都要潜心研究创作实际，追踪文艺热点，注重研究文艺创作与文化发展的倾向性、前瞻性、战略性课题，深入策划系统性的理论话题，有效克服话题分散、浅尝辄止、讨论不深入的科研弊端。要倡导求真务实的文风，鼓励评论家讲真话、道实情、不隐恶、不护短，对优秀的文艺作品和新生的文艺现象给予热情关注，对不健康的文艺现象和作品给予严肃批评，推动那些勇于坚守真理、敢于直陈时弊的评论力作脱颖而出。要组织与引导评论工作者深入创作一线，捕捉苗头性、倾向性和趋向性问题，及时总结，准确发声，形成系统话题，造成广泛声势，解决实际问题，推动学术进步。要倡导学术民主，鼓励不同的文艺观点充分讨论，不同的艺术流派自由竞争，以具有真知灼见的理论成果和良好的学术氛围重塑文艺领域的朗气清风。

三是凝聚各方力量，搭建话语平台。参与发起中国文艺评论传播联盟的各家传媒机构，都有着独特的媒体资源和人才优势。但身处信息化时代的汪洋大海，传统理论媒体的单一资源优势很难发挥，只能寄希望在集约化的联动中让传统媒体迸发出更大的生机与活力。我们要通过组建联盟，加强各文艺评论媒体间的团结协作，围绕共同议题策划不同选题，或者围绕不同议题的参差发声形成交响式组合，达成主流媒体的集群化效应。要建立不定期的协调联络机制，互通信息、拓宽眼界，不断提升敏锐把握文艺现象的能力，增强理论的预见性；不断提升应对复杂局面和谋划理论话题的水平，增强刊物的理论深度；不断实现资源的快速共享和有效整合，增强文艺评论的传播力和影响力。在这个过程中，特别是要关注和重视新的文艺现象，关注和重视新文艺组织和文艺群体，关注和重视文艺评论的新生力量，为广大的文艺工作者搭建一个更为广阔、优质、专业的交流互动平台，努力推出并造就一大批有影响力的文艺领军人物，壮大繁荣文艺评论的有生力量，让文艺评论发出更响亮的声音。

四是倡导优势互补，形成强大合力。这次发起文艺评论传播联盟的单位，既有传统媒体，也有新媒体；既有全国性媒体，也有区域性媒体；既有以理论为主的媒体，也有以评论为主的媒体；既有文艺领域综合性媒体，也有某一艺术门类的专门性媒体，建立文艺评论联盟，不是谋求削平特色、整齐划一，而是追求差异化生存，突出并强化各自的专业特点和目标读者群，实现优势互补，形成整体合力，共同建立文艺评论传播的新格局。各联盟单位要切实发挥自身的专业优势，明确学术定位，务求在报刊评论同质化的浪潮中别具一格，办出特色、高人一筹。新老媒体要注重融合，传统媒体在继续发挥学术规范、学理深厚优势的同时，积极把这种优势搭载到新媒体的快车上；新媒体则应在保持反应快捷、覆盖宽广、传递方便等优势的同时，寓健康、有意蕴的审美于轻松、生动而又快捷的传递方式之中。全国和地方媒体要实现联动，全国性媒体要以较强的全局观和较广的覆盖面对具有整体意义和价值的文艺现象、思潮、作品及时发声，地方性媒体则应注重区域性特色文艺，精耕细作，推出亮点，在左右互动、上下呼应中不断增强文艺评论的整体效应。理论和评论媒体要实现结合，没有充满生机活力的文艺评论，文艺理论研究就难有突破性进展；没有坚实的理论根基，文艺评论就难以获得深刻的理论力量，重理论研究的媒体和偏实时评论的媒体要相互支持、互为映照，让理论关注现实，让评论更有深度。专业和综合类媒体也要实现互补，专业媒体要在保持对本领域深入研究的同时，努力推动不同艺术门类评论的互鉴和跨界；综合类媒体则要在把握文艺整体格局和思潮动态的同时，积极关注某些领域内的重要人物、作品和现象。倘若如此，文艺评论的整体优势和强大合力就会日益显示出来。

文评传播联盟建立之后，中国文艺评论家协会、中国文联文艺评论中心要认真履行职责，加强与联盟各成员单位之间的联络与沟通，拓宽渠道，创新形式，多开展对推动文艺繁荣发展有切实效果的活动，多开展有思想性、学术性、艺术性和传播力、影响力的活动，多开展真正团结凝聚文艺评论工作者的活动，讲求实效，不务虚名，真正让联盟在加强相互间的交流互动、推动文艺理论基础建设、提高评论学术分量、提升理论工作者社会地位等方面发挥应有的作用。

总之，真诚地希望在座的各位携起手来，深入关注创作动态，准确辨析文艺思潮，全面总结创作经验，科学探索文艺规律，正确引导创作和审美，努力成为当代文艺实践的忠实见证者，成为人类精神深处的注目者，成为民族精神家园的守望者，为推动社会主义文艺的繁荣发展、实现中华民族的伟大复兴作出当代文艺理论与评论的应有贡献。

（2017 年 9 月 26 日，在中国文艺评论传播联盟成立仪式上的致辞）

职业精神造就媒体影响力

——写在《中国艺术报》创刊20周年之际

1995年7月19日在中国文联成立46周年之际,应广大艺术家的强烈呼吁,在中央领导同志的直接关心支持下,《中国艺术报》在京创刊。自此,中国文联有了一个崭新的舆论平台,文艺工作者有了一块精神栖息地,也开启了文联文艺宣传工作的新篇章。

创刊20年,《中国艺术报》走过了一段说来平常,却也并不寻常的光荣岁月。

——20年来,《中国艺术报》坚持正确办报方向,积极宣传党的理论和文艺方针政策,紧紧围绕党和国家的工作大局,着力宣传中央重大决策部署,有力地在文艺界传递了党和政府的声音。

——20年来,《中国艺术报》坚持服务文联中心工作,作为一个重要信息平台和宣传窗口,真实记录了文联事业发展的恢宏图景,较好地扩大了文联组织的影响力和号召力。

——20年来,《中国艺术报》坚持艺术水准和专业眼光,关注文坛艺苑热点、亮点与焦点,积极推介名家、新秀的精品佳作,彰显文艺五彩缤纷、百花斗妍的时代风貌,见证了新时期文艺事业繁荣发展的辉煌历程。

——20年来,《中国艺术报》坚持面向读者、面向基层,展现人民群众丰富多彩的文化生活，满足文艺受众不同层次的审美诉求，使当代艺术在人民大众中找到了知音、得到了普及，切实发挥了文艺化育心灵、引领风尚的作用。

——20年来，《中国艺术报》同人秉承良好的职业操守和团队精神，殚精竭虑、开拓创新，陆续增刊扩版，设立了一系列特色鲜明、定位精准的栏目与版面，影响力日益扩大。近些年，更是重点关注报道了文艺界核心价值观、"深入生活、扎根人民"主题实践、文艺界行风建设、文艺志愿服务活动、"中国精神·中国梦"文艺主题创作等一系列重要文艺活动；推出了一系列"敢于直言、有针对性、有战斗力"的文艺时评和评论文章，开创文艺批评新风；推介了李雪健等一大批忠实践行"爱国、为民、崇德、尚艺"文艺界核心价值观的德艺双馨艺术家；刊发了《我的父亲是农民》等众多"有筋骨、有道德、有温度"的优秀文艺作品，取得了显著成绩，荣获了中国新闻奖、中直机关优秀基层党支部等众多荣誉，多次受到中央领导同志和上级主管部门的充分肯定和高度赞扬，已成为一份业界有声望、社会有影响的专业报纸。

所有这一切，都倾注着报社新老领导班子和全体编辑记者的心血与汗水，承载着各级领导和业界朋友的关心与厚爱，借此，我们理应向他们表达最由衷的敬意！

在隆重纪念《中国艺术报》创刊20周年之际，中央领导同志专门作出重要批示。批示中对《中国艺术报》创刊20年来取得的成绩给予高度评价和充分肯定，对《中国艺术报》今后的工作提出了明确的要求和殷切的希望。这充分体现了中央领导同志对中国文联和中国艺术报社工作的关心，让人备感振奋、深受鼓舞。我们一定要认真贯彻落实批示精神，牢记使命，不负重托，不断开创文艺事业和文联工作的新局面。

当然，20年在历史长河中仅是短暂的一瞬。成绩只属于过去，未来之路更长。正如古人所言：开源不亿仞，则无环山之流；崇峻不凌霄，则无弥天之云。而开环山之流，乘凌云之志，还需要同志们付出更大、更艰辛的努力。

我们真诚希望报社继续牢牢把握文艺宣传的正确导向，深入学习贯彻习近平总书记在文艺工作座谈会上的重要讲话精神，紧紧围绕文艺繁荣的中心任务，切实增强新闻报道的亲和力、吸引力和感染力，讴歌真善美、传递正能量，努力在文艺界营造出风清气正、团结向上的良好氛围。

我们真诚希望报社继续坚持贴近实际、贴近生活、贴近群众的办报方针，竭诚为广大文艺工作者服务，竭诚为基层群众服务，认真倾听群众的文化诉求和文艺界的呼声，深入报道文艺创作和文化实践活动，广泛宣传不断涌现的先进典型，切实发挥报纸在引领风尚、教育人民、服务社会、推动发展方面的独特作用。

我们真诚希望报社继续紧密配合文联工作的大局，按照"全国文联一盘棋"的思路，深刻把握文联工作面临的新形势和新任务，着力探索文艺界人民团体工作的特点和规律，注重发现各级文联开展工作的有益经验，积极展示文联系统在理论、实践和制度创新的昂扬风貌，努力促进文艺界行风建设进一步向上、向善、向好发展。

我们真诚希望报社全体同人更加兢兢业业地苦练内功，提升素质，培养更多的精通专业知识、洞悉文艺趋向、具备敏锐审美判断和较高采编能力的优秀人才，依托专业的采编力量、权威的信息渠道、规范的采编流程，加快传统媒体与新兴媒体整合的步伐，精心打造更多的优质新闻产品，努力提高文艺报道的权威性和影响力。

最后，我们也真诚希望艺术大家和专业人士继续关心和支持《中国艺术报》，继续在这里尽情表达艺术观点、吐露艺术心声，展现艺术才华、讲述艺术人生，使之真正成为广大文艺工作者的精神家园。更希望艺术报全体员工能在新的历史起点上，再接再厉、锐意进取，按照中央领导同志的批示要求，进一步把《中国艺术报》做大做强，为推进文艺事业和文联工作的繁荣发展，为实现中华民族伟大复兴的中国梦作出新的更大贡献。

（2015 年 7 月 20 日）

艺术与传媒期刊的使命

——在第二届艺术与传媒期刊论坛上致辞

今天，在纪念延安文艺座谈会召开 76 周年的特殊日子，中国文艺评论家协会和北京师范大学艺术与传媒学院联合举办改革开放 40 年来的中国艺术与传媒学术期刊主编论坛，深入研讨新时期中国艺术与传媒学术期刊发展的经验、道路与使命，是件很有意义的事情。在此，谨代表中国文联和中国评协对论坛的开幕表示热烈祝贺，对所有参会的专家学者和期刊老总们表示真诚欢迎和衷心感谢！

学术类报刊是现代教育和学术体制的重要组成部分，既是现代学术发展与知识生产的重要平台，也是艺术学学科发展的重要支撑力量。改革开放以来，中国艺术与传媒学术期刊伴随着文化的繁荣与艺术的兴盛，走过了极不平凡的 40 年发展历程。40 年，众多艺术类学术期刊与人民同呼吸、与时代共命运，时刻倾听社会变迁的足音，及时回应时代进步的关切和人民大众的审美需求；40 年，紧密联系文艺兴衰起伏的实际，追踪创作动态、梳理文艺现象、辨析艺术思潮，积极助力于文化的繁荣；40 年，密切关注国际学术前沿，融汇中西、贯通古今，有力推动着文艺的创新和学科的拓展，学界面貌发生了历史性巨变；40 年，一茬又一茬专家学者在这里春播秋收、辛勤耕耘，培育了一大批学科精锐，收获了巍巍壮观的科研成果，可以称为新时期文艺激情燃烧岁月里最具理性辉光的一支不容忽视的生力军。应该说，如果没有艺术类学术期刊的积极参与和强力带动，新时期文艺思想能否如此活跃、文艺思潮能否如此澎湃、文化业态能否如此丰富、学科建设能否如此进步，都是难以想象的。因此，认真总结40年办刊的成败得失，积极探寻适应中国进入新时代艺术类期刊接续发展的可能路径，确乎是学界十分紧迫的历史使命。

当前，面对新时代对文化发展的新要求，面对互联网传播对传统媒体带来的新挑战，艺术类学术报刊毫无疑问正在不同程度上面临着观念滞后、应对失策，运转缓慢、经营乏力，人才外流、底气不足，关注度下滑、黏合度降低的风险，如何走出困境、华丽转身，确实是大家难以回避的时代命题。

尽管生存的困境、转型的压力千头万绪，但至少需要思考这样五个方面的问题。一是我们可否在信息化、智能化大潮无法逆转、且传统媒体也无可替代的两难中做出选择，面向未来、顶层设计，制定长远的战略性规划，统筹运作新老媒体融合发展的行动纲领；二是我们可否在坚守学术品位和高雅品格的前提下，积极引进互联网和两微一端的传播理念，重构刊物采编与经营的体制机制；三是我们可否紧贴时代、紧盯前沿，秉持内容为王的宗旨，用专业说话、靠思想引领，力争在学术创新中高出一筹、勇攀一流；四是我们可否不断学习新知识，更新旧观念，努力提升适应快餐阅读时代的选题设置能力，深化编、写、读互动流程，努力探索既强调高端学术含量、又考量深入浅出的观赏效应；五是我们可否打造新型的营销模式，广泛开展跨界合作交流，积极培育新的盈利方式和造血机能，为信息化时代学术期刊开创更加广阔、更加充满生机活力的生存空间。我想，只有真诚直面并切实回答这些问题，艺术与传媒类学术报刊或许才能不断增强思想引导力、社会公信力和市场吸引力，才能在可持续的良性发展中找到自身强筋健体的康庄大道，实现新时代的再出发。

我们衷心期待这个论坛，切实发挥高校科研人才集中、学术积淀丰厚的优势，伸一把援手，为转型期艺术类报刊出谋划策、提出真知灼见。以此为契机，进一步增强高校与报刊界的业务交流，促进作者与编辑之间的经常性互动，为最新科研成果的完美呈现与快速转化，为艺术与传媒学术报刊在新时代的接续发展，作出学人的一份激情奉献。

最后，预祝论坛取得圆满成功，真诚祝愿所有艺术与传媒类学术报刊紧跟时代、锐意创新，双向开拓、越办越好！

从电视到大视频

在第 23 个"世界电视日"到来之际，我们隆重举办第四届中国电视大会。来自国内外电视从业者在这里共聚一堂，共话电视发展大计，是件极具前瞻意义的盛事。

联合国将每年的 11 月 21 日定为"世界电视日"，目的在于通过电视广泛而巨大的传播影响力，聚焦社会热点，推动文化交融，以促进世界传媒业的发展和人类文明的进步。作为国内最具规模的庆祝"世界电视日"的专项活动，中国电视大会的创办，既是对"世界电视日"设立宗旨的忠实贯彻，也体现了中国电视界积极参与媒体改革创新的决心，以及推动传统媒体与新兴媒体融合发展的战略实施。中国电视大会已成为电视行业立足中国、面向世界的一个重要交流平台。

本届大会以"从电视到大视频"为主题。这个主题清晰地显示出电视业从过去走向未来的步履，也描绘出电视人不畏艰辛、奋勇开拓的坚定信念。回望过去，电视业从无到有、从小到大，电视人筚路蓝缕、拼搏进取，真实、准确而快捷地记录下许多重要的历史性时刻，创造出一个又一个深入人心的精品节目。立足当下，日新月异的新技术革命带动新兴媒体的迅猛发展，传统的视听受众早已从单一的电视收看变成了无处不在的大视频，电视业面对着前所未有的严峻挑战。放眼未来，如何应对这百年未遇的历史大变局，如何以崭新的面貌更好地服务广大电视观众，推动电视行业持续繁荣和创新发展，是摆在每个电视人面前不容推卸的历史责任。

我们要履行职责、不辱使命，就要坚守正确导向，引领社会正气。古人云：文章合为时而著，歌诗合为事而作。电视作为最大众化、最接地气的传播方式，我们必须拆除心灵的围墙，紧跟时代、贴近大众。要踏下身子，投注感情，用最具生命力的镜头和影像，生动展现新时代改革与建设的蓬勃实践，清晰记录中国人民不懈奋斗的辉煌足迹，实地体验普通百姓的喜怒哀乐和酸甜苦辣，热情讴歌劳动大众对美好幸福生活的追求与渴望。我们要坚持正确导向，传播社会正能量，将崇高的价值理念融入新闻生产和艺术创作之中，讲品位、讲格调、讲责任，让舆论空间充满清风正气。要秉持职业操守，履行社会责任，不为名诱、不为利惑，坚决抵制低俗、庸俗、媚俗之风，不在市场经济大潮中迷失方向。要尊重事实、恪守真理，精心拍好每一个镜头，精心打磨每一部作品，精心办好每一个栏目，以无愧于这个伟大时代的理性自觉，努力为传媒受众打造一个能提供真实信息和理性思考的、有权威性和公信力的传播平台。

我们要履行职责、不辱使命，就要推动媒体深度融合，在挑战中赢得机遇。中国政府明确要求，"要加快传统媒体和新兴媒体融合发展，充分运用新技术新应用创新媒体传播方式，占领信息传播制高点"，"受众在哪里，宣传报道的触角就要伸向哪里，宣传思想工作的着力点和落脚点就要放在哪里"。处在信息全球一体化的时代，推进媒体的融合是历史发展的必然趋势。深度融合不是物理合并，而是化学合成；不是为了简单适应而融合，而是为了更好地生存发展而融合，目的在于有效增强主流媒体的传播力、引导力、影响力和公信力。媒体融合要遵循媒介信息传播的规律，强化互联网思维，坚持传统媒体和新兴媒体优势互补、一体发展，注重用户体验，通过多样化传播方式、分众化互动服务方式、大众化生活化话语表达，尽快从相"加"阶段迈向相"融"阶段。要以先进技术为引领，深入研究运用人工智能、5G、大数据、云计算、4K8K 超高清等，要掌握技术应用的主动权和主导权，让电视作为主流媒体在深度融合发展中不断创造新的机遇、赢得新的优势。

我们要履行职责、不辱使命，就要用更加宽广的视野，在国际交流中发展壮大自己。开放的中国要"推动文明互鉴，使文明交流互鉴成为增进各国人民友谊的桥梁、推动社会进步的动力、维护地区和世界和平的纽带"。这恰与联合国创立"世界电视日"的初衷不谋而合。电视作为 20 世纪人类最重要的发明之一，承担着联结世界、沟通人心的历史使命。透过电视这个载体，讲好各国的故事，是实现文明交流互鉴，促进文化融通、人心相通的最佳途径。我们要讲好中国故事，一是用最能打动人们心灵的情感去塑造勤劳善良的国人形象，用最宜于与世界相容相洽的文化理念传播中国声音。二是要大力加强国际交流合作，打造传播度更广、接受度更高的精品力作，让更多的中国故事赢得海外受众的理解和认同。三是拥抱新媒体，充分利用互联网技术，学会运用让海外受众更能接受的方式进行国际传播平台建设，让中国博大精深的优秀文化更好地走向世界。

今年是广西壮族自治区成立 60 周年，也是中国电视事业诞生 60 周年。六十载峥嵘岁月，六十载春华秋实。60 年特别是改革开放 40 年，我们的国家取得了举世瞩目的成就，广西也从昔日的西南边陲发展成为我国面向东盟开放合作的前沿和枢纽，中国的电视事业也全程亲历、见证并记录了这一伟大的历史进程。今年的大会选在广西，意在借助广西拥有着"一湾相挽十一国"的独特区位优势，借鉴广西电视媒体与东盟国家媒体的交流合作的新经验，进一步拓展中国媒体与"一带一路"沿线国家开展合作传播的新模式。希望在两天的会议中，大家能够加强经验交流，汲取各方智慧，提出真知灼见，增进彼此共识，切实把"从电视到大视频"的议题变成下一步具体的工作思路和实际行动。

电视曾经有过光彩夺目的辉煌，只不过这一辉煌已经成为历史；电视能否有个辉煌的明天尚未可知，如果我们期待会有，那么电视辉煌的明天一定属于那些不甘平庸、奋勇创新的开拓者。让我们大家携起手来，砥砺前行，共创电视行业更加美好的未来！

（2018年11月21日，在"世界电视日"第四届中国电视大会上的致辞）

一如既往　再创佳绩

在 2018 新春佳节即将到来之际，在全党全国各族人民深入学习宣传贯彻党的十九大精神，夺取全面建成小康社会伟大胜利的重要时刻，我们隆重举行第十届全国德艺双馨电视艺术工作者表彰大会。借此机会，谨代表中国文联向受到表彰的 47 位同志表示热烈的祝贺！同时也向为我国电视艺术事业繁荣发展做出积极贡献的全国广大电视艺术工作者，致以诚挚的问候和崇高的敬意！

党的十八大以来，党中央高度重视文艺工作，中央领导同志先后在文艺工作座谈会、中国文联十大中国作协九大等会议上发表重要讲话，党中央先后出台了一系列重要文件，为文艺工作提供了重要遵循。党的十九大报告又用专门一个章节，深刻阐述新时代推动社会主义文化繁荣兴盛的若干重大问题，为繁荣发展文艺事业、建设文化强国指明了方向。广大电视艺术工作者认真贯彻党的文艺方针政策，辛勤耕耘、精心创作，推出一大批思想精深、艺术精湛、制作精良的精品佳作，也涌现了一大批德艺双馨的电视文艺工作者，对于提升电视艺术的文化品位和水准、丰富人民群众精神文化生活，繁荣发展中国特色社会主义文艺做出了重要贡献。

中国视协从 1998 年开始，举办"全国百佳电视艺术工作者"推选活动，之后改为全国德艺双馨电视艺术工作者推选表彰，至今已历时 20 年。这期间，一大批品德高尚、艺术精湛的电视艺术工作者通过推选活动脱颖而出，在业界树立了电视人的良好形象。可以说，活动的开展，在弘扬和践行社会主义核心价值观，推进电视行业行风建设，建设德艺双馨的电视艺术工作者队伍等方面都发挥了重要作用，在文艺界引发了积极反响。电视人为此付出的辛劳和汗水，相信广大电视观众都会铭记于心。

当前，中国特色社会主义进入了一个新时代，新时代要有新作为、新气象。既往的成绩都属于过去，文化强国建设的神圣使命正召唤着我们，正期待着广大电视艺术工作者做出更加刻苦的努力。这里，我想就深入学习宣传贯彻党的十九大精神和新时代中国特色社会主义思想，努力开创新时代电视文艺工作新局面，提几点建议与希望，与大家共勉。

首先，希望大家始终坚定文化自信，永远牢记使命担当。党的十九大报告指出，文化是一个国家、一个民族的灵魂。文化兴国运兴，文化强民族强。没有高度的文化自信，没有文化的繁荣兴盛，就没有中华民族伟大复兴。我们可以这样讲，举精神旗帜、立精神支柱、建精神家园，是中国文艺的崇高使命；弘扬中国精神、传播中国价值、凝聚中国力量，是文艺工作者的神圣职责。广大电视工作者要始终坚定文化自信，牢记使命担当，坚持走中国特色社会主义文化发展道路，以社会主义核心价值观为引领，创作更多饱含高尚精神品格、丰富思想内涵和鲜明价值取向的优秀文艺作品，激发全民族文化创新创造活力，引导人们积极投身新时代的伟大征程。我们只有用自信的文化，才能带动全民族全社会的文化自信。从今年开始，党和国家将陆续迎来改革开放40周年、新中国成立70周年、全面建成小康社会、建党100周年等重要时间节点。包括电视艺术工作者在内的广大文艺工作者，要扎实深入生活、真情投入创作，不断推出一大批再现中国历史特别是中国革命史的恢宏历程、反映社会主义改革与建设的火热生活、讴歌真善美的人间真情、并能鲜明体现以爱国主义为核心的民族精神和改革开放为核心的时代精神的优秀文艺新作，以此来增强文化自信，振奋民族精神，凝聚中国力量，吹响实现"两个一百年"奋斗目标的集结号。

第二，希望大家始终坚持以人民为中心，谱写为人民而抒情抒怀的崭新篇章。社会主义文艺是人民的文艺，人民是文艺工作者的母亲。人民群众的生活百态是文艺创作的源头活水。一切优秀文艺工作者的艺术生命都源于人民，一切优秀文艺创作都要服务于人民。一旦脱离人民，就会丧失根基，成为无源之水、无本之木。2017年11月21日，中央领导同志在给内蒙古自治区苏尼特右旗乌兰牧骑队员们的回信中明确指出："乌兰牧骑的长盛不衰表明，人民需要艺术，艺术也需要人民。"广大文艺工作者必须始终坚持以人民为中心的创作导向，把满足人民精神文化需求作为文艺创作和文艺工作的出发点和落脚点，不断增强大众意识和人民情怀，更多关注新时代国家蓬勃发展的伟大征程，更多聚焦人民群众追梦圆梦的火热实践，从沸腾的社会现实中汲取丰富营养，从丰厚的生活沃土开掘鲜活素材，在深入生活、扎根人民中进行无愧于时代的艺术创造。电视艺术作为一种最具社会影响力的大众艺术，广大电视艺术工作者更应该牢牢站稳人民立场，对人民用真心、动真情、表真意，与人民同呼吸、共命运、心连心，追随人民的脚步、聆听人民的心声、体察人民的向往、感受人民的情怀，用影像记录劳动大众的酸甜苦辣，用镜头呈现人民群众追求美好生活的不懈奋斗，用荧屏展现中华儿女实现民族复兴的壮丽征程，以更多充盈生机灵气、散发泥土芬芳的优秀佳作，来满足人民群众日益增长的文化需求，增强艺术大众的获得感和幸福感。

第三，希望大家始终秉持创新创造精神，把精品意识贯穿艺术创作的全过程。衡量一个时代的文艺成就最终要看作品，衡量一个文艺家的成就最终也要看作品。开创新时代文艺工作新局面，不仅需要良好的氛围，更需要有一大批立得住、传得开、留得下的精品力作来支撑。对于文艺工作者来说，创作是中心任务，作品是立身之本。广大文艺工作者要始终坚持弘扬中华优秀传统文化，坚持创造性转化和创新性发展，树立精品意识，笃定艺术追求，千锤百炼、精益求精。要把创新精神和精品意识贯穿文艺创作全过程，与时俱进、推陈出新，紧跟时代步伐、呼应观众需求，在提高作品的精神高度、文化内涵、艺术价值上寻找新的突破口和增长点。要坚持不忘本来、吸收外来、面向未来，创作更多体现中华文化精髓、反映中国人审美追求、传播当代中国价值观念、又符合世界进步潮流的优秀作品，推动中华文化走向世界。电视艺术作为集合了文学、电影、美术、音乐、舞蹈等各种艺术门类的综合性视听艺术，需要电视从业者用心关注每一个创作元素，精心体察每一个艺术形象，尽心打磨每一个细枝末节，一丝不苟、精雕细琢，不断创作推出更多具有中国风格、民族气魄、当代筋骨的优秀电视艺术精品。

第四，希望大家始终坚守艺术理想，在追求德艺双馨的征程中阔步前行。文艺是铸造灵魂的工程。而立心铸魂、塑造精神，创作者首先必须塑造自己。党的十九大报告中特别强调：要"加强文艺队伍建设，造就一大批德艺双馨名家大师，培育一大批高水平创作人才"。名家大师和高水平创作人才，要从养德修艺开始。每一个电视艺术工作者从走上文艺道路的第一天起，首先学会做人，做个真实的人，做个善良的人，做个有理想、有追求、有爱心的人。把追求德艺双馨作为坚守一生的艺术理想，牢记于心、百折不回。要始终坚持正确价值追求，用实际行动履行社会责任、恪守职业道德、加强自身修养、提升综合素质，模范践行社会主义核心价值观，积极参加社会公益活动，讲品位、讲格调、讲责任，自觉抵制低俗、庸俗、媚俗，用更多优秀的作品弘扬主流价值观，传递社会正能量，引领健康的社会风尚。广大电视艺术工作者特别是电视明星作为公众人物，其言行举止对社会大众、对青少年有着很强的示范作用。知名度越高、关注度越大，责任就越重。大家一定要有足够的角色意识，秉持高尚的职业操守，追求健康的生活方式，时刻保持清醒的头脑，勇于斩断名缰利锁，不为浮利所惑，不为虚名所累，在艺术追求上志存高远，在社会责任上勇于担当，努力用更加优秀的艺术创造和良好的社会形象来赢得广大观众的欣赏与喜爱。

在1月5日学习贯彻党的十九大精神研讨班开班式上，中央明确强调：昨天的成功并不代表着今后能够永远成功，过去的辉煌并不意味着未来可以永远辉煌。我觉得这两句话，特别适用于包括在座诸位在内的文化名人。行百里者半九十，艺术之路漫漫而修远，相信大家绝不会因为今天的荣誉而骄傲，不会因为过去的成就而懈怠，更不会因为明天的困难而退缩。忘掉已有荣誉，重新以饱满的热情投入工作，才能再接再厉不断开拓，用更多优异的成绩回报党和人民的关爱，回报广大观众的殷切期待。

中国文联和中国视协作为党领导下的文艺界人民团体，是党和政府联系广大文艺工作者的桥梁和纽带。当前，我们要深刻把握中国特色社会主义新时代条件下，文艺界人民团体工作的特点和规律，深刻把握文艺发展面临的新形势新问题和文联工作的新职能新任务，深化改革，转变作风，创新手段，认真履行团结引导、联络协调、服务管理、自律维权的工作职能，切实发挥行业主导作用，努力把文联和协会建成温馨和谐的文艺工作者之家。

各位同人，新时代吹响了前进的号角，新时代开启了崭新的航程。伟大的新时代，为广大文艺工作者提供了燃放青春、施展才华的广阔舞台；人民群众对美好生活的向往，对文艺创作提出了更高要求和殷切企盼。愿大家团结一心、振奋精神，不辱使命、不负重托，创作更多无愧于时代、无愧于人民的精品力作，努力攀登新时代文艺创作新高峰，为决胜全面建成小康社会，夺取新时代中国特色社会主义伟大胜利，实现中华民族伟大复兴作出新的更大的贡献！

（2018年1月21日，在第十届全国德艺双馨电视艺术工作者表彰会上致辞）

影视创作的初心与使命

在收获的金秋时节，大家相聚在美丽的海滨城市秦皇岛，为着新时代文艺繁荣的目标，共同开启首次"北戴河文艺峰会"。

在前不久召开的全国宣传思想工作会议上，党中央明确要求做好新形势下宣传思想工作，必须自觉承担起举旗帜、聚民心、育新人、兴文化、展形象的使命任务。而兴文化、展形象，自然也包含着不断推出讴歌党、讴歌祖国、讴歌人民、讴歌英雄的精品力作，书写中华民族新史诗的重要内容。这次峰会紧扣"人民与英雄"的主题，从某种意义上说，就是贯彻落实中央精神的一次具体行动。

本次峰会以"人民与英雄——中国主旋律影视创作的初心与使命"为题，意在通过影视作品中人民与英雄形象的塑造这个切入点，探讨改革开放40年来主旋律影视创作的成功经验与突出问题，为新时代主旋律影视创作提出有价值的思路、方法和理论支撑，这对于推动新时代文艺特别是影视创作的进一步繁荣具有十分重要的现实意义。

"人民与英雄"是个老话题，也是一个常说常新的时代新课题。中国共产党以为人民服务为宗旨，表明社会主义事业是人民大众共同的事业。毛泽东同志说过："人民，只有人民，才是创造世界历史的动力。"人民是社会的物质财富和精神财富的创造者，也是社会发展变革的决定性因素。而英雄大多来自人民、起于蓬蒿，他们在特别时刻、特殊状态下，以超常能力、过人智慧和忘我精神，或在危难时刻挺身而出，或在平凡中创造不凡业绩，为民族大业和人民幸福做出重大贡献，他们是人民的杰出代表和学习楷模。我们讲人民和英雄共同创造历史的时候，归根到底还是人民创造了历史。社会主义文艺就其根本而言，是人民大众的文艺，人民是文艺工作者的母亲。人民是生动鲜活的历史活剧的"剧中人"和"剧作者"，他们所"创编"的历史活剧永远是文艺创作生产的源头活水。因此，人民与英雄是社会主义文艺永恒的主题。真实反映人民创造历史和追求美好生活的奋发精神，努力满足大众不断增长的精神文化需求，让他们享受文化发展的最新成果，是社会主义文艺的本质要求和价值体现。

当代文艺要想真正成为时代前进的号角，引领时代的社会风气，文艺工作者就必须强化时代担当，成为社会风气的先行者；必须始终坚持以人民为中心的创作导向，把讴歌人民、礼赞英雄，作为自己天经地义的历史使命；必须自觉地讲品位、讲格调、讲责任，坚决抵制各种低俗、庸俗、媚俗之风，用真正健康优秀的文艺作品去陶冶情操、启迪心智、引领风尚。

创造真正的能体现新时代新风貌的优秀作品，我们理所当然需要旗帜鲜明地讴歌人民、礼赞英雄，旗帜鲜明地唱响时代精神主旋律，以凝聚民族意志，提供智力支撑，这是毫无疑义的。同时我们也要旗帜鲜明地反对概念化、标签式的表达方式。因为概念化、标签式的表达是虚伪的、廉价的，其结果只能让文艺蒙羞。中央领导同志明确强调："人民不是抽象的符号，而是一个一个具体的人，有血有肉，有感情，有爱恨，有梦想，也有内心的冲突和挣扎。"把人民和英雄作为抽象的符号，进行概念化、口号化处理，艺术形象就会干瘪，就会"席勒式地把个人变成时代精神的单纯的传声筒"，就不可能产生感人肺腑的艺术力量。文艺工作者只有带着真心与真情，在生活的第一线去感受时代脉搏、激发创作灵感，才能聆听时代前行的足音，回应社会进步的呼唤，才能真正体味出人民大众内心的渴求、焦虑和企盼；只有欢乐着人民的欢乐，忧患着人民的忧患，血管里流淌着炽爱人民的热血，笔管里才能传达出人民的心声，才能成为社会的书记官和时代的良心；只有发自内心的、真诚的、个性化的独特艺术表达，才能够真正切入时代，展现人民的主人翁风采，塑造血肉丰满的英雄形象，才能经得住审美的与历史的检验，让作品具有恒久的艺术生命；只有如此，主旋律艺术才称得上是有筋骨、有道德、有温度的作品，才能真正地走进大众的内心，产生切实广泛而又深刻的影响，实现掌声与口碑同在，社会效益与经济效益双赢。

今年是改革开放40周年，以"新时期"为标记的当代文艺，孵化了中国文化的涅槃重生。这是近代历史上绝无仅有的几个文艺的黄金时代之一，或许可以与意大利文艺复兴、苏联的解冻文艺和中国五四新文化运动的狂飙突进相提并论。40年波澜壮阔的历程，文艺在弘扬时代精神主旋律方面取得了巨大成绩，积累了丰富经验。诸多的成功经验需要深入总结，某些失败的教训亟待认真汲取，这或许也是举办峰会的目的所在。这次峰会，我们既邀请了当前影视领域有重要影响力的理论与评论界名流大咖，也云集了众多活跃在影视一线的著名策划、编导和演员，为文艺创作、表演与评论提供了一个直接对话的平台，以便于大家交流思想、破解难题、凝聚力量、增进共识，峰会从内容到形式都算一次创新的尝试。恳请各位专家学者利用这个机会，围绕峰会主题，开展坦诚而富有成效的讨论与论争，畅所欲言、开诚布公，力求碰撞出更多精彩的思想火花，形成一些主旋律创作中带有普遍性、规律性的理论共识，为新时代影视艺术的未来发展提供可资参考的学术镜鉴。

河北历史悠久，文化底蕴深厚，古往今来，形成了以慷慨悲歌为源流的燕赵文化、以西柏坡精神为代表的红色文化、以塞罕坝精神为代表的社会主义先进文化；河北人民淳朴善良、热情好客，在改革开放和现代化建设进程中，涌现出众多可歌可泣的感人故事，创造了特色鲜明的当代河北文艺，也先后推出过像《海棠依旧》《太行山上》《周恩来的四个昼夜》《血战湘江》《李保国》《最美的青春》等优秀影视作品，希望与会同志能悉心关注这些个案，解剖麻雀、以点带面，多为河北的文艺繁荣发展出谋划策，不吝赐教，奉献各自的聪明才智与真知灼见；也希望大家集中精力把峰会开好，专题讨论中能够形成扎实的学术成果，把峰会打造成水平一流的文化艺术交流平台。

（2018 年 9 月 11 日在北戴河文艺峰会上的发言）

中华文化传统与当代艺术创新

唐代诗人祖咏曾这样吟咏初冬时节的长安："终南阴岭秀，积雪浮云端。林表明霁色，城中增暮寒。"此时，我们也恰在初冬举办第二届中国文艺长安论坛，来自全国各地的知名专家学者热情参与、共聚一堂，让大家一扫初冬的寒意，感到格外温暖。作为主办方，我们对给予本次论坛大力支持并付出辛劳的各位同人表示诚挚谢意！

党的十九大报告明确提出，要坚持中国特色社会主义文化发展道路，激发全民族文化创新创造活力，建设社会主义文化强国，这为文艺事业的繁荣发展指明了方向。去年创设的中国文艺长安论坛，目的就是建立一个有利于交流思想、破解难题、凝聚力量、增进共识的平台，论坛倡导以中国文艺繁荣发展的重大理论和现实问题为主要研讨方向，汇聚国内文艺理论专家和艺术家，为弘扬中华美学精神、传承优秀传统文化、促进文艺健康发展集思广益，这或许也可视为中国学界激发创新创造活力、谋划文化强国建设的一个具体行动。

今年长安论坛的主题是："中华文化传统与当代艺术语言创新。"这是全球化语境下，面对新时代的挑战，如何阐释、激活、传承中华传统文化，推动中华文艺创新发展的热点话题，也是文化研究和文艺理论评论事业发展面临的前沿性课题。

文化是一个国家、一个民族的灵魂。文化兴则国运兴，文化强则民族强。中国特色社会主义文化，源自中华民族五千多年文明历史所孕育的优秀文化传统，积淀着中华民族最深层次的精神追求，代表着中华民族独特的精神标志。生生不息、博大精深的中华传统文化是中华民族心灵深处强大而坚实的精神高地，特别是面对当今世界大发展大变革大调整的动荡格局，面对各种思想文化深度交流和激烈碰撞的复杂形势，持之以恒地坚守中华文化立场，传承优秀民族文化，展现中华审美风范，实现中华优秀传统文化在新的历史时代的创造性转化和创新性发展，这理应且也必须成为我们保持文化自信、立于不败之地的坚强基石。

语言是文化概念最为基础、最具标志性的组成部分。语言作为人类最重要的交流工具，是记录思考与思想的产物，是文明发展的桥梁纽带。有人说没有语言就没有文化，因为人类借助于语言保存和传递着文明进步的成果，才使文化一代又一代流传下来。在漫长的人类社会发展进程中，靠着语言的媒介在人与人之间、古代人与现代人之间、中国人与外国人之间进行沟通与交往，靠着语言文字储存了海量的文明进化信息和璀璨的文化篇章。

我们讲中华文化的伟大绝非自吹自擂，最核心的关节点在于它五千年从未中断。存续五千年的汉语，是中华文化最根本的介质和最重要的历史见证。无论从仓颉造字的远古传说，还是从安阳小屯出土的龟甲上的文字，人们依然可以强烈地领略到"天雨粟，鬼夜哭"的震撼。五千年的汉语虽历经变化，但现在依然普遍使用，典籍仍旧顺畅流通。而同时出现的其他文明像古埃及、古巴比伦、古印度的语言文字要么遗失，要么变成了谁也不识的天书，这就导致了文明的中断，客观上也显示出语言在文化传续中的地位与影响。德国语言学家哈尔曼的一项最新研究显示，世界上大约有5651种语言，包括1400多种不被人们承认是独立的语言，剩余90%的语言或许将在 21 世纪逐渐走向灭亡。因而，守护汉语，保持汉语的纯洁性和生命活力，是捍卫中华文化的一项基础性工程。艺术语言作为创造主体在特定艺术创造活动中所采用的独特媒介，决定着特定艺术的表现手段和方法，体现为艺术作品外在的形式与结构。没有艺术语言，就没有艺术作品存在的空间。当然，语言不是一成不变的僵死的教条，随着社会的发展和艺术实践的进步，语言包括艺术语言也需要不断地发展更新，以适应时代要求，满足审美变迁，不断增强文化表达的生机与活力。处在全球化、信息化时代，如何在不同民族不同文化的相互激荡中坚守本土立场、接续中华文脉，如何在文化的密切交融中保持鲜明的民族个性，在激烈的竞争中占据优势地位，是时代赋予广大文化工作者的重大课题，也是我们义不容辞的历史责任。

保持文化表达的活力和后劲，就必须进行艺术的创新，而艺术的创新最根本、最首要的，就是艺术语言的创新。艺术语言的创新不仅包含艺术媒介符号和表现手段的创新，而且更是艺术家思维方式和审美观念的创新，创新的目的，在于不断激发并生动表达出变化了客观世界蕴藏于物质和感性外壳中潜在的深邃的精神内涵。正如习总书记在中国文联第十次全国代表大会、中国作协第九次全国代表大会开幕式讲话中所指出的："向着人类最先进的方面注目，向着人类精神世界的最深处探寻。"艺术语言的创新，实质就是向着人类精神世界最深处的探寻。

中国特色社会主义进入新时代的艺术语言创新，我想最为重要的工作有三。一是必须追寻回望历史，深入了解中国艺术语言传统和发展脉络。中华民族五千多年的文明史，蕴藏着五千多年深厚的语言发展根基，是艺术语言创新的宝贵资源。中外一些大思想家都认为中国文化的特点是审美艺术性，在世界文化格局中独树一帜，我们是诗的国度、文学的国度、审美的国度。当代艺术语言的创新，必须注重中国传统文化基因与现代艺术思维的融合，注重传统艺术理念与写意美学的融入，把"中华美学精神"贯彻到艺术创作和艺术语言创新的实践中去，充分挖掘中国传统艺术语言的独特优势和精神价值，展现中华艺术的民族性和审美特征，这是在新的语境下艺术语言创新的必由之路。二是必须紧密联系发展的时代与生活，捕捉生活脉搏，熔铸时代精神，从社会现实的变迁和人们的日常生活中吸收丰富而又鲜活的有益养分，特别是适应信息时代和媒体变化需求，引入高新技术和一切可能的技术手段，敢于突破常规，不断提高创新能力，大胆在观念、内容、风格、样式上创新，让语言包括艺术语言在因应时代的变化中焕发出蓬勃生机。三是必须具有全球化的视野，从外来的文化资源宝库中汲取更加丰厚的滋养，进行中西艺术语言的整合与利用。在资讯异常发达的当下，我们必须秉持清醒的价值理性，在坚守本土文化立场的基础上，大胆吸收外来的文化滋养，促成中国艺术语言与世界的融合，做出在鲜明个性基础上更具人类审美共性的艺术表达，顺应并符合全人类共有的人性深度、审美取向和文化潮流，为构建人类命运共同体尽一份中华文化的力量。只有这样，才能赋予中华文化新的生机和活力，才能创造出具有中国特色、中国风格、中国气派的文化话语体系、学科体系和评价体系，才能坚定文化自信，推动社会主义文化繁荣兴盛。

陕西历史悠久，文化源远流长。作为中华文化的策源地和古丝绸之路的发端，陕西自古就是中外经济、社会、文化交流的重要节点，也是中华文化与西方文化交流、融会的一片热土。中国历史上许多辉煌的时代都与陕西有关。20世纪中叶以来，以赵望云、石鲁为代表的"长安画派"坚持"一手伸向传统，一手伸向生活"的艺术思想，在新中国画坛上另辟蹊径、独树一帜，是新中国成立以来时代内容与民族特色有机融合并创造出中国画新境界的最为成功的范例之一。进入新时期，西部电影、音乐和秦腔都曾峥嵘再现，光彩夺目，特别是文学陕军的集中出征，曾经异常鲜明地润染着当代文学的辉煌。传统与当下的思想碰撞与有机结合所展示的恢宏现实，对我们今天论坛的主题颇具启示意味。陕西丰硕的文艺创作成果、悠久的文化传统和丰厚的学术积淀，值得参会的专家学者认真学习思考并进行深度的学术概括。更希望与会专家抓住这次机会，真诚交流、畅所欲言，为我国艺术语言的创新和文艺的繁荣发展奉献各自的聪明才智和真知灼见。

（2017 年 11 月 29 日，在第二届中国文艺长安论坛上的发言）

知行合一育良才

今年是北京大学艺术学科100周年、北京大学艺术学院建院（系）20周年。首先，我们要对这一庄重的纪念活动及本次面向未来艺术教育主题论坛的成功举办表示热烈祝贺。

北京大学艺术学科建立百年以来，植根于北大丰厚的学科沃土和悠久的人文传统，挺立于我国现代高等艺术教育和艺术理论探索的潮头，引领了全国艺术专业教育和艺术理论研究的发展潮流，为社会贡献了一大批重要的艺术思想、艺术理论成果和艺术人才，对中国现当代文化艺术事业的发展进步发挥了极大的推动作用，做出了重要历史贡献。

每当我们漫步在北大未名湖畔，总会自然联想起曾经在这里辛勤耕耘的蔡元培、朱光潜、宗白华等一代学术大师，他们如同一颗颗璀璨的明星，在中国艺术教育的星空熠熠生辉。蔡元培先生作为北京大学现代艺术教育和美育的开创者，他亲自在北大哲学系开设美学课，倡导以美育代替宗教，希望为乱世中颠沛流离的同胞找到一个精神家园。学贯中西的朱光潜先生努力以深厚的学养建构自己的学术体系，把北大的美学课程提高到一个学术化新阶段。而宗白华先生更以他特有的个体生命体验方式体味中国古典文化之美，以舒缓而灵动的语言风格把握住了中国艺术最深刻的内涵。这些学界翘楚，奠定了北大作为中国美学研究重镇的历史地位。

自 1997 年开始，北京大学艺术学先后设系建院。在叶朗、王一川等诸位教授的带领下，继往开来，薪火相传，秉持并发扬了先贤的文化理念，积极发挥北京大学的多学科优势，坚持"道""技"并重的方针，注重开展基础性、前沿性课题研究，注重培养富有人文思想、充满创新精神的复合型艺术人才，成为全国高校美育和艺术教育的中心。

不久前，习近平总书记在中国文联、作协代表大会发表重要讲话，明确指出要重视和加强艺术教育，提高人民群众艺术素养。提示我们要从国家文化安全、民族精神独立的战略高度来认识艺术教育重要性。这次论坛以"面向未来"为主题，邀集国家有关部委、各大院校专家学者围绕艺术教育的前沿和热点问题进行研讨，很有意义，充分体现了北京大学艺术学院的使命担当和创新意识。我想，加强改进艺术教育至少需要加强三个方面工作：

一要继承优良传统，坚守文化自信。文化是一个国家、一个民族的灵魂。中华民族有着五千多年的文明史，在五千年的历史长河中，中华儿女用自己的聪明智慧和不懈追求，培育和发展了独具特色、博大精深的中华文化，为中华民族克服困难、生生不息提供了强大的精神支撑。十年树木，百年树人，艺术教育作为一项文脉传承的重要工程，关系到我们民族文化基因的接续发展，必须葆有坚定的文化自信。我们绝不能割断文化传统的血脉，以洋为尊、唯洋是从，完全套用西方理论来剪裁中国的艺术实践和文化审美，不能用去历史化、去价值化那一套，来颠覆与解构传统经典中蕴含的有生命力的文化基因和价值取向。尤其是在世界风云激荡、文化冲突频仍的当下，艺术教育越是面向未来，就越要重视传统，越要夯实传统文化的根基。只有坚守文化自信，从历代圣贤那里汲取聪明智慧，才能保持对自身文化理想、文化价值的高度信心，保持对自身文化生命力、创造力的高度信心，以更基本、更深沉、更持久的力量，来接续中华文脉，并使之发扬光大。

二要关注前沿领域，拓宽学科疆界。博大精深的中华文化绵延不绝五千年，不仅在于它源远流长、自强不息的强大创造力，而且在于它海纳百川、兼容并蓄的巨大包容性。艺术教育只有不忘本来、吸收外来，才能真正面向未来。我们要用更加博大的胸怀与气度，大胆吸收借鉴古今中外一切优秀的艺术养分和科研成果，积极涉足前沿领域，大胆拿来、有机利用，在互学互鉴中不断拓宽自身的学科视野。特别是伴随互联网技术的迅猛发展，艺术创作生产、传播消费、欣赏评论等正在发生着深刻调整，青年一代已经将互联网作为获得艺术滋养、享受艺术美感、积累艺术体验和发表艺术观点的主要途径。我们要适应信息时代传播变化的历史趋势，格外重视回答互联网条件下如何改进艺术教育这个大问题，把艺术教育涉及的所有问题放在互联网条件下加以考量，敢于突破常规，引入高新技术和一切可能的技术手段，创新艺术教育的理念、内容、方式和手段，占领文化发展的制高点，真正实现艺术教育和学科建设的创新性发展。

三要直面社会需求，务求知行合一。艺术是一项实践性很强的事业，既需要放飞想象的翅膀，更需要脚踩坚实的大地，艺术教育也是如此。如果远离艺术实践，与社会需求脱节，艺术教育就会凌空蹈虚。在这方面，北京大学有着很好的传统，蔡元培先生当校长期间，就倡导成立了画法研究会、书法研究会、音乐研究会很多艺术教育机构，曾聘请了徐悲鸿、陈师曾、萧友梅、刘天华、胡佩衡、陈半丁等艺术家，一边搞艺术研究，一边搞艺术创作，既留下许多精湛的学术思想和艺术成果，也给后人改进艺术教育提供了有益的方法启迪。面向未来的艺术教育，不仅要通过理论学习、课堂讲授和文献研读等传习科学的艺术理论，帮助受教育者打造坚实而全面的理论功底；还要透过丰富多彩的形式把学生带向艺术创作实践一线，直接介入艺术现场，培育他们敏锐的艺术观察力和精准的审美判断力。

在学用结合的前提下，要强化问题导向，关注现实需求，及时捕捉艺术发展的新动向，努力从当下社会实践中开掘新的艺术内容和形式的生成依据，不断提升自身的艺术创造活力和科学研究水平。

中国文联与北京大学在学科建设方面有着广阔的合作空间，文联所属文艺评论家协会与艺术学院共建了中国文艺评论基地，先后开展过"中华美学精神的当代传承"等课题研究，举办了全国文艺评论人才研修班，取得了很好的社会反响。今后，我们真诚希望双方发挥各自优势，进一步巩固合作成果，不断开拓新的合作空间，勠力同心、整合资源，共同为社会主义文艺事业的繁荣发展尽一分力量。

（2017 年 1 月 12 日，在北京大学面向未来艺术教育主题论坛上的发言）

捡拾历史的文化印痕

　　混迹于文艺行当半辈子，只能算个杂家，什么都略知一二却又不精通，对抗战时期桂林这段历史的了解更是非常肤浅。听了各位专家学者深入研究的成果介绍，很有收获，学到不少东西，进一步加深了我对这段历史岁月的价值认知。说实话，在抗战中后期，延安和作为大后方的重庆、桂林、西南联大、香港等地，都是当年最重要的抗战文化基地和抗战文化的中心。在这一灾难深重的历史时期，中华民族面临着国破家亡、亡国灭种的危险，但同时又是中华民族同仇敌忾、抵御外辱最艰苦卓绝的一个时期，抗战文艺谱写了中华民族文化史上最光彩的一页。它真实记载了一个民族不畏艰难、不畏强暴、勇于牺牲、勇于奋斗、不甘做亡国奴的最悲壮的一段历史记忆。这段文化史，作为中华民族宝贵的历史文脉，理应得到更好的整理与传承。

　　首先，广西师大三代学人，几十年筚路蓝缕，刻苦经营，深入发掘与研究桂林文化城历史遗迹和文化遗存，收获了一系列重要的研究成果，既显示出作为所在地专家对这样一个带有地域性特色的文化现象的尊重和敬畏，也展现了三代学人的慧眼与卓识，更彰显出文化人特有的责任感和担当精神。看过一些专门介绍，也曾拜读过在座各位的某些大作，对这些研究成果表示由衷敬佩！可以肯定地说，大家为此付出的心血和代价是值得的，也是十分有价值的。相信随着时间的推移，从文化史的研究和中华文脉的传承上的角度看问题，其未来的价值可能会愈益显现。

第二，桂林文化作为抗战时期特别岁月里的一种特殊文化现象，值得今人认真地思考。从表面上看，桂林文化城已经毁于敌机的疯狂轰炸，甚至连遗存都很少，但绝不等于说这段历史因时过境迁就没有价值了。事实上，在当年面临国破家亡的状态下，颠沛流离的人们在生存尚且艰难的时刻没有忘记文化，这是一种多么神奇、多么神圣、多么崇高的思想境界！西南联大在整个南迁过程中没死一个人，堪称人类文明史上的一个奇迹。蒋介石说，娘希匹，国家可以亡，文化不能亡。文化亡了，国家就彻底完蛋了，看完这段话对蒋先生肃然起敬。那代人有如此的历史眼光，了不起！中华民族没有亡，也不可能灭亡，最根本的就是因为有这样的文化基因、有这样优秀的文化传统，此其一。其二，是一代文化人聚散离合的过程充满传奇色彩。来自四面八方的文人墨客，带着国仇家恨，带着强烈的民族自尊心和不受屈辱、不甘做亡国奴的爱国情怀，带着救亡图存的共同心愿走到了一起，爱国主义的民族情怀激发了大家空前的创作热情，现当代一批文化巨人在其间成长起来，在中国文艺发展史上留下了一批经典之作，正可谓国家不幸诗家幸。何以在如此动荡的年代出现如此辉煌的文化景观？这无法不令人深思。原因可能很多，我想最为重要的或许是思想的活跃和激情的迸发，这对我们探讨未来文化的繁荣具有特别的启迪意义。其三，一批文化人在被逼无奈的逃难过程中聚集桂林，他们带来的先进文化和观念，对这个地区的文化发展起了巨大的推动作用。桂林文化城的兴起，抗战文艺的繁荣，还有包括像秦似等当地艺术家的成长，都与此密切相关。茅盾在《雨中杂想》曾经真实记述了桂林有那么多新兴书店和文化杂志，显示出当时文化的兴盛；艾青的《火把》生动描绘出社会各界轰轰烈烈持火把游行的盛况，把国人顽强抗战的爱国热情渲染得淋漓尽致；欧阳玉倩等人举办的西南戏剧展，来自八省区、数千人、历时三个月，对抗战戏剧是一次规模空前的大检阅，产生了巨大的国际影响，这都形成了非常奇特的战时文化现象。再就是暂时的生活安顿让艺术家们爱上了这块土地，桂林秀丽的自然山水给了他们以情感的慰藉和审美的陶冶，因而像丰子恺的《桂林山水佳天下》、田汉的《秋色赋》、艾青的《街》、巴金的《桂林受难记》《微雨》、白薇的《第四期抗战的广西》之类的写作，都成为这段历史的最好见证。其四，在国破家亡的困难时期，文化人抛弃门户之见，形成了非常融洽和谐的人际关系。大家有难同当、有福共享，不计代价、不讲报酬，在今天市场经济条件下更显得那么难能可贵。时代可以变，君子之风不应改变，这是一笔宝贵的精神财富。其五，一批文化人在落难的时候被迫流落民间，客观上让他们第一次真正地认识了中国，认清了国情，结识了底层的百姓，对他们后来的人生态度和创作风格的改变，无疑都会产生重大影响。足见真正的接地气的现实触动，才是对艺术家最直接鲜明的爱国主义教育。所有这一切，都具有耐人寻味的参照价值。

最后讲几点不成熟的建议。一是广西师大团队为抗战时期桂林文化研究付出了巨大心血，默默地做了许多学术奉献。如何在现有基础上做更加深入的延伸性研究，在继续整体层面描述性研究的同时做更加细化的个案研究，重回历史起点，找回历史语境，以期让桂林文化城研究成果更有立体感，更加丰满起来。同时，也可更多的考察当年在桂林生活过的艺术家们，桂林生活对他们创作的影响以及这些影响的普遍性价值何在，这都有待大家做进一步的努力。二是既然桂林文化城作为抗战时期一种的特有文化现象，似乎应该放置于全国性的更大视野之中，与重庆、昆明、北京、上海、香港和延安等地的抗战文化结合起来，进行对比性的比较研究，既突出和强调它的特殊性和个性特征，又发现其中更多带有规律性的东西。三是需要加强田野调查。特别是在城市快速发展的变革时代，历史文化遗产更需要抢救性保护。原有的桂林城毁掉了，老一辈见证人也为数不多了，历史遗迹对现代人已经变得十分遥远，如果我们这代人再不去抢救，不进行实地的考察、标记与发掘，未来再想进行现状描述已不大可能。开展深入细致的田野性调查会给我们留下更多的历史痕迹，未来桂林建博物馆也好、纪念馆也好，就会留下一些实物资料，就会有效增加史料的厚重感和真实性。四是文化如何与大众相结合，桂林文化城是个最鲜明的实力性教材。我们一直讲文化要走向大众，其实当年办西南戏剧展的时候，给文化怎么去走向大众上了生动的一课。那时节，大家都是穷困潦倒，身上没有多少钱，但是他们有高昂的爱国热情，有甘于奉献的牺牲精神，有文化情怀和担当意识，他们全身心地投入并组织了这样的活动，意在调动和激发人民大众的爱国主义热情，老百姓也勇于参与、乐于接受，这是文艺与大众关系的最好诠释和注解。现代人经济上富裕了，但精神上却是贫困的。如何让文化真正走向大众，走进人心，让大众在物质生活富有的同时，精神生活更加丰富起来，桂林文化城是最好的历史镜鉴。如果抗战文化研究能让历史告诉未来，那就是未来中国文化的希望。

（作者在桂林抗战文化研讨会上的发言）

让文化助力城市发展

聚焦魅力北海，共襄文化盛会。值"文化北海"建设暨第八届北海文学艺术周活动隆重开幕之际，作为一个北海的新市民，请允许我借此送上热烈的祝贺和美好的祝愿！

文化与人类的进化过程如影随形，是将人与其他生物区别开来的重要标志。人们常说：文化是一个国家和民族的灵魂血脉，是人类心灵赖以寄托的精神家园。伴随着人类社会的发展，特别是信息时代的突飞猛进，文化的地位和作用正日益凸显。文化不仅是经济发展的内在动力，而且逐渐成为新兴经济的最主要增长点。在中国特色社会主义"五位一体"的总体布局中，文化是十分重要的一维。当下，我们无论是推动经济转型和高质量发展，无论是满足人民日益增长的美好生活需求，还是战胜前进道路上各种风险挑战，文化都是其中极其重要且不可或缺的战略支点和力量源泉。联合国教科文组织在新世纪宣言中曾经断言：人类社会未来的一切发展都可以用文化来概括。在这样的背景下，北海市委、市政府提出建设"文化北海"的宏伟目标，把今年活动的主题定义为"新时代文化北海的创新发展"，我想，这无疑是一项具有远见卓识的夯实发展基础、拓宽社会潜能、提升民生福祉的重大战略举措。

实现新时代文化北海的创新发展，我想，首先需要顶层设计、精心谋划。要从新时代高质量发展的战略高度，切实把文化建设摆上更加突出的位置，与经济社会和城市建设一起规划、同步实施。文化是决定城市活力、潜力和创新能力的重要因素，推动城市发展离不开文化的支撑。因而，我们要彻底摆脱长期以来经济社会与文化畸重畸轻的机制性困扰，把每一项文化创意和创建项目不折不扣地落实到经济社会发展的全过程，确保物质文明与精神文明协调推进、共同进步。让文化真正成为推动城市腾飞的智力发动机，让高新科技和创意产业成为智慧城市建设的排头兵。

实现新时代文化北海的创新发展，特别需要立足现实，放眼未来。一切从实际出发，把当下社会需求同长远发展目标结合起来。既要弘扬优秀传统文化，又须融入世界文化潮流；既要开掘地方文化资源，又须灌注时代精神；既要关注文化赓续中的转化创造、又须重视借鉴融合中的发展创新，努力建设与向海经济发展相适应的、既具地方特色又有时尚风采的、融会中西贯通古今的独特地域文化，进而打造一张独属北海的亮丽文化名片。

实现新时代文化北海的创新发展，需要树立文化兴市的现代理念。始终坚持把服务人民作为文化建设的出发点和落脚点，着力增加高质量的文化产品和普惠性均等性的公共文化服务供给，努力满足涉及人民群众生产、生活与发展的多方面多层次的精神需求。要传承城市传统风貌和文化多样性，进一步增强城市建筑、街区、园林、广场和雕塑的文化元素，把鲜明的时代特色融入厚重的文化积淀，努力用强烈的辨识度和极高的美誉度来展现优美的城市形象。要把诸如"文学艺术周"之类的文化活动真正办成文化的盛会、市民的节日，时刻让大众在切身参与中体验到更为充实、更加丰富、更高水准的文化获得感，不断提高全体市民的文化素养和全社会的文明程度。

实现新时代文化北海的创新发展，还需要持之以恒、善作善成。要摒弃急功近利、贪大求全的惯性思维模式，精心培育文化事业、文化产业特别是创意文化产业，不断提高城市的文化实力和文化竞争力。精心涵育城市的文化底蕴，耐心期许文化的润泽与成长有个缓慢甚至波折的过程，一步一个脚印地把"文化北海"这个时代课题，做得更加摇曳多姿，结出更为丰满的文化硕果。为此，我们对高起点发展的主题的北海报以真诚而又殷切的企盼！

（2020 年 11 月 23 日在"文化北海"启动式上的发言）

第四辑

文艺佳作
鉴赏品评

海棠无言寄情思

——电视连续剧《海棠依旧》观后

28个春秋的岁月轮替，中南海西花厅见证了周总理后半生忙碌操劳的身影；斯人长逝，冬去春来，含苞待放的海棠花却依然默默期盼着伟人那和蔼的目光。

由张法纯编剧、陈力执导，河北电影制片厂等联合摄制的长篇电视连续剧《海棠依旧》在形式上大胆创新，一改重大革命历史题材创作宏大叙事的惯例，独具匠心地以西花厅为叙事背景，借用舞台剧近乎封闭的表达空间将周恩来同志从1949年到1976年的革命行止与辉煌业绩串联起来，让观众在温馨的追忆中重温伟人的风采。尽管这是一着险棋，没有大开大合的故事情节，没有剑拔弩张的矛盾冲突，没有欲罢不能的悬念设置，但编导团队艺高人胆大，他们立足史实，倾情人物，出奇制胜，从细微处着笔，在动人处落墨，却以珍珠链般的结构方式成功塑造了开国总理居功至伟、真切感人的光辉形象。

《海棠依旧》是一部难得的艺术佳作，为丰富重大革命历史题材电视剧创作闯出了一条新路，其成功经验至少有三。

一是时间线与情感线明暗交织的叙事结构。从表面看《海棠依旧》结构以历史进程为线索，事实上，与时间线同在的还有一条相伴始终的情感线，隐而不见但又无时不在的情感线才是剧作实际的叙事主线。编导应对剧作难题挑战的法宝是他们对总理的挚爱，充满深情的叙事是这部珠串式的作品获得成功的最根本奥秘。这首先体现在，编导满怀崇敬之情选取场景、结构故事。周总理长期主持党中央和国务院日常工作，事无巨细、日理万机，如果不精心挑选个案，剧作就会变成流水账，就不可能产生感人肺腑的力量。剧中那些看似不经意的生活和工作片段描绘，都经过了编导海量的筛选，有着慧眼与匠心的情感表达。总理的每一次接物待人，处理的每一件公务，都是在历史的重要节点上能够显示总理中枢作用和他为人处世风范的典型性案例。这里的每个环节都不用虚笔，不是为了讲故事而讲故事，而是有机地服务于不断丰富着人物形象的塑造。这些案例尽管相互间并没多大关联，但由于叙事者的激情参与，将历史事件与个人情怀融成一片，迅速演变成一次直面历史的记忆复苏仪式，进而使之浑然一体地连缀成一个完整的叙事链条，编导的真情实感因此也成了整部作品的有机构成元素。其次，体现于他们带着深切的缅怀之情追忆总理。珠串式的结构决定了须分讲若干故事，而这里所讲的每一个故事基本上都不是历史事件的完整还原，是带着对伟人的祭悼和追思之情去重温过往，重在体现总理在这些历史进程中所发挥的举足轻重的独特作用，意在从历史的追忆中去验证历史与传说的种种真实，而验证的过程无疑成了编、导、演们共同的深情缅怀与凭吊。再次，体现为在深邃的检视中反思历史。历史剧作为一种艺术形式当然不是简单地记录历史，而是带着当下人的认知高度对历史进行审美判断，并将历史的评说蕴藏于形象的塑造之中。28 年跌宕起伏的历史借助西花厅这样一个平台，当然不可能全方位展开，但仅就这历史舞台的一角所折射出的历史花絮，足可以达到一斑窥豹之功效。从新中国成立初周总理和他的同事们的意气风发、挥斥方遒的精气神，从百废待举到第一个五年计划的完成，从外交领域开疆到新中国走上国际舞台，到后期，身边同事一个个被打倒，一次次汇报式的检讨，一场场心力交瘁的救急应对，甚至于重病时都不放过，总理的脸色渐渐变得暗淡了，依旧慈祥的笑容变得愈益凝重，尽管身边工作人员的不满早已溢于言表，但总理和大姐一如既往给予的解释"只是工作需要"，"我们只能尽力去做"。历史的成败与得失，个中的困窘与无奈，情感的爱恨与情仇，编导似乎什么也没讲，但观众内心将会脱口而出：这个国家怎么啦？这一切到底是为什么？！这是艺术的力量，也是我们认定情感线是与时间线如影随形的剧作主线的重要原因。

二是《海棠依旧》在珠串式的戏剧结构中巧妙地设置了若干条辅线，有效地避免了单线叙事的可能性单调。按编年纪事，头绪杂多，如果每个事件的来龙去脉都进行交代，作品会十分庞杂；如果让每个当事人出场，或没有几个与主要人物相伴始终的角色，作品必然失之松散。编导智慧地解决了这些难题。许多重大历史进程和重要历史事件仅作为剧作的叙事背景，在确保史实准确的前提下，着力围绕历史的重大节点以及总理的工作与生活，巧妙地穿插进几条并列的叙事辅线，比如，在内政方面贯穿始终的人物有邓小平、李富春、李先念、习仲勋、曾山等；外交方面有陈毅、黄镇、耿飚及常怀兄妹等；军事方面有叶剑英、聂荣臻等；隐蔽战线和公共安全方面有罗瑞卿、罗青长等；统战方面有廖承志、沈君儒、章士钊等；家庭线上有邓颖超、周同宇一家和八婶母等；还有总理身边工作人员路晋生、庞先军、瞿大夫等。这些辅线有分有合、似断实连，草蛇灰线、无缝衔接，或带入式的为西花厅的故事铺开更加广阔的社会空间，或从不同的侧面展示出总理的高风亮节、磊落襟怀和雄才大略，或在既定的戏剧框架上为原有结构搭建复合式线索，无论是独立成章，还是相互交叉，抑或是过场式穿插，都有助于构成某种相对独立的子系统，数个子系统汇聚于以西花厅为主干的叙事链，共同编织出剧作的复式结构，势必有机地增强着不同场景和故事间的关联度，让整部作品显得更凝练、更集中、更富有变化。进而在保证作品整体性历史真实的同时，也有效增强了故事的可信度和亲切感，大大提升了作品的吸引力和观赏性。

三是大量精彩而独到的细节设计为烘托氛围与刻画人物起到了画龙点睛的作用。《海棠依旧》最动人之处并不源自曲折的情节和跌宕的故事，而是那些令人过目不忘、耐人寻味的生活化细节。西花厅回廊工作人员来回奔跑的步履、接踵而至的人流、数部电话此起彼伏的铃声、办公桌堆积成山的案卷以及总理数年匆匆走过却无暇顾及海棠的花开花落，都形象地展示出这个共和国大管家事无巨细、日理万机的工作状态；国共谈判时的义正词严、邀请宋庆龄北上的精心布置、开国大典的细节安排、抗美援朝后方供应的艰辛筹措、万隆会议的纵横捭阖、国计民生及内政外交国防的千头万绪、防洪抗震的第一现场、"文革"风暴中清醒而又艰难的履职、中美关系破冰时的据理力争、抱病完成四届人大人事安排和会议议程……无不印证着周总理在党内无可替代的地位和作用；对主席的尊重与维护、对同事和下属的关爱、对荣誉和功劳的谦让，特别是在"文革"极端复杂的背景下，忍辱负重、苦撑危局，以常人难以想象的毅力和韧劲全力维护全党的团结统一和国家工作的正常运转，尽一切可能减少损失，显示了总理无与伦比的大局意识、奉献精神和高尚品格；为国庆受阅空军庄严壮行并践约赠纪念卡、为沈钧如擦拭衣服、为出访的宋庆龄买香烟、给邓小平送"安定"、教将军大使吃西餐学跳舞、为身边工作人员举办婚礼、对震区伤残人员尽量不截肢的嘱托、为泰国小朋友买玩具等，充分表现出总理为人的平易可亲与处事的无微不至；对家属、亲戚和身边工作人员近乎苛刻的要求，不修故居、万隆减警卫、反复出现的套袖和不时向邓大姐"借钱"，对弟弟隔离、义女受审不过问等等，无不彰显着总理严于律己、廉洁奉公的无私境界；还有毛与周深夜海棠树下品海棠、周秉德在毛主席办公桌上写作业并获题词、毛岸英牺牲周对毛的特殊安慰、陪主席会见尼克松时总理不时看手表等，鲜明体现出两个伟人间的革命友谊；总理与陈毅、叶剑英、习仲勋、廖承志、曾山、耿飚、孙维世等人的不同对话方式，清晰注释出不同人际关系和人物性格特征；特别是卫士秘书带着孩子为总理献血，邓颖超在海棠树下、办公桌旁那忧虑、凝重、爱莫能助的神情，面对重病的总理，叶剑英、聂荣臻、耿飚、廖承志等人相继失声痛哭，弟媳和邓大姐用"真不容易"、朱老总用"太不容易了"、毛泽东用"我们让他受累了"来感慨周总理的所作所为……此时此刻，不用编导去刻意强调，那个"吾将公之天下，使四万万人共得而仆之，必不负所托"的兢兢业业、任劳任怨、呕心沥血、鞠躬尽瘁的周恩来形象早已栩栩如生地矗立在观众面前！这也是《海棠依旧》巨大的艺术魅力之所在。

热心冷眼观潮涌

——我看邵剑武的美术评论

退休对多数人而言通常意味着马放南山、颐养天年，像剑武兄这样退而不休、生命活力再次喷发者亦属少见。具体表现为：一则把过去的业余爱好直接转换成上场出演的票友；二则退休两年间连续出版了三本美术评论集，唯实让人惊诧不已。

认真拜读过剑武的《从第一槌开始》《所谓虎去狼来》《收藏是一种记忆》之后，惊讶愈是不减反增。按理说对一个资深的新闻工作者而言，手头积攒个百而八十万的文字并不稀奇，称奇的是，剑武的这些记者文章并未因时过境迁而"速朽"，反过来倒是曝出诸多虽经岁月淘洗却仍亮色不减的真知灼见，这绝不是谁都可以轻易办到的。

剑武坚守美术报道三十余年，凭着一个闻人的职业敏感，他广交书画界朋友，紧盯创作动态，关注文化热点，追踪各种美术思潮的兴衰起落，因而，许多重要的美术事件：比如各类主题性创作、国画的现状与展望、油画的进步与取向、新潮美术、模特风波、文房清供、古籍善本、文物鉴定、各类的画展与艺博会、百年文物流散与海外文物回流，特别是"从第一槌开始"的历年拍卖市场的沉浮升降等等，都在他的笔下得以忠实记录。难能可贵的是，剑武的这些与美术相关的报道均不是简单的事件描摹，不是表象的过程阐述，不是水过地皮湿的流水账，而是既有现象分析又有归纳综合、既有当下过程又有历史沿革、既有动态记叙又有深入思考的文化述评，他擅长把记者捕捉新闻线索的锐敏与学者观察事物的深邃、把新闻迅捷的现象展现与学术深刻的本质把握有机地结合起来，擅长把敏锐的职业眼光、严谨的写作态度与独特的选题视角和深度的专业发现有机结合起来，这就让剑武的美术报道、议论与述评给人以高出一筹的感觉和跨越"记录"局限的学术力量。

剑武的美术专长并非来自科班，也唯其半路出家，他才眼不离画、手不释卷，因为没有十二分的刻苦，就无法深得美术三昧，无法与大师们对话，无法透过花里胡哨的表象去把握内在的实质。正是由于勤勉用功、韧性坚守，他才熟能生巧、渐入佳境，成为业界公认的行家里手。文集中关于齐白石、张大千、黄宾虹、林风眠、李可染、舒同、张仃、周思聪等名流和新秀的书画专论，广征博纳、探幽发微，每人的生命旅程、专业造就、艺术风格以及学术价值的评点与概括均十分精准，清晰透彻、持之有据，读后给人留下过目难忘的深刻印象。如果没有深入翔实的案头准备，没有专业的犀利目光和扎实的美术功力，是不可能实现的。也恰恰因为剑武是跨界出师，他才拥有更加宽阔的视野，更易于跳出专业的局限，因而才能对有关书画的历史源流、思潮脉络、人文精神、艺术创新、良知的宽度、收藏的"平常心"以及眼力与学识、价值与价格、投资与投机、市场诚信与规则等，有着鞭辟入里的客观分析，提出切中肯綮的艺术创见。在各种时髦思潮汹涌澎湃之际，能不畏浮云遮望眼，作出前瞻性的独到判断；在各种模仿盛行之际，能发现精致表象下重复的苍白；在各种大展此起彼伏的热闹中，能看到应付与应酬潜在的危机；在收藏大热波及大众时，能关注利益背后的心态与学养；在卖品屡创新高喝彩山响的时候，能不厌其烦地呼吁理性、良知、诚信与规则等等，显示出一个成熟评论家高度的理论清醒与文化自觉。始终如一且也确切到位地表达了他对当代艺术：如何在历史风云际会中叱咤风云击水中流、在艺术探索中心系天下穷尽幽微、在艺术表现中直抒胸臆袒露心怀、在艺术的酬唱应答中眼界高远不落流俗的美好期盼。

　　美术是剑武作为一个专业记者因工作需要而产生的业余爱好。而把业余和爱好变成兴趣与专业的，来自那份发自内心的对美术的热心与挚爱。因为挚爱，他热心关注、倾其全力，但这种热爱并非一味地赞歌，更多的却是以一种冷峻的专业眼光来看待美术的潮起潮落。也恰因其爱之深、关之切，所以才愈加求之严、责之苛。剑武的美术评论遵从真理、秉持审美，始终保持着自己独立的个性。他从不趋炎附势、随波逐流，从不唯唯躲闪、不顾及世故人情，经常是锋芒毕露、一针见血，这堪称剑武美术评论的一个突出特点。他对国画的假与糙、现代艺术的伪与脏、人物画的"构成"、古人笔墨的翻拣、第一桶金的追问、评委回避、作家画评、"大师"如云、城市雕塑、书画伪证、"监守自选"、拍卖底牌、捡漏心理、拍品虚高、故宫文物被毁、汉奸作品入市、投机的疯狂以及艺术品市场的与狼共舞等等，都有过十分严厉的鞭挞。这些文章率性而为、酣畅淋漓，或直陈时弊，对不良现象予以尖锐批评；或逆势而动，对潜在风险给予冷静提醒；或大声疾呼，对存在问题提出积极建议，读来十分解渴，令人快意顿生。尽管这些直面问题的泼辣文风难免得罪于人，甚至让业界某些位高权重者不那么愉快，但他的确没有囿于一己的爱好和成见，而是出于"为天下所重"之公心、出于对当代艺术进步和文化市场健康培育的良好愿望，所以也就义无反顾地"尽可能地哭着、喊着，也骂着……更多的是提醒着"，彰显了一个有职业操守的正直批评家宝贵的家国情怀和责任担当。随着岁月的流逝，当美术界在为"曾经的偏执（思想的）、曾经的鲁莽（学术的）、曾经的短视（商业的）做检讨"的时候，人们确乎有充足理由为剑武曾经的预判、曾经的警醒、曾经的批评而点赞，为那些喧嚣中的冷思考和前瞻性的真知灼见而叹服。当然，由于这些言之凿凿的批评有理有据、一语中的，倒让那些不良行为的当事者避之唯恐不及，因而剑武的批评不仅没引发官司，反而例外成了他尖锐批评的保护色，这无疑为谄媚之声高昂的文坛吹进了一缕清风。

　　此外，作为复旦中文的高才生，深厚的文化功底也为剑武的文论增色良多，成就了他诗情画意、妙趣横生的行文风格。剑武的美术评论少有"专业化"的掉书袋，常以诗句为题，遣词造句时也特别注重精雕细镂、轻松活泼，文章大多如行云流水，让激情奔涌的叙述充满盎然诗意，给读者带来阅读快感。类似于"吞吐八荒揽古今""且领风骚筑高台""干云意气笔纵横""源足气盛水流长""只恐双溪舴艋舟""疏影横斜暗香浮动""一抹红云千古清音"之类的标题在文集中俯拾即是。文章中诗化的语言更是随处可见，比如他写周思聪："过世太早，所以她有许多的构思没有完成，虽然她已经成就卓然；/身居高位，所以她有许多的责任没有完成，虽然她曾经全力以赴；/成名很早，所以她有许多的应酬没有完成，虽然她内心有些抵触"。他写那些"买而不理、藏而不知、出而不惜"的收藏土豪们："与那些闪烁着人文光辉的千古之物没有建立起难以割舍的感情，他们还没有体会出那些艺术作品徐徐散发的美的气息，他们还没有知会其中的玄妙与清逸、其中的凝重与尊贵，因而也就不懂得珍惜。"其爱憎褒贬之情，寥寥数语，跃然纸上。在社会上普遍厌倦了佶屈聱牙评论文风的当下，剑武犀利且优美的美文批评理应值得人们为之关注且赞赏。不知业界达人以为然否？

苦心孤诣觅文气

——写在《好稿怎样开头结尾》付梓之际

当今时代，做个记者不易，做个"名记"更是难上加难。

尤其在电子媒介高度发达、媒体竞争日趋激烈的当下，选择在纸质媒体特别是党报做个记者或编辑肯定是份苦差事。如果你不想浑浑噩噩混日子，不想满足于做个能完成基本任务就万事大吉的平庸从业者，那么做个真正称职的记者或编辑，不仅需要较高的文化素养、较多的知识储备、较好的文字功底，而且需要较高的政策水平和应急应变能力。因为各种突发的新闻事件不会给你留出充分的准备时间；现场线索的捕捉和尺度的把握无法让你从容不迫地下判断；同一个事件、同一种现象、同一类热点问题，可能会有成千上万的人以不同方式进行关注、发布与报道，要能在其中独辟蹊径、高人一筹，必须拿出"一剑封喉"、一锤定音的真本领。这是一场场不可能有任何预演的综合素质与应激能力的随机测验。

或许我们无法验证优秀与平庸之间有多深的鸿沟，除了天质和机遇的差异之外，跨越新闻报道优劣高下楚河汉界的分水岭有时仅在于从业者用功与用心的多寡。孜孜不倦地善于学习、长于思考、勤于总结、勇于突破，通常会成为好新闻脱颖而出的成功秘诀。忽然而至、临门一脚的功夫，有时不过是长期积累、偶尔得之的自然结果。

《好稿怎样开头结尾》的作者费伟伟，就是这样一个勤奋的用功用心之人。他是个文学爱好者，山大读书时就曾在全国大学生散文比赛中获得过一等奖，散文集《杨花漫漫》《渴望远方》《体验生命》，可谓妙笔生花、行云流水；进入报社，浸润于采编流程，文学写作让位于新闻采编，不仅在报道与编辑两条线上时有佳作呈现，多次荣获中国新闻奖，而且精心钻研新闻业务，在新闻理论研究上也屡有佳构，《新闻采写评》《编采逸兴》《好稿是怎样"修炼"成的》都在业界产生了良好反响，有的一版再版，成为青年从业者入门的必读书目。

《好稿怎样开头结尾》所辑录的文章，没有长篇大论的理论推演，没有佶屈聱牙的概念堆砌，也没有凌空蹈虚的高台教化，有的只是自己长期从业经验的感悟与总结，是值班编稿时的心得体会，是优秀新闻稿件的读后随想，是报社编前会评报时的业务研讨……所有这些文章都注重理论联系实际，持之有据，有感而发，见我见物见精神，具有很强的现实针对性。每篇文章的结尾处均设附录，这既可作资料参考，又可以相互佐证，即时的互动感有效增进了书稿的实用价值。

更为值得称道的是，这数十篇业务探讨性的文字，均不见人们习以为常的新闻概论花样翻新式的贩运，每每充盈着的都是辨识度极高的费氏标签。作者似乎没兴趣对一般性的编采技巧泛泛而谈，而是精心选取新闻写作中两个貌似与新闻主题无多大关联的枝节问题展开深入讨论，从不同角度、不同侧面反复论证开头与结尾的重要性，论证一篇好稿如何需要一个好的开头与结尾，意在强调枝节之于整体的辩证关系，告诉作者与受众，有时候局部处置的得当与否甚至会影响且决定着全局的成败。在全社会大力倡导和呼唤工匠精神的背景下，这样的图书选题对于培育与提升专业人士的乐业敬业意识和采写编辑水平，无疑都具有十分重要的启迪作用。

处在碎片化阅读的浪潮中，对于新闻通讯尤其是短新闻而言，开头结尾早已不再是可有可无的枝节问题。一个好的开头，能吸人眼球，可以起到先声夺人之效，激发起读者的好奇心和阅读兴趣；如果开头不抓人、不出彩，读者懒得阅读，你的新闻再精彩也发挥不了预期作用。古人讲："立片言以居要，乃一篇之警策"（晋·陆机），"开卷之初，当以奇句夺目，使之一见而惊，不敢弃去"（清·李渔）；今人说"开头一半文""好的开头是成功的先导"，都是这个道理。而结尾作为全文的总结与升华，如果不能做到首尾呼应、相得益彰，就无法展现画龙点睛、抑扬顿挫、余味悠长的欣赏效果。文如看山不喜平。精心构思一个别开生面的开头与结尾，是文章好看且耐看的充要条件。业界经常挂在嘴边的所谓"凤头、猪肚、豹尾"之说，无非就是人们实践经验的形象化概括。

顺其逻辑深入推导，构思一个精彩的开头与结尾或许也不是个简单的写作形式问题，它不单是文章构思的前奏，实质上更是寻找整篇作品"文气"的重要环节。说到底，开头结尾酝酿的过程，也是一个捕捉文气的过程。有了文气，写作就能酣畅淋漓、血脉贯通；抓住了这个支点，也就找到了起笔之初提纲挈领的主动脉。王冲有言："天地合气，万物自生"；曹丕讲："文以气为主"；刘勰在《文心雕龙·养气》进一步阐释："率志委和，则理融而情畅；钻砺过分，则神疲而气衰"，"是以吐纳文艺，务在节宣，清和其心，调畅其气"，若能"藻溢于辞，辞盈乎气"，必会自出机杼，"秀气成采"。文气犹如围棋之眼，也如武侠人物的任督二脉，眼开则内气聚，内气聚则实力强，任督二脉一打通，写作也就有了心游万仞的自由广阔的挥洒空间。

当然我们也须特别强调，"文无定法"，才是写作充满无限可能的最大奥秘。任何一个精彩的开头与结尾，都没有固定的模式可寻。开头和结尾，可大可小、可虚可实、可故事可哲理、可抒情可议论、可收拢可宕开、可豪迈可含蓄……只要能够找准切口、独出心裁，只要能够气息流畅、文质合一，只要能够恰到好处、引人入胜，任何方式都可以尝试，都能取得最佳的传播效果。这里的关键，还是在于你能否做一个有心人。

实话实说，做媒体记者和编辑是个良心活，你可以用40%的精力就能勉强交差，甚至混得蛮舒服，但你用200%的努力也永远做不到最好！——这是我当了十多年编辑最深切的感受。任何一个有责任心和使命感的记者编辑，都不能把这份职业仅仅作为谋生手段，而是应当灌注满腔热情，全身心投入，把职业当作事业来干。殚精竭虑、苦心经营，用心、用情、用功，不断增强自身的脚力、眼力、脑力和笔力，认真对待每一个选题、每一次采访、每一则报道、每一篇文章、每一幅版面，深入开掘其中的深刻蕴含和潜在价值，力争在力所能及的范围内做到最好、做到更好。倘如此，才有希望、有可能在媒体近乎残酷的竞争中，切实发挥报纸内容为王的强大优势，在拥挤不堪的传播空间，开辟一片真正属于自己的新天地。

让历史告诉未来
——评电视专题《伟大的抗美援朝》

　　北京卫视《档案》栏目推出的六集专题片《伟大的抗美援朝》，是一部具有历史厚重感和深刻感染力的佳作。作品尊重历史却不乏艺术灵动，饱含深情却不去着意煽情，而是以翔实的史料、独特的视角、宏观的把握和谨严的判断，回望六十年前那段风霜血雨、回肠荡气的历史时光，在捡拾尘封的集体记忆，缅怀英烈丰功伟绩的同时，给人以强烈的震撼、启迪与警示。

　　首先，编导一改历史纪录片经常出现资料堆砌的痼疾，精心调度抗美援朝战争浩如烟海的史料，钩沉发微，条分缕析，最大限度地还原出历史的本真。作品较好地保持了该栏目"揭开尘封档案，还原事实真相"的文化品格，一如既往地把观点权威、事实精确作为栏目运作的基准追求。第一集《抉择》，从美国对新中国展开的（"三把刀"式的）战略包围到中国东北边防军的成立，从朝鲜战火燃烧至鸭绿江到中国政府唇齿相依的现实考量，从金日成将军发出救援信到中苏两国的不同回应，从国庆当天中央政治局不做记录但分歧明显的局势研判，到彭德怀进京数日产生的巨大心理波澜，从周恩来专程对斯大林面陈到通过印度捎给美国政府通牒式的口信，从毛泽东一天之内发出的"出兵"与"暂不出兵"两封电报到最后

"抗美援朝，保家卫国"决心的下定，在一桩桩的事实陈述和层层递进的逻辑推断中，观众可以清晰看到战争酝酿初期的一波三折，中央高层在受尽煎熬的十八天里做出最终决策是何等的艰难！世界上或许没有谁能比那一群刚从硝烟中走出，面临着国家百废待兴繁重任务的中国领导人更渴望和平，但无可奈何的选择却又不容不做！这就是当初"打得一拳开，免得百拳来"的抗美援朝的真实始末。在接下来的两集《较量》和《英雄》中，编导同样直面战争的残酷，不回避中国军队和以美国为首的联军在军事实力上存在的巨大差距，毫不掩饰地把志愿军在自然环境极端恶劣、且装备不对等、机动能力差、后勤补给不足等巨大困难摆在观众面前，让受众真切感受志愿军战士罕见的挑战人类生存极限的难以置信的艰难与困苦。尤其客观呈现了狐狸般狡猾的对手，联军最高司令李奇微对我军"月夜攻势""礼拜攻势"短板的准确分析，以及反制的"绞杀"式战术，给志愿军造成的巨大损失。这就让我们对"松骨峰""长津湖""上甘岭"等战役的惨烈有了更加刻骨的认识；对那条舍生忘死建立起来的"打不烂、炸不断"的钢铁运输线有了更为直观的感受；对整个战争的艰苦卓绝有了更加深切的了解；特别对那些视死如归、勇克强敌、创造人类战争奇迹的先烈们更加由衷地心生感激与敬畏！

其次，编导视野开阔，匠心别具，在十分宽广的社会背景下解析历史进程，有助于人们对那场战争做出更为准确的把握。系列专题片虽然重在描绘抗美援朝战争，但却用了近半的篇幅讲述战场的后方以及战争的影响，充分显示出主创人员把历史事件置于具体环境中考察的历史唯物主义的胆识与情怀。后三集《后盾》《复兴》《和平》，集中展示的是国际主义与爱国主义的融合，在刚获解放的中国人民中激发出来的巨大能量。前方战士用自己的血肉之躯同侵略者展开殊死搏斗，谱写了一曲曲感天动地的革命英雄主义颂歌；后方民众受前线浴血奋战的英雄事迹所感染，全民动员，踊跃支前。超过千万人的参军报名，560万吨的军用物资的生产与运输，2481架飞机的捐献和9970亿元捐款的入库。保家卫国的钢铁意志和匹夫有责的民族气节，把全国人民的爱国热情和民族凝聚力空前调动起来，形成了无坚不摧的强大力量，既形成志愿军以弱胜强的坚强后盾，又成为国内经济年超15%快速发展的精神动力。抗美援朝，是中国近百年与外敌交战首次迫使对手坐下来谈判并以相对公平和约结束的一场战争。战争的胜利，戳穿了美帝国主义不可战胜的神话，展示了新中国不畏强权、说话算数、敢于胜利的气派，捍卫了亚洲和世界的和平，积累了以劣势武装战胜现代化装备之敌的宝贵经验，鼓舞了世界人民反对侵略争取民族解放的意志和决心，大大提升了中国的国际地位和世界威望。日内瓦会议的初次受邀，万隆会议的出色表现，让新中国从此迈开登上国际舞台的脚步，也为国内建设与发展赢得了六十多年的和平环境。至此，抗美援朝战争的价值和意义已不言自明。

再者，《档案》采取特有的叙事方式，把历史影像与现场讲述有机结合，有效增强了故事的"在场"感，推动了历史专题片拍摄形式的创新。作品突破历史专题片影像加画外音的习惯模式，在调动历史资料方面更加灵活自如，除影像素材之外，不仅加进了大量历史照片、文献资料、幕后采访、实物、海报和战局图示等内容，而且还格外注重特写与细节的渲染与刻画。同时，借助大屏幕的背景影片和准确的舞台道具，搭建起十分逼真的历史场景，把真实的历史呈现与现场的情境再现交互使用，透过幻灯机、放映机、录音机、档案室以及电子沙盘等载体，让主持人在"身临其境"中穿插讲述，进一步增强了故事的直观性与生动性，增强了作品的艺术表现力。这种布莱希特式的"间离效果"，对观众特别是年轻观众而言，历史不再陌生，情感不再隔膜，仿佛给人以置身历史现场聆听动人故事的感觉，这样接受起来就更加顺畅自然。

历史是条绵延不绝的长河，回顾过去，审视现在，为的是开创未来。《伟大的抗美援朝》带我们重新走进那段如火如荼、充满了苦难与辉煌的烽火岁月，目的不是要铭记仇恨，而是为了唤醒世人，历史就是历史，否定一切的历史虚无主义是极其有害的。烈士的鲜血不能白流，先贤的功绩应该珍惜！当时，新中国强大的动员能力、人民军队的英勇无畏、万众一心共赴时艰的民族正气，永远值得怀念！尽管时过境迁，冷战思维和武力干涉的威胁正在减少，但抗美援朝战争所熔铸的：不畏强暴、压倒一切敌人的英雄主义气概和天下兴亡、匹夫有责的爱国主义精神，永远不会过时！这理应成为新时期凝心聚力实现民族复兴中国梦的精神支撑和宝贵财富。

生态文艺创作的新收获
——读长篇纪实《追梦珊瑚》

  长江少年儿童出版社 2016 年出版的《追梦珊瑚》，是我国第一部以珊瑚科考与保护为主题的长篇纪实文学。著名作家刘先平不顾耄耋高龄，四下海南、两赴西沙，深入采写、精心雕琢，以诗意的笔触细腻而又生动地描绘出海洋世界光怪陆离的恢宏景象，鲜活而又深刻地再现了海洋科学家们为保护和修复南海珊瑚生态系统所付出的艰辛劳作和忘我奉献。这部作品的问世，不仅对强化稀有资源保护、促进社会绿色发展，而且对唤醒国人的海疆意识、激发爱国热情，都具有十分重要的现实意义。

  刘先平积四十年心血倾情关注自然生态的发展变化，是中国最早一批自觉倡导且始终如一大声疾呼环境保护的文艺家中的佼佼者，他著述颇丰，成就显著，为中国生态文化建设做出了宝贵贡献。

  首先，作为中国大自然文学的最早倡导人和忠实践行者，刘先平热爱大自然、讴歌自然美，其作品中始终洋溢着浓郁的乡风野趣。山野情趣是刘先平大自然文学创作中最集中、最张扬的部分，他对大自然风景的粗犷、清幽、险峻，动物世界的野性、凶猛、趣闻，海洋世界的五光十色，以及科学考察和野外探险的艰辛、刺激、神奇的精彩描写，都是他精心铺陈、极力渲染给读者的迷人格调。古人说："读万卷书行万里路。"先平是一个真正的读万卷书，走万里路，且写万卷书的作家，真正是著作等身。长期以来，先平不辞辛劳，出没于崇山峻岭、长川大漠，在荒山野岭和江河湖海里艰苦跋涉，既饱览了名山大川、荒漠戈壁和海洋世界丰富的自然风光，也历尽了常人所难以忍受的千辛万苦。在他笔下，光怪陆离的大自然世界里诸多的生存奥秘，与他独特的生存阅历、深切的人生体验和对祖国山河的大爱融为一体。他的书中总有一幅幅鲜活生动的野外生活的场景，总有许多常人不知的自然生存奥秘和山野趣闻，总有人们通常难以体验的大自然独特的风采与魅力，所以经常能够带给读者诸多石破天惊的审美惊喜。他的文学创作可以视为有关大自然、动植物生长、生活状态的某种通俗易懂的科学普及读物。从中我们可以了解到猴王的产生、大熊猫的生活、母鹿与鹿仔之间的关系，杜鹃为何将蛋产在别的鸟窝里，野牛如何群攻，大熊猫怎么与红狼交战，兔子怎么和老鹰搏斗，还有鲨鱼、章鱼、水母以及珊瑚等的生存状态，给读者展示出一种完全陌生而又神奇的天地；从中我们领略到大自然的生态衍续与生死交替、野生动物世界激烈的生存斗争、物竞天择的残酷法则以及维系神奇生物链的特殊的神奇景观。读先平的书是一种精神上的享受。每次翻读都会让读者进入一个崭新的自然世界，在清新自然的山乡野趣中，使人们忘却了世俗社会的诸多烦恼和忧愁。

其次，把自己定位于为青少年写作的作家，刘先平作品中始终呈现出清澈的审美目光和清纯的童心世界。这里所说的清澈目光和清纯童心表现在两个方面：一是用儿童般清纯的眼光去观察社会、观察生活、观察自然，给人们带来一个崭新的认知视角；二是不为世俗功利诱惑的境界，在世俗纷争之外保持一种本色的自我和充满激情的探险精神。刘先平把探险作为自己的天性，凡是有探险的机会他都狂热地参加，也为此吃尽了苦头，历经了艰险，有时甚至付出有生命危险的代价。听说有一次先平陷进了熔岩里，要不是夫人的机智救援，他的腿可能就崴断了。其实，探险是年轻人的事业，但先平人老心不老，四十年如一日坚守着。因为他怀有一颗童心，有对事业执着的追求和对探索世界的渴望心态。人们常说：做一件好事不难，难的是做一辈子好事。先平就是这种一辈子做好事的人。他永远以一种纯净的心态去看待自然、看待社会和人生，始终保持着充沛的精力和行动的勇气，这是大自然文学作家的看家本领。他不仅仅把大自然中非常鲜活、生动的、五光十色的现象带进作品，而且他把这些现象与科学普及联系起来，用儿童的视角、以浅显易懂的故事和朴实优美的语言来表达，真正地把科学性、知识性、文学性、趣味性有机地结合起来，并形象生动地展示了祖国大好河山的奇光异彩。他的作品不仅儿童读，成人也受到浸染。读先平的书不仅使人向往动植物世界和科学探险的无穷魅力，也对青少年开阔视野、追求知识、陶冶情操，激发对大自然的想象力都大有裨益。

再者，作家把毕生精力投进大自然，内心深处永远寄予着对祖国大好河山特别是生态文明建设的美好愿景。在刘先平作品中，始终蕴藏着一种强烈的激情，始终饱含对大自然的敬畏与敬重。尽管他笔下描写的都是真实、客观且略带残酷的现实，经常会有某种压抑不住的悲鸣与愤怒，但作为一位生态文明的先觉者，他不遗余力地发出善良的呼唤，呼唤人们尊重自然、尊重生命，建立良好的生态文明，让人类与大自然和谐共处。在过去的作品中，刘先平总是尽力把他对现实的思考用虚构的方式来表达，日益恶化的生态环境正改变着他的叙述方式，开始直接从虚构转到写实，直叙胸臆地去呼吁。从对以皇甫晖为代表的科学家们的追踪与激赏，就可看出作家对目前海洋生态的严峻现实所持的一种强烈态度。一方面，人类生存生活于自然的怀抱，需要自然为之提供生存发展的一切资源；但另一方面，人类对自然盲目地开发和恶性的掠取，人与自然的和谐正日益破裂。就像作家所说：四十年的经历一路走来，过去写过的青山绿水，现在已满目疮痍；过去的动物现在濒临灭绝；过去的河流现在已经干涸；有些森林已经砍伐殆尽，美好的大自然在我们面前已经面目全非。这是多么可怕的事实！在市场"一切向钱看"的畸风下，人们掠夺性地开发、残酷地毁灭着大自然，反过来也日甚一日地威胁到人类的生存与发展。所以，刘先平投入四十年心血，不断呼吁走进自然、爱护自然、保护自然，维系着大自然文学的生长，升华着创作中的绿色主题。尽管作家无法改变"边呼唤边破坏"的事实，但没有呼吁绝不会比现状更好，所以就更加需要更多的人站出来，为此而大声疾呼！这里，充满了一个知识分子深刻的忧患意识和自觉的责任担当。

尽管文学对社会的影响可能是有限的，但是通过文学作品的传播，可以潜移默化地让一代又一代青年人对生态意识有所觉醒，这就是国家的希望，也是人类生存的福音。我们有理由相信，这充满深情的危机呼唤和人文关怀，必将对唤醒人们的环保意识、培育健康的自然生态伦理发挥有益的推动作用。

历史情境的生动再现

——电影《古田军号》观后

　　《古田军号》是一部精心打造的，具有高度思想蕴涵、丰厚艺术韵味和较强艺术感染力的优秀影片。

　　首先，作品真实、生动、形象地展示了我军初创时期最艰难困苦的一段历史岁月。当时，毛泽东率领的工农革命军与朱德、陈毅率领的湘南起义部队在井冈山胜利会师，改编后的中国工农红军第四军为了打破敌人封锁和围攻，决定开创赣南、闽西革命根据地。由于建军初期部队在思想、组织和军事各方面的准备还很不充分，加入党组织和革命队伍的成分十分复杂，更兼条件险恶，生活艰苦，战斗频繁，部队无法得以及时整训，重军事轻政治、极端民主化、流寇思想和军阀主义等非无产阶级思想在红四军内严重滋长。外在的压力，加之内部的矛盾，部队随时面临着生死存亡的巨大风险。这是一个很难把握的创作题材！令人惊讶和赞叹的是，编导不仅没有刻意回避这些严峻、具体而尖锐的矛盾，而是大胆展示、正面介入，围绕着政治建军、实行民主集中原则、创建革命根据地等问题，党内特别是红四军领导层内部存在着较大的认识差异，作品或许是第一次用如此鲜明激烈的镜头语言，正面揭示出毛泽东与朱德、陈毅在军队管理方面的认识分歧，真实再现了毛泽东与刘安恭在建军观念上的尖锐冲突，让观众真实直观地看到了建军初期极端的艰难困苦和共产党人毫无个人私念的坦荡襟怀，从而也切身体验出共产党军队如何在生死存亡关头，勇敢探索革命道路的艰辛曲折历程。这里的矛盾展示不是好奇和渲染，更不是寻求感官刺激，而是真实沉重的理性面对。影片成功的对革命历史题材的突破性把握，给观众留下强烈的视觉震撼和心灵感动。

其次，《古田军号》巧妙地以小切口来剖析重大历史横断面，显示出编导的良苦用心。作品没有丝毫的宏大叙事和高台教化味道，精心选取红四军小号手回述的方式切入这一重大历史事件，用小号手沉静的观察视角追忆历史波澜惊心的进程，这就减少了相应的过程性交代，展露出诸多现场性冲突的真实。叙事的小切口也表现细节的选取和运用上，比如毛泽东和陈毅宿舍窗口的设置，成为人物性格塑造的特殊媒介。比如朱德一直绷着嘴角的严肃状态，显示出红军元帅紧要关头的执着、沉思与神勇，王志飞用精心倾情的表演设计，展现了一个立体鲜活的领袖人物的丰采神韵。再比如板凳与板凳舞，毛泽东离开古田以及从长汀养病回来时都带着一个板凳，最后毛、朱、陈同坐在那个板凳上，形象地交代了三人由分歧到一致，昭示出革命军队团结胜利的开端。影片以板凳舞开篇，又以板凳舞收束，用一个非军品的道具赋予了一个典型的军事题材以更加生活化的质感。

再次，导演陈力在场景调度和诸多艺术手段运用上也颇具突破与创新。一是场景的设计多用实景，每一场景的铺展都与人物命运及性格的碰撞发展为前提，没有一个多余的虚镜头。二是整部影片在正常的叙事过程中加入很多穿插，乍看这些穿插很突兀，但仔细琢磨又都入情入境，有效地摆脱了叙事的沉闷，给人以节律的动感。三是注重音响效果的运用。适应年轻观众的审美需求，把沉重的历史故事讲述融于旋律流畅、节奏鲜明的电影语言表达，给人以强烈的代入感，让观众完全不由自主地沉浸于对历史事件的想象和具体的电影情景的设计之中。相信这部作品在庆祝新中国成立 70 周年文艺展映中，一定会产生非常良好的社会反响。

最后，《古田军号》的成功拍摄给人以有益启示，那就是主旋律创作如何把辉煌的革命历史和深刻的思想价值传递给年轻人，依然需要精心琢磨和认真策划。革命历史特别是重大革命历史题材的影视拍摄，不能用完成交办任务的方式去简单地重复历史，而是需要注入时代精神，开掘现实意义。既要有严格忠于历史真实的历史情境的真实还原，也要有符合特定历史真实的虚构故事和人物去再现历史的生动性，避免与现实脱节的刻板复制；既要有宏大的历史叙事和真实历史人物的塑造，也要注意从小视角、小切口、小人物入手来展现历史的丰富内涵；既要注重历史真实和历史价值的传播，更要注重"较大的思想深度和意识到的历史内容与莎士比亚剧作的情节生动性和丰富性"有机结合起来，防止艺术变为"席勒式的时代精神传声筒"。倘如此，革命历史题材的文艺创作才能减少与青年观众的疏离感，更加生动鲜活、喜闻乐见，切实发挥这些作品在认识历史、丰富精神、提升审美等方面的积极作用。

理性折射真性情
——评廖德全《万里瞻天》

散文可纪实、可抒情、亦可说理，既可惜墨如金、亦能鸿篇大论，概因其行文自由，规制多样，故而易作难工。世上写作者众，庸常者群，出彩者寡。廖德全的散文集《万里瞻天》能另辟蹊径，别开生面，创作中追求对感性世界的理性表达，融进生命印痕，嵌入独特感悟，展露赤子情怀，道出人生况味，实属难能可贵。

散文写作要直抒胸臆，倾注真情实感，这对于学哲学出身且长期从事机关工作的作家而言，是个不易跨越的门槛，因为二者"有思维方式不同，也有行为方式之迥异（作者语）"。但廖德全很好地处置了这道难题，他巧妙地把情感的表达与理性的规约有机结合起来，既跳开了公文状规整呆板的表达方式，也避开了一般作者爆棚式的自我宣泄；既不见官场成功者春风得意的张扬，也没有失意人寄情山水的郁闷，呈现出一种颇具学理意味的生动洒脱、收放自如的文风。作品字里行间没有虚意掩饰，也无须刻意伪装，其笔墨的自然转换，源于他浸入骨髓的平民情结和书生本色。岁月的磨砺、世俗的浸染以及仕途顺逆的顾忌，都无法磨灭他的文学热情，无论劳作有多么辛苦、官场有多少烦恼，一旦坐在书桌前回归文学，立马可以进入另一番天地，迅速找到心灵的慰藉与情感的寄托。书生情怀，让他始终保持着文人的真情与率性；官场历练，又让他多了几分理性与沉思，促成了他与一般感情冲动型作家的明显差异。《为人之父》可以把如山的父子情深，隐藏于淡淡的岁月更迭；《"官人文化"琐议》对历代纠结不清的官人与文化现象给予了一次颇具书卷气的解读；记游体的《大美涠洲》，在酣畅淋漓、纵横今古的表述中，也会把对家乡的赞美变为尽可能的客观铺陈；即使是以奔涌的激情写就的《倚天之祭》《病中的父亲》和《又是清明》，也能把对父母的挚爱蕴含于第三者的视角和沉静的语调之中，尽管深沉含蓄的笔触可能让创作少了些激扬澎湃的煽情，却也多了一份质朴沉静的理性力量。

　　理性的参与相对于偏重感性的文学表达或许存在某种束缚，但理性的烛照对于创作素材的选择、价值的判断和主题的提炼，确又是必不可少的重要环节。作家只有时刻保持清醒的头脑，才能透过缤纷的乱象直抵事物本质，传递出某种超越世俗情感的审美意象。在《千古一渠》中作家纠缠的不再是秦始皇开疆扩土、大兴土木的功过是非，而是穿越漫漫历史时空，对灵渠神奇创造的慨叹以及它历史文化定位的追寻；《"客"从何来？》貌似追踪客家人的前世今生，叩问天道失慈、人世不公，实质上谱写的却是一曲客家人悲壮迁徙旅程、坚韧生活态度和不屈抗争精神的颂歌。同样地，《欧洲絮语》《穿越俄罗斯的风》也不是通常的旅游感观，而是在中外建筑、风情的对比中去寻觅文化差异的根源。这里的理性参与不是概念出发的价值判断，而是丰富生活积累和深厚文化积淀参与下的审美观照。也恰恰因为有理性烛火辉映的这种审美观照，让强烈的自审精神和反思意识经常会与创作如影随形。像《走近北海》《遥远的相望》和《文化北海断想》等篇，在强烈的乡土自豪感背后，也冷峻地剖析了北海人守旧与自足的短板，于清醒的揶揄和自嘲中寄予了美好的企盼。诸如此类，文集中随处可见、毫不生硬的对不良世风的冷嘲热讽和无情鞭挞，都在有意无意中透露出作家的鲜明爱憎，也强化了创作的锋芒与锐气。尽管四平八稳的文章谁也不会得罪，却也没有多大价值。只有挣脱世俗名利的诱惑和个人得失的考量，敢于臧否人物、直陈时弊，才能帮助读者分辨善恶美丑，给人以深刻警醒和思考，才能为那些像洛克菲勒所说的，生活在混沌、沮丧、消极和忧郁中的精神饥渴的人们，提供精神的滋养和灵魂的召唤。没有足够的胆识，不可能做到。

理性的投射建筑于浓厚的文化底蕴和对社会现象深刻的开掘之上，带给创作的必然是认识的深度和思想的蕴涵。这在廖德全历史散文写作中表现得尤为充分。他的历史散文没有自我感觉良好的掉书袋式的显摆，也没有盛气凌人的高台教化的架势，他惯于打通历史与现实的时空壁垒，以小切口、人性化的视角阐释过往的历史与人物，追求独具个性的历史解读。《得意高祖唱大风》，精准地描绘出处于巅峰状态下刘邦内心的深切恐慌；《曹操之忧》深入揭示了一个"奸"字的取舍，对于这个盖世英雄形成的精神压力；《后主情怀》细致入微地刻画了一个旷代风流才子的人生悲苦；《张飞之死》以三国英雄成于义毁于义的历史缅怀，道出了所谓义薄云天的成败利钝；《万里瞻天》从苏东坡羁旅中合浦之行的追思，生动再现了一代文豪心如古井、超然物外的旷达；《远逝的珍珠城》以小见大，深刻表达出作者对千古兴废的历史沉思。在这里，作家笔下的历史不是史料的堆砌，也不是史实的考据，而是读透了、读薄了历史，在融会贯通基础上的合情境、合人性的逻辑推演与学理思辨，寻求的是历史合理性与现实亲近感的和谐统一，鲜明昭示出作家的悟性、见识与情怀，给人以庄严大气之感。在这跨越时空的历史性链接中，作家心游万仞、精骛八极，亦庄亦谐、夹叙夹议，或以古喻今，或以古警世，或抒写感慨，或借古人之酒浇自己胸中的块垒，扑朔迷离的历史透过理性烛光的投射，其实也无外乎功名利禄的纠结，一旦剥离那道世俗羁绊，哲人般的豁达、通透即刻显露出来。正所谓：世事苍茫千秋结，开悟自消万般愁，文学灵魂净化的功能，自然也就隐于其中了。

回归·回暖·回味

——评长篇电视剧《嘿，老头》

　　长篇电视连续剧《嘿，老头》是一部真情关爱特殊社会群体且辐射当下现实人生、有生活质感、有思想筋骨、有生命厚度的佳作。作品透过海皮精心照料身患阿尔茨海默病父亲刘二铁的曲折故事，意味深长地寄托了当下人们心中所向往的父慈子孝、人际关系和谐与淡淡乡愁的疏解，精心描绘出一幅幅由亲情与友情编织的当代社会色彩斑斓的温馨画卷。

　　此剧精彩之处大致可以用回归、回暖和回味三个关键词来概括。

　　首先是一对情感疏离的父子至爱亲情的回归。刘二铁和海皮是一对彼此心怀芥蒂的父子，一个人因长期贪杯导致老婆离家出走，一个人因失去母爱而怨恨父亲且长年不归；一个心事沉重、晚景凄凉的退休老人加倍以酒浇愁，一个事业不顺、心情不爽的年轻人愈加讨厌"酒腻子"的父亲，两个粗线条的男人的镜头较量不仅考验演员演技，更考验导演的掌控能力。导演杨亚洲大手笔地巧妙克服了这一难题。这个曾以《空镜子》《浪漫的事》《家有九凤》而声名远扬的，因擅长拍女性戏而经常在戏中"放逐男人"的导演，破天荒地精彩驾驭了两个男人的对手戏，虽不用钩心斗角的"狗血"闹剧，却把两个光棍男人貌似粗疏的情感纠葛演绎成一系列浓烈的化不开的性情与心灵的沟通和交流。

全世界患阿尔茨海默病的患者有 2400 多万，中国占了 1/4，且以每年 30 万例的速度不断增长。如何关爱照顾这个庞大的老年患者群体，是当下社会特别是独生子女家庭面临的一个重大社会问题。编导不仅没有回避这个难题，而且迎难而上，别具匠心，在剑走偏锋的极境中渐次展开两个男人的情感冲突。剧作从父子见面时的猛烈争吵、扔鞋子、撕房本开始，把两人的情感对立推到极致，然后再层层剥笋，通过环环相扣的三个环节一步步使矛盾得以化解。一是老人病情的发现与加重，让海皮在勉强的义务承担中停止了冲突，两个男人各自寻找自己的角色对位，从而开始了由尽义务向亲情的转化；二是从夜晚悄悄地盖被子到相互间衣食住行的关照，从回避父子关系到"我是我爸他爸"的认同，实现了父子隔膜向父子情深的转化；三是从眼神的交流到手牵手的出行，从单纯照顾父亲到"谁也离不开谁"的相互需要，完成了由"合情理赡养"向真正"义务对称"的新型父子关系的转变。虽没有通常家庭伦理剧的婆媳关系的鸡零狗碎，却显示出两个男人情感对流应有的恢宏大气。

父子情归的三个环节贯穿始终的两个字是慈和孝。演好患病状态疯疯癫癫的刘二铁是全剧最大的难点，李雪健的成功是全剧成功的关键。他紧扣一个慈字，精心地把这个角色扮演得恰到好处，显示了一个成熟艺术家深厚的表演功力。刘二铁在患病之前怀着对妻子和儿子的负疚心理，懊悔加思念，愈益借酒浇愁，面对儿子的指责他从不解释，虽然表面上以扔鞋子表达愤怒，却又在不经意地问居留、盖被子等男人的方式中含蓄地表达出一个严父内心的慈爱。患病后返回童真状态，傻呵呵的萌老头万事皆忘，唯独对妻子李克花的深情思念和对儿子海皮（病人眼里的小橘子）的深深依赖，毫不掩饰地透过他呆萌且慈祥的目光直接地表露出来。"深情总在无言间"，尤其是那呆萌眼神中流露出的一个慈字，把如山的父爱渲染得淋漓尽致。

与此对应，黄磊扮演的儿子海皮始终把握了一个孝字。中国传统文化讲求"百善孝为先"，把孝视为道德之本。"家贫知孝子，国乱识忠臣"。处在事业低峰期的海皮面对突患老年痴呆的父亲，天塌的感觉油然而生，他从最初被动无奈尽义务到最终心悦诚服地敬养，片尾曲中"爱你虔诚的灵魂，爱你那苍老的脸上的皱纹"成了真实心声的写照，完成了他由养、而敬、达尊的阶梯式升华过程。这是对中国儒家文化中"大孝尊亲，其次弗辱，其下能养"的最佳诠释，也是对作品关爱老年群体主旨的最深入的形象表达。当承受社会竞争压力、维系家庭生计和呵护亲情、赡养老人的双重责任同时压来的时候，尖锐的社会矛盾摆在剧中人、也摆在受众面前，如何在善待老人的同时也要善待他们的儿女，不仅是艺术的呐喊，也是全社会的强烈呼唤！当海皮成为周围人们心目中发自内心的仿效对象之时，作品也巧妙地把敬老的主题演变成一种普适性的社会伦理。

二是蜕变中人际关系的一种回暖。家庭问题是社会问题的缩影，关注老人就是从另一个角度观照社会。在物质生活极大丰富的同时，人际交往中的人情淡漠、商业运行中的诚信缺失、公共秩序中的公德滑坡，以及家庭教育中重知识而轻德行、家庭关系中以金钱代替亲情的现象，已成为当下社会之大弊。剧作把刘氏父子关系与易家的子女啃老和财产纷争，与老贼被扫地出门，与养老院吴大爷父子关系相对照，在强烈的对比中强化着艺术干预生活的力量。特别是通过那个患了老年痴呆症的萌老头的目光，以另类视角观察生活中的荒诞现象，比如修旧收音机的街道大妈的贪婪，舞蹈班婆娘们的恶言，记者们抢新闻的可笑，医院病友去世时儿媳先喜后悲的喜剧性表演，吴大爷病逝后儿子的愧疚等等，萌老头的天真目光具有了象征性意味，匠心独运地用第三只眼看取荒诞人生，让我们从习以为常的生活情境中看到了人情冷漠的可怕，给人以振聋发聩的警醒。同时，作品也透过周围人与"老头"交往中的态度转变，在易家、在友朋圈、在医院、在养老院、在其他的社交场合，渐渐地唤醒了人们业已麻木多时的情感，温馨的友爱通过刘氏父子这个特有的触发点蔓延开来，显示出剧作的深一层寓意。

第三是陌生乡愁的淡淡回味。开放之初，人们怀揣不同的梦想渴望出走。曾经的青砖灰瓦四合院变为高楼大厦，曾经的绿树掩映的古老小胡同变为喧嚣柏油路，走出去的人们在体验了外面世界精彩的同时，也体验到了外面世界的无奈，搬进楼房的老市民成了"在乡的离乡族"，开始有了失落的乡愁。《嘿，老头》非常有意味地把叙事空间放置在北京的胡同，透过城市变迁巨大反差镜头下的各色人等的生存境遇，围绕他们的压力、困惑、挣扎、不屈与奋斗，形象地道出了市民阶层的沧桑巨变。易爽是他们中的典型代表。这个聪明、漂亮而且时髦的北京姑娘，怀着美国梦，考托福，考雅思，闯江湖，在希望家庭资助不成万般无奈的情况下，推销轮椅，帮人代驾，一度踟蹰于娘男木成与海皮之间，而后傍上了美籍华人白洋，在经历了一系列情感波折之后，身心俱疲，重新回到海皮身边，回到老北京的小胡同，既找回了往昔的感情，也找回了生命的尊严。与易爽类似，海皮、狗子、老贼、凤姐们在折腾了一圈之后，也带着奔波的创伤，带着对往昔时光的怀恋，带着对安宁生活的憧憬，重新回到了四合院，回到了他们生命的起点。当然，这种回归不是悲观的倒退，而是生活螺旋式上升的新起点。剧作在这里从写实剧转变成一个有意味的寓言故事，曾经虚无缥缈的幻想与过往平静幸福的生活眷恋让人生充满了纠结，它昭示着人们，心存梦想，何必远方！只要脚踏实地，过好平凡的每一天，未尝不是美满充实的人生。

尽管作品也还存在着一些，诸如情节推进略显粗糙生硬、缺少打磨，旁白过多且直白，易爽包括海皮的性格发展层次感不强等方面的问题，但《嘿，老头》却因了对老年题材的深度开拓，因了对社会问题的尖锐揭示，因了对生活、生命、亲情和人生的崭新理解和诠释，无疑会在当下电视剧创作中留下自己浓墨重彩的一笔。

乡村扶贫的见证与沉思

——评长篇小说《乡村第一书记》

在中华民族实现伟大复兴的进程中，乡村振兴和农民富裕是必不可少的重要环节。改革开放40年来，中国经济社会发生了翻天覆地的巨大变化，但农村特别是贫困地区的相对落后与之形成了强烈反差。为了补齐这块短板，党的十九大把精准扶贫作为国家三大攻坚目标之一，足见其在国家整体发展格局中的战略地位。忽培元所著的长篇小说《乡村第一书记》，就是一部跟踪时代步伐应时而为的、全面、迅捷、深入反映扶贫攻坚现实生活的文学佳作。

中国是个农业大国，曾几何时，农村题材的文学创作成就斐然，声名显赫，堪称当代文学的重镇，这些年却逐渐衰落，尤其是反映农村当下火热生活和变革现实的文学佳作更是凤毛麟角。尽管近年也出现了不少优秀的报告文学和诗歌作品，但以乡村振兴为主题的长篇小说却鲜有声音。《乡村第一书记》以敏锐的文学触角反映当下农村生动复杂的社会生活，展现扶贫攻坚的时代主题，在一定意义上填补了该领域长篇小说创作的空白。这部作品的问世，既体现出作家高度的政治敏锐性、深厚的生活积累和扎实的创作实力，也表达了一个具有强烈社会责任感的文化人应有的使命担当。

《乡村第一书记》中以驻村扶贫干部的独特视角展现了当下农村丰富多

彩的生活面貌，这就跳开了以往农村题材文学创作平铺直叙的叙事套路，驻村扶贫的第一书记以现代城市人的视角审视农村，这种崭新的主动式的介入方式容易形成鲜明的对比，直接把读者带入预设的文学语境之中，横断面呈现出落后农村在时代冲击下的风云变幻。从白朗进村一开始，原任书记姜耀祖就暗中纠集群众给他一个下马威，驻村书记立刻就陷入了乡村复杂的矛盾旋涡之中。这样的叙事视角，既便于创作迅速进入主题，也便于读者用现代社会的目光认识和思考农村的现状与问题，进而通过公与私、新与旧、文明与愚昧、开拓与固守、廉洁与贪腐等林林总总的矛盾冲突，鲜活地再现出当下封闭乡村现代转型过程中真实的生活图景。

作家丝毫没有回避落后农村存在的诸如愚昧、保守、懒惰、贪婪、等靠要和宗族势力等方面的种种问题，而恰恰是因为揭橥并正视这些复杂现实，才让人们更加深切地感受到农村落后的历史根源与现实诱因，感悟到乡村振兴的艰难与迫切，诠释出扶贫干部身在脱贫攻坚一线面临的艰辛与不易。因而也让读者更加真切地体验到他们在陷入农村复杂矛盾时的巨大心理落差，在角色转换中迅猛的人生起伏，品味出他们内心深处的酸甜苦辣。作品在真实刻画了白朗等人在乡亲们的大力支持和配合下，顶头层层压力，克服各种困难，在建沼气池、改造厕所、生态农业、多种经营和公路硬化等方面取得的丰硕成果，并以此为依据，印证了扶贫所暗合的农民对于美好生活的渴望，热情讴歌了以白朗为代表的扶贫干部的无私奉献精神。白朗作为众多战斗在基层农村一线干部的缩影，这一独特文学形象的出现，有利于全社会真情体谅农村干部的甘苦，投注于他们更多的关心与爱护。

难能可贵的是，作品以农村文化危机作为创作的一条副线，深刻表达了作家对乡村变革过程中深沉的文化忧思。解决农民脱贫问题，促进农村发展进步是文明的大势和历史的必然，但中国农村特有的风土人情、文化形态以及其中所蕴含的特有的乡村文明和文化观念，饱含着中华农业文明丰厚的文化基因，乡村固有的田园诗意不应该在现代化的浪潮中被无情吞食。作品用祀祖、说古、乡规民约所表达出的对文化根脉失落的担忧，意在说明沉疴痼疾与现代文明的严重对立，抑或是社会失序的重要诱因。若在激烈的社会变革中，牺牲掉世代赓续的淳朴人性和温文尔雅的人际关系，人类就会迷失方向，找不到回家的路。当下，在推动农村进步和保持农村特色的两难抉择间，如何找到一条既不放弃传统，又能走向富裕的文明之路？作者在书里虽然没有给出明确的答案，却从文学的形象角度，给人们提供了有益的启发。

毫不讳言，整部作品还有一些不尽如人意之处。一是叙述多而描写少。白朗进村后陷入矛盾，接下来理应是走街串户解决矛盾的过程，而不是被动地碰见谁说说什么。受老书记邀请不如主动介入，跳出来叙述故事不如靠人物行为来推动情节发展，主动介入、行为推动，才能层层剥笋逐步深入，才会更有文学气息，更有利于情节推动和人物刻画。二是直抒胸臆过于直白。作者经常忍不住站出来解释什么，尽管通过微信的方式或借他人之口，很现代、有创意，但恰恰是微信直白的评说少了些可能的含蓄和韵味，不便于引发读者自身的思考。三是白朗的形象塑造还不够丰满。比如建沼池如何与他思考中解决农村生存的环境问题结合起来？乡村公路的硬化问题如何与他的工作进程相衔接？而不是突然间上级分派的工作任务。还有他疑虑中的卖地和金星集团盖别墅问题，白朗用何种机智与恶人斗法，采取了什么特有方式来阻止恶果的形成？这里有很多可能开掘的地方，这些过程不仅不能靠偶然因素让其戛然而止，而且应该把地委石坚书记的不轻易介入的提醒与上级深层的反腐除黑部署协调起来，才能让故事发展与时代更合拍，也更利于把第一书记的形象塑造得更加鲜活而饱满。

（据《乡村第一书记》研讨会上的发言录音整理）

尘世生活的诗意解读

——评《你是一束年轻的光》

　　吴重生的诗集《你是一束年轻的光》（人民文学出版社出版），着力在喧嚣的尘世中寻找精神的栖息地，可以让读者见识到何谓庸常生活的诗意解读。

　　对于一个会写诗的新闻工作者，我们首先应该赞许的是媒体同仁的诗歌才华。处在当下这样一个生活节奏急剧加速、普遍为生存境遇疲于奔命的年代，可以说没有多少诗意的生活空间。而在整个高速运转的时空机器里，媒体作为信息传递的纽带，需要快速反应并报道即时发生的新闻事件，其陀螺式的生活就愈益没有诗意。重生作为一个媒体人，受到双重生活的重压，竟然还有写诗的闲情逸致且颇有成就，这就愈加难能可贵。特别让我们这些曾经做过多年新闻工作的读者，在佩服之余，更能深切地感受到一个媒体从业者别样的积极人生。

　　稍作分析即可看到，新闻追求客观、真实、快捷，并不提倡带着自我的感情色彩作判断，更不要说诗意抒写，除非那些完全违背社会公德和普世价值的案例可能例外。而诗歌则求美，是情景的交融、审美的想象和情感的抒发。诗是一种现实的重写方式，是把对现实世界的深刻感受和体验，透过凝练的语言、美妙的构思和丰富的审美意象化为诗意表达的文学载体，只有在追求善的方面新闻和诗歌才是一致的。媒体人每天都被新闻事件追逐，每时都被发稿督催，畅怀抒情似乎是少有且难得的奢侈品。吴重生能妥善地处理好纪实和抒情的矛盾对立，把一个新闻人兼而做成一个诗人，而且两种身份皆能出彩，实属不易，这是一个新闻人巨大的人生转折。从某种意义上说，这既是作者对现实压力的自觉逃避与优雅转移，也是对现实平庸生活常态的一种审美的精神超越。因而，点赞是必须的。

二是对生命本真诗意追求的认同。当下社会，受到高负荷、高强度、快节奏的生活挤压，不少人几乎变成了物质的奴隶，生命的本真、生活的情趣、精神的追求渐次退隐。两难的选择，经常成为大家挥之不去的心灵窘困与危机。在这样的生存际遇中，人们更需要掌控生活的主动权，真正把个人的命运握在自己手里。

吴重生有自己独到的人生选择，作为一个以新闻为业的业余诗人，他的诗情就是向着生活重荷反向挤压而获取的。他说他是被诗歌追赶着的诗人，诗中写道："我被诗歌追赶／每日每夜／我用铜壶烹煮文字／诗歌在锅盖上登陆／／我用煮熟的文字播种／黄色的大地绽放红色的灯笼／我在灯笼照耀的路上飞奔／文字煮熟后，成片成片从树上坠落"，诗歌在"思想的旷野列队成阵"，于是"拥有了天地的血液"。诗人正是因为有了这样的人生状态，才找到了生命本真的意义，游刃有余地发挥个人的兴趣爱好，把自己从繁杂而庸常的生活中解脱出来，以强烈的追求诗意的使命感去发现生活的价值与意义，以几乎每日一诗的高产，让生命因了快意与勤奋而散发光彩。

三是在喧嚣的尘世中追寻诗意的栖息。吴重生的独到在于他能够驾轻就熟地在庸常中发现生活之美，能以独特的眼光，跳跃的思维，奇崛的想象，善于在大家习以为常的生活情景中开掘出诗意。认真读过重生的诗即可看出，他基本上都是以日常生活素材入诗，平中见奇、奇中见新、新中出彩。一张明信片、一块石头、一根水管、一座小桥、一幢楼房、一排椅子、一片树荫、一道车辙、甚至一把牙刷、朋友的一条微信等，都可以在他笔下化为优美的诗篇。比如《浙江人是海水做的》《你在，世界在》《杭州的根部》《在城南的旧夜》《一段往事熟了》《敲打着太阳的边沿》《运河三章》《我与你》《我与故宫毗邻而居》《放冬天进来》《旅美作曲家温显》《守候夏天的摊贩》《江南的这一扇窗户》等，诸如此类的诗篇，无论写景还是状物，都触景生情、借物抒志，或抒发对家乡的乡愁和相思，或表达对亲情与友情的依恋，或道出特有的人生感悟，或揭示对自然、对社会、对现状和过往经历的重新思考与认知。

生于江南长于江南，重生的诗也明显带有江南的印记，春天和乡愁是作者最爱吟咏的题材。他擅长运用色彩和声音来表达意象之美，通过对江南自然风景和生活场景近乎白描式的勾勒，以质朴自然而非华丽的诗句展露其内心的情思，用生动的细节和真情实感来打动读者内心最柔软的地带。比如"夜已经很旧了／但鸡鸣犬吠的声音依旧新鲜"；比如"把西湖的春天折叠起来／放进口袋，随时随地扯开喉咙歌唱……把西湖的春天倒入茶杯中／泡上一壶西洋的春水／细细品尝故乡的味道"；比如"掌勺是一种加冕为春神的感觉"；比如"把一片海竖起来端详／海浪从字里行间溅出来"；比如"所有的树长高以后都会结出月亮／月亮瓢里装着满天的星星"；比如"满载一船星辉的独木舟／河水浸湿了灯光的梦"；比如"城市的根部／一定有错综复杂的音乐／排列成森林的美术"等等，诗句总是那么异乎寻常的细腻精巧，朴实温馨，且意象摇曳。

日常生活中，诗往往是美的代名词。人们形容优美的语言为"诗一样的语言"，形容美好的意象为"诗一般的境界"，这就意味着诗是高于生活的。尽管生活中的美无处不在、无时不在，但提纯和萃取生活之美，却需要一双发现美的眼睛。诗的美是一种内敛的、深入骨髓的雅致，很难想象，一个目光呆滞、情感单调、思维肤浅的人，能够写出引起广泛共鸣的优美诗篇。毫无疑问，重生是一位生活之美的发掘者。他有宽广的视野、炙热的情怀、扎实的积累，有敏锐地捕捉观察生活细节和发现美的能力，有对生活和生命的独到的认知与体悟，从而令他的诗作显示出深厚文学功底和较高呈现水准。这本《你是一束年轻的光》的诗集，就是最好的说明。

吴重生的才华和勤奋是有目共睹的，但勤奋和才华并不等于好诗。好诗是才华、勤奋加灵感的产物。我想说的是，重生"一日一诗"的自我加压固然很好，但诗歌的灵感和创作的冲动，并不会随着时间的流动自然到来。况且诗歌是语言的艺术，需要在遣词造句上格外精心地锤炼和打磨。速成的结果，给重生的诗作带来一些用词不考究，或者为了押韵合辙而把不同意象硬性拼凑的问题，造成了局部的文字粗糙和意象的凌乱。比如，"兄弟是磐石做的灯罩"，"愿你们每一个脚印里都长出鱼"，"北京精神是从草坪里长出来的……我每天骑着自行车在北京精神里钻进钻出"，"乘着太阳抵达建国门外大街……千里之外，我的故乡已经安睡"等，都会给人以云里雾里的感觉。尽管瑕不掩瑜，但却值得斟酌。作为一个年轻诗人，吴重生的诗歌生涯未可限量，我们真诚祝愿他能够在诗歌创作的道路上越走越宽广。

色彩斑斓的岁月印痕

——评散文集《时间在表盘之外》

  《时间在表盘之外》(山东文艺出版社 2021 年版),主要涵盖青葱岁月、风土人情和远方情思三部分,是简默近年散文创作的一次精粹集结。书中所记皆作家过往生活,其荏苒的光阴绝非表盘上行走的物理刻度,而是活在心灵深处刻骨铭心的精神记忆。与其说这是简默对旧日时光的一次集中回眸,倒不如说是一次对自我生命旅程的坦诚检视,抑或是人生价值的深度追寻。

  作为一个生于贵州大山深处的山东籍子弟,简默虽然返乡多年,但他对家乡概念的认定却较为模糊,角色依然自觉不自觉地游离于贵州和山东之间。三线子弟的宿命决定了那种深入骨髓的思乡情感只属于父辈,自己只是户籍意义上的故乡的闯入者,属于父辈老家突然冒出来的陌生的外省人。从 14 岁开始,他就带着来自外乡孩子特有的敏感与好奇谨小慎微地摸索着融进故乡,一半南方人血统遗传的相对瘦弱的身材和童稚期怯懦的内心,面对五大三粗、行为豪放的山东新伙伴,追随与躲闪、示好与逃避、欣羡与鄙视的情感经常相互交织,给天真烂漫的童年负载了大量额外的心理包袱。尤其是父亲的辞世,家中的主心骨意外塌陷,自己过早顶起家庭门户,生命的飘忽、世事的无常、成长的烦恼和生存的压力一股脑涌来,这让作者比同龄人更早地体验了人世间的冷暖与寒暑。或许由于童年无忧无虑的幸福印记实在太深刻，而成长的旅程又委实太艰辛，迁徙、羁旅与生活的动荡，造就了作家的多思与善感，这既为日后写作积淀下各种复杂的情感元素，也给他的作品染上如影随形的感伤色彩，充满了流年易逝、岁月蹉跎的沉郁沧桑感。

书中回溯了诸多遮掩于岁月褶皱里的生活片段，时间在这里不仅是连缀记忆碎片的一条暗线，而且也成为辨析认知真伪和行为对错的一副滤镜。尽管处在社会变革时代的个人生活与外部世界紧密相连，但是作家却着意避开了目下流行的宏大叙事笔法，既没有居高临下地俯瞰生活、恣意为读者做人生导师；也没有沉浸于一己悲欢去自艾自怨、做无病呻吟的矫情诉说者，而是采用一种平视且也自审的视角，从旧日生活的图景中打捞个人成长经历，从家长里短的时光片段中追忆如烟往事，从借物喻理、触景生情的感慨中反思今昔认知，在光阴的补缀与修复中折射出社会变迁的清晰光影。由于所有陈述都把自我摆进去，带着鲜明的私人叙事色彩，因而每个细节都被刻画得清晰入微，呈现出鲜活的生命质感；行文基本采用第一人称书写，读起来自然真切、舒展自如，较好地提升了书中所涉人情世故的真实感和可信度。也恰恰因为这贯穿始终的真情投入和坦诚表达，尽管不时会有某种悲欣交集、苦乐相伴的意绪流露，但却在无意中为那些凡常的生活形态灌注了血肉充盈的生命意识，赋予了鲜明的情感与伦理底色，这就让作者颇具私人化的生活回望泛化出诸多集体记忆的普世表征，进而大大增强了作品的感人力量。

与动情陈述紧密相关的自然是言语方式。从严格意义上来说，散文对语言的要求几乎与诗歌相当，诗性语言经常是优秀散文的绝配。真情若是发自内心，表达通常不会矫揉造作。《时间在表盘之外》的语言表达自然、清新、质朴、细腻，保持了作家一贯的写作风格。简默将真切的生命体验与感受以直抒胸臆的方式和盘托出，这或许比隐晦婉转的表述更容易营造出意想不到的共情效果。为了精准拿捏情感表露的分寸，作家势必更加注重字句的斟酌与推敲，把极其考究的遣词造句作为自觉的写作追求。比如，火车在沉寂的深夜戛然刹住，吐出疲惫的我们；老游击队员把一生的光荣与传奇都和铁道紧紧焊接在了一起；阳光更多时候躺在地平线下沉睡不醒；思念疯长似窗外的爬墙虎；音符如花瓣逶迤了一地；记忆的录音带倒回那些洒满月光歌声萦绕的夜晚；走起路来不紧不慢永远像在给时间让路；一绺火红色的流苏，抢先挑出了青春的旗语，等等，鲜活生动极具表现力的语句俯拾即是，使整部作品充满了温馨的诗情画意和人生哲理，让情感宣泄与文字表述成为互为表里的有机构成。

此外，文集的三个部分粗看似乎互不牵连，细思则显得匠心别具。不谙世事且充满梦幻的童年，骚动的青春、坎坷的奋斗、人事的变故和不停歇的命运抗争，以及略显跳跃的青藏高原纪行，从时间纵轴上铺开，在时间的横断面上结束，两者交汇处导出作家精心策划的共有主题：生命的价值与意义。人生短暂而可贵，不论尊卑贵贱、成败得失，死亡都是每人必至的归宿。由于欲望、情面和功名利禄的暗流驱动，人们为自己设下各式各样的可以抵达甚至难以企及的目标，日复一日、年复一年地为之拼搏；而风雨交加、艰难跋涉的漫漫旅程，却充满了困顿、挫折与痛苦，最后能抵达终点者少之又少，这让人生的付出与收获常常变成一串串难以动态平衡的不等式。哭天抢地、怨天尤人没用，自暴自弃、醉生梦死只能带来生命的幻灭感，而孟加拉虎式的巧取豪夺、弱肉强食，仅会徒增人间的罪恶。故而，如何看待生命的价值，是人需要一生破解的难题。作者青藏高原之行似乎隐约找到了答案，他从藏族同胞、信众、志愿者和心平气和的客栈经营人那里读出了信仰的力量，得到了人生的启悟。在世俗功利的滚滚红尘与灵魂净土的强烈对比中，人们可以深刻地领悟到：珍惜生命的最好方式就是热爱生命。而热爱生命，则须用一颗柔软的爱心穿透世间的一切喧嚣与浮华，深情地珍视并拥抱身边的一切际遇。只要你曾真诚而坦然地应对生活际遇、并为实现美好意愿努力奋斗过，那么，人生修为和价值追寻就已深深嵌入生命体验的过程中，至于结局如何似乎并不重要；只要你尽心而为、量力而行，取舍有道、无愧吾心，那么，保持终生的从容、淡定与充实，就能让一切沽名钓誉、贪位慕禄的诱惑变成浮云。倘如此，幸福人生复又何求？！这就是笔者读完作品得出的结论。

第五辑

文化使命
与艺术人生

李默然的艺术人生

　　李默然先生的艺术人生与新中国文艺事业相伴而行，他是亲历者、见证人，更是其中杰出的创造者。

　　在李默然逝世三周年之际，回顾、缅怀与研讨他的艺术人生，对于我们坚持以人民为中心的创作导向、弘扬中华民族的美学精神、肩负为时代塑魂铸魄的神圣使命、不断攀登当代文艺新高峰，无疑具有十分重要的价值和意义。

　　李默然先生是从东北黑土地走出来的一位享誉国内外的表演艺术大师。半个多世纪以来，他一直活跃在中国话剧舞台和银幕、荧屏之上，出演了一大批颇负盛名的舞台、影视剧目，创造了一系列脍炙人口的艺术形象，这些作品和形象至今仍广为传诵，成为中国当代艺术宝库中永恒的经典。戏剧大师曹禺生前曾高度赞赏："很少有人能像李默然那样保持这样永久的艺术青春。50多年来，他从未停止过艺术创作活动。他走过了一条持续探索的艺术道路，留下了一连串闪耀着生命灵光的人物形象。"李默然以他卓越的艺术成就和人格魅力，当之无愧地成为我国文艺界的一位杰出代表、一面领军旗帜，奠定了他在广大观众心中的崇高地位。

　　回顾李默然走过的历史足迹，可以说，他的艺术人生，是忠诚于党、热爱祖国，坚持正确创作方向，为自己挚爱的艺术事业生命不息、奋斗不止的一生。他毕生坚持现实主义创作道路，提倡创作要源于社会生活、体现时代精神，提倡对生活素材要有充分"消化""变化"和"溶化"的过程，把内心体验与技术手段完美结合后再进行艺术的创造。他坚持认为文艺不能脱离时代的需求，不管是莎士比亚、雨果、莫里哀，还是老舍、曹禺，其经典作品之所以到现在还继续上演，最深刻的原因在于真实、深刻地反映出所在时代的根本性问题。他坚持心系人民、心系观众，认定任何艺术，离开了人民大众的根本利益和需求，都是没有生命力的。他以自己的实践反复告诫后人：什么时候心中装着人民，为人民提供健康有益的文艺作品，人民就认可、就褒奖；反之则遭到唾弃。毕生保持艺术与人民、与生活、与时代的血肉联系，成为他独树一帜"李派艺术"的创作基石。

　　回顾李默然走过的历史足迹，可以说，他的艺术人生，是以坚定的政治信仰和高度的社会责任，用精湛的艺术来关注国家命运、推动文化进步的一生。他坚持把做人与从艺相统一，低调做人、高调演戏，始终保持艺术大家高尚的情怀和品格。总结自己艺术生涯，他最深刻的体会就是：一个演员无论什么时候都不能忘本。坚持认为：一个有理想有抱负的文艺工作者，要做到三个必须——必须关心国家的命运；必须追求真善美；必须摆正普通人的位置。艺术要用优秀的作品和先进的文化去引领人们的精神生活，就必须让观众在观看演出时，能得到心灵的触动和思想的启迪。特别是在文艺界"泛娱乐化""泛市场化"倾向泛滥之时，他一再强调，如果以闭门造车乃至胡编乱造，代替了满腔热情，代替了积极反映现实生活和普通百姓的愿望诉求，一味搞所谓的消遣、娱乐和搞笑，就会让观众无所适从，戏剧的职能就会逐渐被削弱、被矮化。我们要提高人们文化素质，激励人们向上斗志，陶冶人们的道德情操，丰富人们的精神生活，就要精诚敬业、牢记使命，不能把文艺工作推到单纯娱乐的境地。这充分显示了一个老艺术家难能可贵的文化自觉与社会担当。

　　回顾李默然走过的历史足迹，可以说，他的艺术人生，是以严谨态度、激情创造、务实作风，对艺术孜孜以求、不懈探索的一生。他坚持"守住本来的、吸纳外来的、着眼未来的"艺术原则，既坚守传统，又勇于创新。他认真挑选每一个剧本，严肃对待每一个角色，不管制片资金多雄厚、题材多时髦、导演名气多大，他只选择他认为对得起观众的本子；对每一次创作他都精心准备、精益求精，把本色出演与性格化呈现、生活质感与艺术夸张等对立因素辩证统一起来，善于在关键时刻、在一连串的情感爆发中，展示人物的内心世界，着力塑造出血肉丰满的艺术形象。面对各种名利诱惑他岿然不动，甘于清贫、耐得寂寞，坚持把留给观众几个永远活在他们心里的艺术形象，作为对自己一生的最高奖赏。几十年如一日的执着艺术追求和奉献精神，让他成为社会公认的德艺双馨的艺术楷模。

　　当代文艺要伴随时代发展不断进步，我们需要更多的李默然式的艺术家！

莫道桑榆晚，为霞尚满天

——从大自然文学到呼唤生态道德

　　安徽作家刘先平是我国当代大自然文学的开拓者，更是当之无愧的生态文明的践行者。

　　刘先平 40 年如一日，栉风沐雨、不辞辛劳，先后两次横穿中国从南北两线走进帕米尔高原，三次穿越塔克拉玛干沙漠，四次探险怒江大峡谷，六上青藏高原，年逾七旬仍四下海南、两赴西沙……他半生一直辛勤耕耘着大自然文学创作这块领地，一条主线落贯穿始终，从未因环境的变迁和名利的诱惑而改变初衷。即便是进入耄耋之年，到了可以养尊处优、颐养天年的时光，却依然老骥伏枥、壮心不已，坚持笔耕不辍、常有新作出笼。他先后创作出版了《云海探奇》《呦呦鹿鸣》《千鸟谷追踪》《大熊猫传奇》《黑叶猴王国探险记》《山野寻趣》《麝啸大漠》《续梦大树杜鹃王》《走进帕米尔高原》《美丽的西沙群岛》《南海变色龙》《追梦珊瑚》《爱在山野》《追踪雪豹》《在大熊猫故乡探险丛书》《刘先平大自然探险长篇系列》《刘先平野生动物探险系列》等优秀的大自然文学作品，硬是把大自然文学创作变成当下中国颇具声名的生态文化现象。他的执着、勤奋与坚守令人感动，也得到社会各方面的充分肯定，这从他先后多次荣获全国"五个一工程"奖、国家图书奖、中国儿童文学奖和比安基国际文学奖等各种奖励，就足以佐证。正可谓："莫道桑榆晚，为霞尚满天"。

概括刘先平的大自然文学观，我们可以用三句话来表述：一是以敬畏之心对待自然，二是以工匠之心对待创作，三是以赤诚之心对待读者。

所谓以敬畏之心对待自然，是指刘先平文学创作的基本功。文学是虚构的，但刘先平的创作从来都不向壁虚构、凭空杜撰，而是亲力亲为，有坚实的生活积累作支撑，大多是写实与虚构的结合体。亲近自然，热爱自然，几乎成了他特有的生活方式。40 年来，他出没于崇山峻岭、长川大漠和江河湖海，不单是为了饱览名山大川、荒漠戈壁和海洋世界的自然风光，更是为了探寻大千世界诸多生命的生存衍变奥秘，积累更加丰富的感性资料，做足创作素材的功课；他的大自然考察不是灯红酒绿下的蜻蜓点水、浮光掠影，而是阴晴寒暑、饥寒交迫中的风餐露宿，是荒山野岭里的徒步奔走，目的是让笔下的自然生态更加真实可感；他怀着敬畏之心、历尽千辛万苦展开实地田野调查，比对大自然历经天灾人祸的侵蚀所发生的奇异变化，不是为了赢得野外生存能力竞赛的嘉奖，而是为了验证他的大自然文学创作理念，为生态道德的倡导提供一份可资佐证的、真实可信的第一手鲜活资料。

所谓以工匠之心对待创作，是指刘先平的文学创作态度。近些年，受商品化大潮侵蚀，文艺界浮躁之风盛行，为了金钱和流量不惜生编滥造、胡涂乱抹，以博取人们的眼球。刘先平不为名利所动，甘于寂寞、耐得清贫，板凳坐得十年冷，永远那么从容自若地坚守着他的阵地。他总能把广博的知识储备、扎实的生活积淀和严谨的艺术作风有机结合起来，精心推敲每一个细节，精心打磨每一个场景，精心塑造每一个艺术形象，一丝不苟地描绘着那卷独属自己的自然王国的蓝图。作品中从来没有荒诞怪异的情节，没有血肉横飞的场面，没有追求感官刺激的噱头。因为实地观察体验过的各类场景烂熟于心，所以他笔下的有关动植物生长生活的情态和大自然的种种变迁，总能栩栩如生得到呈现，作品中随处可见是一幅幅鲜活生动的野外生活景观、各种光怪陆离的山野趣闻以及不为常人所知的诸多自然生存奥秘。对于普通读者而言，这既可视为一种通俗易懂的科普读物，又是可以静心咀嚼的文学佳作，从中总能倾听到人和大自然的亲切对话，把人带入某种身临其境的完全陌生而又神奇的天地，体验到许多意想不到的审美惊喜。

所谓以赤诚之心对待读者，是指刘先平的写作理念。他忠实于生活，忠诚于文学，总是满腔热情地投入大自然，敬心诚意地构造故事，从不计较积累素材过程中所付出的代价；他尊重自然、敬畏文学，当然也知道如何尊重读者，面对潜在的特别是青少年阅读群体，他总是充满爱心，秉持良好的职业操守，从不会在创作中跳出来对读者指手画脚、强制性地把个人意愿灌输给别人。尽管在创作中，他始终寻求把自己理想的生态观念、深切的人生体验和对祖国山河的大爱融合起来，但其表达方式却总会一如既往心平气和、情趣盎然地让形象说话；即便是对那些十分令人憎恨的自然掠夺、动物残暴以及环境破坏的行为，他的表达也依然是那么从容淡定、入情入理、循循善诱，从不气急败坏、充斥戾气，总能在不动声色之中透过残酷的事实描述，最大可能地把思考的空间留给读者，让他们从阅读鉴赏中感受生态危机的可怕，给人以心灵的威慑与思想的启悟。

积 40 年之功，刘先平把一个悄无声息的大自然文学理念演绎成一个世人瞩目的文化现象，尤其在省政府专门为之设立大自然文学创作工作室之后，大自然文学展开了更加深入的创作研究、品牌塑造和衍生品推广等方面的工作，进一步把大自然文学品牌创树为一面声名远播的生态文化旗帜，这是一个作家对中国当代文学的重大贡献，也是当代文学对当代社会的一大贡献，他让世人见证了真正的文学力量。

前后 40 年，刘先平的大自然文学创作走过了一个从热爱自然、尊重生命到呼唤生态道德的过程，他的创作思想也经历了一个从感性到理性、从量变到质变、从自为到自觉的艰辛探索历程。应该说，刘先平的大自然文学创作，最初源于他天性中对于自然的挚爱，源于他长期沉浸于自然而获取的强烈感受，源于他"道法自然"的人生理念，慢慢地这种人与自然融为一体的生活习惯，变成了他从事文学创作的行为方式，化为他带有某种宿命式的文学观念，用他自己的表达就是："大自然赋予我生命，我爱大自然如生命"。这种类似于庄周梦蝶式的纠扯不清的关系，成就了他终生选择以大自然作为唯一主题的写作动机。然而，当他亲眼看见了由于环境污染和生态失衡带来的各种灾难后果，渐渐觉察到问题的严峻与残酷之后，他开始以文学家悲天悯人的情怀去思考人类未来，于是，他找到了"生态道德"这个概念。从大自然文学到生态道德，刘先平走过了从感性直观到理性判断的思维突变，也实现了他凤凰涅槃式的理性飞跃和思想升华。2018年，他在《续梦大树杜鹃王》卷首语中这样写道：我在大自然中跋涉40多年，写了几十部作品，其实只是在做一件事：呼唤生态道德——在面临生态危机的世界，展现大自然和生命的壮美，用生态道德来维系人与自然血脉相连的纽带，以期实现人与自然共存共荣的生态平衡。

人类进入21世纪，中国步入新时代，现在谈生态平衡已属平常甚至还是某种时髦，但刘先平作为一位生态文明的先觉、先行者，面对当时大多不以为然的生态环境恶化的现实，大半生不遗余力地呼唤尊重自然、尊重生命，其善良的、空谷足音式的生态文明呼唤，是何等富有先见之明！其超前的真知灼见显得多么难能可贵！今天看来，给予怎样的高度评价都不为过。

从大自然文学到生态道德，刘先平走在了时代的前头，成为最早发现问题、最早觉醒的一批人。我想，这种清醒与自觉的真理发现不是什么先验论，也没有什么先知先觉，而是来自实践的启悟，来自他伸向传统和瞭望世界的理论自觉。

　　一方面，中国传统的道家哲学在对待自然的态度上，一贯主张道法自然，尊重天地万物，庄子所谓"天地与我并生，万物与我为一""通天下一气耳"就是这个道理。人与万物都是一气所化生，彼此紧密联系，一体共生。人不应自视为万物的主宰，不能"以人灭天"；人要节制欲望，不能让膨胀的贪欲致人背离天道、迷失本性。中国的禅宗也主张顺世，祈求在现世生活中参悟人生真谛，获得自由和解脱。过去人们一味忽略其合理成分，严厉批判他们消极避世的悲观哲学，岂不知顺应也是主体的自觉，"无用之用"也可成为变被动为主动所"用"的源泉。大自然文学的生态文化观，承继先贤天人合一的智慧去看世界，有利于突破人类狭隘的实用思维，可以帮助人们从眼前的功利欲求中超脱出来，用合乎天道自然的整体性眼光理解世界，在人与自然的一体共生、和谐共处中求得动态平衡。

　　另一方面，放眼世界，工业文明以来，人类在创造巨大物质财富的同时，也加速了对自然资源的攫取，打破了地球生态原有的系统循环，造成人与自然关系的日趋紧张，日益引起全世界有识之士的警觉，重建美丽家园成为大家共同的梦想。20 世纪 70 年代，挪威哲学家阿伦·奈斯把原属于自然科学的概念引入人文社科领域，首次创立了深层生态学理论，他以系统的整体性替代主客二元对立的机械论，以人—自然—社会的协调统一替代人类中心主义，从自然的独立价值观出发，提出社会的环境权问题和可持续生存的道德原则。与此相关，20 世纪末中外学者也创设生态美学论题，集中研究包括人与自然、社会及人自身的生态审美关系，逐渐形成一种崭新的美学形态。生态美学认为，传统的人类中心主义在处理人同自然界关系时，人成了"无所不能""无所不可""无所不做"的绝对主体，这种"疯狂主体"消灭了人的理性、价值追求和实践行为的根本界限，成为生态环境恶化的重要根源。生态美学主张用"有限主体"的伦理观，让人类在依赖自然的整体存在中受到约束与限制。它超越了审美主体对自身生命的确认与关爱，也超越了过度役使自然的极端实用主义的狭隘，进而追求审美主体将自身生命与客体生命世界的和谐与交融。

这些崭新的理论见解关于生命共感的重新发现与认识，反映出人与自然与社会之间相互依存的共同命运，也是关于绿色的可持续发展的一次再启蒙，开启了人类社会进步的新征程。2007 年，党的十七大报告首次提出生态文明建设的概念，十八大则把生态文明进一步提升到了崭新高度。认为，生态文明是人类为保护和建设美好生态环境而取得的物质成果、精神成果和制度成果的总和，是贯穿于经济建设、政治建设、文化建设、社会建设全过程和各方面的系统工程。总书记明确提出：生态是统一的自然系统，是相互依存、紧密联系的有机链条，这个生命共同体是人类生存发展的物质基础。进而强调，生态文明建设既关乎我国发展理念和发展方式的深刻转变，又关乎全球生态文明、关乎人类美好家园的建设、关乎人类的未来。

面对全球性的生态危机，人类开始觉醒并逐渐形成共识，任何局部的个人、民族和国家都不可能单独解决这一全局性的问题，解决困境的唯一出路只能是全人类的统一行动。作为最早觉醒的智者，刘先平把朦胧写作爱好逐渐变成清晰的审美追求，发展为自觉的审美理想，这种生态审美意识不仅是对自身生命价值的关爱，也不仅是对外在自然审美价值的体认，而且是对人与自然生命和弦的重新发现与再造，它切合人类生存发展的实际，符合生态文明进步的规律，因而，特别具有前瞻价值和实践意义。仅此而言，他的大自然文学创作不仅是儿童文学佳作，也是成年人的寓言童话；不仅属于当下，而且属于未来，堪称普及生态文明的启蒙教材。可以说，大自然文学从萌芽、成长到壮大的过程，既显示了一个有情怀的作家独到视野、襟怀和眼光，更彰显出一个有胆识、负责任的知识分子深切的忧患意识和自觉的历史担当。

　　我们在对大自然文学予以充分肯定的同时，理应更好地宣传和推广大自然文学创作的优秀成果，以普及生态文明理念，让热爱自然、倡行生态公德的意识在全社会蔚然成风。正如总书记所要求的那样：要倡导尊重自然、爱护自然的绿色价值观念，让天蓝地绿水清深入人心，形成深刻的人文情怀，让生态环保思想成为社会生活中的主流文化。

驰骋荧屏一健笔

——浅谈周振天的剧本创作

周振天是中国新时期活跃于电视剧荧屏上的最资深的金牌编剧之一，著作等身、荣誉等身。从事编剧近 40 年，以一支凌厉的健笔，创作了大量脍炙人口的优秀电视剧作品，如《潮起潮落》《驱逐舰长》《神医喜来乐》《玉碎》《张伯苓》《闯天下》《小站风云》《洪湖赤卫队》《我的故乡晋察冀》《楼外楼》等，是"五个一"工程、电视飞天奖、金星奖等奖项的获奖专业户，为新时期中国电视艺术特别是电视产业的发展做出了特别突出贡献。深入研究他的创作，对于进一步推动中国电视艺术的繁荣，具有十分重要的借鉴意义。

周振天的电视剧创作有着十分鲜明的艺术特点，我想至少从以下三个方面可以见证。

首先是坚守艺术理想，作品中始终洋溢着爆棚的阳刚之气。周振天是个剧作家，更是一个军旅作家，军人的气质、军人的情怀在他的身上表现得淋漓尽致。以海军生活为切入点，展示军人保家卫国的使命，一直是他军事题材创作的主题。《潮起潮落》《驱逐舰舰长》《波涛汹涌》等作品，或以家庭变故、或以人际变迁、或直接以舰艇生活为切入点，描述出共和国老中青三代海军为建设强大海防，不惧艰难、不畏牺牲、英勇奋斗的英雄业绩，并通过与他们的成长、奋斗、情爱、牺牲相伴随的波涛汹涌式的心路历程，生动地揭示了他们对祖国人民的真挚大爱和对海疆边防的无私奉献。即使是轻喜剧形式的《水兵俱乐部》，在一个个发生在舰艇、哨所和俱乐部的故事背后，虽有诸多的尴尬与苦恼，却掩饰不住战友之间、军民之间令人感动的温情。作品中的海军生活尽管不乏常人难以想象的艰难困苦，但始终激荡着一种艰苦奋斗、顽强不屈的坚韧意志，一种不惧风险、勇于开拓的牺牲精神。面对惊涛骇浪和复杂的周边环境，日夜守卫在军舰和海岛上的军人，不顾父老妻儿，孤悬海外，出生入死，处在和平环境中的观众，只有从这些军人的身上，才能悟透奉献与崇高的真正含义。

面对着历史虚无主义、金钱拜物教和娱乐至死之风的各种诱惑，作家不为所动，始终坚守以人民为中心的创作导向，严肃认真地对待每一次创作，热情讴歌时代精神主旋律，保持了昂扬刚健、恢宏大气的创作基调，充满了积极进取、健康向上的社会正能量。正如作家所说："无论世道人心怎样变化无常，无论道德底线怎样一次又一次地被猛烈冲击，无论戴上时尚桂冠的横流物欲怎样来势汹汹，无论在利益驱动下那些肆意膨化的低俗、庸俗的展现怎样大行其道、怎样覆盖和蚕食艺术道德标准，我们这些从事具有广大受众电视剧的剧作者，应当时刻持守一个念想，那就是我们究竟想给后代子孙们描绘怎样的一个未来世界？给那些精神、文化、知识都嗷嗷待哺的孩子们营造出怎样一块道德土壤？"这种清醒而自觉的历史使命感和文化责任心，旗帜鲜明表现出一个军旅作家勇敢的社会担当！这在市场至上和浮躁盛行的当下文坛，是一种稀缺的精神资源，也是一种难能可贵的艺术理想，值得人们为之高度赞赏与大力提倡。

其次是秉持家国情怀，作品中始终充满着爱国主义精神和英雄主义的底色。在周振天的创作中，家庭个人的命运始终与民族的兴衰和国家的命运联在一起，"家国同构"是他剧作的一贯风格。《玉碎》表面上描写了

"九一八"事变前后，恒雅斋老板赵如圭一家人生活境遇的陡变，实质讲述了在中华民族面临生死存亡的特殊历史时期，普通中国人的生存状态和命运抉择。在国破家亡的民族危难面前，赵如圭这个视古董为生命的玉器商终于明白了覆巢之下岂有完卵的道理，他当着贪婪的日本侵略者，将"望天吼"摆件摔得粉碎，悲壮地走完了自己的人生，也成就了一个真正中国人的民族气节。《张伯苓》虽是传记性作品，讲述的却是中国近代史上以张伯苓为代表的一批有识之士，将救国图强的满腔热忱付诸育才树人的艰辛探索，讴歌了中国新式教育的理想追求。《闯天下》以"华夏班""长乐班"两个杂耍班子的恩怨情仇为线索，讲述了赵沧海、萧紫霞等杂技艺人在家仇国恨中的命运起伏。赵沧海最后面对包围上来的日本侵略者，敲响祖传的铜锣，上演了一场技艺超拔的绝命演出，完成了华夏班从为个人奋斗到为民族生存献身的华丽转身。

通观周振天的全部的剧作可以清晰看到，作家始终把自己对历史进程的理解、对民族命运的思考和对人生与人性的开掘，十分有机地融入自己的创作，其中自强不息、厚德载物的民族精神，位卑未敢忘忧国的爱国情怀，富贵不淫、贫贱不移、威武不屈的高尚品德，始终是他作品主人公的精神基调，观众从中感受的永远都是中华民族骨子里的那种百折不挠的思想境界和沉雄博大的浩然正气。可以说，这与中央领导同志所强调的，要把弘扬伟大爱国主义精神和以改革创新为核心的时代精神作为文艺创作的主旋律，引导人民树立和坚持正确的历史观、民族观、国家观、文化观，增强做中国人的骨气和底气，是高度一致、十分吻合的。

再次是讲究编剧技巧，精心打磨艺术，作品始终在波谲云诡的历史冲突中揭示时代主题和人物命运。作为一个军旅作家，周振天作品中通常表达的是宏大的时代主题，但他的厉害之处在于，宏大主题通常并不采用宏观叙事。无论是军事题材、革命历史题材，还是普通的近代史题材，无论是纪实体、指令性的主题创作，还是纯粹虚构的故事性写作，他都善于小切口、大视野，以情写事、以小见大，以小人物折射大历史，作品中没有廉价的口号，没有简单化、标签式的主题表达，因而也就少了些高堂教化，多了些人间烟火和世俗情怀，所以愈益显得真实、自然、感人。

《潮起潮落》以三个家庭的传奇性经历，昭示着中国海军从无到有、从弱到强半个世纪的沧桑巨变；《小站风云》以一捧稻米、两对恋人、三个家族，勾勒出近代中国的历史风云；《我的故乡晋察冀》通过耿三七在生意场上练就的奇招屡屡战败日伪军的生动故事，讲述了一个山货店伙计如何成长为八路军指挥员的曲折过程，真实再现了晋察冀老百姓同八路军的鱼水深情。《神医喜来乐》以悬壶济世的民间郎中喜来乐的跌宕人生为主线，以戊戌变法的历史、红颜知己的恋情和同行冤家的相煎为支脉，嬉笑怒骂、诙谐机智，在含泪的笑声中，展示了在社会动荡背景下小人物的悲欢离合。在这一系列成功的作品中，剧作家都无一例外地都十分讲究叙事策略，精心策划叙事角度，精心开掘与主题相关的文化蕴涵，精心结构一波三折的传奇故事，精心设计叹为观止的生动细节，精心塑造血肉丰满的人物形象，精心追求艺术的质量和品位，这就让剧作有了更加浓郁的生活气息和文化意味，让宏大的主题承载了更多的生命质感和人性温度，因而，也大大提升了作品的观赏效果，凸显了剧作家高超的编剧技艺和丰厚的创造智慧。所有这些，都值得当下电视人认真地予以总结，变成促进电视剧创作生产的文化财富。

至璞之境绘新章
——致王界山、邵璞中国画联展

热烈祝贺王界山、邵璞的中国画联展隆重开幕！新闻报道称，今天是近三十年来最冷的一天，北京广播提醒大家少出家门，能在这样的天气应约前来以襄盛举的都是至爱亲朋。这一两百人加入道贺的友情队伍，让寒冷的冬日充盈着暖融融的春意！

祝贺首先从画展的题目说起。古语曰：大匠不以璞玉示人，意在告诫人们要对外展现自己最光鲜的一面。可王界山和邵璞两位画家却用"至璞之境"，向观众展示自己最本真的部分，这是一种难得的境界。他们在社会充满浮躁之气、在画界充盈媚俗之风的背景下，不随流俗、回归传统，不约而同地选择了焦墨，选择了这种传统绘画中最见功底、最不容讨巧的技法，大胆地在人与自然的交流、在黑与白的对比、在纸与墨的对话中，来追求自己的审美理想。在貌似简单的艺术语言中、在质朴淡雅的艺术格调里，营造出了简洁却不简单、朴素但有深度的从容意象。他们抱璞守拙、返璞归真的艺术追求，暗合了中国传统文化中大道至简、大音希声的哲学意蕴，也呈现了一种绚烂之极归于平淡的至高境界。从某种意义上来说，这也显示了中国知识分子勇敢而又自觉的使命担当，值得我们表示敬意。

其次，重明美术馆把首展意味深长地提供给两位性格不同、艺术风格迥异的画家在这里举行联展，体现了举办者的匠心独运。

界山兄学院派出身，艺术功底扎实，底蕴深厚，他特别擅长写实，却又不拘泥于艺术陈规，在画风上追求大开大合，落笔处常会险中求奇。有时浓墨重彩、密不透风；有时又惜墨如金、清新淡雅。这两套笔墨能在界山手下运用自如、收放有度，既能够藏锋于拙、拙中见巧，又能寓柔于刚、刚柔相济，为作品展示了立意高远、大气磅礴的审美气象，艺术上呈现出沉雄、豪放、旷达、恢宏的壮美风格。虽然我这个山东老乡个头不高，但依然如关东大汉，手持铁板铜琶，高歌大江东去，把一个山东籍军人的豪放俊朗挥洒得淋漓尽致。

而邵璞兄则反其道而行之，作为一个并非美术专业出身的成功诗人，他不求绘画的写实而重在写意，其焦墨山水注重细节表达，擅长用近乎干枯的笔墨来营造自己胸中的温润山水意象，线条时断时续、似断实连，在细微之处见精神，充满了诗一般的意境。邵璞兄虽已年过半百，但依然能把当年窥探女大学生宿舍的那种羞涩、冲动、激情的复杂情感运用到笔端，在笔墨的浓淡干湿之中蕴藏着细腻的情感沟壑，给观众以枯而不干、燥而有润的艺术享受。尽管诗人依然保持了当年的那份浪漫情怀，但当年的那种冲动与激情随着岁月的淘洗早已化作某种沉静与审慎，表现在创作中更多地显示为深沉静穆之气，呈现出一种淡雅而空灵的优美风格。

联展有意将两位画家进行了一次鲜明对比，而对比中的共鉴不是同行如仇的相斥，而是文人相轻的互补，这让人们在观赏精彩画作的同时，也无形中增添了画展背后浓郁的戏剧色彩。

最后，中央刚刚召开的五中全会，提出了创新、协调、绿色、开放、共享的五大发展理念，这是我国"十三五"规划建议中的亮点和精髓，是贯穿经济社会发展全篇的灵魂和主线。其中的绿色发展之所以特别引人注目，普遍视之为这是对我们曾经存在的掠夺性开发和粗放式发展的一种反拨。十分难能可贵的是，办展的这两位画家早已在画作中灌注着绿色的理念，他们不谋而合地把人与自然融为一体，倡导一种尊重自然、天人合一文化观。他们的笔下，满怀着对祖国大好河山的深沉热爱，蕴藏着人与自然的和谐相生；满怀着对人类命运的终极关怀，充满了对经济社会可持续发展的某种向往和敬畏。他们对大自然物我两忘的眷恋与热爱，无疑给画作注入了鲜明的时代特色，也会给人们带来某种警醒和启发。在观众的流连忘返中，或许能从中体味到一缕淡淡的乡愁，让在物欲横流的当下，人们早已麻木、迷惘的心灵，重新找到回家的路。从这个意义上来说，我们有理由对画展表示深深的期待，更祝愿两位艺术家的国画联展取得圆满成功！

重彩浓墨写大美

——汪天行绘画之我见

我们首先真诚地祝贺汪天行山水画展的成功举办！本人深知自己是个美术外行，因而很少参加此类活动。今天算个例外，为的是给老朋友站台。

在我 30 多年文化工作生涯里，有缘认识了三个叫天行的朋友。一个是秦天行，陕西的文化厅厅长；一个是吴天行，浙江宣传部的副部长，后来到文联作书记；再一个就是汪天行，也是从江西省文化厅到省文联担任书记。天马行空，独来独往，正是从事文艺职业不可或缺的个性。三个天行个个身怀绝技，何等了得！结交三个天行，从他们身上学到了不少东西，更是三生有幸。

略去文艺的管理与服务，汪天行是个真正的文艺通才。琴棋书画，样样精通。中国文联有 12 家协会，他是 7 家协会的会员，且不是挂名会员，在每个行当里都卓有成就。除了展览现场精彩的绘画书法作品，天行兄还从事小说和报告文学创作，洋洋洒洒达 200 万字之多；民间工艺，瓷画创作独领风骚；音乐方面，不仅自己填词、作曲，还拉得一手小提琴，实在了不起！在这位多才多艺的文艺界全能选手面前，我辈只有自惭形秽的份了。

认真拜读天行兄的绘画，基本印象是笔墨酣畅、毫锋脱颖，清旷悠远、气势恢宏，给人以振聋发聩的感觉。靳尚谊先生说他在平淡率直中追求的是一种浑厚的苍劲，空蒙的山色中映衬的是连绵群峰，给人特殊的审美感受，可谓言简意赅、一语中的。"眼前有景道不得，崔颢题诗在上头"，面对大家之言，我就更不敢置喙了。然而，作为朋友，既然来了，只好谈点粗浅感受，求教方家。

第一点感受是，胸藏万壑，笔落胜景早成竹。天行兄功底深厚，眼界开阔，思想深邃，对中国山水有着深刻而独到的感悟。下笔之前，命意早成，格局已定、成竹在胸，是故，其山水虽然跌宕起伏但画面却毫不局促，反有一气呵成之感。恰如叶青兄所说：以胸中所蓄命意作画，以展现中国画命意、构图及笔墨妙趣，这反映了他特有的审美情趣。画家搜尽奇峰打草稿的过程，总是建立于自己特有的生活积累、文化背景和专业功底的基础之上。命意的预设及其呈现，更是与此紧密相关。天行兄之所以能够临春风思浩荡、望秋云神飞扬，来源于他丰富的生活阅历和深厚的文化积淀。

通常而言，非常繁杂的事务性工作，不利于创造激情的呈现和灵感的恣意发挥。然而，丰厚的生活积累、深刻的人生感悟和敏锐的政治视角，对于艺术家理解生活、洞察人性确是难得的生活际遇，使用得当，反过来对提升创作境界又是一种潜在的推动力量。天行兄才高八斗，他不是官员中的玩票者，而是艺术家中有"故事"的官员，也恰恰因为这背后的"故事"，让他的画比一般艺术家的创作多了一份大气、深沉和从容，固然也多了一份震撼。

当然，"故事"不是艺术，故事只有转化为创作资源时才能真正成就艺术。天行不仅具有坚实的童子功和良好的职业训练，更有把生活历练有机转化为创作底色的高超本领。古人讲，外师造化，中得心源。能不能得心源，当然取决于专业的和生活的积累，更取决于艺术家的才气与悟性。我接触过的老一辈艺术家曾经不约而同地说过类似的话，成为匠人还是艺术家最终拼的是文化。文化功力决定了艺术的品格。天行兄的成功，在于他二者兼备，故其起步虽迟，但起点很高且潜力巨大，一发而不可收，一下子在众多的山水画家中异军突起。汪天行画册里面有一幅"眼界高时无物碍，心源开处有波涛"的书法作品，我想这是感慨，也是自况。因为丰厚的积累、坚实的功底和开阔的视野，让他具备了锦绣文章腹里有、万里河山眼前开的襟怀，也造就了他搜妙创真、出手不凡的绘画技艺。

第二点感受是，取势以线，景观背后蕴深情。中国画讲究笔墨，线条是基本功，也是在国画间架结构中最难的功夫。写意山水、没骨法，表面上线条无关紧要，实质上只是线条内隐而已，没有线条的框架立马坍塌。天行兄大量的山水画作都是以线见长，足见其过硬的线条功夫。他的线条非常写实，在全景式的山水画境中，写实强化了山水的真实性；而在写实基础上的写意融会，让画意主旨就有了更加真切的附丽，常规中朦胧的山水就有了崭新的面貌。

天行绘画在以线造势的过程中落笔老到硬朗，上突巍峰、下瞰琼台，画面筋肉里凸显着山水的骨感。刚劲犀利的线条描绘，让山峦更峻峭、令树木更苍郁、使水波更柔韧，极大地张扬了他山水画的壮美气势。在线条勾勒出的重山复岭的萦回转折中，绵延的群山、悠闲的云霞，潺潺的流水、无际的原野时断时连、似断实连，让每幅画面都表现出非常鲜明的节奏感和旋律性。这些颇具活力的生命律动，与画家深厚的音乐修养密切相关。音乐融入绘画，为画作带来一种雄阔而磊落艺术张力，谱写出一曲曲辽阔江天的壮歌。

天行兄的写实不是临摹，不是一个自然景观的复制者。在以线造势过程中，蕴含了他对自然山水和世间百态的深刻理解，蕴含了他以形写神、抒发内在抱负与襟怀的慧眼匠心。传统绘画有时讲求无我之境，天行兄的画意多是有我之境，在貌似客观的描写中，他把对家乡、对祖国大好河山、特别是对红色文化的深情赋予笔端，寄情畅怀、直抒胸臆，把革命圣地井冈山的神奇渲染得淋漓尽致，塑造得独具风采。

天行绘画呈现出的酣畅且悠扬的韵律，正是画家饱含热情倾心投射的结果。他的激情洋溢与他的才华横溢相互映衬，让他的画作与传统山水画优雅而清孤、甚至略显沉郁萧瑟的画风迥然不同，总是释放出那么一种乐观、敞亮、昂扬的精神状态，这也许正是天行画风的独到之处。

第三点感受是，随形赋彩，笔墨章法俱时新。源远流长的山水画传统，在天行兄的笔下既有一脉相承，又不乏拓新求变之处。他模山范水，远取其势、近取其质，在轴线、主次、远近、高下、虚实、藏露、浓淡、干湿、勾连、皴法等方面，都有对传统技法精致的传承，但他的继承并不墨守成规。一方面，他把诗书画有机地结合起来，把他对生活与生命的感悟、把他作为诗人的激情用于绘画，在画中体现出独到的自我与个性；另一方面，他又注重把西画特别是现代画的透视技巧、光影效果、明暗对比用于山水画创作，让画面愈益笔力峭拔、参差错落。更为难得的是，他非常大胆甚至有点肆意的设色用彩，不囿于传统青绿山水或浅绛山水的素雅清淡，追求色调由淡渐浓、由冷变暖，促成其重彩山水大开大合、超凡脱俗。天行的画作色彩斑斓、清新亮丽、气象宏阔，有着强烈的对比效果，这在传统绘画中是不多见的，因而也为传统的山水画赋予了新意。在他的笔下，不再仅仅是春山淡冶、夏山苍翠、秋山明净、冬山如睡的宁静，而是"春山如黛好抚琴、夏风凉时钓柳荫、秋江红叶吟佳句、冬雪楼台访知音"的灵动。其整体画风显得清丽严谨，墨色温润，石体坚毅、树木丰茂、台阁古雅、气势夺人，彰显出中国山水画转型期非常鲜明的时代特色。

天行兄秉持崭新的绘画理念，带着对传统山水深入的思考与感悟，赋予了自然山水更多的盎然生机和生命活力。在这里，传统的烟云萧瑟或者缥缈迷蒙的苍凉不见了，取而代之的是一种万壑松风、雄奇峭拔的辽阔江天，是层峦叠嶂、飞瀑流泉的雄浑气象，其清新画风带给受众强烈冲击，观后留下难忘印象。

谈完三点粗浅感受，也不妨谈点建议。作为画家的外行朋友，我觉得在天行兄的绘画中，优点有时候可能也是不足。比如说以线见长是长项，但在过硬的线条功夫背后用墨的问题就容易暴露。墨分五色，有无穷的变化，如何在强调用线的过程中，更好地体会用墨的妙趣，给作品带来更多意味深长的效果，就值得认真斟酌。古人有：笔愈减而气愈壮、景愈少而意愈长之说，表明惜墨如金，或许容易产生更加深邃悠远的意境，更益于增强山水画创作的艺术神韵。

另外，天行兄以画井冈山而名满天下。过去游人看到的都是井冈山的局部山水，欣赏天行兄的画作，人们方才从宏观上一览胜景，领略到它的雄奇崇高、巍峨壮观，从而对这个革命圣地充满神奇的向往。天行作为井冈山画派的创始人和领军者，确实当之无愧。然而，一个画派确立，不仅需要更多的画家从事共有题材的创作，也要有一群有共同艺术追求、共同审美情趣且风格相近的画家来共同维系流派的发展，同时还必须有一批产生广泛影响的艺术作品，这样才能够把这个画派真正建立起来，而且发扬光大。从这个意义上来说，还期待天行兄为此付出更大心血，做出更多努力，百尺竿头更进一步，让我们的英雄山与井冈山画派能够相得益彰，交相辉映！

最后，再次祝贺天行兄画展的成功举办，祝愿天行兄永葆艺术青春，创作获得更大丰收！同时作为朋友，也希望天行兄节奏稍微放缓一些、沉静一下，把退休后幸福的艺术生活过得更加久远、更有色彩！

（根据作者发言录音整理）

遒健拙朴的书卷气息

——写在乌峰书法展开幕之际

今天十分荣幸地以乡党、朋友和同道的身份，参加乌峰教授的书法展。首先我们对"关山飞翰——乌峰书法作品展"的成功举办表示热烈的祝贺！

大家常说：中华民族传统文化博大精深、源远流长。其实，通常人们并未深究其中的微言大义和具体内涵，甚至慢慢衍化为某种套路式的表达方式。真正细细琢磨起来，中华文明五千年绵延不绝的最核心密码是什么？在哪里？我想，她不是简单的文化遗存，不是长城、兵马俑和故宫，而是五千年从未中断的活着的语言文字，文字是中华民族历久不衰的最重要的文化基因。有人把世界文明划分为"四大文明"，也有人细分为"八大文明"，还有人进一步再细划为"二十大文明"，然而，除了中华文明之外，其他所有的文明都没有从头到尾的延续，其根本原因就是文字。世界上最早出现的文字不是汉字，最早的楔形文字在两河流域，也包括后来印度的印章文字等，只不过这些文字现在都已经成为"天书"，永远沉寂于历史古迹中，没有一个人能够辨识。在众多的世界古老文明中，唯有中国文字流传至今。只要我们略通文脉，从甲骨文到当下的简化汉字，语义一以贯之，基本上都能流畅通读。炎黄子孙随时都能与古人对话，随时可以让静存于典籍里的历史文献鲜活起来。而以文字为审美内核的书法艺术，是和中华文化紧密相连、密不可分的，因而也理所当然地成为中华民族最灿烂的文化瑰宝之一。中国书法不仅仅是一个点横撇捺的形体结构，它更重要的是一种文化内涵的传承和表达。从这个意义上来说，字如其人也就顺理成章了。因为透过你的书写，人们一眼就能看出你读过多少书，读的程度如何，你的肚里有多少墨水自然就能流露出来，这就是"书如其人"的奥秘所在。

乌峰教授是一个集书法研究、教学和创作于一身的新生代书家，他长期从事古典文化的研究和教学，有着深厚的传统文化功底。这个出生在山东济宁的蒙古汉子，受孔孟文化的熏陶和家学传承的影响，让他把传统文化的爱好渐次演变成终生的职业。他曾非常系统地研究过中华文化的发展源流，非常全面地梳理、辨析过各种字体的流变和沿革，在教书育人、促进中华传统文化薪火相传的同时，也在书学的实践中精心钻研、辛勤耕耘，不断探索如何让传统的书法艺术在新的时代发扬光大。正是因为其深厚的文化底蕴和不懈的努力，让他做到了博观约取、厚积薄发，真草隶篆，样样皆通，令他学者型的书法艺术表现出别具一格的宏阔气象。细细观摩乌峰教授的书法作品，我们不难看出，他能把深厚的文化素养与精湛的书法技艺有机结合起来，能把骨子里流淌的蒙古汉子的辽阔剽悍的血脉和儒家文明的博大精深有机结合起来，能把书法碑学的金石况味和帖学中的书卷气息有机结合起来，在循规而又自由的创作中，既有酣畅淋漓、又能自省自制，既有洒脱奔放，又显沉郁苍迈，正逐渐探索形成自己遒健拙朴、清雅俊朗的个性书风。

目前，中国正处在一个伟大的剧烈变革时代，我们在充分肯定文化随着社会发展不断进步的同时，也要清醒地看到，受市场经济、商品化裹挟而来的全民浮躁之气和读图时代带来的浅薄审美，正在日益侵蚀着我们传统文化的根基，各种怪书、丑书正以创新名义的泛滥于世，传统书艺正面临着严峻的挑战。在这样的情况下，乌峰教授能够耐得住寂寞、坐得住冷板凳，能够下苦功夫、笨功夫，沉静执着地坚守在传统书法的阵地上，尤为难能可贵，这无疑也给鱼龙混杂、媚俗盛行的书界吹来一缕清风。也就从这个意义上讲，我们应该对乌峰孜孜不倦的书法传统坚守给予充分的肯定和褒扬，同时我们也真诚地期盼并坚信，他能在敬畏传统、守正创新的道路上走得更远、更好，期待他能随着岁月的流逝和书艺的精进，会有更多更好的优秀书法作品问世！

第六辑

艺文创造
与文化交流

群众业余创作的竞赛台
——"东丽杯"文学奖漫议

在公共文化服务项目中，通常都以群体性的文化活动为主体，而天津群众文化系统举办的"东丽杯"评奖首创以群众业余文学为主角，为全国文学爱好者提供了一个公共普惠的"赛诗台"，因而，也就成为全国性群众文化活动中最重要的一个文学品牌。

这项活动 1988 年在天津设立，最初只限于本市；2007 年起开始面向全国业余文学爱好者征稿，并分别增设梁斌小说奖、孙犁散文奖和鲁藜诗歌奖，实行隔年分头评选；2009 年，再次增设了东丽文学大奖和新人新作奖，同时全面改变征稿方式，由天津市群艺馆联合各省市、直辖市、计划单列市群艺馆向全国业余作者发布征文通告，不用任何报名费用，不设任何职业年龄门槛，真正成为最具公益性的群众文学创作的竞赛活动。

经过长达 27 年实践积累和 24 届的文学评选，"东丽杯"不仅提速了天津群众文学队伍的发展步伐，也对全国公共文化活动服务的延伸做了一个有益尝试。故而，在 2011 年文化部与财政部共同组织实施国家公共文化服务体系示范区（项目）创建工作之初，"东丽杯"全国群众文学评奖活动，就顺理成章地获得了第一批国家公共文化服务体系示范项目的创建资格。把关注个性化的文学创作纳入公共文化服务范畴，对于注重大众化和广泛性的群众文化活动而言，不能不说是个文化奇迹。

究其根源，我想至少有三。首先，立足文学，抓住了提升群众文化素养的根本。在各种艺术门类中，文学是基础，文学修养的高低是衡量大众文化素质高低的最基本标尺。文学面对一个个敏感而又鲜活的生命，在全民浮躁、心灵干涸的当下，社会需要更多的人保持着一颗赤子之心，共同温习民族心灵的记忆。"东丽杯"全国群众文学评奖创立之初，正值文学在经历过新时期井喷式复兴之后，渐次步入边缘化的阶段。刚刚起步的基层文学创作由于缺乏有力的外部支撑，迅速跌入低谷，基本处于自娱自乐的状态，这不但妨碍着群众性文学水平的提升，更对深入开展基层公共文化服务产生了十分不利的影响。举办全国性的群众文学评奖，激励来自基层的业余文学爱好者重新拿起笔来，为大家提供一个公平、公正、公开的文学交流竞赛平台，这不仅有效保护了基层文学的火种，而且对于激励群众性文学创作，提升大众文学修养，都有着十分积极的推动作用。

其次，面向基层，彰显文学的示范效应。"东丽杯"最大的品牌价值在于它的群众性，特别是在整个文学不甚景气的今天，它的草根性的存在与生长越发显得难能可贵。二十多年来，坚持面向基层业余作者征稿，吸引了来自全国二十多个省市、自治区、直辖市以及港澳同胞、海外侨胞的热情参与，每年都能征集到一批有创造实力、有生活质感的参赛作品。同时，还卓有成效地为基层作者打开了一扇窗户，鼓舞起更多业余作者的创作热情，他们用自己的创作来活跃并丰富各地群众文化刊物及阵地，用他们那独具浓郁的生活气息、真诚的情感抒发和质朴自然的表达方式，为日渐式微的小众化的文学创作吹进一股清风。获得第24届孙犁散文大奖的宁夏业余作家刘汉斌就是一个典型的代表。他的散文集《草木和恩典》以深情而质朴的笔触，栩栩如生地描绘出西海固农民的生存境遇和各类农作物、动植物的生长情状。透过西部农民吃苦耐劳、安分守己的生命原色，真实再现了他们含辛茹苦的生活韧劲以及多舛命运的不懈抗争，生动刻画了一个西北汉子被迫离乡的无奈、不舍与眷恋，吟咏出思乡游子刻骨铭心的不尽乡愁。作品基调沉郁、刚毅、厚重，充盈着感恩大地与生灵的正能量。这类关注社会、关怀人生作品的创作与获奖，既能为不温不火的当下文学注入一丝蓬勃生机，又能很好地显示"东丽杯"文学奖的文学导向和示范效应。

再次，突出业余，大力扶持文学新人。"东丽杯"开宗明义，明确提出不允许"专业作家"参赛，把所有的机会让给业余作者。这样一来，评奖就省了某种仪式感，核心是培养和推出文学新人，这也有力强化了主办者的初衷。面对来自全国各地不同职业、不同年龄业余作者的投稿，组委会严格规范评审程序，所有的报送作品，一律去掉所有与评奖无关的内容，不分男女老幼和地域职业差异，采用一文一审的方式，只以作品质量论输赢。比如这次获得文学新人奖的作者，大多是来自全国各地的中小学生。

《小鱼儿又回家了》就是一篇小学生作文，作品以河流中小鱼儿的消失与重现为切入点，准确呈现了社区生态环境变化的过程。稚气里显露真诚，朴实中透着清新，表达出少年心目中对绿色中国的真情呼唤。而汪芦川的《乡村的魅力》则描绘了城市孩子复杂的乡村情感，既有生活习惯的影响，也有世俗评判的熏陶。作者通过近距离感受外公菜园的前后对比，以乡村的真实魅力转变了固有的观念，相信这对抵触和厌烦农村生活的城市孩子会有所启悟。张雨桐的《幸福》，以超越实际年龄的口吻谈人生，用超乎自我体验的视角论死亡，在穿越的意味中，流露出积极向上的人生思考，展示了同龄人难得的成熟。难得的是钟荧的《丑石》，作品以习画入手，让躲在兰竹花鸟背后的丑石，透过水墨大师们千百年的神奇洇染，给读者意会出某些人生的玄机。脱开世俗浮泛的目光，可以看到，世间万物各有自身存在的价值，美丑妍媸的定论自然也就不同，而伟岸的凸显必有大量平凡庸常之物作衬托，进而强化了丑石不丑的深刻主题。谁敢否认，若假以时日、耐心呵护，这些受到激励的文学幼苗，不会成长为未来文学的参天大树？我们有理由给予期待！

可以说，经过二十多年的辛苦培育，"东丽杯"群众文学评奖活动已经赢得了良好口碑，树立起优质品牌。唯其如此，我们更热切祝愿这次活动能持之以恒，越办真好！

集众芳之美以惠民
——在第十届中国国际民间艺术节开幕式上致辞

今天，我们十分高兴地欢聚一堂，携手拉开第十届中国国际民间艺术节的序幕。借此机会，我们谨向来自世界五大洲13个国家的艺术家朋友表示诚挚欢迎，向为艺术节成功举办付出辛劳的热情好客的青海西宁人民表达衷心感谢和崇高敬意！

中国国际民间艺术节自1990年创办以来，在党和政府的关心和支持下，始终坚持"发展民间艺术，促进友谊和平"的宗旨，努力搭建国际多边交流的文化平台，已累计邀请过59个国家137个艺术团来华演出，充分显示出鲜明的国际性、民族性、民间性特色，为传播各国民族民间艺术、推动中外艺术家合作交流、丰富人民群众的文化生活做出了积极贡献，赢得了广泛赞誉。今年的国际民间艺术节首次踏上青藏高原，这既是一次推进"一带一路"建设的国际文化交流盛事，也是向世界展示中国西部地区改革开放巨大成就和人民精神面貌的重要契机。

古人有言：孤芳独美，不如集众芳之美。维护文化多样性，用艺术沟通心灵、以文化联结世界，是建构人类命运共同体的重要环节。特别是民族民间文化的保护与传承，更需要不同地区和民族文化的交流互鉴、取长补短，共同推进世界文化的进步与繁荣。今天，受邀来访的254位外国艺术家在这里同台献艺，精彩展示各自丰富多彩、各具特色的民族民间艺术，接下来还将前往西宁四区三县巡回演出，他们不仅为中国观众带来美轮美奂的艺术享受，也会通过文化的交流与互动进一步加深我们彼此之间的了解与友谊。

西宁素有"高原明珠"之称，是一个美丽、安宁且充满活力与希望的城市。这里文化底蕴丰厚，民族团结融洽，经济发展迅猛，在中国西部现代化建设中发挥着独特作用。我们相信，在西宁人民的热情支持下，本届艺术节一定能够办成人民的节日，艺术的盛会。

最后，预祝第十届中国国际民间艺术节取得圆满成功！

（2016 年 8 月 8 日）

交流促进文化认同

——"海峡两岸欢乐汇"曲艺专场演出致辞

今晚，我们相聚在秋意正浓的宝岛台湾，一起观看 2014 海峡两岸欢乐汇曲艺专场演出，共同欣赏两岸曲艺家精湛的表演，感受民族传统说唱艺术神奇的魅力，透过这最具乡土气息民间文化，重温同胞间乡音乡情、乡声乡韵的深厚情致。

"海峡两岸欢乐汇"，是由中国文联、中国曲协和福建省文联共同打造的文化品牌活动。自 2011 年举办以来，"海峡两岸欢乐汇"始终秉承展演交流、传承创新、共享发展的主题，以拓展两岸民间文化交流领域、增加曲艺交流项目、共建两岸曲艺文化共同体为宗旨，坚守曲艺艺术的民间性、草根性特色，共同搭建两岸曲艺民间交流的平台。通过组织海峡两岸著名笑星和曲艺名家，以展演、下基层、理论研讨等形式，对发展两岸曲艺文化、扩大曲艺跨地区辐射能力，为增进两岸同胞沟通与了解、融洽彼此间感情与友谊，发挥了十分积极的影响。

中华文化，是中华民族共同的精神家园。中华儿女无论身在何方，都同受民族文化的哺育，共享传统文化的恩泽。作为血脉相连的命运共同体，两岸文化同根同源，两岸同胞在时代的变迁中、都以不同的方式，在各自的文化领域创造并积累着宝贵经验，共同丰富着中华文化的内涵。

曲艺艺术在建设中华民族共有精神家园方面，具有独特而重要的作用。这些年，赖于两岸曲艺界有识之士的共同努力和辛勤培育，"海峡两岸欢乐汇"系列活动已连续举办过三届。两岸曲艺文化交流频繁，规模不断扩大，层次不断提升，始终保持着良好的互动。作为中华优秀传统文化的传播者，两岸曲艺名家经常同台、异地演出，让两岸同胞得以共享祖先留给我们的文化财富，这是弘扬并赓续中华传统文化，增强两岸同胞同根同祖、同心同德认同感的真正福音。

古诗言："露从今夜白，月是故乡明"，一湾浅浅的海峡，割不断两岸同胞血浓于水的血脉亲情，分不开中华儿女紧密相连的精神纽带。有道是"离人无语月无声，明月有光人有情"，海峡两岸同根、同宗、同源，加强彼此间的文化交流，不仅符合海峡两岸自身的文化需求，也符合海内外中华儿女的共同利益。我们真诚地相信，在两岸同胞的共同努力下，在相互包容和理解的基础上，我们一定能够在海峡两岸搭建一座沟通交流的桥梁，尤其是通过举办类似的文化活动，不断加深彼此之间的亲情友情，不断加深两岸人民的沟通与理解，推动海峡两岸关系继续朝着更加健康的方向发展，为建设中华民族共有的精神家园做出应有的贡献！

（2014 年 11 月 21 日）

形体语言易沟通

——致贺"青春中国"舞蹈晚会

值此中国国庆日即将到来之际，很高兴来到美国首都华盛顿哈曼艺术中心，与中外朋友和热情观众一起欣赏第四届"青春中国"舞蹈晚会。作为此次晚会的主办方之一，我们谨向给予此次活动以大力支持的中国驻美国大使馆、美中经济文化交流协会等机构，向来自美国金雨歆舞蹈工作室、北京舞蹈学院等团体的演员和艺术家们表示诚挚的敬意和衷心的感谢！

艺术是心灵的桥梁。舞蹈，以其兼具力与美的肢体语言来表情达意，数千年来始终都是人类艺术宝库中最具吸引力的一种艺术形式。不同民族、不同文化背景的人们，不约而同地通过舞蹈的形体表达，来讲述历史，歌颂英雄，赞美爱情，体味人生。在艺术的百花苑里，舞蹈就像是一个多棱镜，以自身特有的表示方式，折射出人类文明的千姿百态。

舞蹈作为人类社会最易于沟通交流的艺术形式之一，是一门世界共有且无须文字表达的艺术语言，对于推动多元文化背景下人们相互之间的理解与认知，无疑更具优势。美国素以"文化熔炉"著称于世，不同肤色、不同民族、不同文化背景的人们在这里共生共存，繁衍发展，离不开相互间的理解与包容。今天举办的"青春中国"舞蹈演出就是一次增进中美观众友好沟通的有益尝试。相信大家可以透过青年舞者的魅力表达，既可看到中美两国青年最具共性的青春活力、梦想和激情，看到人类普遍存在的对理想、爱情和幸福生活的共情追寻，也可从一个特定的侧面，让美国受众进一步了解大洋彼岸的文明古国，理解他们是怎样充满朝气和活力地去追求并奔赴美好生活的未来。我们有理由相信，今晚这些极具潜力的青年舞者的精彩演出肯定不会让大家失望。

中国文联是中国文艺界最大的人民团体，拥有五十六个团体会员和十多万国家级艺术家，涵盖十二个艺术门类。成立近七十年来，我们始终致力于推动各国人民之间的文化交流，增进相互了解与友谊。我们期待此次"青春中国"舞蹈晚会在带给大家艺术之美的同时，也能够搭建起相互间的心灵之桥，让我们共同为打造一个和谐美好的世界而努力。

愿大家度过一个轻松、愉快的美好夜晚！

（2017 年 9 月 16 日）

在互见中实现互鉴

——在中秘电视纪录片交流会上的致辞

在秘鲁文化部举办《互见·互鉴》中秘电视纪录片创作交流研讨活动，是通过电视文化交流加强中秘两国文化合作的一次有效尝试。

中国有句古语："相知无远近，万里尚为邻"。中秘两国虽然相距万里、远隔重洋，但建交46年来，双方守望相助、平等相待，互利合作、共同发展，建立了深厚的友谊。中秘两国有着源远流长、博大精深的传统文化，同为世界著名的文明古国，处在全球一体化时代，如何在谋求密切双边经济社会往来的同时，增进彼此间的文化交融，更是推动古老民族实现跨越式发展的必由之路。

影视艺术是国家生动的文化名片。电视纪录片作为影视艺术的一个分支，以其形象鲜活、真实直观的特点，成为了解一个国家和民族的重要渠道。伴随着改革开放的不断深入，中国的电视纪录片迎来发展的最好时期。中央与地方电视台都有专门的影视制作机构，不仅有专项资金支持，而且有独立制片人和民间资本的积极投入。纪录片的题材日益多样，质量大幅提升，受众逐年增多。许多作品不仅在电视荧屏引发收视热潮，甚至进入电影院线放映，并受到国际纪录片市场的关注。像《舌尖上的中国》《我在故宫修文物》《超级工程》《本草中国》《河西走廊》等一大批讲述中国故事、展示中国形象的优秀纪录片受到国内外观众的欢迎，也为世界各国了解中国打开了一扇崭新的窗户。据统计，2016 年中国纪录片年播出量约为 7.76 万小时，其中首播节目总量为 2.46 万小时，总产值超过 52 亿元人民币。

"一花独放不是春，百花齐放春满园。"文化因交流而多彩，因互鉴而丰富，文化的交流互鉴，是推动人类文明进步和世界和平发展的重要动力。中国电视艺术家协会承办的中秘电视纪录片创作交流研讨活动，目的就是为两国电视艺术家搭建一个交流互鉴的平台。

中国文联是中国最大且最具影响力的文艺团体，有包括电视家协会在内的 56 个团体会员，拥有全国成就卓越的各艺术门类文艺家会员超过 10 万人。我们通过在国外举办各类展览、展示、展演和学术研讨活动，积极推动中外文化艺术的交流与合作。今天举办中秘电视纪录片交流研讨活动，就是加深两国文化互动的有益尝试，以求共同推动电视艺术的发展进步。希望两国艺术家能以更加包容的心态、更加开放的胸怀，互学互鉴、取长补短，各美其美、美美与共，为维护世界文化的多样化发展，构建人类命运共同体贡献一分力量。

（2017 年 9 月 20 日）

在互学互鉴中推动文化复兴

近些年，党中央一直把实现中华民族伟大复兴，作为我们这代人的历史使命。强调中华民族的伟大复兴既需要强大的物质力量，也需要强大的精神力量，没有中华文化的繁荣兴盛，就没有中华民族的伟大复兴；而文化的繁荣昌盛，既需要继承发展优秀传统文化、革命文化和先进文化，也需要互学互鉴、从外来文化中汲取有益滋养，以大力弘扬民族精神和时代精神，不断增强全民族的精神力量，两者相辅相成，缺一不可。传承是基础，但如果没有互学与借鉴，传统的资源就缺少开掘空间，更无法发挥竞争优势。

可以说，一部人类的历史就是人类文明的演化史。文化作为与人类生存发展相伴而生的精神创造物，文化的交流、传播与交融堪称人类社会发展进步的基本条件与前提。尤其在当今时代，文化不仅能够成风化人、改善民生福祉，而且还越来越成为促进经济与社会均衡发展的重要智力支撑，成为市场竞争的关键性因素。从某种意义上来说，文化交流的程度、幅度和广度与社会发展的速度成正比。

从人类诞生一直到19世纪末，原始文明的发展十分缓慢，经历了大约1000万年的漫长历程。其间，不同民族和族群在相对封闭的时空中，依据各自的生存条件、生活方式和民族心理习俗进行着带有鲜明个性特点的文化创造，进而创造出在马克思主义看来："在某些方面作为一种标本和不可企及的规范"。目前，世间流行的不同版本的所谓四大文明、六大文明、八大文明之说，大抵都是这一漫长历史时期不同民族文化创造的产物。

直到公元 5 世纪，社会形态逐渐走向成熟，人类智能在长期积累的基础上呈现出由量变到质变的空前大爆发，中国的老子、孔子、庄子，印度的释迦牟尼，古希腊的苏格拉底、亚里士多德、阿基米德等横空出世，世界进入德国人雅斯贝尔斯所说的"轴心时代"。正是在这人类文明创造性思维集体迸发的轴心时代，东西方超一流的思想家几乎同时登上历史舞台，而且还神奇地承负起人类首度思维方式的大分工：希腊哲学家主要思考人与物的关系，印度哲学家主要思考人与神的关系，中国哲学家主要思考人与人的关系。截然不同的思维类型决定了东西方文化各自的不同形态，这些文化的影响一直延续到今天。英国历史学家汤因比曾经细划过人类历史上出现过的 26 种文明形态，可以说，除了古印第安文明外，其他文明形态在某种程度上基本都是轴心时代原创文化的衍生品。

人类进入 19 世纪，有了文艺复兴的长期准备和工业革命带来的技术进步，经济基础的变革和意识形态的革命首先把欧洲许多国家联结在一起，国家交往日益频繁，文化交流空前密切，出现了令世人震惊的经济文化一体化现象。伏尔泰、歌德等人针对文艺复兴以来人们拿古代作家作典范，荷马、德谟诃利特、维吉尔、西赛罗等仿佛已经把欧洲各民族纳入他们的统治之下，组成一个统一文艺共和国的新情况，有关"世界文学"的概念被正式提了出来。稍后，马克思、恩格斯在《共产党宣言》中也从物质生产与精神生产的关系入手，充分肯定了世界文学的概念。指出："资产阶级，由于开拓了世界市场，使一切国家的生产和消费都成为世界性的。……过去那种地方的和民族的自给自足和闭关自守的状态，被各民族的各方面的互相往来和各方面的互相依赖所代替了。物质的生产如此，精神的生产也是如此。各民族的精神产品成了公共的财产。民族的片面性和局限性日益成为不可能，于是由许多民族的和地方的文学形成一种世界的文学。"从此，人类的文化交流步入了突飞猛进的快车道。

发展到 20 世纪末 21 世纪初，全球化浪潮蓬勃兴起，文化交流加速进入了信息化时代。有统计显示：18 世纪人类知识更新周期为 80—100 年，19 世纪缩短为 30 年，20 世纪 60—70 年代周期缩至 10 年，千禧年过后，知识更新周期已缩短到 2 年。如果说，蒙昧文明阶段文化交流仅限于战争、商贸、交通和人群迁徙过程中的缓慢推进，工业文明阶段除了原有方式之外，印刷出版、报刊通讯、广播电视的出现进一步助推了文化交流节奏的话，那么，网络时代信息的即时、交互和海量传播，则带给文化交流全新的革命性变化，它让信息变得无处不在，即便你刻意屏蔽也无法阻止，任何企图在封闭中发展自我、搞"光荣孤立"的奢望，几乎完全不再具有成功的可能。

面对着资本的全球流动和近乎一体化的世界市场，传统上各自为政的民族经济疆域已完全打开；面对着日益加剧的信息爆炸，人际沟通和文化交融的氛围与情景正空前活跃；面对着日益严峻的经济科技竞争，没有技术含量和自主知识产权的商品已无法赢得市场；面对着日益扩展的国际合作，人类社会必将产生越来越多全球治理的国际规范和价值准则……互学互鉴、携手并进、构建人类命运共同体，已成为当今世界不可阻挡的历史潮流。

一个有着 14 亿人口的文明古国，在走过积贫积弱、任人宰割的苦难岁月，在推翻三座大山、清理满目疮痍、建立新中国，在经历曲折探索、推行改革开放、综合国力急剧增强的历史背景下，企望实现中华民族在新时代的伟大复兴，这是中华民族近代以来最伟大的梦想。这个梦想，凝聚了几代中国人的夙愿，体现了中华民族和中国人民的整体利益，是每一个中华儿女的共同期盼。而实现这个伟大梦想的关键无非两条：一是经济的强盛；二是文化的复兴。具体到文化复兴，也可以简单概括为三点：一是弘扬优秀传统文化；二是吸收人类一切优秀文化成果；三是推动文化的当代创新。

第一，大力弘扬中华传统文化，这是民族复兴的基本支撑。中华民族有五千年从未中断的文明发展史，无论是文明开化之早、声名文物之盛，还是文脉承传之久、文德惠泽之远，皆世所罕见，其博大精深、源远流长的传统文化，成为中华民族的精神命脉。正如习近平总书记所说："中华民族生生不息绵延发展、饱受挫折又不断浴火重生，都离不开中华文化的有力支撑。中华文化独一无二的理念、智慧、气度、神韵，增添了中国人民和中华民族内心深处的自信和自豪。"

在五千年的历史长河中，华夏儿女以自己的勤劳和智慧，创造出灿烂辉煌的中国文化：从冶铁铸剑到火药发明，从造纸技术到活字印刷，从罗盘运用到陶瓷纺织，一项项发明记录着中华民族的科学与理性睿智；先秦散文、汉代大赋、六朝骈文、唐宋诗词、元代散曲、明清小说，相续不断的文脉滋养着生生不息的文艺传统；老聃、庄周、孔丘、孟轲、孙武、管仲、荀况、墨翟、韩非诸子争鸣生辉，儒释道和谐共生，修身齐家治国平天下浑然一体；孝悌忠信、礼义廉耻、内圣外王、天人合一、仁者爱人、与人为善等思想观念，成为中华民族的道德规范与人格准则；还有那种"位卑未敢忘忧国"的爱国精神，"先天下之忧而忧，后天下之乐而乐"的忧患意识，"民为邦本，本固邦宁"的民本思想，"与时俱进、自强不息"的进取精神，"德惟善政""为政以德"的德政文化，"协和万邦""兼爱非攻"的和平共赢诉求，"不患寡而患不均，不患贫而患不安"的公平正义的价值取向，"富贵不能淫、贫贱不能移、威武不能屈""出污泥而不染"的高尚品格等，都是中华民族传统文化的精髓。这些优秀传统文化不仅是涵养社会主义核心价值观的重要源泉，也是我们在世界文化激荡中站稳脚跟的坚实根基。

今天，我们要推动的文化复兴，既不能简单理解为儒家文化的复兴，更不是西方文化的中国式复兴，而是中华文化的创造性转化和创新性发展。实现创造性转化和创新性发展，关键有三：一要站在新历史高度，用现代观念重新诠释传统，对传统文化加以比较、分析和综合，理清其精髓与要义，让传统文化在新时代焕发出新的生机与活力；二要开掘传统文化的现代价值，从传统文化的自身逻辑中寻找中华民族的精神根基和社会理想，推动传统文化的现代性转化，防止以西方概念来诠释中国文化，把自己纳入别人的理论构架，变成西方文明的附庸；三要切实发挥传统文化在中华民族复兴中的重要作用。在这个过程中，文化既不能缺位也不能越位；既要让优秀的传统文化成为现代化建设征程的精神支撑，也要让文化不断从现代生活和时代精神中获得新的思想资源，以更加丰富的发展与突破来重铸文明古国的现代辉煌。

第二，互学互鉴，汲取人类一切文化精华，为民族复兴提供强有力的智力支持。文明的进化离不开学习借鉴。中华文化自身就不是在封闭中完成的，而是以中原文化为主体，对不同民族、不同地域的思想文化不断兼收并蓄、吸收整合的结果。中国特色的社会主义文化更不能在封闭中发展。列宁认为，社会主义文化要批判继承人类一切的文化遗产，因为光靠摧毁资本主义不能填饱肚子，我们必须取得他们留下的全部科学技术和文化艺术，才能建设社会主义。这里的"一切"和"全部"，表明社会主义才是人类文明真正的集大成者，不然何谈人类先进的社会制度！

在当今世界，各国经济、社会高度依存，多宗教、多民族、多文化风云激荡，任何一个国家和民族的文化，都不可能在闭关锁国、独善其身的环境中得到独立发展。中华文化只有广泛参与世界多种文明对话，以善学替代独善，以交流替代推销，才能不断丰富中华文化内涵，在交融互鉴中提升民族文化软实力。

当然，我们也应该看到，东西方文化由于发展条件和自主选择等方面的复杂原因，在政治制度、价值理念、发展模式等方面存在着巨大差异。西方社会历经启蒙运动、文艺复兴和工业革命长达五百多年的铺垫，西方的价值观念、现代科技、制度文明甚嚣尘上，成为世界文化的风向标。然而，伴随着全球化的深入推进，西方文化中主流工具形式逻辑和方法论局部有效的自性危机逐渐暴露在世人面前，各种周期性的社会危机使之无法建立和谐共生的世界新秩序。而中华文明固然也存有关注整体忽略局部的短板，但其整体均衡与融合协调的智慧，却有利于弥补西方文化分裂失衡有余而整合均衡不足的弊端，为世界探索新的发展思路提供有益启迪。这也充分说明，中西文化之间具有很强的互补性。所以，我们要用平等、尊重、理性和设身处地的心态，以面向现代化、面向世界、面向未来的气度，大胆拿来、有机利用，取长补短、化为己有。一味排斥是胆怯，大胆拿来才是自信。我们要按照以我为主、为我所用的原则，增强对世界各民族文化的了解与欣赏，学习和吸收一切有利于我国文化发展的理念、机制、经验和成果，并与中华传统文化中的合理成分形成有益互补，以开放的精神、扬弃的方式、包容的胸怀，不断为中华文化注入新鲜血液、提供有益滋养，加速中华文化的更新与进步，不断扩大中华文化的传播能力和国际影响力。

第三，面向未来，结合新的社会实践，推动当代文化实现全新的历史性创造。继承不是传统的简单重复，开放也不是舶来品的完全克隆，一个新时代不可能建筑在旧文化之上。历史以铁的事实告诉我们，任何对传统文化复制或对国外文化照搬的企图最终都会归于失败。中国人只有在对世界开放和回归传统的双向运动中开创未来。中国文化只有依托自身实践，结合时代的变化和需要，对中外文化遗产加以转换、改造与提升，才能实现对传统文化和外来文化的全新超越，实现鲁迅先生所提出的"外之既不后于世界之思潮，内之仍弗失固有之血脉，取今复古，别立新宗"的设想。这是推动文化复兴的唯一正确选择。

在这个守正创新的过程中，我们必须时刻警惕并旗帜鲜明地反对两种倾向：一是否定中华文化的现代价值，主张全盘西化的民族虚无主义倾向。

这种数典忘祖、蔑视传统、一味丑化民族文化的做法，是十分有害的，因为抛弃传统、丢掉根本等于割断了自己的精神命脉，结果势必丧失文化的特质。二是不加分析地盲目肯定甚至全盘承袭传统文化的民粹主义倾向。这种观点以狭隘心态反对学习外来文化的优长，结果只能是自断滋养、自我枯萎，让文化失去生命的活力。

文化复兴与否在于民族自身的文化禀赋，最终体现在有没有真正能够代表这个时代的坚实文化成果。要奋力创造属于这个时代的文化硕果，关键也有三点：一要加强文化的互学互鉴与综合创新，实现继承、借鉴、扬弃基础上的文化超越，这里的继承、互鉴与创新不是文化的一体与趋同，而是民族文化继承基础上的再创造，是鲜明的国际意识和当代性同浓郁的民族风格和本土化的有机统一；二要立足现实，关注前沿，站在人类思维的新高度，从当下社会生活中开掘出新文化内容与形式的生成依据，并将之付诸实践，不断提高文化的原创力，拿出更多的具有丰厚历史底蕴、展示当代中国风貌、体现人类共同命运和审美价值且能在世界文化园地占有重要位置的标志性产品，为人类带来全新的艺术感受和石破天惊的审美惊喜；三要适应信息时代和媒体变化需求，引入世界最前沿的高新技术手段，敢于突破常规，大胆在观念、内容、风格、样式上更新，促进中华文化的创新性发展。用那些能使中华民族文化基因与当代文化相适应、与现代社会相协调，能产生跨越时空与国度、具有当代价值与永恒魅力的文化新成果，来展示中华文化的独特魅力，展现一个具有悠久历史、充满活力、开放自信的现代化中国，塑造与国家经济实力和国际地位相适应的文化大国形象，为人类文明留下一份不可替代的文化图谱。尚如此，才算作真正的文化繁荣和民族复兴。

（2019 年 8 月 30 日，在第四届敦煌文博会高峰论坛上的讲演）

在融合发展中找准副刊人的坐标
——新闻出版报记者闫松访谈录

> 创办读书频道，是中国副刊人响应党中央"提倡全民阅读，创建学习型社会"的责任之举；在浩如烟海的图书之中为读者推荐好书，探讨图书出版的新思路，臧否新出图书之得失，针砭出版物中的不良倾向，乃是《读家》的职责所在；倡导阅读风尚，引领出版风向，则是《读家》力求达至的办刊宗旨。

5月7日，一篇发刊词争相转载，再次让报纸副刊微信群里的人们活跃开来。

这是"中国副刊"公众号的一个新频道上线，也是中国报纸副刊研究会给广大读书爱好者开创的一方新田园。

在媒体融合发展、报业格局深刻变革的时代浪潮下，中国报纸副刊研究会正努力打造适应新时代变迁的线上与线下结合的"副刊之家"。

面对多元化的文艺表现形态和报业发展的新形势，副刊该如何转型？作为新闻纸的一个组成部分，应如何看待新闻与副刊的关系？曾经被业界忧虑的"副刊尴尬"又该如何破解？近日，《中国新闻出版广电报》记者采访了中国报纸副刊研究会会长郭运德。

建构副刊人的精神家园

"恐怕没有几个社会组织能像副刊研究会一样能让副刊人这么浓郁地感受到'家'的氛围。"十几年前，郭运德在担任《人民日报》文艺部主任时，就对中国副刊研究会留下了深刻的印象。

鉴于新闻纸的专业属性，各报副刊部门人数不多且人员流动相对较少，很多副刊人虽在此领域耕耘多年但很少参与外界的新闻活动，因此，中国副刊研究会成立25年以来的每次活动，都给参加者带来"家庭聚会"的感觉，副刊人终于找到了一个属于自己的沟通业务、交流经验、谋划未来的平台。

"离开新闻岗位十年后再次归来，不仅见到了很多熟悉的老朋友，更有一种难得的久违了的亲切感。"去年11月底，在中国报纸副刊研究会第五届理事会换届会上，郭运德当选新一届会长。谈到今后的工作设想，他表示：

——要把200多家会员单位团结凝聚在一起，经常性地交流办报心得，展示副刊成果，让每一个会员都有参与感；

——要选好地点和主题，每年组织1—2次会员采风活动，把副刊人建设多年的活动品牌擦得更亮；

——努力为副刊人创造更多的展示机会，每次采风创作都要公开出版作品集，让副刊人的创作成果得到良好推广；

——坚持两年一届的副刊理论研讨会，引导副刊人适应社会变革，让副刊办刊观念和作品跟上时代发展步伐；

——集全部副刊人智慧和研究会优势资源努力办好"中国副刊"微信公众号，在上线不到两年粉丝数突破40万的基础上更上层楼，形成立体多样、融合交流，多声部、多维度的副刊传播联盟，使之成为副刊人线上交流的重要平台。

——严把中国新闻奖报纸副刊作品和新闻栏目的评选的质量关与导向

关，让更多有代表性的优秀副刊作品和新闻栏目能脱颖而出；

……

换届半年来，新一届副刊研究会正马不停蹄地规划自身工作，他们有决心更有信心延续"副刊之家"的良好"家风"，并努力通过"有为"争取"有位"，让这个"家"更加充满活力和凝聚力。

调剂报纸的生态平衡

副刊的耐读源于她的优美与沉静。然而，作为新闻纸的重要组成部分，副刊又具有天然的新闻属性，贴近时事和报纸主业拓展办刊思路经常成为副刊的必然选择。"寓动于静的特质，给予副刊有效调节报纸生态的重要赋能"。

郭运德把一张报纸的新闻作品和副刊作品比作"动与静""攻与守""主菜与配菜""红花和绿叶"的关系。一场盛宴，既要主菜撑门面，又要配菜调众口；一个美景，红花虽好，也要绿叶来扶持；一幅画面，刚柔并举，动静相宜，才是斑斓色彩的最完美交融。

"副刊的静是现场之外的优雅沉思，是读者静观默读后细细咀嚼出来的文化品位。但这种静又是相对的，如果不关注社会热点、难点和焦点，不关心国计民生、人间烟火，副刊的静就成了死气沉沉文字堆砌，成为新闻纸多余的鸡肋和赘疣。"因此，郭运德认为，新闻是一体的，副刊是多样的。特别是在信息爆炸、报纸日益同质化的今天，副刊更有望成为报纸形成自己特色，在激烈市场竞争中独辟蹊径的重要手段和工具。当然，副刊只有贴近人民、贴近时代、贴近生活，用最新最美最接地气的语言文字，去体悟百姓的酸甜苦辣、记录人民奋斗的足迹、讴歌民众对美好生活的热切期盼，才能成为报纸生态平衡的有益调剂，成为所在报纸的品牌优势，成为读图时代的一片文化绿洲。

为切实体现这一副刊理念，中国报纸副刊研究会在中国新闻奖评选中，格外重视副刊作品与时代和生活的关联，强调"副刊既要站在天安门上思考问题，又要走在大街小巷倾听风雨"。比如，报告文学更关注重大社会选题，既强调叙事的真实准确，又寻求文字的优美生动，比通讯特写有更加突出的文学色彩；文艺评论要联系创作实际，褒优戒劣、洞幽烛微，引领文艺风尚；杂文要关注社会热点，文风泼辣、切中时弊、发人深省；新闻栏目和副刊版面要内容规整、形式活泼，注重一贯质量与声望、讲究整体社会效应，以有效发挥评奖所应有的导向示范作用。

用更鲜活的副刊把读者拉回来

本报在 2005 年曾刊文《副刊的尴尬》，认为"立业无力""建功无门""孤帆自赏"是当时副刊存在三种尴尬境地。时至今日，这种"尴尬"或多或少还存在。媒体融合发展，是否会为这种"尴尬"带来进一步的改变？

郭运德认为，网络化时代，新闻同质化日趋严重，长期以来"以内容取胜"的副刊，恰恰有了更多更大的发挥空间。只要努力发挥副刊的传统优势，强化内容生产，就能把挑战变成机遇。要用新的视角去发现新的内容，用新的观念去带动原创产品的生产，用新的技术去加强可信的原创信息资源的加工与传播。

一方面，副刊人要甘于寂寞，坚守高雅、深邃、鲜活的审美品格，俯下身子、放低身段，不为名诱、不为利惑，精心创作每一篇作品、精心办好每一个栏目、精心编排每一块版面，让副刊既能体现时代精神，又能体现报纸特色，为读者打造一个能提供真实信息、审美体验和理性思考的文化传播平台。

另一方面，副刊人也不能甘于无所作为的"副"，静中取动、守正创新，要在遵循文艺发展规律和媒体传播规律的前提下，善用互联网思维，紧扣社会热点，关注前沿话题和百姓的喜怒哀乐，动态化地办副刊，让更多有生活质感和文化品格的鲜活副刊作品，构筑起读者流连忘返的精神乐园。

品茗，读书，坐而论道，充满诗意的副刊人喜欢这样的生活。郭运德希望，副刊工作者要在诗意的生活中坚守思想的高地，创作推出更多有思想、有温度、有品质的作品。